2

阮朗———著

杜漸———選編

海水的腥味

阮朗文集

年輕時的阮朗（1940 年代）

阮朗（中排左三）於湖南，與軍人合照（1938 年）。

阮朗（後排右二）於四川廣元，圖為眾人重修武則天皇澤寺的合照
（1943 年）。

阮朗於昆明，與家人合照（1945 年）。

圖為大公籃球隊在北角商務印書館（今為僑冠大廈）合照（後排左起：阮朗、查良鏞、陳凡、岑碧泉、楊曼秋、馬廷棟；前排左起：何國華、容耀霖、羅向榮、李其燊、尹任先）（約 1954 年至 1956 年）

阮朗於香港，與家人合照（1950 年代）。

阮朗於香港，與兒子嚴浩合照（約 1954 年）。

圖為阮朗家人於彌敦道尖尖照相館合照，當時小童與大人同行，準備回港證
照片（1966 年）。

阮朗家人合照（1966 年）

阮朗家人於廣州合照（1967 年）

阮朗家人於廣州合照（1971 年）

阮朗與家人於廣州合照（1971 年）

阮朗家人於廣州合照（1971 年）

阮朗出生處，位於洞庭東山（攝於 1998 年）。

壯年時的阮朗（香港，1978 年）

序

一

● 杜漸

香港作家阮朗在上世紀五十年代到七十年代的香港文壇有着重要的地位，他曾以唐人、顏開、陶奔、張璧、江杏雨等多達四十個不同的筆名，創作了大量的小說和電影劇本。可是，現在年輕的讀者知道他的人已經不多了，為了讓讀者通過文學作品更好地了解香港上世紀那三十年的社會生活現象，重新認識和欣賞這位作家的作品，我們特此選編阮朗這位作家的文集。

阮朗，原名嚴慶澍（1919-1981），江蘇蘇州人，號雨蒼，小名鹿生。他出生於蘇州吳中區東山馬家堤花牆門里的一個比較富裕的家庭，他的祖父嚴善齋曾任東北大清銀行的職員，回關內後在上海一些大公司任會計。他自幼天資聰穎好動，就讀於故鄉的葉氏務本小學，後由祖父帶到上海求學。由於他父親嚴靜安是一代單傳，被過分溺愛，學會抽鴉片，家業因而敗落，變賣祖宅，一貧如洗。他從初中二年級起，就開始自食其力做工讀生，在上海新寰中學半工半讀期間，受青年教師潘超影響，接觸革命思想。一九三六年曾和同學葉緒華、鄭思庚辦過一份不定期刊物《新東山》，可惜只出版了三期，就因時局變幻及抗戰爆發而停

刊，這可以說是他寫作生涯的初試啼聲。中學畢業後，他考進北京燕京大學修讀新聞系，立志做一個新聞記者。

抗日戰爭爆發後，他投筆從戎參加了新四軍抗日，由潘超介紹而加入共產黨，皖南事變新四軍被打散，他同組織失去聯繫，曾在湖南長沙參加文化抗日後援會和邵陽戰地書報供應社工作，[1] 在鄧縣參加三一出版社 [2] 編印抗戰圖書，在寶雞等地為中國銀行做過運輸工作，還在西安東南中學教過半年書，最後在成都重入燕京大學新聞系半工半讀，完成學業。抗戰勝利後，一九四六年他在上海進入《大公報》工作，最初是在業務部門幹報紙發行，曾被派往蘇北戰區採訪和設辦《大公報》分銷處，寫過一些採訪稿件。一九四七年被派往台灣《大公報》辦事處，主持航空版。一九四九年《大公報》台灣分館被國民黨當局封掉，他來到香港《大公報》擔任發行工作。一九五〇年香港《新晚報》創刊，他被調到《新晚報》當編輯，一直升至編輯部主任，成為總編輯羅孚的左右手，編輯工作種種繁瑣，都由他為羅孚擔當。報館內外都戲稱他為「嚴老總」，可是他一直都沒有被提升，羅孚曾說他是「有老總之實卻始終無老總之銜，『李廣難封』，其間是非，就不說也罷」。[3] 大家叫他「嚴老總」，不正是為他不平

---

1 按邵宇所記，阮朗經歷長安大火以後，連同邵宇等人，往邵陽縣以「邵陽戰地書報供應所」的名義，繼續履行抗日救亡的使命。邵宇介紹見註 7，邵宇（1919-1992）：〈情重意濃憶唐人——紀念《金陵春夢》作者嚴慶澍先生逝世三週年〉，《光明日報》，1984年 11 月 25 日。

2 據王德昭憶述，阮朗於戰時曾服務《觀察日報》和三一出版社，三一出版社屬於湯恩伯部隊第三十一集團，以出版社之名，編印軍隊讀物，並出版地方性報紙，兼管軍中的子弟學校。王德昭（1914-1982）：〈憶往事悼嚴慶澍兄〉，《新晚報》，1981 年 12 月 20 日。

3 柳蘇（羅孚，1921-2014）：〈唐人和他的夢〉，《博益月刊》第 9 期，1988 年 5 月，頁 82。

而對這種不合理的抗議嗎？

由於他曾在台灣工作過，在《新晚報》他用高山客的筆名，專門撰寫有關台灣的專欄「台灣之窗」，頗受讀者歡迎。後來社委下達任務要寫一部有關蔣介石的歷史演義小說，當時報館裏寫手如雲，卻沒有一個人肯接受這個任務，最後這任務就落在他的頭上，於是他用唐人的筆名開始寫作《金陵春夢》，堅持了二十多年，完成了《金陵春夢》八大本，後又續寫《草山殘夢》，也是八大本，還寫了三本《蔣後主秘錄》和一本《宋美齡的大半生》，全是關於蔣家的歷史演義。這二十本書耗去了他很多的精力和時間，《金陵春夢》曾在國內以「內部發行」出版，曾風靡大江南北，在海外也名重一時。作者去世後又過了三十多年，白雲蒼狗，政治已經在歲月中蟬蛻，還原成人性，他的《金陵春夢》所記載的人性，他細心還原的這段人類曾生存過的時空和心態，也已成為了人類文化的一部分，能讓現代讀者在書中追隨歲月的足跡，尋找自己在歷史中的定位。

從五十年代至七十年代這三十年中，他一直堅持利用工作之餘的時間創作了大量文學著作，照他自己粗略統計，已經出版的大約有五十個題目，已經寫完但還未出版的還有三十五個。光是已出版的長篇小說就有《長相憶》、《我是一棵搖錢樹》、《泥海泛濫》、《襲》、《第一個夾萬》、《贖罪》、《孟姜女》、《人渣》、《華燈初上》、《真假愛情》、《蒼天》、《彈簧刀下》、《芭芭拉的故事》、《天涯共此時》、《海角春回》、《十三女性》、《小鹿》、《窄路》、《格羅珊》等等，此外他還發表了十五部電影和戲劇劇本及大量的影評文章，他散見於各種報刊的散文隨筆，更是不計其數。

他才思敏捷，寫作速度驚人，每小時可以寫兩三千字，日寫萬字達十年之久。這是由於報館工資微薄，稿費又低得可憐，他有八個兒女，為了養活一家十口，他得不停地寫作，往往他在回到家中洗澡時就累得在浴缸裏睡着了。別人是朝九晚五，他卻是朝九晚九，報館裏他是最早上班，最遲下班的一個。每日上午他操持編輯業務，到十二點截稿，他匆匆吃了午飯，冷水洗一把臉，就在桌上攤開稿紙，伏案振筆急書。一九七八年九月他在辦公室接聽電話時突然倒下，因腦溢血患上半身不遂之症，經急救治療，在稍有好轉時，他仍想以「老傷兵裏傷再戰」的姿態從事寫作。不幸在一九八一年十一月二十六日病逝於北京友誼醫院，終年六十二歲。

他從事文學創作的近三十年，堅持以批判現實主義的筆法寫下的文學作品，在香港文學史上佔有一定的地位，更被報界同仁稱為「我們的巴爾札克」，[4] 是值得我們珍惜的文學瑰寶。在我們整理和閱讀他眾多作品時，我們發覺阮朗的小說有三個特點：

首先，因為他是一個在報館從事新聞工作的作家，具有極其敏銳的「記者眼」，他對於香港社會現實生活中發生的種種變化十分敏感，所以我們可以從他的作品中感受到香港五十年代至七十年代的生活氣息。往往社會上發生的一段新聞，到了他的手中，就像魔術師一樣變出一篇生動的小說。故此他的小說題材變化多端，描繪出香港社會的浮世繪。他同情被損害和被侮辱者，對黑暗和醜惡加以毫不留情的揭露和鞭撻，他的作品正是沿着批判現實主義的創作方法和人道主義的精神，刻劃出香港這個殖民

4　侶倫（1911-1988）：〈哀思阮朗〉，《大公報》，1981 年 12 月 5 日。

地化的資本主義社會的人生百態。著名作家葉靈鳳先生曾對阮朗的小說作過很公允的評價：「我覺得阮朗的小說，有點像美國歐亨利的風格，喜歡從小市民圈子裏找題材，十分現實，可是寫得卻那麼冷靜而又富於同情，看出了抑壓在作者心中的憤怒。」[5] 這也就是說他作為新聞工作者的敏銳的「記者眼」與一般作家確有不同之處。

另一個特點，就是他的小說具有很強烈的愛憎，他曾說過：「我一生最憎恨兩種東西：一就是毒品，我最恨吸毒者和販毒者；二就是日本法西斯侵略者。可以說就是家仇國難，這兩者對我的寫作有很大的影響。」[6] 他愛和平美好的生活，愛自己的祖國，愛人民老百姓，因此他最恨破壞美好生活的東西，他的家就是因為父親吸鴉片而遭到不幸，在祖國被日本帝國主義者侵略，使他對所有侵略者都存有強烈的憎恨。在他的作品中，有不少是揭露外國侵略者的罪行，揭露外國間諜的陰謀破壞，種種題材都反映出他對祖國和人民的愛。

第三個特點，在藝術描寫上，阮朗筆下的人物眾多，上至達官貴人富豪名媛，下至社會最底層的勞苦大眾，以至地痞流氓妓女小偷，各色人物的性格他都寫得栩栩如生，都具有令人覺得可信的性格。反面人物的醜惡，刻劃得相當深刻，如〈黃天霸〉中的黃大紳那對父子，不正是一些豪門家族裏常見的人物？就算是正面人物，他也沒有把他們塑造成「高大全」的虛假英雄形象，例如〈失〉中的「我」，就是一個老實而又怯懦的知識分子，由

5　葉靈鳳（1905-1975）：《新雨集 ‧ 序》（香港：上海書局有限公司，1977 年版），頁 4。

6　杜漸：〈良師益友說唐人：憶嚴慶澍先生〉，《長相憶：師友回眸》（香港：三聯書店［香港］有限公司，2015 年），頁 82。

於自己的懦弱，先後失去了愛人和朋友，一步步發展到最後在國恨家仇中覺醒，終於徹悟的過程，顯示出人物性格發展的真實可信。即便是像〈欲傾東海洗乾坤〉中的詩人杜甫和〈詩人郁達夫〉中的郁達夫的形象，也沒有故意把他們拔高，而是通過他們真實的生活來表現出他們愛國的崇高理想。阮朗筆下的人物大多是小市民，例如〈染〉中的女教師玉清，雖然筆墨不多，但正氣凜然，使人敬服。這些好像生活在我們身邊的小人物都表現出十分普通的有良心有志氣的中國人的民族尊嚴和愛國情懷，所以親切感人，真實可信。

這三個特點貫穿在他所有的作品中，也就是我們這本文集選編的基準，由於這本文集篇幅有限，不可能容納下他的長篇小說，只能從他的中短篇小說和電影劇本中，選擇其中部分精品，以供讀者欣賞。

二〇一九年四月

序二

● 嚴浩

（一）

在電子時代之前，報社每天的文稿靠排字房工友用鉛字上油墨打印，叫「活版鉛字印刷」，活字印刷是用一顆顆小鉛字排版而成，檢字師傅要先按照文章內容一個字一個字地檢出相應的字，如果這一天的報紙上有一百萬個字，師傅就要檢一百萬個字，排好後上油墨，印出來以後送編輯先生校對。校對是編輯先生的其中一個工作，報紙每天出版每天限時印刷，全報社的工作節奏好像救火，編輯工作還包括審閱、修飾、增添以及改寫記者的稿件、選擇決定每天的頭條新聞和大標題、版面編排、制定和審核版面設計、約稿、寫稿、等等、等等。

我父親就是一位報社編輯，他需要直接和排版師傅打交道，師傅總是滿手油墨，所以又叫「黑手黨」。報社每天總有「最後一份急稿」，急得連送編輯審閱的時間都沒有，編輯就要自己跑到排字房坐等，第一時間審閱油墨未乾的稿件，將鉛字版在最後一秒鐘送進印刷機。我少年時候曾經跟隨父親跑進排字房看他審

閱「最後一份急稿」，那時候連冷氣機也沒有，編輯部和排字房所有男士幾乎都脫了上衣只穿背心辦公，父親審閱了油墨未乾的稿件後，自己也染了一手油墨。

我父親同時是一位作家，在印刷機終於開始滾動之後，他洗掉手上的油墨，回到桌上繼續他的寫作。

寫作是他幫補家計的工作，七十年代的時候，寫一千字才十元港幣，正常人在完成一天高強度的工作之後，大概已經少了半條人命，我父親只是凡人，只好用濃茶香煙鞭策腦細胞繼續運作，這樣到了午夜，剩下的另外半條命也差不多耗盡，才坐公共交通工具回家，三十年如一日。一年中只有在過年的三天報社放假，我們才看見一個完整的父親，平時他出門的時候我們還在床上，回家的時候我們都已經睡着。他有八個子女，每個孩子都在上學，還有衣食住行，在濃茶香煙都無法叫醒腦細胞的時候，他大概這樣激勵自己：這篇稿，是小不點的學費，這是小多的，還有小康，妹妹，哦，還有四個大的，小明，毛頭，三毛，小牛，我再寫幾篇……

我記得六十年代的時候，我們的學費大約每人四、五十塊錢，乘八；房租大概二百九十元。小不點還總是病，是家裏最多病的孩子。

我就是小不點，小不點從二十三歲開始做編劇，做導演，八兄弟姊妹中繼承父親創作生命的只有小不點一個，小不點明白創作人的辛苦，做了大人之後，也明白生活的不容易。小不點現在看父親的作品，知道父親連校對自己文稿的時間都沒有，他必須把時間省下來，他永遠還有下一筆賬單要付。我在寫給本書編者李文健大哥（杜漸）的一封信中這樣說：「我身為作者後人，每

次閱讀先父著作，哪怕三言兩語，總是無法忘記先父辛苦，以致字字觸目神傷……。」

一九五五年，畫家邵宇[7]先生在香港與我父親在相隔十七年後重逢，在他回憶我父親的文章中說：「我和闊別多年的唐人、楊紫又見面了。他們倆已經是七個孩子的父母了。唐人在《新晚報》工作，當時的生活是拮据。他是新晚報副總編，負擔著繁重工作外，還要靠寫作的收入，維持一家人的生活和孩子們的學費。他指著工作間牆上掛的三個小說的名字及交稿日期表說，為了生活我一天要寫三個連續小說，登在三家港報的報屁股上，經常是徹夜不能成眠。」[8]

到了七十年代中後期，兩位老朋友在北京參加第四屆全國政協會議又再次重逢，父親對邵伯伯說：「我生活比以前好了，但工作也比以前更忙了，現在，也只有現在，才感到工作是一種樂趣。」[9]

那時候我們都各自進入社會，父母親終於喘一口氣，但在一九七八年，他突然倒下了，我在籌備第一部電影，接到母親電話的時候，我正在開會。報社同事說，你爸爸在寫字桌旁聽電話，眼看他手上的聽筒先滑下來摔在桌面上，然後輪到他自己，整個上身失重，垮倒在這個支撐了他無數個日夜的寫字桌上。一九八一年十一月二十六日，我父親在北京友誼醫院去世。

羅孚先生和我父親共事幾十年，兩人並肩靠著坐，我們從小

7　邵宇（1919-1992），中國近現代著名的速寫畫家，中國第二代水彩畫家，出版家和詩人。曾任人民美術出版社編審委員會主任、教授。

8　邵宇：〈情重意濃憶唐人——紀念《金陵春夢》作者嚴慶澍逝世三週年〉，《光明日報》，1984 年 11 月 25 日。

9　同上註。

叫他羅伯伯，有一次羅伯伯突然得病，我父親比他高，為了節省等電梯的時間，把他背起來，直接從四樓走樓梯到大門口叫車。父親除了一次被暴烈的太陽曬傷，記憶中沒有請過病假，而且經常誇口「我是運動員」。父親不是老死的，是操勞而死，他去世的時候才過一甲子，比我現在的年齡還小。

（二）

下面的段落可以視作導讀，對作品好壞不作定論。導讀的目的是引起讀者的興趣，之後的演繹，可能一百個人會有一百個不同的讀後感。有不同的演繹是正常的，只要引起對作品的思考和討論，哪怕是兩方不同的理解，都是正常的，只要引發思考就可以了，這是演繹學中多義性的真諦。演繹帶來文化的流動，又創造了新的文化，但如果導讀已經代替讀者作出定論，可能就失去了導讀的意義。

過去的故事無限懷舊，父親留下超過一千萬字和各種故事，承載着一個已經消失的文化。他用過逾四十個筆名，寫過長篇、中篇、短篇、散文、劇本、報導、社論⋯⋯，這裏收錄的文集只是滄海一粟。他的文筆風格也隨着時代變化而有頗為明顯的變化。這個文集中的短篇比較接近俄羅斯風格，帶着濃厚的作者感情，做出有如詠嘆調一般的敘事風格。俄羅斯作者對事物的個人感覺是書中的主角，又因為感覺可以一個接一個，所以愛看書的人都知道經典的俄羅斯小說都厚得像一塊磚頭，除了加大對作者個人感覺的描述，也着重渲染故事中主角的情感，閱讀的時候好像觀看一個多愁善感的舞台劇。俄羅斯的音樂家也比較傾向在旋

律中盡情渲染情感，譬如柴可夫斯基的「悲愴交響曲」。

帶着時空特點的故事，記錄了過去的社會特色、人物的服裝、用具……。

二戰結束以後，香港出現了形形色色的人物，譬如戰後換個名字再來華做生意的日本人、發戰爭橫財的美國人、生活在我們身邊的蘇聯間諜。故事中也感受到冷戰時期的社會氣氛和緊張的國際政治，在過去了的很多個十年中，初生的人民中國經歷了充滿仇視的西方經濟圍堵、以及從盟友轉敵人的蘇聯核威脅。中國能有今天確實是奇跡。

故事中的「香港德輔道中奧利佛洋行」還存在嗎？從前叫時代青年「飛仔」，現在沒有這個叫法了，時髦打扮不再屬於年輕人專有，也不專屬於平民，否則金正恩的髮型就是典型的「飛仔」！書中記錄了六十年代的「飛仔」打扮：厚厚的「頭蠟」、額頭「吹波」、鬢角剃掉（像不像金正恩？）、特高領雪白長袖襯衫、水兵式藍白相間無領短袖緊身恤、腰身特意收窄、袖子像臘腸褲管又窄又短、男人穿高統尖小方頭皮靴……。

六十年代流行的「嬉鄙士」運動是越戰後遺症，美國青年懶庸無為、長髮披肩、睡在街上、活在毒品 LSD 的幻覺裏、逃避一切責任，也成為了時髦，流行到香港。從前的房子一個單位分成幾個房間出租給幾個家庭，有點像現在的劏房，香港社會又活回去了。那時候招租的方法是在街角、牆頭、電線桿上貼「招租」貼紙，有時候等於給強盜作通知，他們一見，就藉口租屋上門來了，買餸錢放在什麼地方，家裏有沒有鈔票，他都弄得一清二楚。

故事〈黃天霸〉還提到九龍塘窩打老道有一條開放的大坑

渠，我小時候上學天天經過這條開放的大坑渠，有兩條行車線寬，到了七十年代被封蓋了。這個故事還講到香港的《大清律例》婚姻制度，從前香港的男人可以同時娶很多個老婆，我記得老牌明星張瑛就有兩個老婆；《大清律例》要到一九七一年才在香港消失。還有「原子粒收音機」、「碼頭公共電話亭」……九十後的年輕人連座機電話都可能沒有見過。

文集中各個故事或劇本都頗有戲劇張力，我讀邵宇先生的文章才知道父親在 N 年前曾經是編劇也是導演，奇怪他從來沒有跟我提起。在他的社會題材故事中，人物與命運離奇交纏，人物的下場很像美國導演科恩兄弟（Cohen Brothers）電影中的角色——人冤冤相報，人為財死，人被命運玩弄，人在時間造成的夾縫中苦苦掙扎，人在永恆的愚昧中反覆捶打。

〈欲傾東海洗乾坤〉是一個紀念杜甫誕生一千二百五十週年的短篇故事或劇本，是文集中唯一的一篇宋元話本小說文體，我這才知道杜甫也是一個在時間夾縫中苦苦謀存的苦命人，也才了解到當時的制度為詩人們開了一個通道，國家鼓勵詩文創作，好詩可以通過級級遞送呈獻到皇帝手裏，如果得到皇上恩寵，可以做官。

（三）

感謝三聯書店的侯明前總編輯，沒有侯姐的策動和鼓勵，沒有這本阮朗文集。感謝藍列群女士，藍小姐出身文化世家，她的父母是我父親多年朋友，她對文化的熱愛，促成了這本書。感謝小思老師，她在很多年前已經一再提醒我要注意保留父親留下的

文化遺產，在這次的編輯過程中，她起到了中流砥柱的作用。很感謝三聯書店的年輕編輯許正旺，這位年輕人竟然有本事找到作者的大部分作品初版源頭和年分，真不可思議。

感謝小康，他根據父親幾十個不同的筆名，從網上海淘父親的作品，結果找到了四十本不同的書。感謝在北京工作的藝之，網上只接受內地付款和送貨，他包辦了，說應該為爺爺做一點事；爺爺去世的時候他才兩歲半，我們全家去北京參加追悼會，靠外傭帶他留在香港，後來外傭告訴我們，兒子有一天起床後說：「我看見爺爺坐在一架黑飛機上。」感謝八妹，她和我一起整理了父親的遺作。感謝我妹夫，在電腦不聽話的時候，他可以隔着太平洋在加拿大遙控修理我的電腦。當時在加拿大的天氣是零下二十度，照片上看見結冰的牛仔褲自己站在雪地上。

最後要感謝本文集的編者李文健先生，他是第一個希望將我父親的作品結成文集出版的賢人學者，父親去世後不久，他專程到我家，商量推動這件事，可是那時候既沒有水，也沒有渠，待到水到渠成，已經快四十年了。

在整理文集的過程中，我給僑居在加拿大的李大哥寫了封信，附在了這篇序言上。行文至此，文思短絀，權宜是一個總結吧。

李大哥：

您寫的前言，其中講到先父的經歷，不少都是我第一次知道，文中又細細分析了他的作品，看得出來花了您很多時間。您像學者一般認真和一絲不苟，字裏行間，又處處看到您對故友的懷念，我既加深了對先父的了解，也深深被您的真誠感動。先

父生前認識的朋友再多，最後為他整理畢生心血的只有您一位，對您的感恩，不是一句謝謝可以表達得透徹（本來應該專稱呼您「李叔叔」，一笑）。

承您在文中所說，先父的工作沒日沒夜，我和先父相處的時間、交談的次數以及內容，都無法與他在報社共伏案几的同事相比。我從後來前輩朋友們為他寫的回憶文章中知悉：先父以報社公職為重，日日拚殺好比拚命三郎，同時，他有種種著作琳琅滿目，為人處世則親和謙厚；但也有職務升遷的不如意之處，其中似有委屈，我卻從來不曾聽他提起。煩擾人的「辦公室政治」，他從來不在我們面前叨唸，也從未曾聽他論同事朋儕的長短，在我們後輩的認知中，所有父親的男同事都是「叔叔」或者「伯伯」，女同事都是「阿姨」或者「伯母」，沒有再多的註腳了。

在他中風後，家人與他親近的時間比以前多，每次與我閒聊，也只圍繞了他尚未完成的工作：如何潤飾修改他以社會為題材的長、短篇小說與劇本，如何為完整「金陵春夢」而蒐集更多的歷史資料。回憶中，我記得他的書櫃滿是一疊疊的剪報，他總是孜孜不倦地為「金陵春夢」的人物和時代背景添置更多大大小小的細節，重現了一個消失的時空帶來的特定文化。

什麼是文化？一切從生活帶來的都是文化，人類的衣食住行，都穿插着時空帶來的特點，這一段時空過去以後，時空帶來的文化就化成了記憶，連記憶都消失了，就化成了星塵。眼前的衣食住行，過了十來年都成為歷史文化，譬如不久以前的座機電話、六、七十年代的喇叭褲、從前佈滿了海岸的木漁船，現在已經被鋼船代替；漁村，這個曾經無比龐大的浮動城市，今後只存在於空氣裏面，真的千帆過盡了，水上漁火的意境已經永遠消

失，帶走了一個流傳了千百年的水上人文化。

我如今了解寫作「金陵春夢」系列的原始動機本是一個政治任務，這個任務落在一位曾經親身經歷這個時代的作家手中，他的任務首先是回憶、挖掘和恢復這個時代的細節，籠統來說，是讓這一段歷史通過文學形式保存下來。創作這系列長篇小說耗盡作者二十多年心血。他在生之時，「金陵春夢」已經獲得巨大成功，甚至獲得國家級的認可，這個所謂「政治任務」很早已經超額完成，但作者沒有卻步，他竭盡餘年繼續雕琢豐滿書中各人角色性格，同時帶出人物所依存的遼闊社會，用數百萬字重建了一座原來已經消失的城池，讓現代讀者在城池中追隨足跡，尋找自己在歷史中的軌道。作者去世後又過了三十多年，白雲蒼狗，政治已經在歲月中蟬蛻，還原成人性，他的「金陵春夢」記載的人性、他細心還原的一段人類曾經生存過的時空和心態，也成為了人類文化的一部分。

我身為作者後人，每次閱讀先父著作，哪怕三言兩語，總是無法忘記先父辛苦，以致字字觸目神傷。以上的一些思想，恐怕也只是出自憐愛父母以致有一些感觸。

嚴浩再拜

二〇一九年五月

目次

附錄

殺手初出擊

「今天強仔生日，媽媽煮好了飯，晚上就不看電影了吧？媽媽也請你一起到家裏來。」

阿芬在電話裏和男朋友大衛說。

「強仔是你表哥，是嗎？」大衛問。

「他是我表哥，小時候住在我們家，和我們一起長大。強仔的身世很可憐。見面我告訴你。」阿芬說。

兩個人在不同的地方上班，約好了時間在阿芬家樓下等。阿芬先到，大衛不久後也到了，兩人拉着手，高高興興上樓，弟弟阿其聽見門外有開鎖的鑰匙聲，知道是姐姐回家了，一個箭步過去先打開門，笑着打招呼。

阿其：「大衛！家姐！」

阿芬大喊：「媽媽！好香啊！」

大衛跟在阿芬後面進廚房向伯母問好。

阿芬在屋子裏看了一眼，問阿其：「強仔呢？」

阿其：「我最後一次看見他是在十分鐘之前。」

阿芬突然變了臉色，問：「最後一次？你什麼意思？」

阿其：「強仔來得很早，還幫媽媽做飯，後來接到了一個電話，放下這些東西就走了。」

阿芬：「他說什麼時候回來？」

阿其：「他什麼都沒有說。開門就走。」

阿芬：「他放下什麼東西？」

阿其拿起來一個金黃色的塑膠袋，重甸甸的，裏面有好幾本貼相簿。阿其掏出厚厚的一冊，織錦封套已經褪了色，斑斑駁駁的，打開第一頁，也不見有什麼照片，盡是一份份陳舊蠟黃的剪報，剪報是一條套紅社會新聞，日期是一九六一年，一則本港發生的命案，時隔十五年了，紅底白字的電版大標題猶似一灘凝固了的鮮血，上面橫列着一行大字：「男子梯間慘遭斬斃。」

緊挨着新聞的是一串照片說明：

上圖：死者張松濤六年前與曾玉霞女士在大同酒家擺設喜筵，歡宴親朋時所攝。

中圖：死者婚後一年，喜獲麟兒，圖為擺彌月酒時張妻與嬰兒合影。

下圖：死者遺孀與七歲遺孤張強昨日攝於殮房前。

大衛問：「這個張強就是強仔嗎？」

阿其：「是的。被殺的人是強仔的父親，那一年他才六歲！」

大衛問：「誰給他保存這些東西的？張強當時只有六歲，他不可能這樣做。」

阿其：「這些相簿，本就是他們一家的照片，最後才加上了這一本貼報簿，我姨媽在這件事情過去之後，就動手剪報，做了這本貼報簿。」

「哦，該是要兒子替他爸爸報仇罷？」

「不，姨媽沒有這個意思，也不可能是這個意思，我們從來沒聽說她要強仔長大之後去找兇手拼刀子。她只是向兒子交代一下，當年曾經發生過這麼一件事。——你讀剪報嘛，在後面那部分，還有兇手給抓到的新聞。」

「抓到了？上了絞刑台？」

阿其搖搖頭，說：「他承認誤殺，判了二十年的監獄，因為在獄中行為良好，已經提早釋放，出來好幾年了。」

大衛急迫地看這段褪了色的新聞：

本報消息：一名二十六歲的男子昨晚攜子（六歲）上天台納涼，落樓回家時，梯間突有一名歹徒不問情由，揮刀猛刺，其子遭踢落樓梯昏迷，事後兇手逸去，鄰人撥電報警，召救傷車送往醫院，途中證實男子已告死去。

命案現場為灣仔馬師道八××號四樓，死者張松濤與一妻一子住三樓頭房，執業文員，其妻為瑪莉縫紉學校教員，事發後，受驚昏厥。死者為人誠實，朝出晚歸，勤勞工作，與人無忤。截至發稿時止，死者一妻一子仍在昏迷狀態中。本港近來罪案增加，今年七個月裏，死於兇殺者已有十一人之眾，居民誠盼警方通緝歹徒，維持治安。

「怎麼是誤殺？」大衛不解地問。

「翻下去就知道了。」

……昨日灣仔命案，今天已有眉目。據死者幼子張強甦醒後哭訴，他目擊兇徒自三樓梯口閃出，對死者說：「我

可找到你了！」說罷行刺，死者急叫：「大佬你認錯人了。」

兇徒說：「我是肥佬王的兒子，你明白啦，一人作事一人當，你在去年殺了他，今天我要你一命抵一命……」說罷又刺，聞其子大哭，一腳踢下樓去……

陳舊的剪報，看起來很吃力。上面斑斑駁駁，有些看來是主人多年前的眼淚。

「不看了，」大衛把本子一合，「怎麼是誤殺？」

阿其告訴他，強仔聽見的幾句問答，正是命案的關鍵。強仔媽媽甦醒過來之後，起先還會痛哭，那個悲慘哀傷，真是連鐵石心腸都會落淚；之後她沒氣力哭了，對丈夫死於「仇殺」的說法怎地也不能同意，「他連雞也不會殺，小孩也不忍打罵。朝九晚五，風雨不改，喝茶看戲都全家在一起，他的朋友我都認識，一有空最愛逗阿強玩，他哪裏有什麼仇家？」

「那個什麼肥佬王——」

「對……」阿其說：「肥佬王是一個黑社會的頭子，在前一年被殺了，為的是兩個黑社會爭奪地盤火拼，這樁命案有案可查。肥佬王的兒子殺人後失蹤，三個月後警方在澳門找到了殺人兇手，引渡回港，沒有判死刑，不久前聽說他已經出獄。」

阿芬終於回過神來，她把話接了過去：「搞不好強仔是去找兇手。」

大衛問：「強仔為什麼要找兇手？」

阿其：「要殺了他！」

大衛大驚，看着阿芬的眼：「強仔要殺人？你們都知道？」

阿芬重重地點頭：「我們都知道，強仔自從他父親被殺，發

誓要報殺父之仇！」

大衛驚叫：「那時候他才六歲！」

阿其：「說不定強仔現在已經殺了人！逃了！」

「不會，」阿芬斷然道：「強仔不會逃！」

「為什麼不會？」

阿芬道：「殺了人，也不會逃，他會開記者招待會，痛陳兇手怎麼毀掉自己一家，然後當着眾人咬舌自殺！他已經跟我講過無數次，已經準備了很多年！」

阿芬的眼淚在眼眶中打滾，她奔向大門，向大衛道：「大衛，你可以陪我去找他嗎？」

阿其搶着說：「我去！」

阿芬制止，道：「你在家陪媽媽，她如果知道，也會不顧後果地跑出去找強仔！」

阿芬拉着大衛奪門而出。

要阿芬不關心強仔那是不可能的，強仔比她大一歲，出事的那年，強仔住進了阿芬家，阿芬的媽媽是強仔媽媽的妹妹。阿芬自己才五歲，在讀幼稚園高班，可是她已經注意到強仔那矮小的身體中，有容納不了的過量悲痛和仇恨。強仔一天天長高長大，那日積月累的仇恨也一天天地膨脹，確切地說，是那股復仇的意願在迫使他長高長大，直到不能再長了，那股仇恨也化成了他身體中每一個細胞，分分秒秒都會爆炸！

——他要報仇！

他父親過世後，母親也一下子喪失了生趣，起先還勉強熬了兩年，縫紉教員是幹不動的了；與其說喪失了丈夫也喪失了她的

青春，令她短短兩年等於換了一個人，毋寧說一個善良的人死得那麼慘，那麼毫無價值，所帶給她巨大的衝擊！她只能沮喪消極地活着，而且是為了強仔而活，可不是為了強仔發誓報仇而活。她明白一旦強仔手刃殺父仇人之後的結果，那就是喪失了丈夫又加上失去獨子呀！她的神經無論如何不能撐得住，她只能顫慄地注視着強仔一天大似一天，意味到那可怕的一天正在一步一步迎着她走過來。白天有惡夢，入夜難合眼，當年丈夫倒在梯間渾身鮮血，掙扎哀嚎的場面，永遠呈現在她面前；如今痛苦地瞪着眼睛的垂危者，不是她的丈夫，也不是將會被強仔刺殺的仇家，而是強仔自己！不必等到那麼一天的到來，她的精神已經難以支持，阿芬她媽只好給遠在海南島的母親通訊息，講發生在妹妹身上的事，結果，強仔的外公接走了他可憐的女兒，卻無法接走九歲的外孫強仔。

強仔用哭泣、用逃避、用稚嫩的語言表達他不可改變的願望：

「等我殺了仇人，才來見外公！」

強仔一手叉腰，在外公面前屈起他瘦小的胳膊，顯露他還沒有發育的二頭肌，說：「不報殺父之仇，誓不為人！」

「呵，這口氣，」外公驚愕地問：「誰教你的呀？是老師嗎？」

「他看漫畫。」強媽虛弱地說：「餓肚子也得租來看，還想到武館學打拳——」

「強仔！」外公以顫慄的雙手，拉住了他的一雙小手：「跟外公、媽媽一起去海南島玩玩罷？」

「不！我強仔大仇未報！」

「唉，又來這個。那我問你，你怎能找得到這個仇人呢？他

被關起來啦！」

「我知道，二十年！報上都登了，我等他二十年，我還小，二十年之後，正好！」

「唉，萬一他死在牢監裏呢？」

「活要見人，死要見屍！」

「唉！強仔，萬一那個人沒死，二十年後跑了出來，失蹤啦？」

「跑不了的！」強仔始終保持着他那份激動：「他姓王，是個胖子，名字叫做王虎威，外號叫做王老虎。」

「強仔，聽外公的話，聽媽媽的話，別管這些事了。萬一你真的殺了他，你也要償命，殺人哦，這豈是鬧着玩的？即使不死，也得關上個二十年，值得嗎？可能待到他的兒子長大了也要再來殺你，你的兒子長大了又要再去殺他的兒子。你有決心，有志氣，可惜，不是這個方向！」

「那人家可以殺人，我就不可以？」

外公揉胸口：「一個孩子，居然從小『立志當殺胚』……」

「不是殺胚是殺手！」強仔小嘴一撇，小鼻子一掀：「我藏了把喎喀刀，是尼泊爾貨色，形狀彎彎的，好鋒利！我拿給你看看。」

「不不，我不想看，也不希望你藏有刀子。」

「沒有刀怎麼報仇？」

大家商議的結果，是強仔媽必須換個環境，她基本上已經精神崩潰，連生活也快無法自理了。不能勉強強仔，好在他年紀還太小，不可能真去尋仇，加上對方還在監獄，只好讓他寄住在阿

姨家裏。

「外公，我會看管他──」五歲的阿芬開了口：「強仔他肯聽我的話，亨利也聽我的話！」

「亨利？是誰呀？」

「小花狗！」

如此一來，強仔送走外公和媽媽，成為阿姨家的一個成員。強仔和阿芬讀同一所小學，同一所中學，待升大學那年，阿芬她爸爸公司業務萎縮，負擔幾個子女的學費十分吃力。強仔也不想唸大學，情願到社會做事，趕上一些銀行招請低薪練習生，級別只比工友高一些，他去申請，就把他聘用了。強仔和同事合租了一個房間，白天在銀行學做記賬，黃昏去武館學功夫，晚上繼續不忘做另外一筆賬：記的是他的「報殺父之仇」。當年出事時他只有六歲，捱了兇手一腳，從樓梯頂一直滾落到大門口，幸虧沒有受到劇烈的腦震盪，否則難保不會成為白癡。如今相距二十年，假定兇手已經有四十多歲，還是精壯之年，不容輕視。

小小的心靈蓄積着大大的復仇計謀，當然沒法隱瞞，阿芬十分小心，連一把裁紙刀都不准強仔私藏：「你要用，我有，問我借。」在她看來對強仔已經看管得非常周密。強仔逐漸長大，也逐漸改變了言談態度，從一貫的激昂慷慨變成沉默寡言，從公開舞拳弄棒改成只在武館練武。強仔也千方百計與黑道人物保持距離，他堅決不參加黑社會，他從大量的復仇故事中學會：作為復仇者必須格外忍耐，格外隱蔽。他在「武館」裏的花名叫做「傻強」：「別瞧他練唐拳、空手道、擊劍揮刀頭頭是道，身手靈活，

可是這個人一出武館就像塊木頭!」強仔還為掩飾報仇而編做假身世,武館師兄弟中流傳着他的出生:「他是銅鑼灣街邊煙檔七姑的獨生子,也怪可憐的,七姑熬了大半輩子,只指望他傳宗接代,這才要他來學功夫練身體,據說他白天在中環一家賣洋紙的公司打工,一疊洋紙幾十斤重,搬搬抬抬,沒幾度散手真捱不住……」「聽說你打他幾下他也不懂得還手哩!」

這些話傳回強仔耳朵裏,使他對復仇的信心更加有把握。他捨棄了咯喀刀另買了把牛骨刀,買了塊磨刀石,藏在房裏,有機會就拿出來磨,直把它磨得鋒利無比,再配了一個皮套,等待那一天派上用場,那可是只有一次機會的那一天。他是個獨行殺手,第一次出擊也將會是最後一次出擊,那是不能失敗的出擊!強仔心裏覺得:「什麼警察、法庭、監獄都是沒有用的,報仇就只能靠自己。」他覺得自己是為了報仇才活在世上,撇除了這個目的,一切就毫無意義了。他對自己訂立的生命目的是那麼執着,平日在辦公室,有些女同事向他表示好感,他也感到沒有意義。漸漸地,武館裏被人叫喚的花名「傻強」,也出現在銀行同事們的嘴裏,不過前者的口氣充滿着鄙夷,當着他的面嘲諷他,後者卻充滿了憐憫,背着他作為代號。

強仔絲毫不計較別人的揶揄,他竭力做到獨善其身,除了朝九晚五的工作,就只集中精力進行兩件大事,其實也就是一件事情:咬牙切齒地練武,迂迴曲折地探聽王老虎的下落。

但是,這一切都不能使阿芬一家放心。強仔搬離她家,進入銀行之後,本來規定他要回家渡週末,一同吃飯住宿,直到星期一清早過海上班。開始時他照做了,阿芬家兄弟姊妹多,睡的是

碌架床，增加一個強仔沒問題。問題在於孩子們都長大了，阿芬快要結婚，阿其也有了對象，不能再像以前那樣陪伴強仔，他們的爸爸媽媽也過了退休的年齡，爸爸經常臥病在床，媽媽連操持家務都有心無力，莫說特別照顧強仔了。強仔沒心思幫忙阿芬家的家務事，又不好意思吃現成，到後來也就只在春節拜年時上阿芬家。他們很少見面，電話可通得多，但是沒有一個由他主動打出，比他小一歲的阿芬，一直沒有忘記自己的責任。

阿芬不只一次把強仔約到公園談天。

她抱怨他家信寫得少，「你不能為了死去的爸爸，忘記了活着的媽媽！」「你不能以為自己是為報仇而活着，這簡直荒謬！你媽媽都能想通，重新在海南島開班教縫紉，你這個小輩有什麼權利鑽牛角尖？你是否瞞着我還在進行你的計劃？有沒有想想假若你真的找到那個人，真的把他殺了，那你自己變成了什麼？你外公在世時對你說的你還記得嗎？他難道不痛惜女兒女婿和外孫？他難道不恨死那個兇手？為什麼你一定要這樣偏激？我們是一起長大的，等於兄弟姊妹，為什麼你連兄弟姊妹的話都聽不進去？難道世界上真的有什麼鬼迷心竅，把你真的給迷住啦！」

強仔從心底對她表示感激，嘴上可是一個字也說不出來。公園裏的杜鵑花謝了又開，人的青春一去不再回來；花兒盡了它美化宇宙的責任，人為什麼不能高瞻遠矚？

強仔只能在長椅上俯腰掩臉，聽取阿芬的規勸和譬解，雖然她比他還小一歲，可是卻已成為他外公和媽媽的化身。強仔內心感到不應再對阿芬有所隱瞞，瞥見附近只有遠處有個遊人，便說：

「阿芬，你准我這一次吧。說實話，任何人都攔不住我，我花了快二十年，才找到這個不共戴天的殺父仇人──」

「你怎麼找到他？」

「有一個已經金盆洗手的黑社會人物，老年生活潦倒，我接濟他，他也幫我。」

阿芬挪移身子挨近了他，搭住他肩膀，道：「你答應我一次，由它去算了吧！要不你被抓進了赤柱，媽媽和我們全家該多難過呵！」

強仔沒開腔，過好大一陣才舒了口氣，垂着頭低聲對阿芬說：

「我在你家長大，我對你，對你們全家，是這樣的感激……」說到這裏，兩個人都心酸落淚起來。強仔又說：「阿芬，你看見的，我比你大一歲，可是我不但無端端失去了爸爸，媽媽也要回娘家養病才能活命，我呢？連個女朋友都沒法來往。為了尋找這個人，我可以什麼也沒有，可以什麼也不要。就這一次，沒有第二次！你反對不了的，我什麼都準備好了，如果順利，我會搬回你家一起住；如果不順利，我也做了必要的打算，我有一點積蓄，會留給我媽。」

「那，」阿芬勉強笑笑，試探道：「等你成功之後再喝一杯罷！你說那個王老虎住在灣仔，為什麼呢？他殺人的地方就在灣仔。」

「我也不太清楚，」強仔的眼睛迸射着仇恨：「我只知道他的家庭也散了，住在灣仔一間天台木屋裏。」

「馬師道？」

強仔警惕起來：「反正就在那一帶。」連忙再加一句：「大衛

約了你在咖啡室，你該走了。」

「我從來沒有告訴過大衛你的事，如果你出了事，我怎麼向他解釋你是個殺手？」

強仔想了想，艱難地搜索措辭：「這十幾年來，我說過好多次報仇的話，結果都是說說而已。這一次，說不定也只是說說罷了。」

阿芬和大衛趕到強仔與同事合租的房間，卻撲了個空，再趕到馬師道，兩個人在這一帶的橫街小巷，到處尋找「天台木屋」。

「新樓不用問，」大衛道：「新房子沒有天台木屋，就循一家一家舊樓去找！」

兩個人的心情都很緊張，但是無論怎麼緊張，比不上強仔此刻的心情——他也在逐棟樓尋找，但是決不找人查詢打聽，那也是從書本與電影上獲得的殺手知識，免得出事之後，給旁人留下線索。他不但記住了這些，還格外妥善藏好利刃，此刻就在小腿上牢牢綁着，如今時候到了，快要用上它了。強仔幻想那一擊的痛快，鋒利的刀尖，加上近二十年的仇恨，當拳頭攥緊利刀刺進仇人身體中的一剎那，其殺傷力將有如從二十層高樓大廈頂樓躍下地面，無論任何人都難逃粉身碎骨！一幢舊樓又一幢舊樓，一個天台又一個天台，強仔那顆心，幾乎要從口腔躍出去，似乎練武十幾年的一雙腳，到頭來也有負擔不起的沉重——他的仇恨。

颱風即將來臨，沒有一絲氣流的死寂空氣中有海水的腥味，夾雜在人車渾濁的死氣裏。在又一所舊樓的大門進口處，殘破的牆上有人用石塊歪歪斜斜刻了「肥王」兩個大字。強仔精神一

振：「難道正是這個肥王？」強仔拔出刀子，喘着氣跑上天台，瞥見有三間簡陋的寮屋，兩間外面加了鎖，靠邊那間的門開着，沒有窗戶的屋子昏黑惡臭，有個人躺在帆布床上，又窄又髒亂的小屋有如老鼠窩，一陣帶着酸性的濃烈臭氣使他倒退一步，那個人似乎患着重病，呻吟着，微弱地呻吟着。強仔細細辨認，錯不了，他果然正是要找的人！這個躺在他眼前毫無抵抗能力的人雖然不再肥胖，但即使化了灰，強仔也不會錯認。爸爸臨死前的慘狀重疊浮現：他一再地痛苦哀嚎、鮮血直噴！強仔的心狂跳不已，「喂！」他咬着牙，右手舉刀，左手掩住口鼻，腳下踩過一地垃圾，直衝床前：

「王老虎！」

「你——」王老虎吃力地轉過臉，他身上的肌肉已經萎縮扁塌，有如一具會說話的骷髏骨頭：「你——是哪一位？我，我們沒……沒見過。」

「我是張松濤的兒子！」

「你？」他吃力地稍為坐起來一些。

「二十年前，你殺了他！」

「呵！」王老虎頹然倒下，又用極大的氣力，呼哧呼哧艱難地坐了起來，倚在牆上，喘息一陣，慘然說：「你，你來報仇？」

「對，我要殺你！」強仔邊說邊發抖，二十年來他所想像的劇烈搏鬥完全沒有出現，鋒利的牛骨刀舉在半空，似乎在嘲諷：「好一個英勇的殺手！」

「你，」王老虎說：「你盡管殺，我不會叫救命，你看見我今日的下場，如果你殺了我，簡直等於救了我，我連跳樓都沒氣力！」

「你，你是混蛋！」強仔聲音更抖。

「對，你罵吧，我是該死，」王老虎嘆息着，真的沒半點驚慌，眼睛裏充滿了厭倦：「我這一生毫無價值。我已經預備好四個字帶進棺材，如果你殺了我，這四個字就轉送給你。」

「哪四個字？」強仔喝問。

王老虎沒有聲音地笑，他已經連笑都沒有氣力了。

「那你聽好了。」王老虎說：「這四個字就是：浪費生命！」

強仔呆了，王老虎又無聲地笑。

「姓張的，」王老虎道：「我的家完了，我的一生也完了。你的家也完了。來吧，我不叫，」他吃力地指指心臟：「喏，這裏，一刀就夠了，要重手！越大力越好，我謝謝你咯，剛才四個字就是我送給你的最後禮物！」

「王、王——」強仔使勁舉起刀子，這個動作在過去的十多年來已經練過千萬次，他不會忘記下一個動作是把刀插到前面這個人的身體裏，只要他——強仔，身體往前使勁一送，腰身一使力，在這個距離甚至不用瞄準，刀子一定插進仇人心臟！

王老虎期待着，驚詫着，終於發起怔來，沒有再央求強仔動手，因為殺手的刀子已經掉落在垃圾堆。強仔也不去撿起，轉個身，一陣風似的走了。

直到阿芬和大偉在街邊截住了他，強仔還在流眼淚。阿芬把強仔的雙手一把拉過來看，沒有血跡。阿芬的眼神問強仔：「發生了什麼變故嗎？」強仔慢慢抬起頭，嘴唇顫抖，說：「我放過他了，以後再也不找他了。」

大衛攔住一部的士，自己坐在司機旁的位子。的士裏三個

人一句話也沒有說，天外的雲彩特別絢麗，阿芬的手拉着強仔的手。

　　過了很久，強仔轉頭向阿芬說：「不要告訴你媽媽，也不要告訴我媽媽。」

　　阿芬點點頭：「你搬回來住吧。」

　　強仔點點頭：「好。」

　　銅鑼灣街道上的行人依舊，即使再過五十年，或者換掉了幾代人，還會照樣擁擠。

失

第一次，我失掉了我親愛的梅芬；第二次，我失掉了一個親密的朋友，第三次——您可知道，我失去了什麼呵？……

一

托爾斯泰說：「人類也曾經歷過地震、瘟疫、疾病的恐怖，也曾經歷過各種靈魂上的苦悶，可是在過去，現在，未來，無論什麼時候，他最苦痛的悲劇，恐怕要算是——床第間的悲劇了。」

在不久之前，我是托翁的信徒，對上面這段話欽佩得五體投地；但從今以後，我雖然仍是托翁的忠實讀者，對這段話卻有了懷疑……

故事——我親身的經歷得從一九三七年說起。您知道，那一年正是「七七」抗戰的一年、也是我拿到嶺南大學法學士學位的那年。我父親在香港中環開設一家不大不小的進出口公司，我在這裏唸完書院之後，就根據他老人家的意思，放棄攻讀文科而

進了廣州嶺南大學的經濟系。

我無意抱怨先父和家母，他們的環境決定了他倆對獨生子的期望：平平穩穩地，但求有一頂方帽子，繼承他的事業，傳宗接代，就滿足了。我只是抱怨自己的懦弱，由於我有這麼一個家庭、父親的公司，以及這麼一個狹窄的生活圈子，我不諱言我的缺點：懦弱。我總以為只有現實才是最實際的；我不但要活，而且要活得比旁人都舒服。……

當時有位同學批評我「保守」，我承認；但我也批評他「幻想」。拿抗戰那年的情形來說，國家內部是這樣糟，外面卻有人打進來了。這種情形而猶盼國富民強，豈非笑話？特別我是經濟系中成績較好的一個，當時在我的畢業論文中，我已表示了我的態度：中國經濟一切掌握在西方國家手裏，要自強實在不可能，千孔百瘡、工業簡陋、鄉村破產、天災頻仍、人禍不絕，……總之是黑漆一團。至於我，當然只好逆來順受，聽其自然了。

蔡鴻順同我的看法完全一樣，於是我們不但成了好同學，而且也是好朋友。從「新鮮人」（大學一年級生的英語諧音）到畢業，我和他同一個房間達三年半之久，家裏匯來的鈔票固然大家花，連內衣褲也不分彼此。

蔡鴻順是中山人，但從來沒去過中山。他的父親是華僑，住在星洲，於是每年寒假暑假我們都同一天離校來港，我回到我的家裏，他則回星洲。而且從不願意我送他的船，他總是要我「多和家人相守，盡量享受假期」，他對我的關切於此可見。

我同他的關係大概如此，總而言之是密切，密切到我愛上梅芬以後，凡是有關她的習慣興趣，一言一語，片紙隻字都不瞞他，他也從中給我提些意見。梅芬是外語系的學生，她的爸爸當

時是現役海軍高級人員，福建人，家庭卻在廣州，我同鴻順經常上她家去，特別逢到她爸爸在家的時候，鴻順同他的談話便沒個完。而且慷慨激昂，甚至表示畢業後要考海軍，——說實話，梅芬的父親喜歡他甚於喜歡我。

也可能是受了她父親的影響，我以一個正在談戀愛的心情——特別敏感的心情覺察到，梅芬對我漸漸地疏遠了，甚至當面都故意冷淡我，在圖書館借書碰到，也有意不理我。您有過這種經歷罷？那真是白天變黑夜，太陽失去光和熱，春天成寒冬，壯士毋寧死呵！

——何況我是這樣懦弱！

我消沉下來，本來被人認為「保守」的性格，更加沒有光采。畢業考試前夕，我鼓起勇氣要求她下自修課後到校園談一談。那晚她倒是來了，起初我們只談些正常的話，例如局勢緊張，畢業後有什麼計劃等等，還算有說有笑。但談到我同她四年的友誼應該繼續還是結束時，我們都笑不出來了。

「梅芬，」我說：「我不祈求你憐憫，因為戀愛不能勉強，不該『施捨』。我知道你與鴻順也走得近，你是我愛的人，鴻順是我的知己，你們兩人如果真的在一起，我是不會破壞的，因為我愛你，只要你喜歡什麼，我寧願付出巨大的代價，甚至毀了我自己。」

她很感動，但說話的聲音非常響亮，好像我已變成聾子，並且措辭方面也變得很「體面」，都是些外交辭令，沒有甜蜜更沒有感情。例如：「你想得太多啦。」她大聲說：「我們還年輕，還得留學，我對誰都沒有想法，大家早點睡，準備畢業論文去罷——」之類。

於是我頹然同她分手，並且最後一次吻她，她竟然拒絕了，其實吻不吻都一樣。她已經變了心，算了罷！但不知怎的我無法舉步回房，坐在校園小門的門檻上，怔怔地望着她的背影走向女生宿舍——立刻有一個熟悉的背影從我們剛才坐着的樹叢中鑽出來送她回宿舍……

——是鴻順。

——我一夜沒回宿舍，就坐在門檻上，悲傷我失去了相愛四年的戀人，甚至痛苦到沒有眼淚。

二

天明前鴻順穿着睡衣，同校役拿着電筒找到了我，沒說一句話，默默地扶我回宿舍。他開始煮咖啡，打開餅乾盒，他自己吃，也要我吃，我當然吃不下。他老老實實地告訴我，她是愛上了他，他也愛上了她，但他兩人都同情我，——天哪，這還有什麼好說的？我責備了他也寬恕了他……

「將來我們還是好朋友，」鴻順道：「犯不着為了一個女孩子，毀了我們四年來比兄弟還親的友誼。她不是不喜歡你這個人，她說你同我一樣安靜、斯文，但你的性格似乎太守本分，……」我抱着頭在床上打滾，吆喝着，求他別再說下去，我對他完全諒解，我也願意同他倆保持友情。

三

但我不能騙人，對於他倆，當我畢業回到香港之後，實在不

想再同他們見面的了，因此當鴻順來信說他們將在南京結婚時，我只發了一個賀電，沒有勇氣寫信，並且用泡舞場鬼混，來麻醉我清醒而懦弱的神經。沒多久又接到鴻順的來信，述說他已由岳丈介紹，進了南京海軍部，揣摩口氣，官兒還不太小。我當時倒鼓起勇氣回了他一封信，向他道賀。而他有一次更派使人當軍艦經過香港時，送我半打板鴨，作為他對我表示的一種友情⋯⋯

緊接着「七七」抗戰開始，已經當了老闆的我，當然不可能毀家紓難，而且父親癱瘓在床，我更是走不開，於是這種「安寧」的日子直到太平洋事變才結束。

日本兵與血腥恐怖一齊來到了香港。

而且，在兩個星期之後，一個以「豐田次郎」具名的請柬送到了我名存實亡的公司裏，我的性格您已知道，當時真驚出了一身汗，猶如接到一張告票。我斷定這個從未晤面的、報紙上刊載消息時介紹他是什麼什麼長的豐田次郎弄錯了，但請柬上收件人的姓名一點沒錯，而且還邀請了「夫人」。

我於是向各方致電查詢，得到了一個比較安心的答覆：原來豐田次郎意欲「歡宴香港工商人士，共謀大東亞共存共榮」。這種「宴會」想來不會砍頭，於是我去了。我太太不願同行，她說得很明白：「如果一定要我去，我寧願上吊！」

我去了，有如囚犯待判，E酒店中擠滿了一廳的客人，等候豐田次郎（他是主人）光臨，彼此不說話，眼睛望着酒店豪華的裝飾與大門。

豐田次郎畢竟是來了，而且和他珠光寶氣的中國夫人一齊進門——天呵！我幾乎昏厥，原來他倆是蔡鴻順和梅芬！

四

　　這不是演戲，像我唸大學時那樣耍玩；這也不是虛構的小說，蔡鴻順和我同宿舍三年半，內衣褲都混着穿，他燒成了灰我也認得：這是真實！

　　要我從什麼地方說起呢？說他同我握手時那股趾高氣揚的勁兒麼？說他當眾介紹他的太太是中國人，便是所謂「日支一家」麼？說他把我找到一旁，解釋他過去冒充中國人、每年放假偽稱赴星、實則赴日等等都是為了「天皇的光榮，帝國的偉業」麼？說他……

　　無論我怎樣懦弱與保守，那晚上我算是萬分勇敢——我痛痛快快地喝酒，不像其他工商界朋友那樣，他們大都食不下嚥。

　　我醉了，鴻順——不，豐田次郎——這個噁心的人和噁心的名字，居然和梅芬親自送我回家。而且「善意」地訪問了我的家眷，留下了四件禮物。

　　從此，我失掉了這位親密的朋友——蔡鴻順。豐田次郎我沒勇氣和他往返，連帶着梅芬，雖然我早已失去了她，但還保留一個酸楚而美好的印象，如今我又見到她了，可是她的身份變得這麼醜陋，醜到難以形容，使我傷心透頂。

　　正在考慮今後怎麼辦，有一天忽然梅芬到我家裏來，一見面立刻交給我一封沒有封套的信，淒然一笑，一去不返。這封信我早就遺失了，內容大概是這樣的：「……失身民族敵人，萬死莫贖。發現他真實身份時南京已淪陷，他擅離職守，捲逃大批總部文件藏匿，日寇進城後視他為『大功臣』……為了我父聲譽，我只得忍辱偷生，其實他同我結婚也只是為了侵華陰謀，企圖通過

我這個『支那人』，為日寇吸引更多的漢奸，……想當年我不該棄你而就他，嘆如今國破山河在，城春草木深。我所以忍辱至今者，期與君晤一面，訴盡苦情，然後與他同歸於盡。今見君矣，偷彈珠淚。接信後速離香港，因鴻順上司下屬均知我們三人的故事，他也以此自豪，藉以誇耀他在侵華方面的『功勞』。君速行，半月後如再逗留，必有奇禍，屆時幸勿責我。別矣別矣。來生再見……」

<h2 style="text-align:center">五</h2>

不必猜測，我是這樣心慌意亂、悲痛迷惘，最後把妻子偷偷地往鄉間一送，自己則向重慶逃亡。重慶有的是同學、同事，做做生意，辦辦「公事」渡日。有門路的人就有這點「方便」，我又「安定」下來，日夕盼望梅芬的消息。

但直到日寇投降，還是沒有她的消息。我一回香港便到處打聽，好不容易輾轉探詢到她的下文：她的確決心和他同歸於盡，但那晚豐田次郎「醇酒婦人」到天明才回家，可憐她等候太久，不知不覺和衣睡着，而且一隻手藏在衣服裏，手裏有一枝小手槍……

不必細問，像豐田次郎那種「佛面蛇心」的壞日本人，對這光景已經一望而知了，於是酒也嚇醒，而梅芬便變成了「重慶分子」，在女牢裏不堪凌辱，用一張氈撕碎結繩，了卻一生……

六

請不要譴責我，我只是一個懦弱而保守的小老闆，我必須經營我的公司，養活我的妻子兒女，其他對我都是不大重要的。當我失卻昔日愛人以後，我的生活一度頹喪不已；黯然她失身於一個敵人從小培養的間諜，受盡了他的利用與污辱而選擇同歸於盡。自和她見過最後一面之後，我的生活更加沒有光采，加上我的懦弱和保守，我甚至萌生做和尚的念頭——我不必諱言感情對我是這樣殘酷，失去了的愛人與密友都一去不返⋯⋯

我，已經四十出頭，已經沒什麼志向與新鮮的打算了，除了多做生意，多賺點錢。

我，已在若干朋友反對聲中，決定做一宗日本貨生意了，反正政治什麼的都與我無緣，我便與他們同往機場迎接「丫株式會社」的董事長佐間×××、財源似乎在他身上。⋯⋯

我，抱着無所謂的心情注視機場跑道，一架飛機降落，滑行，連結廊橋，直到艙門打開，那位董事長佐間×××第一個下來，——我的天，原來他就是我失去了的密友蔡鴻順，他就是置梅芬於死地的豐田次郎，他就是幾十年來專以中國為侵略對象的、披着羊皮的狼⋯⋯

我顧不得人們的驚詫，更顧不得該如何重訂以後的業務方針，我一扭頭就衝出機場，僱了的士過海回公司，像害了一場大病，到今天才支持起來。

不，到今天才「振作」起來！——那是多麼可憐和可貴的「振作」，幾十年來我做了什麼？我想了些什麼？天呵，面對我的國家民族我是這樣地內疚，幾十年來，當人家處心積慮企圖毀

滅我們以及我們世世代代的幸福時，我卻是與世無爭地過了半輩子……

第一次，我失去了我的愛人，第二次，我失去了一個知交，這在我生命中是重大的事件，如今第三次的重大事件又來臨了：

——我失去了懦弱和保守！

不必向您解釋，親愛的朋友們，您通過我上述真實的悲痛經歷，可以得到這麼一個「結論」：小我與大我不可分！當「大我」受盡折磨的時候，「小我」的幸福與安樂都不可能。為此我對先父不無遺憾：如果早年讓我攻讀文學，我大有可能把這刻骨傷心、同時又悲憤激昂的故事寫出來，紀念我的梅芬，並且在「大我」面前立下誓言：我誓必揭破「佐間×××」的魔鬼面具——雖然他此刻正化身成紳士與大商賈在香港肆意活動……

瞻前顧後，環視左右，我發覺我還有信心，我個人的不幸與懦弱應該結束了，托爾斯泰那一段話中的「未來」一字似應抹掉，因為人類到底在進步中，——我哀愴而奮激地呼喚梅芬的名字，遺憾她沒看到我此生中第三次的大變化已然去世……

壓

新聞

（本報消息）今日凌晨一時半，尖沙咀海后大廈八樓有一妙齡女客跳樓自殺，恰巧跌落樓下梁記士多布篷之上，彈出地面，僅斷腿骨，但因腦部受震過劇，經士多店主撥電報警送院急救後，截至發稿時止，尚未醒來。

傷者年約二十歲，跳樓時僅穿睡衣褲，但附近街坊均不識其人。海后大廈八樓有公寓一間，是否為該公寓住客，正查訪中。

特寫

經過四十五小時又二十七分的昏厥，前天在海后大廈八樓跳樓自殺獲救的甘洛蒂，終於甦醒過來了。

洛蒂小姐醒後第一件事便是哭，痛哭，大哭——並且說她的一家三代都死在一個人手上，她活不下去了，掙扎着要起床，但給護士小姐阻止了。院友對她說：既然一家三代都死在一個人

手上，就應該找這個人算賬，而不是一死了之，死只是軟弱的逃避，你年紀輕輕的不應該死⋯⋯。

洛蒂小姐喝了一杯牛奶之後，就在病床上不斷地哭泣着，為公正的社會人士揭開了一個駭人聽聞的悲慘故事：

⋯⋯我是四川眉山人，今年二十歲，從小生長在成都，到過上海、南京，在鎮江住過一個較長的時候。

這個故事說起來，不是三言兩語可以講完的。我曾祖父和祖父在清末民初做過官，有不少錢，但我祖父只有一個獨生子：便是我的父親。

當我誕生的時候，抗戰已經第二年了，但四川還是比較安寧。政府搬到重慶之後，成都便熱鬧起來，各種各樣的機關先後搬了過來，美國領事館和新聞處（O.W.I）在成都也有不少工作人員。當時我家當家的不是我父親，也不是母親，而是祖母。

你們或許會想到，像我祖母一生經過兩個朝代、曾在那種社會勾心鬥角中過日子的女人，一定是精明能幹的。但我沒見過她老人家，因為在我開始有記憶的時候，她已經在成都老家上吊自殺了。

那是不能想像的：一個有錢有勢的老太太，居然如此了卻餘生，原因竟是因為見「鬼」了的緣故。

我母親彌留時，含着眼淚對我披露逐件命案的真相時，距離我祖母過世已經好多年了。

就在我出世前一年，我父親把成都老家租給了美國領事館的眷屬。那是一幢有亭台樓閣的大房子，裏三層，外三層，凡是到過四川或者去過江南的人，對於這種古老的大庭院一定有印象。那時光的美國據說是與中國並肩作戰，一起打日本，而派來中國

的文武官兵，內中也不乏有正義感的人。在這種情形下，大家把他們全都當做好人，我家的悲慘命運也就此埋下了禍根。

我想介紹我那個糊塗的爸爸──請他在天之靈寬恕我──我爸爸是川大的畢業生；當時美國戰時新聞處成立後招聘職員，他便以作為美國領事館眷屬宿舍業主的關係，在裏面找到了一份工作。同時在我們的房子裏，也住進了一個外國租客，那是領事館的一名職員，他起了個中文名字，叫做施留爾，年紀比我爸爸大一歲。據媽媽說，有個外國人租客，大家覺得很光榮，因為當時的政府正在討美國的好，能有個美國人做朋友實在榮祖耀宗似的，體面得不得了。

那個時候物價不穩定，鈔票不值錢，而我家恰巧有大把錢，只是我父親不善營生，於是聽從我祖母把錢都拿來買田買地囤穀子，再交由我祖母管理。自從認識施留爾後，他便建議父親做西藥生意，做美鈔生意，說這種生意又簡單，又賺錢，比我祖母那一套更厚利。起先我祖母不答應，後來心動了，拿出一百擔穀子做本，竟然不到十天便賺了個對本對利！我祖母打始完全信任施留爾，最後把所有田地都賣了，穀子也不囤了，專門淨做西藥和美鈔生意。但我父親和施留爾兩人卻仍然在原機關服務，因為利用這兩塊「金字招牌」，對買賣有很大的便利。

據母親說，到抗戰勝利那一年秋天，我家的財產用「大黃魚」（十兩重的金條）來計算的話，為數總在八百條以上。正在高興得不得了，施留爾說：「如今日本的軍力已經不行，大戰眼看要結束了，不如把你我財產投資到京滬大地方去，反正今後的四川是沒什麼作為的了。」這建議遭到我祖母反對，她說她老死不願離開四川半步。可是我爸爸不這樣想，他偷偷地同意了施留

爾的建議。後來日本投降，我爸爸便由他介紹參加了鎮江的「國際善後救濟總署中國分署」機構的工作，更把全部財產交給施留爾經營。當時施留爾在南京工作，他們經常互有往返，生意雖說不比在四川時那麼暴利，但賺得還是很多。

你們明白，我爸爸所以到鎮江去，其實並不是為了每月賺那少得可憐的法幣，而是為了照料他的八百條「大黃魚」。可是為什麼不到南京去呢？那是一來施留爾說南京的工作機構不缺人手；二來在做生意這一點來說，鎮江也是個重要的據點，因為它是江南、江北之間的重要咽喉，一旦把蘇北的什麼軍隊肅清了，這廣大的地區將會是一個莫大的財源。於是我家聯同南京的施留爾，上海的其他朋友成鼎足之勢，生意相互呼應。

直至一九四六年夏天，全部資金皆集中在施留爾手上時，他忽然失蹤了！爸爸着急得可想而見，到南京去問，那個機構說根本沒有這個人。再問，說在四川時是有這麼一個職員，但日本投降以後，施留爾早已不在原機構服務了。無論再託人打聽，答覆也一樣！這下可好，等於爸爸把祖宗幾代的財產一下子「花」光了，他一夜之間像蒼老了幾十年，然後在某個平凡的晚上服下救濟總署的殺蟲粉自殺了。那時我只有四歲，什麼也不懂。

母親說：她那時也只想去死，但為了我，她活下來了。她也不願回成都，她說她沒有臉回去了，她怕見婆婆，以及任何一個親戚。我祖母好久沒接到爸爸的信，又沒錢，派她的一個遠親到鎮江來打聽，這位親戚回到成都後，中午對她報告我父親的一切經過，當晚她老人家便上了吊。

我母親對我講完這段悲慘的故事之後，她也只支持了三小時，便痛苦地毒發死亡了。

她的痛苦我全清楚，我來說。

據說是局勢不好，我母親在鎮江又人生地不熟，便跟着「國際救濟總署」中幾個同鄉，從鎮江而上海，到香港逃難來了，那是一九四九年的夏天，我只有十一歲。

但是我已懂事了。生活的艱難，人情的險惡，家庭的慘變，使我弱小的心靈蒙上了一層不應該有的塵埃，在這個島上混一天算兩個半日……

我母親當時三十五歲，在一家同鄉開設的金號裏打雜，介乎職員與女傭之間。我母親只生我一個孩子，也不見老，她的同鄉便勸她再醮，以免生活成問題，我母親沒有答應，也沒反對，只是流淚。

世界上沒有這麼巧的事情，有一天金號老闆在大華飯店頂樓請客，我母親也參加了，竟碰到了施留爾。

事後母親對我說，施留爾並不慌張，不像是捲款潛逃的樣子。問他當年那筆鉅款是怎麼回事，他苦笑着說那是因為給蘇北的軍隊俘虜過去了，全部資本都被沒收乾淨。施留爾還為我家中的不幸唏噓，他安慰我母親，並且說如果不嫌他，他願與她同居，我們母女生活由他擔負。

原諒我——我可憐的媽媽，她是這樣的糊塗。她不但不再查問過去的事，居然真的和施留爾同居起來。

但是施留爾從來不許我媽媽過問他的職業和活動，只說他的工作很特別，不允許旁人干涉，否則會走漏秘密，誤了大事。他同時也負擔了我讀書院的費用，還鼓勵我要學好英文。而我母親但求有一口安逸飯吃，對他很是順從，金號的工作也辭了，老老實實安頓起一個小家庭來，並且希望日後能跟隨施留爾去美國。

施留爾並不是每天回來的，但他的工作既然這樣神秘，我媽媽也就從來沒有干涉他。

這麼着我們過了三年，有一次他喝醉了回來，不小心口袋裏落出一封來自他家裏的信件，我母親緊張極了，要我唸，我的英文程度不大好，但這封信恰巧是他女兒寫的，內容很簡單，我看得懂。大意是說：媽咪要他在香港買一些東西，附列了一張清單；還說他離家四年，應該回去了，問他會否又像一九四六年那樣，發一筆大財回來……

唸到這裏，我媽媽什麼都明白了：施留爾三年前見面時沒有一句真話，他是騙子，是強盜，是殺害我祖母和爸爸的人！她又恨自己上了當，竟委身於他，氣得沒法說話。後來，我媽媽藉口回鄉省親，把我寄託到那家金號的老闆娘身邊，自己帶着一個小皮箱走了。不料翌日就有人來報訊，說我媽媽出事了：人已送醫院，她在旅店服毒了。

我沒法描述我母親的悲哀，她在甦醒時，訴說她曾重重地摑了施留爾一巴掌，力度足以把他從酒醉中打醒過來，她要與他算賬，卻被他踢傷，然後逃了，再也沒回來……

如今，要說我自己的故事了。

我後來就寄住在金號老闆家裏，再後來老闆炒金炒燶了，店也關了，最後我離開他們，迫不得已做了一個女人最容易找到的工作：舞女。

我在這裏「混」，已經混了好幾年，從一個「紅舞星」淪為跑公寓的「應召女郎」了。

前天有個洋人找女人，事頭婆因為我懂英文，便要我去，我麻木地到達海后大樓那家公寓，想不到找女人的人竟是施留爾。——那時他已換上了「浴裝」。

他不認識我，但我認識他！

一瞬間從心底爆發出來的恨意，那是不用解釋的，我並沒有對他動手，但我用最惡毒，最下流的話罵他，並且要他負責賠償！這頭險惡的狼，先給我看看他的手槍，然後和顏悅色地要同我談判，待我放鬆了警惕，冷不防他一拳頭朝我下顎擊來，我便昏倒了⋯⋯

先生們，女士們，生活雖然迫使我淪於賤業，但我自信我的心靈仍保持純潔，無奈受到施留爾這種「高貴」的人們一再摧殘，我的心已被傷害到失去活下去的信心了⋯⋯

三代，——先生們，女士們，謝謝你們的關心，我心上重壓着三代的仇恨呵！

憾

　　我並不打算寫我學生苔莉的故事，因為一來她是我的「高跟鞋」——苔莉對於「高足」這一稱謂的詼諧英譯，從這你可以發現她的「鬼聰明」——二來她有一段悲慘的經歷，又處身於這麼一個社會，她「想飛」的幻想已然真的飛走了，如今給生活縛在籠子裏，用哭泣的嗓子歌唱，換取一杯清水、一撮小米。……因此我對她總是特別寬恕和憐惜。

　　我是 F 書院的教師，一九四一年夏天正好同苔莉住在堅道一個大門裏：她家住第二層，是自己的物業，我在四樓租了一個房間。如今已不大計較人們當時對我的「通稱」：老小姐。而近廿年來，我的「身份」沒變。

　　莊家夫婦——苔莉的父母全家都對我很好，她母親不但美麗，而且善良，當時頂多二十三、四吧？苔莉也只有四歲上下。她母親時常邀我到二樓吃便飯，因此我認識她家每一個人：從阿嫲到苔莉，珊姑和女傭，男女老少總共在十四人以上。

　　特別介紹珊姑的原因是：她介乎莊家家人和女傭之間。名義上是親戚，是苔莉母親的長輩，可事實上她住在工人房，年齡比

苔莉的母親還小一些，專門貼身照料苔莉。許是由於鄉下生活艱難，她父親才送她到香港莊家來的。珊姑瘦削而沉默，沒有表現過真正的歡樂，反倒是生活的折磨、發育時營養不良、以及她以親戚的身份來到莊家之後，並沒機會上學等等所受的委屈，都可以從她冷峻的性格上看出來的。但她猶似其他鄉間姑娘一樣，忠厚而忍耐，似乎為了報答莊家的收留，她一輩子甘願照顧苔莉，不結婚，不受酬，終身做個老小姐。

然而應該說明：苔莉的媽媽對珊姑還算不錯，衣服鞋襪零用錢都不缺，年底還給她幾塊錢，以及把自己不再用的東西大都給了她。處在莊家大多數人對她不夠尊重的情形下，珊姑對苔莉母親的感激可以想像，為此她照顧苔莉十分用心，與苔莉產生了深厚的感情，珊姑愛苔莉甚於自己的生命。

這麼一個中上家庭裏所培育長大的苔莉，拿這裏庸俗的說法是，長大了該許配名門，如何如何了罷？——不，苔莉很倒霉，她是生不逢辰了。就在那一年日本兵開始攻打香港，在一個「黑色的聖誕」之後，日本兵開進了香港島，其中有五個不知怎的闖進了莊家，將莊家上下男丁殺的殺、趕的趕，接下來綁住了全部老少婦女，搜出莊家的酒菜大吃一頓，最後糟蹋了所有的女人。或許苔莉母親的悲慘呼號觸怒了皇軍，她死得最慘，裸露的胴體上被插了一面日本軍旗，這面旗子上有四個漢字：「武運長久」，旗桿上有一個一吋長的鐵尖端，是準備插在泥地上的，如今由酒醉兼失卻了人性的皇軍，拿來插在苔莉母親的身體裏了。

事情是這樣的：當夜我正在四樓單位內佈置着一個看來凌亂骯髒的場面，準備萬一日本兵來到時，看到此單位房門大開，雜物凌亂，臭氣衝天，野獸們便會以為這斗室中的住客已經逃走，

而且沒什麼值錢的東西可搶了——於是我便可以逃過一劫，在他們走後從床下角落裏耗子似的爬出來，在驚心動魄的各種聲音中坐等天明，或者繼續等待。至於等待什麼，我也不知道。

就在這時，珊姑抱着苔莉來了，說時局緊急，莊家要出走。苔莉的母親要我幫忙照料孩子一個黃昏，好讓珊姑幫她整理行裝。對這我當然義不容辭，沒想到珊姑回到樓下不到半小時，蒙着皇軍狗皮的狼羣來了！

四樓的住客個個自身難保，我這個老小姐雖似胸有成竹，究竟沒有把握，可是時間也不容許任何人再考慮和選擇。我把心一橫，想起抽屜裏還有幾片安眠藥，便給苔莉吃了一片，把她放在床下角落裏，然後自己作好準備，一待門外有聲響便鑽進去。兩耳只聽見樓下和四周乒乒乓乓的砸玻璃聲、餐具墮地聲、撕心裂肺的喊救命聲，鬼叫狼嚎的獰笑聲……天呵，「皇軍」與末日俱臨！

還是珊姑，她頭髮凌亂、衣服破碎，奔上四樓報訊來了。她的情況已無須任何說明，抱住了我只會不停地哭，我除了抖顫外反而沒有流淚，我只恨自己是個沒用的人，在該流血的時候卻怯弱地躲在床底。

……

我，已經接近衰老之年了。像一頭老貓習慣於牠的窩那樣，二十年來雖然搬過好幾次家，但還離不了這個地方：香港，離不了粉筆與課室。而在最近一次搬遷中，沒想到碰見了珊姑！我們為彼此的衰老而哭泣，世界是美好的，但我們已如兩片枯了的樹葉……

沒有可能把她的訴說寫下來，太長，不可能的。簡單說起

來：莊家已經毀了。苔莉的父親——這個回憶中丰度翩翩的一家之主，瘋了，拖不到兩年也就去世了，其餘的非死即散。珊姑是為小苔莉而活下來的：「她母親死得這樣慘，」她邊流淚邊說：「做夢似的，十幾口人一下全沒有了，只好由剩下來的我照顧她。我拋開打算吊頸用的繩子，靠變賣莊家剩下的東西，撫養苔莉長大。原想在和平之後找到莊家的人，交還孩子，然後回鄉下去，可是苔莉不肯離開我，我呢？我也離不開她⋯⋯」

「由我這樣的粗人來帶孩子，」珊姑嘆氣：「千金小姐呵，真是嬌縱慣養沒法管。十年前我爸爸寫信來，許我帶着苔莉一起回去，剛巧莊家有一個做官的親戚全家從內地出來，也可以收留苔莉；苔莉本來就對我鄉下的生活不熟悉，現在有了個闊親戚，當然更不想去了，而且還非得留住了我。——你問苔莉現在幹什麼？倒霉呵，她變成交際花啦！」

當夜，苔莉到我房裏來了，真把我嚇了一跳！簡直同她二十年前死去的母親長得一模一樣。沒說的，三個女人又流了好大一陣眼淚，然後我從她嘴裏知道了更多：她今年二十三歲了，十三歲那年同珊姑一起寄住在那個做過官的親戚家，可是從十九歲那年開始，她卻要靠伴舞來養活她的「丈夫」！這家親戚在城裏只顧吃喝玩樂不事生產，帶來的財物數年間便吃盡當光，他的不肖兒子一直都沒辦法找到工作——也根本不會做事，看苔莉出落得亭亭玉立，更強行佔有了她，使苔莉陷入了屈辱的生活。

「我是逃出來的，」她說：「我沒有勇氣同他再相處，也沒臉跟珊姑回鄉下去，我已經——已經墮落！」她哭：「你當年白白救了我一命，還是不救的好⋯⋯」

我沒有什麼可說的，除了空洞的安慰。

是的，從此我無須再時常懷念苔莉和珊姑，我們重逢了。我當然沒有卑視她們的意思，我明白我所生存的小天地，對女人確實特別殘酷。接下來苔莉表示要繼續求學，也確實在我服務的學校裏斷斷續續讀了幾個月，之後就再也不來了。

　　我失卻了去探望她倆的勇氣。一個交際花與像我這樣的老小姐是如此的不調和，特別是她家裏雖說有着固定的兩個女人：她和珊姑，但卻經常更換着男人，這使我感到屈辱，因此探望的念頭剛起便卻步了。但昨天卻又去了一次，而且令我感到非把這故事寫出來不可了。

　　上星期三，苔莉的保護者忽然迫使她放棄交際生涯，要她「嫁人」去。粗略聽起來實在不錯，誰願意整天濃妝艷抹、打情罵俏、賭飲蓬拆，昏天黑地過個沒完？如果說：一小部分女孩子的墮落是為了嚮往這種醉生夢死的酬酢活動，那末她們其實也早膩了。

　　苔莉和所有受屈辱的女人一樣，她一方面厭倦了這種生活，同時對保護者的控制又無法擺脫。因此在他提出具體做法期間，苔莉就在家獲得了短暫的休息。如今她已成了一個素未謀面的男人的外室，每月開支由他負擔。條件議定之後她便在家等着，一口氣睡了兩天兩夜，起床後渾身癱軟，那個男人卻仍未露面。

　　到第三天的晚上，苔莉以為今天又已等了一場空，便聯同幾個小姊妹看戲去了。珊姑抽空上我那裏，除了告訴我這個古怪的「婚姻」之外，還要我代她寫封信，寄給她的家人。我剛好有事，又不便催她回去，便說：「苔莉大概快回來了。」意思是請她回家，但她十分老實：「沒什麼，我家大門有三把鑰匙：她一把、我一把、刀疤孫也有一把。」

刀疤孫就是苔莉的保護人，也就是十年前她那個做過官的遠房親戚，這個人且不談也罷。也正在這個時候，那邊廂苔莉家刀疤孫帶着苔莉的「丈夫」回來了。——是個肥肥的中年人，自稱汕頭人氏，姓林名厚德，大概在五十上下，滿面紅光，光光的禿頭，左頰上有一顆痣，又紫又黑，身材相當高大，給人第一個印象便是那一家公司行號的老闆之流。香港嘛，「大清律例」並不反對納妾，說不定是在為了子嗣什麼的冠冕堂皇理由之下，託人找個女人玩玩，——由它去罷。

　　刀疤孫一開門便很不高興：家裏沒有人！苔莉不在家！他拚命向林厚德道歉，推着門為他接過箱子，跑進屋內為他準備洗澡水，並且解釋苔莉已經等他等了三天，大概今天悶得慌，同女傭上街蹓躂去了。但林厚德只是「嗬嗬嗬」地笑，點了根雪茄，洗了個澡，恰巧苔莉就回來了。於是林厚德穿着浴衣走向房間，刀疤孫則忙不迭告辭，而林厚德就摟着苔莉……

　　見多識廣的苔莉總感到林厚德有點不同，但不同在什麼地方？倒也難說上來，一口廣東話也相當彆扭，於是她試探道：「林先生真是廣東人嗎？」

　　「怎麼你叫我先生？」林厚德「嗬嗬嗬」地笑道：「我們是夫妻，你這樣客氣我可不高興啦！」

　　「那叫你爸爸罷！」

　　「嘻！你這丫頭！」

　　「你到底是什麼地方人啊？在什麼地方辦公？」苔莉道：「哪有這樣的『丈夫』喎？」

　　「你看我像不像金山伯？」

　　「嗯，」她把他光禿禿的頭頂，圓溜溜的面孔，以及那顆又

紫又黑的肉痣都端詳過了，無可無不可道：「是有點像金山伯。」

「我時常來來去去的，」他說，習慣地把雪茄咬在嘴裏：「我從小就離開廣州，幾十年都在外面奔波——」

「那你太太和孩子——」

「提她們幹什麼？」林厚德道：「不怕煞風景嗎？嗬嗬嗬嗬——這樣罷，我的事你別管，我也不喜歡女眷到我寫字間來。現在我每個月付你一千元，收到了嗎？夠用嗎？」

苔莉連一個仙也未見到，皺眉道：「你大概給了老孫，也沒關係。不過你知道，一千塊錢實在很緊，房租去掉五百，還剩五百能做些什麼呢？我還為你僱了個女傭，人工一百，吃飯在外——」

「這樣罷，」林厚德掏出三張百元鈔，放在她的手裏道：「這三百元另外給你，以後我還會給，不必同老孫說了。」

第二天一早，林厚德吃過早點，準備上寫字間了。珊姑昨夜沒見他，今晨在他出門前向他請安，林厚德沒什麼異樣，出門去了，珊姑卻臉色大變，怔怔地退到角落裏，狀如中邪，苔莉詫道：「你怎麼啦？珊姑！」

「日⋯⋯本⋯⋯兵！」

「你說什麼？」苔莉一怔：「你說林先生是日本兵？」

「他是⋯⋯」珊姑已經哭出聲來，倒在沙發上，抽抽噎噎說：「姑娘，我認得，我沒看錯，他那個圓臉，那兩道眉毛，特別是這顆痣！」她辛酸地哭泣起來：「他就是毀了我的野獸呵！」

苔莉幾乎喊出聲來，頹然跌坐在沙發上，眼前浮現了慘死的母親，近得似乎就躺在她面前，裸露的胴體上全是血，插在腹上的那面日軍旗似乎也在滴血⋯⋯

好久好久之後，激動的珊姑鎮靜過來，哀愴地說：「姑娘，是他！我忘不了啊！二十年，二十年我老了，他認不出我了，但我認得他，燒成了灰也認得！碰到這個禽獸是我倒了八輩子的霉，但我一個人倒霉只是一個人的事呵！可是你媽媽、你阿嫲、你爸爸、你姊姊、你……」她倒透一口氣：「還有更多更多的人，更多更慘的女人，她們可能比我更慘──或者是我比她們更慘，我們都被這羣禽獸害慘了。……」

　　「一了百了吧，我可──」她又大哭起來。苔莉已沒心思聽她的，心裏禁不住地為自己的遭遇感傷，痛苦與煎熬不斷交錯着咬噬她的五臟六腑，她不知道該怎麼做，該說些什麼話……兩人從早上呆坐癱軟到中午，誰也沒有胃口吃東西，誰也不肯動一動，過度的悲傷與激動，加上二十年的「時間重量」，使她們快撐不住了。一直到三點左右，門鈴響，兩人夢醒似的彼此望了望，苔莉勉強走到客廳就扶住了桌子，二十年前使她家破人亡的死敵或許就在門外，該怎麼對付？珊姑比她沉着，果斷地把門打開，一開門果然就是林厚德，珊姑居然還能強笑一下，待他進入客廳去捏苔莉的臉頰時，她站他在後面，說道：

　　「林先生，二十年前你來過香港，你們是『皇軍』！」

　　林厚德嚇了一跳：「嗯，你怎麼知道？」

　　「你們在堅道一處人家大吃大喝，姦污了五個女人！」

　　「你！」林厚德臉色蒼白：「……」

　　「你自己也姦污了一個女人！」她咬牙：「這個人今天就在你面前！」

　　「你瘋了！」

　　「瘋了的是你們這羣惡鬼！你們用旗桿子插穿了她母親的肚

皮！」她邊咆哮邊拔出利剪對準了他的肚子，喊道：「惡有惡報呵！姑娘！抓住他，給你媽媽報仇！」利剪筆直朝林厚德插下，林厚德痛得直跳起來，用日本話邊罵人，邊打翻了花瓶，推倒了苔莉，順手抓起一把椅子朝珊姑摔去，利用這一剎間阻延逃出大門，待珊姑和苔莉兩人追出去已不見了人影，只見一輛的士正朝街那頭馳去。……

　　…………

　　當兩人哭着對我說完這經過以後，我真後悔當時沒在現場！嘆了口氣道：「如果有三個人一起對付他，該有多好！」

蛇牙

　　兇手翻牆潛入花園，打開一個小布袋，放出一條粗黑烏亮、蠕蠕而動的毒蛇。螢光屏上唰地出現了巨大的三角形斑斕蛇頭，翹首吐信，上顎下顎陰森森慘白白的毒牙馬上要咬破螢幕，毒舌頭馬上要掃到觀眾臉上，音樂效果陰森恐怖，正在欣賞電視的一家三口打了個哆嗦，做母親的一敲遙控斃了那鬼怪聲效，嗓音顫抖：

　　「缺德！怎麼這樣拍戲！只聽說給人來個特寫，連毒蛇也——」

　　「換一個台，」做父親的說：「別往下看了，免得小松做怕夢。」

　　「我要看嘛！」小松說：「我已經讀中四了，還怕蛇？」

　　天空烏黑濛濛，雨點淅淅瀝瀝，兩口子從他們十二樓的住處鳥瞰，下面一片工廠大廈，近年來，由於能源和西方經濟萎縮，工廠大多提早收工甚至停工，在風雨如晦的季節，大門鎖因為久不沾人氣都快要生鏽了。

　　張松齡嘆了口氣，瞅一眼電鐘，指着十點五分，心想：當生

意興隆的那幾年，這個時候正在一流酒家的宴會中，或者還在和幾個行家攻打四方城，興致最差的時候都還在電影院和歌廳，由於慧貞對他的信任，他當了十多年的夜遊神，可是，此刻他不能不酸溜溜、文謅謅地說這麼一聲：「今非昔比哪！」

湯慧貞就在他身旁，盯着大雨中幽暗的點點街燈發呆，這個港大畢業的主婦腦海不由自主出現了過去的種種片段：遠離而去的青春、當年在類似情景中所吟詠過的詩句、還有她遠在加拿大的娘家親人。丈夫的一聲慨嘆把她驚醒。

「今非昔比？」她緊皺着眉毛問：「又來啦！我們不是還熬得下去嗎？兩年來就憑西北洋行那些訂單，雖然賺得少些，日子不也就過去了嗎？居住條件是差了些，房子越住越小，車子越坐越大，但是我們每月還有剩餘，世道如此，你還唉聲嘆氣，血壓不就又要出問題？你豈不是在和自己過不去嗎？」往沙發裏一坐，笑着嘆氣：「唉！真是人心不足蛇吞象！」

「蛇不能吞象，」小松拿着汽水挨着媽媽坐下：「蛇是有個大胃口，別看蟒蛇的樣子笨重遲鈍，當牠發現任何可吃的東西時，動作可不慢，偷襲的衝勁也大，而且吃動物的時候，總是一口吞下！牠的嘴巴、喉嚨、肚子，都有很大的彈性，吞一隻猴子或者一隻兔子，就像我們喝汽水那麼方便。可是吞吃一隻鹿，牠就有殺身的危險！」

「哦，」做父親的說：「鹿用角挑死了牠！」

「不過是在給牠吞下之後，」小松放下汽水表演蟒蛇吞鹿：「吞鹿可費事了，牠得先把鹿緊緊纏住，然後用力地絞，像我們絞手巾，絞衣服那樣，」他指手劃腳：「那頭鹿給牠絞得透不過氣，窒息死了，然後被牠一點一點吞下肚去——」

「吞下之後不就沒事了，鹿角還能挑牠？」

「能，」小松鄭重其事地說：「根據南美亞馬遜河流域的探險家說，他們時常在那邊發現蟒蛇吞鹿，鹿角刺穿了蟒蛇的肚皮，把蛇痛得沒有辦法，就那麼掃倒樹木，滾平草地，最後大蛇也死了。」

做父親的引起了興趣：

「想不到我吃了幾十年的蛇羹，對蛇的常識可遠不如你！」

「社會是個大分工嘛！」做母親的感到喜悅：「你開製衣廠，旁的東西不一定懂，小松雖然懂得蛇，對製衣可一竅不通。」

「對！」小松喝了口汽水，用手背抹抹嘴道：「教生物的老師，這學期是從英國來的，他講毒蛇不過毒在蛇牙，捉到之後把牙拔掉，毒蛇沒有了牙，頂多只可以吐口水了。然後他突然聯想到蘇聯，說這幾年俄國人最喜歡派間諜到外國亂搞，想稱霸世界，──至少也想佔領半個世界，好大的胃口哪！想吞下大象啦！這位老師說，現在世界上很多國家在驅趕蘇聯間諜，不久前英國政府一口氣捉到了一百多個間諜，一下子趕回莫斯科去。」

「一百多條毒蛇！」湯慧貞點點頭說。

「不，一百多副蛇牙！」小松道：「老師這樣說的，老師說那個勃什麼的才是一條大蟒蛇，牠派在世界各地的間諜等於牠的毒牙。」

「一條蛇哪有這麼多的牙！」張松齡笑了。

「你只懂做生意，」湯慧貞道：「不懂得文學方面的象徵性形容！」

「不，媽，你也錯了，」小松道：「一條蛇真的有很多毒牙，拔掉了還會長出來！」

電話在這時候響起。

小松三步併做兩步奔過去接。

「……誰？是的——爸爸在家——爸爸電話！」

「老兄你好！」張松齡非常興奮地向西北洋行香港分行經理諸葛伐柯問候。兩年前香港工業已經很不景氣，有一天諸葛伐柯忽然出現在觀塘松記製衣廠的廠長室裏，說是要和張松齡談一宗生意，在價格不超過市面成衣批價的情況下，他願意和松記製衣廠簽訂一年合同。本來，張松齡正在愁眉苦臉，對這個廠要不要開下去傷透腦筋；別的不提，不久前他還是麥當奴道一層豪華洋房的業主，股票颱風把他颳了個鼻青臉腫，要不是妻子湯慧貞竭力勸他早點拋光不能再等候回升，這個富裕的家庭可能已經粉身碎骨！但一家人還是被迫從豪華住宅搬到工廠區，只是工廠業務仍然吃力得很，諸葛伐柯的這張西北洋行合約盡管是下價成品，利潤很低，但是利潤終究是利潤，松記就此維持了下來。一年飛快過去，第二年的利潤多了些，可是物價漲得更高，賬面沒辦法出現純利了，諸葛伐柯很慷慨，他及時補貼了一些原料價格差距的損失，盡管這一補貼的數字還比不上當年他投資股票的一個價位，可是情景不同，意義上有如中了一次馬票。如今，第二年的合同又將到期，諸葛伐柯及時打來的電話使他感到無比悅耳。

「還沒睡呀？」對方的聲音宏亮。

「不到十點半，太早。你在哪裏？」

「在你附近，」對方說：「有人請客，喝了個半醉，想起你家不遠，因此給你一個電話。」

「那好極了，」張松齡道：「到我家來休息休息，吃點水果醒醒酒，等雨停了，我送你過海。」

「不不，不用你送，我有司機。不過很想同你老兄聊聊，府上我到過一兩次，路我認識，你住十二樓，高高在上，哈哈哈哈……。」

張家緊張起來。

三個人整理一下客廳，換了張枱布，雪櫃裏的水果全都拿了出來，甜橙和芒果切好了滿滿兩大碟，末了再泡上一壺雨前，打開了一盒朱古力、一盒小餅乾。

三個人邊等門邊看電視，剛才那個故事稀鬆拖杳還沒進入高潮，那條大蛇還在昂首吐信。

「對，」張松齡搓搓手掌沉吟：「小松，你剛才說到，毒蛇牙拔掉還可以長？」

「可以！」小松活躍起來：「還是那位老師說的，他說不少地方的窮人靠蛇生活，印度人在這方面的本事很大，那邊的人迷信，怕蛇，窮人就打蛇的主意。他們冒險到樹林裏找最毒的眼鏡蛇，丟一塊破布給牠，牠以為仇敵來了，一口咬着，捕蛇人使勁把破布一拉，連破布帶毒蛇都扯了過來，捉住了那條眼鏡蛇之後，用燒紅的鐵，把蛇嘴裏的毒腺烙去，不多久蛇長新牙，外表看來和一般眼鏡蛇一樣，可是毒腺已經破壞，不再有毒汁，即使咬人也不會有毒了。」

「那牠還是野性嘛！」湯慧貞道：「弄蛇的人怎能和牠相處？」

「弄蛇的人懂得訓練，」小松道：「那個老師說的是這個，他們英國雖然拔掉了一百多隻『俄國外交官蛇牙』，但勃什麼的那條大蛇毒腺尚存，還會繼續長出毒牙。他的意思是說，全世界有好多國家已經拔掉了俄國間諜毒牙，可仍在小心尋找新的毒牙。

就拿香港來說，去年還破獲過蘇聯間諜案，有一個姓何的被趕到蘇聯貨船上驅逐離境，還有幾批⋯⋯」

「印度人怎麼靠蛇為生呢？」張松齡問。

「他們把訓練好的眼鏡蛇藏在袍子裏，遇到有信徒請神趕鬼，捉蛇人應邀作法，乘人不注意把蛇放出來，信徒以為這是鬼魂化成毒蛇溜走，都佩服得五體投地！」

「蛇牙，」張松齡若有所思地問：「小松，你們的老師說俄國間諜是蛇牙？」

「不錯，他時常說的，」小松道：「因為世界各地時常有抓到蘇聯間諜、驅逐蘇聯間諜的消息，他聽聞之後就又重複一遍。」

「齡，」做妻子的有點詫異，「你發現了什麼？怎麼對蛇牙有起興趣來了？」

「不不，」張松齡搖手道：「我對蛇膽有興趣，對蛇羹的興趣更大──但是蛇牙，」他指指電視雙手掩面道：「我一想起就打哆嗦。」

笑聲裏，做妻子的遞給他一塊橙，說：「那你從蛇牙聯想到了什麼東西？這是心理反應，」妻子笑着說：「小松，你爸爸一定有個聯想，譬如，蛇和女人聯想在一起，什麼『水蛇腰』啦，『熱帶蛇似的女人』啦，『毒蛇心』啦，你爸爸不會曾經給什麼『蛇牙』咬過一口罷？」

小松哈哈笑，誇獎媽媽究竟是學文學的，說的妙，而學經濟的爸爸，也只能任由媽媽挖苦的份兒了。

天色似墨，雷聲隱隱從遠處滾過。

「諸葛亮不會來了！」小松道：「這麼大的雨。」

「別給人起花名，」湯慧貞道：「諸葛伯伯，或者『伯伯』，

怎麼來個諸葛亮！」

「我不知道該不該說，」張松齡道：「我剛才想到的，不是什麼蛇似的女人，正是這位諸葛先生！」

「他是蛇牙？」小松緊張地問。

「別胡扯！」張松齡疾言厲色地教訓他：「你這樣亂說，我們還有生意嗎！」

「小松不會亂講，」做母親的說：「你說，諸葛伐柯先生有什麼特別不同的地方？」

「他，今年也年過五十了，比我大那麼五、六歲。」張松齡面向窗外，眺望着嘩啦啦響的大雨夜空，似乎想在一片迷濛中搜索什麼東西。他說：「兩年前他來廠裏找我的時候，精神和氣色比現在好得多，看起來比真實的年齡要小，不像現在，現在看來比他真實的年齡要大得多。」他嘆息：「一定是這兩年的西方經濟危機越來越嚴重，他的西北洋行生意也越做越困難，把人拖老了。」他摸摸自己雪白的鬢腳，苦澀地笑道：「我也一樣。」

「那你在他身上聯想到了什麼？」湯慧貞忽地小跑步進房間，取出兩件背心分給他倆，自己也披上外衣，聽丈夫在用孩子的口吻向她道謝：「是有點涼意了。謝謝媽媽。那個，那個什麼『聯想』呢？」他當真想了想，燃着一枝煙說：

「我們生意人嘛，除了有關生意的事，其他的很少去想。這位諸葛伐柯曾經解釋，說他這個名字是一位外國的漢學專家給他起的。他原籍上海，說一口帶點寧波口音的普通話，廣東話說得很差。在上海唸完小學，跟父母搬到東北完成中學，之後到日本讀大學。他在松記製衣廠訂的貨，是為了供應日本市場。」

雷雨和緩下來，窗上雨點聲音仍然淅淅瀝瀝。

「這算是什麼間諜！」小松失望道：「他是毒蛇的牙齒？半點影子也沒有！」

湯慧貞也聽得打瞌睡。

張松齡伸了個懶腰說：「小松別失望，你愛聽的東西來了。」

張松齡瞇上眼，慢慢回憶事情的來龍去脈：「諸葛伐柯要我為日本市場生產衣服，但我發現這些衣服大小都屬於歐洲尺碼，一般日本人的身材相對都比較小，沒有道理每一批衣服都是為特大身材的日本人訂造。合同上簽訂的尺碼廠方無權更改，太空褸、牛仔褲、毛衫、棉衫、棉襪和棉褲，尺碼都很大。我雖然不便向客人囉嗦打聽，但我有的是同行，隨便一問，知道觀塘和新蒲崗一帶的工廠，那年承造大尺碼各式下價貨衣物的，不僅是松記一家。同行們剛開始表面不說破，心中不約而同都默默嘀咕。日本的紡織工業相當發達，廠家在質量和款式上競爭劇烈，香港接下的訂單既然是日本供應商出面，為什麼質量粗糙，款式古老？這豈能在日本市場競爭？同行們終於把心底的疑惑說開了。其中一位行家曾經接到過一批下價毛衫訂單，不但都是大碼，而且還要加大碼，款式統統圓領和開領，質量沒有要求，款式又古老，怎說也不可能遠銷日本。——沒多久大家發現了真相，這些貨色的真正買主正是蘇聯人！」

第二次世界大戰以後，以美國為首的西方列強和盟國、與蘇聯為首的共產主義國家和東歐國家，捲入了一場漫長的政治對抗——冷戰，彼此猜疑不信任。美國對蘇聯除了展開軍事行動的遏制，還進行了貿易管制、經濟制裁、聯盟對抗、技術圍堵、以至圍繞糧食和石油的經濟戰。蘇聯為解內困，只好搞暗中貿易，除了在香港這個自由港直接搜購物資，還通過委託日本、西德、

瑞士、意大利等各國的商人採購。

「蘇聯不是宣稱自己是天下第一強國嗎？連美國都懼怕三分！」小松的興趣來了：「我看到報導，蘇聯自誇本國的核彈無比強大，連美國人都說蘇聯的海軍已經超過美國！難道蘇聯還解決不了人民最基本穿衣服的需要？」

張松齡道：「讓我說完這一段，原來諸葛伐柯不是中國人——」

「哈，他入了日本籍！」

「也不！他早已入了蘇聯籍！」

「奇怪！」

「為了業務上的關係，我們廠家時常和客人吃飯，這是很平常的。」張松齡回憶：「四、五個月以前，我請諸葛伐柯吃飯，把同行老董一齊請來，就是在新蒲崗開廠的老董，在對海一家飯館吃潮州菜。吃完逛街，陪諸葛伐柯買書，奇那個怪了！凡是大陸新出的書，不管是什麼書，諸葛伐柯都要，那一次他至少買了幾十本。我以為他好學，打從心裏佩服，說一個經商的人，對學問能夠有這份鑽勁，實在太不容易，旁邊老董不說話，卻一個勁兒笑。和諸葛伐柯分手之後，老董拉着我一起過海，車子裏他笑着說，諸葛伐柯每個月要買很多很多大陸出版的新書，自己可一頁也沒翻過，書店怎麼包裝，他就原封不動全部再郵寄出去！」

「又是替蘇聯人買的？」小松問。

「那可不是！」

湯慧貞道：「我在報上也讀到過，蘇聯的間諜一串一串、一堆一堆從全世界好幾個國家被抓了出來，還有一部精彩的紀錄片，珍寶島？」

「珍寶島自衛反擊戰！好看好看！緊張刺激！」小松蹦了起來，手舞足蹈：「一九六九年三月蘇聯軍隊武裝入侵我國領土黑龍江珍寶島，中方打退了對方的進攻，戰鬥之後中方控制全島，傷亡比例還比對方少！其中最刺激的一段，聽着！蘇方軍隊一輛主力坦克已經侵入中國境內結冰的河面，被中國軍隊擊毀，蘇方指揮官邊防總隊長也陣亡，被擊毀的坦克非常先進，蘇方不願被中國得到，雙方互相炮擊，甚至派出爆破組試圖炸毀坦克，結果被中方一一擊退。最後，蘇軍用炮火把坦克下的冰層擊破，坦克沉入烏蘇里江……還有最後！中方的海軍潛水員將這輛坦克逐個部件拆開打撈出來，帶回家細細分析學習！哈哈哈哈哈！」

張松齡大奇：「你怎麼知道那麼多內幕？」

小松怪笑：「不是啦！我的嗜好是去圖書館看國際英文報紙，我的興趣是外語，不只學英語，還要學法語、德語、可能還學俄語。不要把知識和政治混淆！」

湯慧貞道：「兒子很有智慧。政治好比天氣，今天和明天都可能不一樣。我記得珍寶島事件之後，爸爸在台灣做官的朋友王筱蘭，——她平時說大陸的壞話，這回她可也說好，也說中國人有志氣咯！」

張松齡感到精神一振，去拿煙，妻子可按住了他的手，她在皺眉頭：「客人快來了，你和他一起吸罷，別吸得太多，對你的身體沒好處！」

一個夫妻之間的平常小動作，竟然令張松齡心頭微微一震，他突然意識到不知道從什麼時候開始、已經習慣了沒心沒肺的生活節奏；感到這個晚上雖然沒有出門應酬，可是在家裏更有意思。他心中一暖，甚至有點激動，這份久違的溫馨似乎好久好久

沒感受過了。

可是另一面，對諸葛伐柯那份恐怖感也是前所未有過，這是兩種毫不相同的感情，不可能平衡，雖然到目前為止，和諸葛伐柯只是維持在生意上的聯繫，張松齡卻似乎預先透支了有如洞悉毒蛇即將爬進家的焦慮不安。

張松齡苦澀地沿着一列窗戶踱步，雨勢又大起來了，夜空漆黑，閃電劃破巨大的夜幕。

小松這時候反而底氣十足：「我還知道更多蘇聯內幕！你們要聽嗎？」

一個霹靂幾乎蓋住了他媽媽的聲音：「好像有汽車聲音……」

說時遲那時快，門鈴響了。

湯慧貞隨手推推老公：「去開門！」

「哈！」諸葛伐柯邊笑邊帶着酒氣進門，放下購物袋，除下雨衣，張松齡連忙接過掛在門旁衣架上，說：

「沒淋濕吧？」

「哈哈哈，」客人向迎面而來的主婦問候握手：「張太太，我們好久不見了，有半年了罷？我太沒禮貌，很少來拜訪，來一次又趕上三更半夜，大雷大雨。」他指指站在媽媽後面的小松：「哈！小弟弟長得這麼高啦！」

小松不能不伸過手去，叫了聲「伯伯！」這當兒閃電掠過，這幢樓高且沒有別的大廈阻擋，清楚見到掠過的電光在客人的臉孔劃過一道青色，小松一驚，情不自禁打了個哆嗦。聽媽媽讓坐，見媽媽遞手巾，嗅到爸爸點煙，末了媽媽又搬來兩大盆水果，四個人半弧形對着電視。

雷聲滾過屋頂，轟隆隆……

「討厭！」客人喝了幾口茶，抹抹嘴：「你們在看電視？哈，真是個溫馨美滿的小家庭吶！」

「嘿嘿嘿，」張松齡一個勁兒吸煙，無意識地按遙控重新調出了聲音。

湯慧貞說：「把電視關了，聲音太吵。」

「喔，是的是的，抱歉抱歉。」張松齡如夢初醒般匆匆忙忙準備關電視。

「不必不必，」客人道：「怎麼可以因為客人來了，電視也不看了？」

螢幕上出現了夜景，是草地上的別墅一角。鏡頭推向臥室中的少女，窗外有個黑影在窺伺，少女卻對鏡梳頭，並沒發覺。

「是偵探片吧？」客人笑道：「如果關掉了，小弟弟就會不高興，那我這個客人，未免太煞風景了。」

「來來，」張松齡道：「請吃橙，吃芒果。」

「真多謝，」客人拿起水果刀，「我和老張是老搭檔了，我銷貨，他出貨，哈哈，合作兩年，不錯嘛，是嗎？老張？」

張松齡一個勁兒傻笑，為了掩飾心頭那份不安，自己也切了個芒果。

「蛇！」客人滿嘴是橙，含糊地邊嚼邊說：「好大一條蛇。」

「是毒蛇，」小松也是滿嘴是橙，含糊地說：「響尾蛇！瞧那個三角形腦袋！」

「哈！弟弟是個生物學家，」客人說：「一眼就知道這條蛇毒不毒。」他抹了抹嘴：「其實是不是毒蛇，關鍵是在牙齒，拔掉牙齒，再毒的蛇也沒有毒了。」

「不，」小松說：「伯伯少說了一句。」

「嗯？」客人有點驚詫：「哪一句？」

「要烙掉毒牙下面的毒腺，否則再長出牙來，還是有毒的！」

「小松不許胡說！」主婦有點着急。

「沒禮貌！」做父親的也加一句。

「不不，小弟弟說得對，」客人道：「憑常識判斷，也該有這道手術嘛！」他問：「弟弟，你見過毒蛇沒有？」

小松點點頭。

「他嘛，」主婦道：「在學校裏還是什麼生物研究小組的組長，還劏過蛇哩！」

「膽子大！好得很！」客人加速吃光了一個芒果，抹手抹嘴忙了一陣，再三打量小松道：「嘖嘖嘖，多漂亮的小伙子，可惜我沒有女兒，否則真想把她嫁給你。」

於是大夥兒笑起來，主婦道：

「諸葛先生的夫人，現在——」

客人搖頭：「她是外國人，不肯到香港來。」

「他每年休假兩次。」張松齡對妻子說：「諸葛先生有三個孩子，都是男的。」

「好福氣呵，」主婦習慣地這麼說：「最大的有多大啦？」

「今年二十二咯！」客人再切第二隻芒果：「最小的也有十七。」

「他們現時在什麼地方？」

「在德國，」客人似乎不想往下談：「這個片子真討厭，用一條蛇來刺激觀眾！」

「還是別看吧，」張松齡生怕孩子環繞着響尾蛇說得太多，

開罪了客人，那不但少了個朋友，連生意也做不成了。在一片不景氣之中連諸葛伐柯那點蠅頭微利都賺不了的話，松記必然站不住腳。

關閉了電視等於關閉了大家的嘴巴，出現了短暫的沉默。張松齡捏把汗生怕兒子開口得罪人，正巧又一個鬱雷滾過天際，他就拿來作為話題。

「明天不知道要下多少吋雨囉！現在……」

「伯伯，」小松已經開了口。他越想越覺得戲劇化，難道事情真的這麼湊巧？剛提到「蛇牙」，爸爸那個可能是顆「蛇牙」的朋友就來了，閃電還及時在他臉上鬃一道青色，而他瘦削的臉型也越看越像個三角響尾蛇頭。小松年少不更事，憋不住嘴，終於從拘拘束束的「禮貌」中劈頭蹦了出來。

「不是碰到毒蛇就會死的，甚至吞下毒汁也不一定會死的，你相信麼？」

「哎呀，」客人驚訝起來：「為什麼？」

「毒牙能夠發生作用是毒汁，前提是毒汁需要通過受害者的傷口，不管大大小小的傷口，沒有傷口就不怕毒汁，傷口越小，毒汁的作用也就越小。」他提高嗓門：「只要身上沒有傷口，就不怕蛇牙！」

張松齡聽出了小松話中有話。

「是這樣麼？」客人把瘦削的腦袋湊近小松，閃電閃耀下更像個三角形響尾蛇頭。

小松這個大孩子笑道：

「我老師最近才從倫敦來，他對蛇特別有興趣，他說有一個叫做巴克蘭的動物學家，有一天到動物園去，在眼鏡蛇籠子外面

目擊一頭小鼠給蛇咬傷，小鼠當即站立不穩，不久後小眼睛翻了幾翻，痛苦地叫了一陣，直挺挺死了，過程還不到三分鐘。巴克蘭希望了解蛇的毒汁對小鼠發生了什麼作用，他迅速把死鼠取出，死鼠外表沒半點傷痕，他用手術刀剝掉老鼠皮，發現身上有兩個小如針孔的傷口，這時候小鼠死掉不到十分鐘，傷口邊緣已經變黑灰色，好像已經死了很久。巴克蘭進一步用指甲剔除已經變色的傷口爛肉，突然，他頭頂被一陣劇痛侵襲，好像有人對着他的頭重重地棒擊！」

「為什麼？」客人急問：「巴克蘭中了毒？」

小松說：「巴克蘭在研究死鼠的前一晚，曾經用指甲鉗修指甲，無意中把大拇指的指甲剪得深了些，稍稍弄破了一點點皮，……」

「哦！他不過是碰疼了原來的傷口！」客人失去了興趣。

「聽下去嘛！巴克蘭不但頭痛，心臟好像給燒紅了的烙鐵燙般難受，等同事把他送進醫院，他已經接近昏迷！」

「難道是蛇毒從死鼠的傷口進到了人的傷口？」

「正是！幸虧他只是間接中毒，毒汁份量少、不致危害生命，躺了兩天也就恢復了健康。」

湯慧貞聽得入迷，恍如身歷其境，怔忪須臾，說：「如果給毒蛇直接咬一口，那還了得！」

「媽媽不用怕，懂得保重就好啦！」孩子說：「只要自己裏裏外外好人一個，把毒汁吞下去也不怕中毒！」

他顯然有所指，客人也開始坐立不安。張松齡這時明明白白地察覺到，諸葛伐柯一定另外有事找他，而且比生意更重要，這才不顧風雨雷電、黃夜上門，如今吃罷水果，聊興闌珊，他該表

達來意了。

「老張，」客人當真起立，打了個呵欠道：「有件事情想單獨和你談談——」

「可以可以⋯⋯」

「因為牽涉到洋行業務，」他對主婦欠欠身：「請張太太原諒。」

「你們談，」湯慧貞起立道：「我們到房裏去，小松也該睡覺了，」她瞅一眼掛鐘：「十一點半，明天他還要上學。」她邊走邊說：「諸葛先生下次早點來，在這裏吃便飯。」

突然諸葛伐柯揮手又叫停了兩母子：「請張太太稍等⋯⋯」他隨手從剛才帶進門的購物袋中抱出來一個用一疊厚厚的報紙包好的「圓球」：「這是朋友拿到我公司送我的榴槤，我不吃榴槤，你和小松幫個忙吧。」

小松對包裹用的報紙很有興趣：「怎麼是英文報紙？」

諸葛伐柯：「我可看不懂英文！這是一個歐洲人帶去我公司的，臨走隨手扔進廢紙簍，他不要我就拿來用了。」

主婦和小松謝過了客人，抱着榴槤道別。

聽房門輕輕合上，客人再次倒往沙發，又點了煙。待一個響雷平息，向對面牆壁上的氣窗噴了口煙，可是還有好大一段距離，煙在半空擴散，他扭過半個臉，故作輕鬆道：

「這兩年，承蒙你老兄幫忙，我們的董事長和總經理特地要我向你道謝。並且在下一個月底，簽訂新的合同，這次是兩年期，不是一年期。」

「多謝你老兄才是，」張松齡感到渾身暖暖地，非常舒坦。

「大概老董對你說了，」諸葛伐柯道：「我其實是蘇聯人，不是日本人，也不是中國人。」

「這這這——」張松齡更加困窘。

「別緊張，老朋友，」客人笑道：「老實告訴你，是我讓老董對你說的，你知道之後，對我還是兄弟一樣，這使我非常感動。」語氣加重：「這才有今天的拜候。」

「不敢當，嘿嘿，我這個人——」

「你是個好人，因此今天我才來看你，有些事情要鄭重拜託！」

「我什麼也不懂……」

「我們交往兩年，你一定知道我是個很實在的人。」客人把話題一轉：「前年你去過廣州交易會，聽你講那邊情形，看來還不錯？」

「這個，是的，不過中國和蘇聯關係緊張……不過你明白，我們生意人是不談政治的，我前年去大陸只是為了生意，之後我不去了，因為那邊沒有我需要的下價貨……」

「我明白，我完全明白。」客人道：「這沒有半點關係，我甚至希望你再去交易會！或者用探親、訪友、參觀什麼的名義去跑一趟，多跑幾趟更好——費用由我們洋行負擔！」

「去幹什麼呢？」張松齡緊張起來。

諸葛伐柯忽然壓低了聲音，指指裏屋：「你太太和兒子聽得見麼？」

張松齡神經質地搖頭。

「那這一間——」他用香煙指指正面牆上那個氣窗：「誰住的？」

「這一間？——哦，那不是住人的，沒有光線，空氣不好，是儲物室。」

諸葛伐柯對他的答覆很滿意，但其實張松齡忘記了說——房間都是打通了的，而且正在他鬼鬼祟祟問的時候，小松和他的媽媽已經躡手躡腳穿房越屋；經過廚房的時候小松隨手放下榴槤，卻把英文報紙從榴槤上褪下來，才又跟着母親輕手輕腳爬到儲物間的桌子上。母子倆懷着惶惑不安的心情，準備伏在打開的氣窗下靜聽今夜那個不速之客，怎樣對待他們家中最重要的一個人。兩人顫顫巍巍上得桌面站穩以後，母親一眼看見兒子手上的英文報紙，皺着眉頭一指，小松卻聳聳肩不置可否，湯慧貞白他一眼。

大雨沒有停過，兩母子在咆哮的雷聲之間隱隱約約聽見鄰室的對話。

「唉！」客人在嘆氣：「這個世界，真是不成世界了！從前兩大陣營對立，蘇聯和美國是老大，其他國家唯命是從，現在，媽呀！連尼克遜都去了大陸，連田中都去了大陸，中美如果聯合了，把我們蘇聯放在什麼地方？」

「嘿嘿，這個，這個就、就不大懂，」張松齡期期艾艾地說：「這個政治嘛，我們是不管的。」

「你是對的，不過有時候管一管，對你也有好處——說不定是很大的好處。」他見對方並沒追問，哈腰扳指頭說：

「譬如，你的『松記』可以增加股金，可以擴充設備，可以增加產量，當然就增加了利潤——」

諸葛伐柯扳下第二個指頭：

「第二，你們全家可以到東歐和蘇聯旅行，甚至可以由蘇聯

政府的名義出面邀請，身份平地上升！還有，」他扳下第三個指頭：「將來我可以幫你們移民到莫斯科——」

張松齡唯唯諾諾不明所以，道：「老，老兄為什麼對在下那麼錯愛？增加股金、擴充設備，我又哪來的本事？」

諸葛伐柯道：「什麼問題都可以商量，——希望你能到大陸十個八個大城市、小鄉鎮和工廠公社去看看，你就當旅行，越多越好，原則就是親自看過，親口打聽過就行——」

「看什麼？打聽什麼？」張松齡更加緊張：「我大學讀的是經濟，此刻幹的是製衣，其他的事情一竅不通，甚至連經濟也是白唸了，股票買賣全軍覆沒，我的天！幾乎家破人亡！要不是我內人把我勸住，那我早就啥都沒有啦！」

「老張你聽着，」張松齡婆婆媽媽碎碎叨叨，諸葛伐柯很不耐煩，忽地話題一轉：「請你打聽的事情很容易辦。這個打聽是基礎在一個對未來的假設上，萬一，我說的是假設，萬一蘇聯出兵大陸，原子彈甩過來了，那末這漫天的原子彈、核彈最好往大陸哪幾個地方落下去？聽說大陸已經聞風做備戰，許多企業轉向軍工生產，國民經濟開始轉向臨戰狀態，大批工廠轉向交通閉塞的山區，北京和很多大城市都開挖地下工事，我們想知道這些地下工事結實不結實？內遷的重工業究竟有多少？具體遷到什麼地方？有地名嗎？你能親自看一眼嗎？」他雙手一攤：「就是這麼多了，你老兄一定可以勝任愉快跑一趟咯！」

張松齡一怔，道：「我幾個月前看到報導，說蘇聯要出兵打中國，是麼！內人還在美國雜誌上看見一篇文章，說蘇聯要趁中國的核子牙還不怎麼厲害的時候，來一個核子突襲，是麼？」他不解地問道：「可是蘇聯打中國，難道美國不干涉？本來是以美

國和蘇聯為首的兩大陣營對陣，現在中國和蘇聯之間已經決裂到要開戰，這個窩裏反顯然對美國有利，可是一旦蘇聯吞併了中國，美國的敵人一夜之間變得更強大，美國會忽視自己的安全嗎？」

諸葛伐柯：「你不是不懂政治嗎？」

張松齡：「我看見的還是利益場上的較量啊！在生意場上如果公司之間發生惡性吞併，會帶來行業之間的叢林效應！」

諸葛伐柯：「你其實是個聰明人，那麼以下的前景你可以自己拿捏一下。你說大陸這個一窮二白的新生國家有可能抵擋蘇聯的核子彈嗎？一兩百萬蘇聯紅軍一下子衝進來，將會發生一個怎樣混亂的情況？大陸能維持多久？軍隊和老百姓究竟對北京有沒有信心？如果大陸完蛋了，香港會繁榮嗎？你的生意沒有了，吃飯生存都有問題！這時候如果你有我們蘇聯做靠山，甚至成為蘇聯人，你的退路可以說是一片光明，比起現在你的情況要好不知道多少倍！中國只有捱打，死定了，你懂嗎？」

「我的天，我得問我內人……」

諸葛伐柯把臉一沉：「我不如把蘇聯的決心坦白告訴你，你以為我們在珍寶島吃了虧就當喝醉了伏特加一樣，天亮以後就忘了嗎？以蘇聯國防部長格列奇科元帥、部長助理崔可夫元帥為首的軍方強硬派，決定一勞永逸消除中國威脅，我們將會動用在遠東地區的中程彈道導彈，攜帶當量幾百萬噸級的核彈頭，對中國的軍事、政治等重要目標實施外科手術式核打擊！」

雷聲在天邊隱隱翻滾，它以着天作鼓，敲響了核子大戰的警告！

「喂！」一個比遠處雷聲還要尖銳的呼喊出現在諸葛伐柯的

耳邊，他扭頭一望，是小松。小松揮舞着手上的英文報紙哈哈大笑：「這是英國《每日郵報》，這裏把蘇聯企圖對中國發動核子大戰的內幕都抖出來啦！你看不懂英文太遺憾！」

諸葛伐柯先一驚，後冷笑，道：「蘇聯有什麼內幕會出現在英國的報紙上？可能嗎？」

小松：「好，我來翻譯！首先，剛才我爸爸提到我媽媽在美國雜誌上看見一篇文章，說蘇聯要趁中國的核子牙還不怎麼厲害的時候，來一個核子突襲，這個報導最先出現在《華盛頓明星報》，標題是「蘇聯欲對中國做外科手術式核打擊」。文中說，據可靠消息，蘇聯欲動用中程彈道導彈，攜帶幾百萬噸當量的核彈頭，對中國的重要軍事基地──酒泉、西昌發射基地、羅布泊核試驗基地，以及北京、長春、鞍山等重要工業城市進行外科手術式的核打擊。這個是絕密情報，本來是蘇聯駐美大使奉命在華盛頓、緊急約見美國總統國家安全事務助理基辛格，向他通報了蘇聯準備對中國實施核打擊的意圖，並徵求美方意見。中美關係一直也很緊張，蘇聯企圖鑽一個空子，如果蘇聯動手打中國，讓美國至少保持中立。誰知道尼克遜認為，西方國家的最大威脅來自蘇聯，蘇聯對中國的核打擊，一旦成功，下一個目標說不定就是美國。美國決定盡早通知中國，但做到這一點很難，美中廿年來積怨甚深，直接告訴中國，他們非但不會相信，反而會以為美國在玩弄什麼花招。最後，美國決定，讓一家不太顯眼的報紙把這個消息捅出去，美國無秘密是人所共知的事實！」

小松翻譯到這裏，禁不住哈哈大笑：「國際政治再明弓暗弩，也不過是一盤鬥獸棋，沒有必贏，只有相輔相剋！」他舉起報紙繼續翻譯：「這裏還報導，秘密被美國人公之於世之後，勃

列日涅夫氣得吐白沫，基辛格還警告蘇聯，總統已簽署了一份準備對蘇聯一百三十多個城市和軍事基地進行核報復的密令，一旦蘇聯有一枚中程彈道導彈離開發射架，他們的戰爭計劃便立刻啟動。」

聽到這裏，這一家人全都哈哈大笑。諸葛伐柯把《每日郵報》劈手搶過來翻看，但在盛怒之下又加上看不懂英文，這份《每日郵報》被顛倒過來舉得老高，小松更笑得倒在沙發上。

諸葛伐柯恨恨地把報紙揉成一團扔在地上，說：「第一，這完全是謠言！第二，即使是真的，蘇聯還是可能進攻中國，蘇聯的核子彈還是可能炸翻白宮！到那時候，你們中國人只是一大羣喪家之犬，看誰笑到最後！張先生，」他一口氣說下去，又指着張松齡：「合約取消了！」

「去你爹的合約！你敢叫我做間諜？瞎了你的眼！」

湯慧貞：「怪不得全世界好多國家都在把你們這些東西像捉蛇似的一條條拉出來——」

「不，媽媽，像拔毒蛇牙似的一顆顆拔掉它！」小松說。

諸葛伐柯顏面掃地，只好奪門而逃，到了電梯間又嫌等電梯太慢，推開樓梯門往下跑，慌亂間一腳踩失了台階，像個榴槤一樣滾下樓去。

染

　　我的家，在九龍染布房街。

　　「什麼？這是條什麼街？在什麼地方？」不少朋友曾經大驚小怪地問我，好像我在開玩笑似的。也難怪，這條街一則偏僻，二則很短，三則是條半邊街，四則這名字十分樸素，年輕的朋友也就不一定到過，不一定知道的了。

　　玉清，也不例外。

　　不怕害臊，長輩們或者都有這個經驗：第一次邀請女朋友到家作客的那份緊張，既不能說如臨大敵，又不是患得患失……反正很難形容，但決不是客串「摩登保鑣」那樣的角色。當日我小心翼翼陪她從筲箕灣搭車到天星碼頭，過海上車抵達旺角——那時海底隧道還沒有築成，漫長的旅程中，如果我是護衛員的話，那寧願失去護送中的「七百多萬」，而那個和她一輩子相守的強烈願望，必須力保不失，可說是志在必得。

　　那是三年多前的事了，那年我二十五歲。

　　是個黃梅天，細雨間歇地漫天撒下，一把傘遮着兩個人，下雨令天氣減少了幾分燠熱，卻增加了很多——很多所謂情調罷？

從窩打老道一家保齡球場附近的巴士站折回火車橋右手轉彎處，沿着一長列利用路軌下斜坡草地鋪設的花圃往前走時，太陽和細雨一齊來，身邊的紅花綠葉，青草樹木全都蒼翠欲滴，有一堆花卉裏，放着一個白瓷斜臥造型的觀世音菩薩像。在濃得化不開的綠色叢中，她白得晶瑩剔透，眼睛俯視，似乎也捨不得塵俗這片綠色。玉清興奮地說：

「我想多看看嘛。」她顯然發覺我在扯她向前行：「城市難得看見這麼多花草。」

「我家就在前面。」我指指不遠處：「喏，樓下有家汽車行。」

「怎麼？這裏就是你說的染布房街？」她馬上補充：「我來過！而且來過兩次！」

「你來過？我沒聽說。」

「這不是『伊館』嗎？我帶過幾個畢業班學生來看乒乓球、看羽毛球，他們和我都很夠運氣，撲到了入場券。」她笑得這麼歡暢：「早知道你家就在『伊館』旁，我早就帶着大隊人馬上你家喝汽水去咯。」

「你不知道這條就是染布房街？」

「同事領我們來，光知道找到伊館就行了，」她指指那個半圓形建築物：「誰也沒問什麼街。」

「我們走罷，媽媽一定等急了，她才病好，特地下廚親自做了幾個菜。」

她不作聲，笑笑。

但是當她發現我媽媽和小弟小妹三個正在廚房忙得團團轉，我也來回廚房端這端那時，她也坐不住了，但她也往廚房擠的結果，是惹得小弟小妹乾脆把我們往我那間臨街的房裏推，邊關門

邊吆喝：

「哪有要玉清姊動手的道理，哥哥太不懂事！」

「誰真不懂事？」我搔搔頭髮，指指我房裏僅有的一把籐椅：「你坐。」

她撲向窗邊，俯視對面火車橋側的一片綠。「很好嘛，」她說：「沒遮沒擋的。我家一開窗，還勉強可以看見一線天，好多親戚朋友家一開窗就正對着對面人家的窗戶。往上看，是高聳入雲霄的鋼筋水泥森林，往下看，是黑沉沉的一堆堆，……」

「玉清，住到這裏來吧。」我這是話裏有話。

「你們住了十年二十年？」她把「問題」岔開去：「你在這裏出世？」

其實，我家住在這裏，少說也有半個世紀了。

好幾代，我們都在這裏住着。現在這棟房子是新樓，落成也不過十一年。十幾年前業主把這棟原本只有四層樓的住客全都請走，按每呎付住客賠償費一百元，我爸爸因此拿到一萬六千元，再添了些訂銀，「還」給業主，作為保留一層新樓的代價，當然，每個月還得額外再供多少。當時我太小，應付功課都很吃力，這些問題我是應付不了的，也懶得問，反正也不是該我去管的。不過我知道這樣做是因為我家對這條街有感情，不想搬走。拆屋重建那頭尾三年，全家三代十來口人分別以借住、租屋過渡。不料建成後的新房子面積小了五分一，祖母和大伯遂決定既已搬到沙田便不想再搬動了；一來也是方便大伯，他在那邊一家大學做文書工作；因此我家變成獨住了。

如此一來，還多出一個小房間，也是臨街的。媽媽準備租出去，拿回一些租金幫補幫補。

「那為什麼還沒出租？」

「怕強盜。」

「那倒是真的。」玉清說報上登得太多：「貼在街角牆頭的招租廣告和招租招貼紙，有時候等於給強盜作『通知』，他們一見，就上門來了。」

「也不完全那樣。」我說：「有時候，上門的不是即時搶劫的強盜，只是住進來個把半個月，就現出小偷的原形，到那個時候，你買餸錢放在什麼地方，家裏有沒有鈔票，他都弄得一清二楚的了。」

「對，報上也登過。」玉清說：「那怎麼辦？」

「得問你。」我邊說邊心跳。

「問我？」她有點驚訝。

「當然問你，」我說：「你住進來以後，媽媽便會退休，你就是當家了。」「瞧你！」玉清雙頰緋紅，紅得像對面花圃裏那盆不知名的紅花……

「阿荷，」她仰起臉來：「我，我有一種責任感。」

「是呀！」我挨近她：「我們彼此都有責任感！」

「不！」玉清推開我：「朱荷生先生，我指的是對那班學生的責任感，他們還有兩年才畢業，這兩年我想全副精神教好書──」

「哦，所以我盡責地足足用了一個學期，才把你請進我家門，──」

「你自己，」她說：「也該負些責任吧？我有好幾次給你電話，你就並沒接聽──」

「我在工作嘛，印務公司新到了一部柯式機，配色什麼的經

常有問題，開動起來因為有震動力，牽涉的地方就更多，於是我這個小技師得到處跑——」

「聽你說過幾萬次啦！朱大技師！」玉清揚揚眉毛，那雙眸子也就顯得更大更澄亮，簡直是一泓純淨的清水，——我想這便是我的幸福，一輩子，我的靈魂得以滌蕩……

「瞧，」她再一次推開我，以孩子似的喜悅，指指自北而南開過去的一列火車：「火車！火車！」

火車有如一條深綠色的巨蟒，在那半邊綠色花圃上蠕動着駛過。

「對！」我想起來了：「玉清，剛才對你說過，我家對這條街有親切感，可以看見火車便是原因之一。」

「這是什麼意思？」

「這象徵了希望，」我說：「七、八十年前，我的曾祖父——還是高祖父？他來到香港之後，就說終有一天要回三水鄉下看看。三水當年苦得很哪，恐怕是地球上最低陷的地方罷？我沒去過，但是我知道那邊很苦，成年浸在水當中，大雨大浸，小雨小浸，沒雨也浸，總之它的地勢太低，沒法種田——」

「所以你祖先那一代就離鄉背井出來了。」她說。

「我們一起回去一趟吧，」我遙望着那棵從小看着它長大起來的榆樹：「三水已經變了樣，解決了低窪水浸的問題，今後不再怕水浸了。」

「那是怎麼回事？」她感到興趣：「墊高了？」

「不是，」我說：「聽說是有計劃地開了條河，把水疏導出去，又聽說石油勘探隊在我鄉下發現了什麼——」

「啊，那可了不起，荷，我們去看看，也可以讓我對學生

說——人，怎樣改變了自然面貌。」

「我們就去那裏蜜月旅行！」

「你說什麼？」玉清一怔，「都說我捨不得這一班，——」

「哥哥，你們捨不得什麼呀？」小弟驀地在背後大聲怪叫：「吃飯啦！」

笑聲裏又增加了更多的歡樂，祖母和大伯、大嬸也來了。一定是媽通知他們的，要不沒那麼巧，估計就是坐剛才經過那班火車來的吧？不管怎麼說，大伯接下來說的故事很有意思，也正好補充了我們朱家為什麼捨不得搬離染布房街的第二個理由：布，是可以染色的，黑布街白布街什麼的都很易理解。人，是不是也可以染的呢？大伯說也可以的，而且這個「染缸」非常複雜，我們朱家來自鄉間，可不能扔掉了樸素的「本色」。如果給染成個光怪陸離、五顏六色的怪物，最終會變成廢料，他認為這不僅是一個見不得家人或者鄉親的問題。他當着還沒過門的姪媳婦玉清，不便太直率，沒再往下說。但他代表已經逝去的兄弟，感到「荷生能夠認識玉清姑娘是他的福氣，也是朱家的福氣」。他為我們祝福，一如其他善良的中年人那樣，感慨而略為激動地敘述着「世界真的變了，鄉下變得很好」，聽他說大學裏的教授和學生，「他們之中，很多很多人不再把學校當做象牙塔了」，⋯⋯如果說今晚媽做的菜格外美味，不如說大夥兒談得格外投契，氣氛特別有意思。這情況有助於加快我和玉清之間進展的速度，再過一段時間，她真的住進來了。

樸素的婚禮，為我們帶來晶瑩發光的生活，我們兩個並沒不着邊際的幻想，就像祖輩那樣踏踏實實。當然比我們的祖輩有着太多的幸福，不管從這個那個角度去衡量，或者從前前後後的

鳥瞰去比擬，我們的生活顯然鬆添了一層和諧多彩，很難描繪的彩色，而這顯然不是染布房街的產物。縱然這個廣義的「染房」可以變易一個人的「顏色」，但它很難「染」出使人愉快的生活。

我們能夠愉快，當然不是為了跡近寒傖的衣着和食物、居住和擺設，祖上留下的這層樓的確減輕了房租的負擔，但是其他費用的急速上漲，幾乎使我們入不敷出。我們能夠愉快，在於通過虛假繁榮看到了「今天」的脆弱，通過惡劣風氣體會了眼前的一切，因此滿懷信心寄望於明天。我們對這個社會會必然好轉深信不疑，只要回顧我家「第一代」到這裏之後，世界上各式事物在近百年間的演變，便知道沒有一種力量可以把「時代」倒拖回去，有如窗口對面那一列花圃裏，沒有一種力量可以在春天裏阻住綠葉青翠，百花吐艷。

媽媽興奮地把那間小房租了出去，說明租金收入小部分用作幫補，大部分準備迎接朱家必將增添的小孫兒。

當然，我們沒有貼招租紙，那太可怕，我們通過左鄰右舍、四姨三嬸她們轉彎抹角的介紹，一位執業經紀的中年人景伯搬進來了。

傢俱陳設十分簡單，服飾卻非常摩登，便是景伯的特點。「經紀嘛：十個錢家當，九個錢身上。」他說。看來景伯雖貌似油滑，還頗帶點風趣：「先敬羅衣後敬人，我們這一行——要爭取顧客的第一印象。」

第一印象，——景伯給我的便是精壯靈活，八面玲瓏。生活呢？簇新的石英錶，耀眼的打火機，國字臉上架一副新潮平光眼鏡，找不到半點鬚根，驟然看來，外貌大不了我幾歲。第一天媽媽問他：「你太太呢？」他聳聳肩膀攤攤手：「四姨沒對朱太說？

我丁景銘兩肩馱一口，一個人有多舒服！兩個人就準會成天吵架！再說市面壞成這樣，做夢也不敢成親。」

說真的，我們全家對他表示同情。

——甚至感到收取他三百塊月租有點太貴了。

當然沒有減，因為景伯不嫌貴，而且也很少在家。天天一早就拎着個大皮包出去，深夜才回來，通常滿嘴酒氣。就是碰到聊幾句，也不提房租。

「人生一世，草生一秋！」有一次我在廳裏畫機器圖則，玉清改卷子，景伯自己開門進來，一見就勸：「快凌晨一點鐘了，你們還在熬夜呵，何必，何必，該多休息休息，保養保養嘛！」發現我訂了不少技術性雜誌，一個勁兒讚嘆，又像在搖頭。

「景伯真懂得保養，」玉清打個呵欠放下紅筆：「聽小弟說，他好幾次在窗口看見你一出大門就截的士，你保養得連走路的力氣都省下啦！」

「嗬，」景伯做了個誇張的表情：「喝早茶，趕早市，一盅兩件，與行家成行成市的，大家枱下講價，枱上攀談，這種買賣花樣越來越多了，我的年紀也越來越大了——」

「景伯做盛行？」玉清又打了個呵欠。

「嘿嘿，」景伯抽開了雪茄：「經紀嘛，四姨早就對朱太說過啦。我們什麼都做。」他拍拍胸前那個皮包：「現在是珠寶，我天天坐的士不光是為了享享福，還為了怕強盜，——」

「唔。」

「你們休息吧，」景伯回房：「你們太辛苦咯。全家都睡了，只剩你們兩個。其實何必！香港地，識撈才有辦法，不能光拚命。」指指玉清面前那本作文本：「瞧，你們好心，出些個有

意義的題目──」他拿起來唸：「叫做『要認真注意腐蝕的禍害』──」把本子往桌上一扔：「可是好心沒有好處呀！今天大家都在搶錢，有刀有槍的去做強盜，沒刀沒槍的惡過強盜，你們明白我說什麼啦？別拚命啦！想辦法找個錢又多，工作時間又少的事情幹幹罷，人，要及時行樂嘛！」

玉清氣得鼓起腮幫，我知道她會發作，又怕鬧得很僵，便順手推開景伯的房門，跟着他一起走進房裏，迅速關上了門，困窘地說：「景伯倒真是懂得享受──嗯，桌上還放了個袖珍電視機。」

「坐坐，」他擱下皮包，除下外衣，往床上一躺，指指小桌子前那把旋轉椅：「別走，坐一會再走。你瞧，我真是室雅何須大，或許一點不雅，但是，」他拍拍床褥：「我這個老光棍，就是懂得享受；我只有一張床，席夢思！我只有一把橙子，旋轉椅！我一天到晚在外面混，用不了太多的地方，連洗澡洗衣服都在外面，討老婆的事更用不着操心。你瞧，我可是徹底得真到了家，有時候還到外面遊埠，一去半個月一個月甚至三兩個月好平常，──對，到那時候，」他指指小電視：「這個，你們盡管拿去看，用壞了也不用賠償。──哈，這個太小，我送你一個大的，二十二吋，彩色！」

「不不──」

「還有，如果我遊埠，房租照付。或許要存放點東西，不礙事吧？你家老太太不會反對吧？」

「那怎麼會反對，景伯──」

「而且，在我遊埠的時候，我的親戚，或者我的朋友，會到我房裏來拿點東西，大門鑰匙我不能給他們，房門鑰匙和我箱子

上的鑰匙，我可是要給他們的，你們都不反對吧？」

景伯到底是個老江湖了，想得很周到，我也想不出有什麼毛病，但是想到了一些不妥：

「沒什麼，只是景伯的親戚朋友，是不是三天兩天要來拿東西呢？」

「不會不會，」他坐了起來，把雪茄往床頭櫃上的煙缸上面一擱：「那多麻煩，如果我十天八天——不，他們大概平均一星期來一次，拿我的『貨』，珠寶玉石。」

「哇！」我心頭一沉：「萬一有小賊強盜到這裏來，那我怎能替你保險？景伯，不如你把你的貨送到銀行保險箱裏吧。」

「太麻煩，」他使勁搖手：「你想到的，我都想到了。總之，如果真有賊偷強盜搶，我決不會怪你，有什麼辦法？警察也解決不了強盜小偷嘛，嗨！老弟，你放心吧！我丁景銘不是不講理的人。」忽地站了起來，「去不去宵夜？夜總會！我請客！」

這可把我嚇壞了，我忙不迭告辭，告訴他我雖是二十多歲的人了，可從沒到過什麼夜總會。宵夜很平常，充其量一碗餛飩麵，了不起坐上大牌檔，通常一個麵包，或者一杯「樂口福」，就把夜「宵」得很舒暢。

景伯不以為然，他用近乎悲天憫人的口吻，勸我和玉清要「想開些，別學那些大鄉里，你們分明是時代青年……」而時代青年在他的語彙裏，相等於新潮，而他對於新潮的理解，卻是夠型夠格，是吃喝玩樂無所不精，「打份牛工，實在不值，因為虛度了青春，見不了世面，不懂得享受，活一百歲都等於短命！」

我當然不能同意他的生活方式，同時自問也不可能影響他的那些想法。一樣米養百樣人嘛！

「快兩點啦！」玉清熄了床頭燈，憤憤地說：「我對景伯這個人很反感，他簡直侮辱了我們當老師的，你瞧他讀題目那個怪模樣——」

「行了，再嘔氣說不定會失眠，明天你怎麼上課？」

「不是嘔氣——」

「噓！」我一手按住了她的嘴：「不要再說，……」

第二天下午，景伯真的要公司送了架彩色電視機來，小弟小妹嚷着馬上要找人裝上天線，媽和玉清可有了一致的意見：

「不能白拿人家的東西，我們可以要，但是要付錢；我們如果不要，就得送回去。」

「我也這麼想。」我確實那樣想。

「而且，」玉清撫摸着這個從天上掉下的禮物：「我說，如果真的裝了這玩意應該好好管理，要不然你我沒法做事，弟妹沒法做功課，後果嚴重得很，我看不如還給他。」

「景伯說他要打通宵麻將，今天不回來啦！」

「那末明天！」玉清邊回房間換睡衣邊說：「我們不反對有電視，可是不能為電視負債，也不該為電視浪費時間。」她似乎在課堂上似的：「阿荷，我們有我們的計劃，好像一個堤壩，不能決口，一決口，就會把我們沖垮！」

「我想我們還是負擔得起的。第一：景伯一定買得很便宜，這不是普通十塊八塊的東西，太貴他不會買，第二：我們可以分期付款，不必一次過付清。」

「我不光是為了家用收支計劃。還為了——」

「我明白，」我搶着說：「我們得有個限度。有部電視在今天太普通了，幾乎家家戶戶都有，我想這不該屬於什麼奢侈的

享受。」

「至少得千六、千七元哩；」她說：「還不奢侈？」

「只花兩百五，」景伯當夜的回答使我們吃驚：「在斌記老闆家裏玩紙牌，馮老斌開的是電視機行，電視機他舖子裏抓抓一大把。那天他輸得很厲害，『賭債不隔夜』，吃晚飯經過他舖子，我就要了他這一部電視機，另外再給了他兩百五。」

全家驚訝加驚喜，兩百五能夠「買」一部二十二吋彩色電視機，這難以置信的事實就出現在我家裏。媽媽也改變了主意，說：「既然如此，我再加你五十，湊個三百元整數，向你買下這部電視機，也等於下個月你的房租不必付了，還得謝謝你。」

「嗬，用不着謝，用不着謝。朱太，你太有福氣了，兒子媳婦都這麼好，好像一對金童玉女，你就是個觀世音菩薩囉！除了這對金童玉女，」他指指小弟小妹：「還加上一對送財童子，哈，連帶我丁景銘都得了點仙氣，難怪這一陣人家小生意拍烏蠅，我連賭錢都如有神助似的。」

媽笑得咧着張嘴，我和玉清沒怎麼笑，可也沒什麼意見。

「意見」卻在我和玉清之間展開。那是裝上電視機七天之後的一個下午，景伯找我替他修理一架印書機，還在他朋友那邊吃飯，再也沒到旁地方去，回家已經十一點，玉清不高興，有了意見。

我忙不迭解釋，告訴她：修機器花了兩個多鐘頭，機器是在青山道大利印務公司的一架平版機，很舊，但修修還能用。老闆是景伯的朋友，因為老師傅病了，因此找我去看看，千恩萬謝非請吃晚飯不可，所以……。

玉清伏在窗口，面對一列花圃不開口，我挨着她，待一列火

車越過眼前，就說：

「想起來——，那回你第一次到這裏來，我們也這樣在窗口眺望——」

「是嗎？」她淡淡地笑：「你沒忘記？」

「呵，那怎麼會忘記！」

「我以為你什麼都忘了！有闊朋友送禮請客，已經變成闊佬，——」

「沒有的事呀！玉清！」

「我以為你忘記了這個：你家捨不得染布房街，是為了不忘本，為了警惕着朱家的後代，別給五顏六色的東西染髒，不跳進染缸！」

「天！我沒跳，我乾乾淨淨的！」

「乾淨？」玉清笑了：「表面上是乾淨！」

「不，內外一樣乾淨。」

「那我問你，這一星期來，你看了幾頁技術雜誌？西德那一份，已經到了五天，我故意放在你書櫥外面，你好像沒有發現……」

「這、這個——」我臉上發熱。

「小弟小妹，這幾天天天打着呵欠上學，功課怎麼樣我還不知道，你是大哥哥，為什麼不規定他們看電視的時間？功課退不退步已經是個問題，學壞了問題更大。是嗎？」

「是是，玉清。」我渾身發熱。

「你，」她說：「你在這一星期裏，有四個晚上和景伯出去，老實說，我很懷疑！」

「沒有沒有，沒有什麼的。」邊說邊心跳。

「我只是提醒你，」玉清勉強笑笑：「我成天希望學生好，為什麼不希望你好？為什麼不希望家裏好？丁景銘分明很不正派，他那一套，應該小心一點才好，為什麼你一點沒有戒備跟着他亂跑？」

我強自鎮靜，舒了口氣：

「我有分數，你放心，我不會跳染缸！」

玉清也長長地舒了口氣，說：

「還記得我第一次到你家來，告訴你，我已經來過一兩次染布房街了，但是只知道有個『伊館』，就不知道這條街就是染布房街，對麼？我的意思是，或許有人已經兩次三次進過染房，落過染缸，就是不知道事情的嚴重性，還不相信這就是染缸！」

「嗨，你分明說的是我，我真的沒有呀！」

「那末，『在染缸的邊緣』罷！」

「這──這也不是……」我極力為自己辯護，那當然不可能有什麼好效果；我把景伯幾天來請我吃喝玩樂的具體過程都交代了，的確沒有隱瞞，他真的沒拉我賭錢或者胡來，而修理印刷機器又不是什麼壞事……

「阿荷，」她雙手攔在我肩上，面對面，緊皺着眉毛：「我還是不大相信，……」她背過臉去，伏在窗口上幽幽地說：「第一次上你家作客，你要我搬進來，我臉紅，現在，我是你的妻子了，我們兩個對這個家，應該都有責任感！為了這份責任感，為了不讓你跳染缸，我要你請他搬出去！」

「阿清！」我感到震撼：「景伯他──」

「他還不夠壞？」玉清倏地扭過身來面對着我：「你本來踏踏實實，勤勤懇懇的，可最近這一陣你做了些什麼？昨天晚上我給

你掛衣服，聞到一股香味，一掏，掏出塊女人手絹，又掏出了一張女人名片，上面只有個電話號碼，名字叫亞珠。我問你，這是怎麼一回事？你開口呀，別瞪着我！」

「這，這——」我往後退。

「你醉了，可能還在夢見和亞珠乾杯罷？我可沒法睡，我不但想到你的變化，變下去會有多可怕！我還想到我該怎麼辦？想到我的家人，你的媽媽和弟弟妹妹——」

「不不，沒有的事，玉清，你想得太嚴重了，絕不可能，不可能，不可能！那個女的——對，是景伯的朋友，我不過和他上她那兒吃過一次晚飯，那個什麼手絹，一定是她放錯了地方，放錯了口袋——」

「你沒錯？你對自己的所作所為，一點也不以為錯？你究竟是已經跌進了染缸，還是正在跌落染缸的邊緣？」

我已經退到房門外，她可把房門關了。在門縫裏對我說：

「我也相信你，你還沒離譜，可是看來已經差不多在跌落染缸的邊緣上了，丁景銘分明在對你潛移默化，有意無意要你墮落，可又裝出個無所謂的樣子來，『何必、何必』的一連串假仁假義，時代青年原來必須頹廢胡來，好吃懶做才夠型夠格的嗎？他的廢話我聽夠了，這是對我們年輕人的侮辱！他的那一套我看夠了，分明在對你下手——」

「不不，」我想把房門推開些，她卻使勁頂住，我就央求：「玉清，別看得那麼嚴重，有時候，我是這樣想的，難得見見世面嘛，逢場作戲也無所謂，反正我有主見……」

「呸！」玉清嗓門提高，不管我媽和弟妹也已出現在我背後，她說：「什麼世面不好見？要去見那庸俗不堪的東西？什麼

逢場作戲？分明你喪失自覺，眼看要掉進染缸去，──媽，阿荷他身上有女人香水手絹──」末一句顯然快哭出來，房門緊閉，我的困窘難以形容，媽在小廳裏打轉，弟弟發怔，妹妹給我來了這麼一句：「哥哥真壞！」

我沒了主意，大門開啟聲可一下子轉移了所有人的注意，醉醺醺的景伯拎着一隻小箱子回來了，後面跟着個穿唐裝衫褲，十分樸素的中年婦人。

「我的堂妹菊姐，」景伯說：「我明天回鄉下喝喜酒，哈，我的契仔娶親啦！這一次，恐怕要一個月上下才回來。我和荷哥說過，我房裏有些東西會有人來拿，來的人就是這個菊姐了。」忽地指指電視機：「怎麼不打開？有好節目哩──」見我等四個全不作聲，也就開了自己的房門，先讓他的堂妹進去，然後扭過身子來道：「朱太，等我回來，送你一斤當歸！當歸好東西呀──」

「景伯！」忽地玉清衝了出來，說：「你要走開一個月，還要陌生人上家裏來，這裏治安不好你是知道的，所以我們不租了，請你另外找地方。」指指電視機：「這個，也請你收回去！」

媽怔住了，我和弟弟也怔住了，景伯這個老江湖也怔住了，他的堂妹正在他房裏開箱子，沒聽見，傳出來包東西的聲音：悉悉索索。

他不肯搬，先是笑臉，後是講法講理，什麼保障房客權益等等，最後答應一個月之後再搬，說我們年輕人不識好歹，他是存心交朋友……，玉清堅決不答應，我從沒有見過她像今夜那樣冷靜和堅決，景伯怎說也不答應，情況當然很僵，他的堂妹等不及，拿着個膠手抽走了，我們還在吵，可沒料到他的堂妹又回來了，但是後面多了三個人：一個警察，兩個便衣。……

事情，完全弄清楚，不管官方怎麼發表消息，我朱荷生應該抹掉一額冷汗：我曾經是毒販的「好友」，我家曾是藏毒的「好地方」，因為對面沒房子，景伯會在房間臨窗的那一邊，三更半夜丟下一些東西，那個亞珠和堂妹就是悄悄出現在我家門口的常客。青山道那家大利印務公司正是他們的大本營之一，當然還接外面生意，主要印刷任何假冒的東西。丁景銘這回不是回什麼鄉下，而是到台灣去辦什麼原料⋯⋯

⋯⋯⋯⋯

我慚愧極了，想搬，但阿清認為多餘，她說：

「那是形式，住不住染布房街都一樣，主要還是靠自覺，你不是說過，你的祖先對這條街有好感，認為有意思，而你可是幾乎跌下染缸去嗎？」

⋯⋯⋯⋯

我的家，在九龍染布房街。

手

「童犯」小菱自己說的故事

你說我長得好看嗎？好看有什麼用啊？長得像白雪公主又有什麼用啊？我不過是一個「童犯」——一個犯罪的孩子、一個犯了罪的女孩子，你說我多倒霉、多難受、多難過啊！

你說我的一雙手很靈巧，能夠編織這麼精細的草帽。人人都有手，人人都會做，不稀奇嘛！嗯？你說你的孩子同我一樣大，十歲了，她不會編草帽，那是你的女兒嘛，她要什麼，你給她買，能說她笨嗎？如果她肯學，她不是一樣能用雙手做出很多好看、好玩、好用的東西來嗎？

問到我喜不喜歡這個「兒童工廠」，說實話，我不喜歡。這裏有很多不幸變壞的孩子，可是大人們不管。大人們把我們接過來，大門上了鎖，像鳥籠關上門，飛不走了，他們便滿意了。誰吵？打一頓、餓一頓，就沒人敢吵了。沒人敢吵並不是真的沒事，我們自己有自己的小天地，關在一起，本來不算壞的孩子真的學壞了，本來滿身壞習慣的壞孩子就變成了小皇帝，還特別會

欺侮我們女孩子呢！人們養鳥為了聽鳥兒唱歌，他們養我並不為了愛聽我唱歌，只是要我們幹活，做各種各樣的手工——手工，像你家的孩子在學校裏的玩意一樣，不過你的孩子是花錢做手工，我們是做手工賺錢。像這頂草帽是外銷的，將來會戴在一個洋娃娃的頭上，——錢？我當然也會分到一點，真正一點點，不夠買一小塊草帽的。

你說誰告訴我：「人人有雙手、人人要工作？」是爸爸說的，媽媽也說過。你說我的爸爸媽媽嗎？說起來我就要哭，——好吧，告訴你吧。

我出世的前幾個月，爸爸媽媽從廣州來到了香港。那是沒辦法啊！爸爸在廣州做泥水工，一連幾個月，都沒有工開，人都餓得半死了，國民黨還要抓壯丁，嚇得我爸爸睡也睡不着，朋友說，到香港去吧，那裏很多有錢人要蓋洋房，泥水工值錢哩！爸爸給人說得心動了，有一天，就同媽媽坐火車到香港找朋友來了。

爸爸說：「反正我有一雙手，我會幹活，老子天下去得，何況香港遍地黃金？」媽媽也說：「對！人人有雙手、人人會做事，我幫你，我們兩個省吃儉用，還怕找不到兩餐飯吃。」這麼着，他們兩個帶着十二枚銀元就來了。

一到香港，媽媽身子就不好過，說是我在她肚子裏搗蛋，害得她成天嘔吐。可是真正同他們搗蛋的不是我，是生活。爸爸雖說有一雙手，可是有手的人在香港也太多太多了，他的朋友早已失業，流浪到大澳找生活去了。我爸爸常常嘆氣，說一無親、二無故、找活做難如登天。但往同行、同鄉那兒一打聽，才知有親有故的人日子一樣不好過。爸爸有個朋友叫李阿公，幹了二十

幾年泥水工，蓋了不知道多少大洋樓，你知道他自己睡在什麼地方？咳，他一家七口一張床，住危樓、瞓梯口，就差一點兒未曾睡街邊了。剛到埗時我爸爸還有幾個銀元，便買了點木板洋釘，在青山道好歹搭了一間木屋，第二年我就出世了。媽說生我那一陣她想吃菱角想得厲害，便給我起了個名字叫小菱。

自從我懂得事情開始，爸爸媽媽便告訴我：「人人有雙手，人人要做活。」有時候媽媽找不到短工，我便跟她大街小巷到處跑，撿一點破爛賣給收買佬，賺幾個仙，一兩毫。有一次我們在一家大洋房旁邊撿到了一個破洋娃娃，媽媽捨不得賣掉，留下來給我玩了好幾年。後來爸爸不知怎地也常常留在家裏睡大覺，還動不動便和媽媽吵。有幾次，還有幾個伯伯叔叔上我家來，有的帶燒酒，有的帶花生米。酒很辣，我不吃；我只吃花生。其實我很怕他們，因為當他們酒喝完了，說話就會大聲起來，還會鬧起來，還有人哭哩！我很怕他們會打架，不過幸好他們一直沒打起來。有一次他們拉着爸爸便要往外跑，爸爸死拉住門框不放，幾乎把門都弄垮了。後來媽媽告訴我，這幾個伯伯叔叔搶東西去了，三個人逃掉了一個，給警察捉到兩個，之後我家裏再也不見伯伯叔叔們來喝酒了。

爸爸媽媽有工做的時候，家裏只剩我一個。我是多麼羨慕背着書包的小朋友啊！在我住的木屋門口，每天都有一個女孩子經過，她長得同我一般大。每天她在石階上跳啊跳地下來時，她兩根小辮子上的蝴蝶結便跟着在搖擺，她背上的書包也在搖擺，我的心也跟着在跳啊。如果我能同她一起去上學，你說多好？

有一天，她開口同我說話了，我多麼高興呵，立刻邀她一同玩得很開心，她叫我小菱，我叫她莫英英，管她的爸爸叫莫伯

伯。莫伯伯第一次看見我，便給我糖吃。第二次再去，他給我看變戲法，嘿，我身上那塊手帕，不知怎的就到他手裏去了。他還領我們到街上蹓躂，我同英英跟在他後頭，或者在街口等他，只見他在巴士站鑽來鑽去，一忽兒便溜進小巷，我同英英跟過去，準可以看見他手裏多了幾張鈔票，有時候還有照片、鋼筆，當票和巴士月票。我頂喜歡鋼筆了，可是我不會寫字。莫伯伯說：「人人都有兩隻手，只有他的兩隻手最好，什麼本錢也不要，也不愁找不到工作，金銀財寶便會變戲法似的變出來了。」他要英英同我跟他學，我一口答應了。爸爸媽媽都說人人要靠雙手過活，我年紀雖小，不是也一樣可以靠雙手變出錢來嗎？不過莫伯伯一定要我跪下來起誓，一不能告訴爸爸媽媽、二不能告訴親戚朋友、三不能告訴街上的警察，否則會給天上的響雷打死。我怕打雷又怕警察，因此差不多在莫伯伯家裏學了半年，我都沒有告訴爸爸媽媽。這半年裏，同英英和她爸爸三個人有時裝作大胖子、有時裝作闊太太，他偷我的皮包，我摸他的口袋，有趣得很哪。

英英沒有媽媽，我有，可是我的媽媽多辛苦呵。爸爸老是空着雙手、餓着肚子回來，媽媽就一聲不響，上前後左右鄰鄰舍舍借幾碗白飯，要幾勺稀粥，有時候她也空手回來，可她就會哭得更淒涼了。她一哭，我的兩隻手便好像在對我說：「小菱，你爸爸媽媽有手沒有用，你的手有沒有用啊？」我真想上街學莫伯伯那樣，可是一想起莫伯伯所說的，我就不敢動了。莫伯伯是這樣說的：「小菱哪，如果我不讓你上街摸人家的口袋，你千萬動不得啊！要是你偷偷地去摸，我就像對付這隻雞一樣對付你！」說着說着他抓起菜刀對準雞籠裏那隻老母雞的脖子一抹，——啊，

我一想起來渾身就起雞皮疙瘩！我怕，我不敢上街摸人家口袋。眼巴巴看爸爸媽媽和我，一家三口六隻手沒一點用處，大家餓肚子，媽媽摟住我哭，我餓得吐酸水。

我一開始懂事，就知道了很多生活艱難的事情，譬如說，我覺得同爸爸媽媽一起搬家和搭蓋房子，是多麼有趣的事情，但爸爸媽媽就不這麼覺得。爸爸說，他總以為他會蓋大洋樓，以為有雙手天下去得，可是這幾年來他捱餓的日子越來越多，媽媽更老跟他吵，說根本不應該往香港跑。第一年雙手蓋起木屋來，還以為香港遍地是黃金，幹幾年可以住大洋樓；可是第三年一把大火燒得連木屋都沒有啦，只好搬到山坡上搭蓋鐵皮屋，鐵皮比木板便宜，原來我們連木屋都住不起啦。再過兩年，來了一場什麼「小姐颱風」，鐵皮屋子吹走了，還幾乎把一家三口吹到山底跌爛腦袋。現在是第三次搭蓋房子，——這個連我小小的年紀也懂，現在我們搭的屋子不是木屋也不是鐵皮屋，是比草寮稍為好一點的紙皮屋，用什麼瀝青紙、快把板拼湊而成；碰到小雨還勉強應付，碰到大雨就四處漏水，全家變成落湯雞。等到天晴緩過一口氣，爸爸又該忙着在屋子周圍抹油，要不然我家「牆壁」的裂縫會裂得又大又深，晚上睡覺時，風到處鑽進來，給吹得頭痛。

不怕你笑我們，我們快變成乞丐啦。爸爸媽媽天不亮就到街口等判頭拉短工，有的時候運氣好，搶到了，能賺個二元三元。但爸爸總要忙到天黑才回來，進門時人已經累得連說話的氣力都沒有了。媽媽做女工，氣力有限，能挑得幾擔泥沙？辛苦一天，才賺得塊兒八毫。你笑他們幹了一整天只拿到這麼少的工錢嗎？唉！你到「人力市場」去看看罷，香港、九龍合計有七、八

個「人力市場」，一天到晚幾百幾千人在找長工、短工，可是誰能夠天天有飯吃呵！

　　吃不上飯，就該餓肚啦。我爸爸那日哭着對媽媽說：「我總想，我們兩個人有四隻手，老子有本事天下去得，香港滿地是金子嘛，只要肯做工，辛苦點，還怕餓肚子？可是香港的金子在哪兒呵？我們兩個人有氣力、肯吃苦，可有誰又願意僱用我們？剛來時渾身是氣力，又趕上造房子好景，總算可以吃飽穿暖睡木屋，現在呢？孩子這麼大啦，木屋住不起住鐵皮屋，鐵皮屋又住不起住紙皮屋，他媽的，我們這雙手難道是廢物嗎？」媽媽聽了哭得更傷心，她說她不再寄望什麼遍地黃金，什麼大洋房小汽車，她只希望不讓我餓肚子。說看見我餓得吐酸水，她就猶如萬箭穿心。她也埋怨白長了一雙手呵。兩個人淒淒涼涼哭訴，我真恨不得告訴他們，我這雙手可以往人家荷包裏拿錢，可是我怎麼敢開口呵！我已餓得沒氣力，只好躺在媽媽懷裏假裝睡覺……

　　餓到天黑，爸爸急得自己拔自己的頭髮，急得直跳腳。一忽兒說要殺人，一忽兒說要自殺，一忽兒說要去做強盜，可把我嚇壞啦！冷不防爸爸突然向外跑，媽媽放下我追出門去，我在門口偷看，看見爸爸在山坡上搥着胸脯大哭，我媽媽蹲在旁邊說什麼。這時候我忽然想到一個主意，興奮得渾身都有氣力了。我轉身偷偷地往山下去，然後就在馬路口那個巴士站往人堆裏一站，學着莫伯伯的模樣，假裝要搭巴士，趁巴士到站時對準一個大胖子輕輕一撞，他怎會知道我是個小扒手呵？兩根指頭一挾，皮夾子到手啦。我幾乎笑出聲來，連忙奔到街後面小巷裏，打開皮夾子一瞧，還好，有四十五元三毫，外加兩張郵票和一張胖女人的照片。我拿着鈔票連忙上舖子先買了兩斤米、一條鹹魚、兩斤

白菜，再給爸爸打了二兩酒，給媽媽買了一把梳子，背着所有東西跌跌爬爬上山回家去。——真巧呵，爸爸媽媽正在叫着我的名字，從黑黝黝的山坡上一路往山下到處尋我來了。我大聲答應，找到我他們可高興啦！看見我手裏拿了這麼多東西，他們都很意外，回到屋裏一方面忙不迭做飯，一方面問我哪兒來的錢？我只好推說是在門口撿來的。灶頭上的飯可真是香呵，鹹魚和白菜的香味更是誘人，可憐我們幾天沒開火炊，這一頓吃得特別滋味。吃過飯，爸爸越想越奇怪，說我們門口怎會有人丟了四十幾元不發覺？這裏沒有這麼闊氣的人。還有天又黑啦，憑我這雙小眼睛，怎麼會發現地上有鈔票？……唉！他倆一句逼得緊過一句，我沒辦法，只好坦白說了。

我想起來就怕，爸爸媽媽聽說我變成小扒手，那種傷心呵，可沒法說。我爸爸結結實實打了我一頓，打過後他自己也哭起來了；我媽媽唉聲嘆氣一夜沒合眼。我自己呢？我說：「你們都說有雙手、有本事便天下去得，我這雙手不是也可以養家了嗎？你們說香港遍地是黃金，我這雙手不是拿到了嗎？」我爸爸氣得爬在地上朝我咕咯咕咯磕頭，說餓死都沒關係，可是一定不能做扒手。人窮志不能窮，做扒手把祖宗八代的臉都丟光啦！我還同他辯，遭他踢了我幾腳，可是又抱住我發瘋似的哭喊着，說：「不如一家三口死了罷，不如一家三口死了罷！」可是我不要死，我要活。過了幾天家裏又沒吃的了，於是趁他們不注意的時候我又跑到山下巴士站，對準一個闊太太撞過去，正想下手，沒留意到她後面還有兩個男人正看着我，這下我給他們逮住了，馬上交給了警察。……

這就是我到「兒童工廠」來的經過了。

你問我的爸爸媽媽？他們當然很傷心，更加氣壞啦！他們曾經來看過我幾次，勸我千萬不能再做扒手，否則決不認我是他們的孩子。我說我不敢了，我知道錯了，爸爸媽媽眼淚沒乾，便朝我笑。媽媽說天天想我，夜夜想我，說着說着又哭了。我不懂得該如何勸她。我說：「我現在用一雙手做工，但是得到的錢卻不能給我們一家買米買菜買鹹魚，更不能給爸爸打二兩酒，我也難受。……」

黃天霸

　　毋須解釋，這裏的「黃天霸」，絕不可能是古老小說中的角色，而是二十世紀六十年代，出現在香港的「英雄人物」。

　　對，問題就在這裏，他是新人物——那是為了尊重黃天霸先生而這樣說的，他自以為是新人物，並且新得可以。因此在他眼中，發生在地球上任何角落裏的事情，不管是什麼，他都鄙夷地付之一笑，或者嗤之以鼻。總而言之，他對這個世界是充滿了失望的。

　　而他：今年只有十八歲。

　　而且，是會考班的學生。

　　更且：是受過宗教洗禮的。

　　但是：他爸爸黃大紳信道教。

　　他媽媽信基督教。

　　他阿嬤信佛。

　　因此，他既不屬於「施公案」、「彭公案」時代，也不屬於二十世紀六十年代，而該是屬於集古今中外於一身的時代。

　　可是，事實上並沒有這個「時代」。

這一來，我們的英雄那份失望悲哀之情，以及他的那份反抗，也就夠瞧的了。

…………

在尖沙咀彌敦道那一段，是香港著名的「世界人種展覽會」舉辦地區，因此有着各式各樣的餐室和消閒去處，甚至馬路邊，也是遊手好閒或者失業漢的瀏覽之處。

當然，即使地方上在搏命爭取遊客，但是究竟不可能在路邊擺設沙發，然而天才的人們自會利用路邊的那一列粗矮的鐵欄，可以坐，顧盼生姿，可以靠，神氣十足，可以利用那些地方作為等候朋友什麼的。扒手小集團可以使用為緩衝的地方；捕捉單身漢或者洋水兵的妓女可以使用為「我在搭巴士」、「等的士」。……黃天霸，就喜歡利用它為四傑會議的最佳場所。

經過那一段馬路時，如果你看見那家什麼「拿」的朝鮮餐室招牌對面、那個鐵欄上有四個不比平常的青年，很可能是黃天霸、占士邦、水牛劉和蕭幫辦在那裏論道了。

必須解釋，──其實也毋須多嘴，你一看就知道的了，身材最高的便是黃天霸，長髮垂肩，額前還留了瀏海，紅紅白白的瓜子臉，猛一看還以為是女扮男裝。最矮的那個便是蕭幫辦了，他不喜歡三人所穿的特高領雪白長袖襯衫，永遠喜歡穿水兵式藍白相間無領短袖緊身恤，據說非如此不能襯托他寬闊結實的肌肉，他正在學的是抽象派油畫和素描，可是他志在充當警察幫辦，因此他的朋友們也就稱其為「幫辦」。水牛劉學的是醫科預備班，但如果花在學校裏一小時，那末花在空手道師傅那邊的工夫，至少要多上十倍！占士邦是黃天霸的同班同學，志在做個間諜，也曾向外國人提到過這個問題，希望他們引薦，但他很失望，因為

沒有一個洋人——東洋人或者西洋人願意介紹，有些甚至當面哈哈大笑，因此占士邦大嘆懷才不遇。

事實上，他們四個都在懷才不遇。他們雖然還在高中，但眼看社會上這麼多飯桶，因而感到自己的本事早該用來濟世，結果還得嘗盡人間白眼，——這是黃天霸給他打令莉莉信中最喜歡用的字句。

那是個星期五，四個人從三家不同的學校出來，也沒散學，也不回家，黃天霸和水牛劉各自駕着小汽車，占士邦和蕭幫辦分別坐上電單車，非常守時地在下午四點正集中尖沙咀停車場，然後舉起英雄式的腳步，四雙半高統尖小方頭皮靴承擔着主人沉重的心事，到達那個鐵欄杆上。

別以為他們口袋裏沒有錢，不，他們有足夠的零用錢。這裏說的足夠，包括和女朋友吃、喝、上舞場和保齡球場的雙人費用。那末，他們今天在路邊鐵欄杆上各自擺了個自以為美妙絕倫的姿勢之後，究竟想些什麼？將要做些什麼？或者商量些什麼呢？

他們是有程序的。

首先，便是「吃那一家？」。然而，他們之中，任何人毋須發問，凡屬飲飲食食，一概由黃天霸請客，他從來不稀罕三個人謝他，三個人也從來沒有謝他；一如三個人在其他花費上付了他那一份，而他也從未言謝一樣。

照例是他開口：

「就呆一會再說罷。」

各人從緊貼着屁股的口袋裏掏出小梳子，但不是把頭髮梳得平順些，而是相反，把它弄得更「散」些。然後，黃天霸取了個

半依靠的姿勢，蕭幫辦坐到欄杆上，占士邦挨着他曲着腿坐着，水牛劉為了彌補他的矮，就立在欄杆中間，雙手分別搭在兩人肩頭，有如石梨貝水塘樹叢中的猴羣那樣，跳來跳去，不時換着姿勢。

「這個『肉彈』太可惜，」黃天霸稍為抬了抬下顎，眉頭緊皺，懶洋洋地死盯着一個橫過馬路的少女，她一身花花綠綠的迷你裝，有如飛過一隻大蝴蝶。其他三個並沒開口，一頓口哨，算是附和。但她為什麼「可惜」？根本沒人問，也用不着問——因為從黃天霸的判斷來看，她「這個『肉彈』太可惜」，就一定是太可惜了。

不可惜的，是他們自己的時間。

眼睛看花了，口哨吹累了，做鬼臉使臉上的肌肉都有點痙攣了，足足半小時之後——

「走！」這回，三個人都有了反應。

「瞧！」占士邦指指前面兩個洋人，一男一女。

「瞧個×！」黃天霸道：「兩個窮鬼！」

那真是窮鬼，這一對外國人，男的上身是件褪了色的黃卡嘰上衣，右袖繡了隻褪色的鷹，下面是一條又皺又舊的的確涼，露趾涼鞋裏幾根腳趾似乎特別大，而兩隻足姆趾的趾甲，差不多有半寸長！

而女的，上身一件紫色運動衫，下身一條黑裙子，頭髮有如一團枯草，亂，而且沒有光澤。男的卻是一頭金髮和一大堆鬍子。——兩人挽着手。

蕭幫辦道：「我們走快些，別跟着他們聞臭氣。」

占士邦道：「你瞧他背上的字！」

三個人這才發現他寬闊的背上是有兩行褪了色的字，像球隊的出賽球衣那樣，分作兩行排列，上面一行是弧形的，下面則是直線。

　　「The Lord will find a way somehow。」

　　占士邦道：

　　「哈，他不是像我們那樣在找嗎？『上帝終究會找到一條出路』，這不也就是我們的意思嗎？」

　　「對對，」三個人跟着黃天霸踏進一家上海館。

　　夥計為他們四個端上四杯熱騰騰的香片茶，擔心這批既像飛仔又像嬉鄙士的客人會搞出什麼什麼「三長兩短」，沒料到那個身材最高的客人卻用上海話：

　　「有啥個新鮮東西？」

　　「嗯嗯，有有，有大閘蟹。」

　　「大閘蟹？」黃天霸一怔：「又是秋天啦？」

　　「嗨嗨，兩個閏七月和中秋都早過啦！」夥計還是一臉笑。

　　「那，」黃天霸問三人：「你們吃不吃？」

　　「人肉都吃！」水牛劉代表三人「發言」：「不過我們都不會吃！」

　　黃天霸道：「去年你們不是吃過了嗎？」

　　「早就忘啦！」

　　「吃東西還會忘？」

　　「又不是天天有得吃的。」水牛劉感到有點委屈。

　　「有把鋼鉗，有把鋼鉗，」夥計誠惶誠恐道：「敲敲打打，就沒有不會吃的。」

　　「像『吃人』一樣，」占士邦道：「有些人，你不打，他就不

服氣，尤其是女人。」

「是是，」夥計道：「幾隻？」

「一人兩隻，」黃天霸揮揮手道：「再準備四碗青菜煨麵，兩斤花雕。」

「儂真內行，」夥計為了少麻煩，使勁戴高帽道：「儂迭位先生真是有苗頭。」

黃天霸樂不可支道：「將來到上海，我請你！」

於是那三個便七嘴八舌問他，剛才和夥計說了些什麼，黃天霸正在唾沫橫飛，旁邊有個單身中年人忽地謙卑地湊過身子，邊笑邊捋着唇上的兩撇八字鬚說：

「請問這位先生貴姓？」

「我？我姓黃。」

「大名是——」

「奇怪，你問這些幹什麼？」

「我有個老朋友，」那個西裝客還在捋他的八字鬚說：「有二十年沒見面了，見到你，好像他很像你——不不，你很像他。」

「你從什麼地方來的？」

「東京。」可又忙着說：「我是個買賣人，跑來跑去的，找老朋友可不容易。唉！」又說：「我姓彭，單名一個壽字。」

「別理他，」占士邦低聲對黃天霸說：「這個傢伙長成一副反派相，看來是冒充做買賣的。」

「你們在說什麼？」中年人笑道：「看見你們，心裏很高興，萍水相逢嘛，想起幾十年前，和黃裕順在一起上館子，到處玩的時候——對，你的父親是不是叫做黃裕順？」

黃天霸的父親是鼎鼎大名的黃大紳——也就是黃正隆、字昌盛，別號爐峯道人，而不叫什麼黃裕順，可是黃天霸居然點頭。

　　「是的。」

　　「什麼？真有這種事？」

　　其他三個同伴先是震撼了一下，隨即立刻配合起來，扮出非常熱誠的樣子，因為十分傲慢的黃天霸，現在是非常謙恭地起立，恭恭敬敬在向中年人鞠躬，並且喊他「彭老伯」來了。

　　「呀！」中年人乾了面前的一杯茅台，喜歡得什麼似的：「你——對對，你的名字是——」

　　「湯美。」

　　「湯美，快給你爸爸去個電話，就說我來了，要他來吃飯，說是我請客。」

　　黃天霸抓了抓後腦勺，強笑着去撥電話，回來對中年人說：「爹爹在希爾頓吃飯，媽也去了，家裏只有花王和女工。」

　　「哦哦。」中年人失望地說：「太巧了，我見到了你，太不巧了，我又見不到他，明天一早，我又要走了。」他掏出一張名片給這位世姪道：「這樣，你再去撥一個電話，就說我們在等他，不管什麼時候，他來我去，都一樣。」又興奮地要夥計把他的杯筷酒菜全搬到了黃天霸桌上，說：「我請你們吃大閘蟹，我請你們吃大閘蟹。我和你爸爸也喜歡這個，可是我這幾天肚子不好，今天不敢吃，來來來，你們喝啤酒？嗯，父是英雄兒好漢，你也大口大口喝起酒來了！」

　　黃天霸幾乎把一口啤酒噴了出來，心想：「這個人一定有神經病，送上門來嘛，那就——」

於是說：「應該我請嘛，我是小輩。」

「不不，」中年人說：「瞧模樣，你們都是學生，學生哪來錢請客？算是我彭伯伯給你的見面禮吧，」他邊捋鬚邊端詳着他們四個，特別是黃天霸，喃喃地說：「唉！真好，真好，個個長得氣宇軒昂，眉清目秀，衣服也是乾乾淨淨，清爽脫俗，」顯然這位商人給一種激動的情緒所控制，在這四個年輕人身上希望找尋一些什麼，找到一些什麼……

「二三十年以前，」中年人說：「我和黃裕順一共五六個人，也是同出同進，同吃同玩，還同住在一個宿舍裏，和你們一樣，不知道什麼是憂，什麼是愁，」邊說邊把面前一杯茅台一飲而盡，再斟滿了一杯：「現在，現在彭伯伯老了，有家難歸，有國難投，」又是一杯：「因此哪，想起了那些老朋友。你爸爸跑到了香港，可是我比他早五年就去了日本，在那裏成家立業，分不出身咯！」

「你去那麼早？」黃天霸心想：「老千有老千的一套，這個人素昧平生，一上來認親認故，緊接着搶着請客，虧他編了這麼多的廢話，可是終於露了馬腳，只聽爹哋說一九四九年從內地來港的人不少，沒聽說比一九四九年更早五年去日本的。」就問：

「彭伯為什麼那麼早就去了日本？」

「哦，」中年人道：「對，你還小，你在什麼地方出世的？」

「香港，」占士邦插嘴道：「我和他都是一九五〇年誕生的。」

「難怪難怪。」中年人一個勁兒捋他的八字鬚道：「你們是不清楚這麼多事情的了。」他又喝了一杯酒：「因為那一年，我指的是太平洋戰爭結束那年，我和你爸爸都在南京做事情，日本投降前一個星期，我們就埋名更姓跑了，我去日本，他來香港。」

他問：「你爸爸是一九四五年來的吧？」

「對！」黃天霸把謊話說得像真的一樣：「就是那年。」

「我今年五十三歲，你爸爸比我小一歲，——對，你爸爸今年的貴庚是——」

「五十二，」黃天霸忍住笑道：「上個月底他的同事、朋友和我們還給爹咃做生日哩，好熱鬧！」

「對！」中年人又乾了一杯，以掌擊膝道：「是十月底的，是十月底的，」鼓着一雙血紅眼睛嘆道：「唉！」邊捋鬚邊說：「那時，我只有三十歲，你爸爸只有二十九，不大不小的官兒，兩人又年輕，又投契，有着說不完有意思的事情。唉，真想和你爸爸痛飲一杯，」邊說邊乾了一杯，看四個年輕人吃大閘蟹，又說：

「想當年，我們到蘇州去吃大閘蟹，那是真真實實的大閘蟹，又大又肥，隻隻渾身發青，條條腿上長毛，我們一口氣幹它兩三個，嘿！」邊說邊捋鬚，話一多，速度一快，恨不得把八字鬚長在指頭上似的，可以高高舉起，「我有兩撇多美的小鬍鬚！」

蕭幫辦忍不住笑了，笑得俯了下腰。

「嗨，你笑什麼？」中年人鼓大了一雙模糊的眼道：「我說錯了嗎？」

「不不，」蕭幫辦實在忍不住，笑着說：「我想：你的兩撇鬍鬚是租來的。」

立在旁邊的夥計也笑出聲來，四個人更是笑得直不起腰，那個中年人由於興奮過度，喝得又猛，跟着大家大笑幾聲，引起舉座側目之後，就倒在桌上，醉了。

夥計說：「怎麼辦？」

「他是我爸爸的老朋友——」

「這個我也聽到了，」夥計說：「他醉了怎麼辦？」

「當然我送他回家。」黃天霸掏出車匙，往水牛劉面前一攤：「你把我的車開來！」

「OK！」水牛劉把車匙往頂上一拋，起立離座轉過身子，又一手接了過來，走了。

夥計和食客們驚訝於這個中年人的失態，以及那四個嬉鄙士的氣派，靜悄悄地注視事情的發展。人們見黃天霸付了賬，拿起那中年人的占士邦式公事包，另外兩人合力扶着中年人，抱進門口的私家車，走了。

人們沒法看見那個嚴重的思鄉病患者，既沒有回到旅店，也沒有到達他「老朋友」的家中，而是給扶到附近上海街一幢舊樓的二樓梯間，給拿走了兩個裝滿美鈔的信封，兩小包鑽石，近萬元港幣現鈔，五十萬日圓。只剩下他的一些證件包括護照和來回機票。這筆錢黃天霸他們四個在天明之前便花完了，七顆鑽石他們分贈了七名青春玉女。

可是這個揮金如土的夜晚仍然無法銷蝕他們的悲哀。

用黃天霸對三人所說的話是：

「我們過了一個非常刺激的夜晚，可是明天又該怎麼辦？我看不如各自回家，洗個澡，痛痛快快睡到明天，明天這個時候，我在餐桌上等你們的電話。」

「OK！」三個人沒第二句話。

黃天霸究竟是頭兒，在車上越想越不妥：「昨天晚上，」他想：「偷走了那傢伙的錢，萬一他要報案，我這輛車子，」他忽地打了個冷顫：「夥計為我們開門，看我們上車的，——糟糕！」

但是黃天霸有黃天霸的一套，要不他就不成其為頭子了。他

本來駛向龍翔道，卻背道而駛直往尖沙咀，把車子悄悄地攔在中間道，然後上了巴士。剛剛平靜下來，在車窗玻璃上看到了自己的披肩長髮，心頭又一陣騷動，想到了更多的事。大概過了兩三個站，售票員見他掏出一張「大牛」買票時，根本不去接，惱怒地說：「你是搭巴士來的，不是擺闊來的！」

「呵呵，」黃天霸把臉一沉道：「就有這麼一張鈔票，我有什麼辦法？」

售票員問道：「你要我怎麼找續？」

黃天霸一想：「他倒是有理。」再一看周圍的搭客都在對他皺眉，他是懂得所謂不吃眼前虧的，他把手中那五百塊錢塞售票員手中，站起來下車。

黃天霸下車後直接去剪頭髮。

黃天霸很得意，不斷欣賞着自己的改裝：完完全全是平實的頭髮式樣，鬢腳也剃掉了，平凡的三七分，沒有「吹波」，乾淨清爽，「老實」極了。

又買了一副平光眼鏡，鏡架的框式也是「老實」極了。

再買了兩件普通襯衫，領子既不特別高，領子尖端也沒有花巧的扣子，腰身不曾特意收窄，袖子更不是那種像臘腸褲管似的又窄又短。

對，他還買了一條普通長褲，價格比身上那條窄身褲便宜百分之五十，而用料似乎要比身上的那條多出百分之五十。

哈，——皮鞋，還有那雙「未來派」的什麼「狂想式」皮鞋，他也換了，重新買了雙平實無比的。末了，乾脆就在百貨公司試衣室裏從上到下改頭換面煥然一新，這才截住一輛的士，挽着大包小包，一口氣回到家裏——不，是睡到家裏。要不是司機再三

催他醒來，咪錶跳出了三、四十元也不稀奇，雖然這數字遠抵不上今天凌晨在賭枱上黃天霸「看」一張牌的十分之一。

為了省卻不必要的招呼，黃天霸從那幢花園洋房的後門進去。經過廚房，裏面傳出使人淌口水的黑椒牛柳香味，這是他爸爸第三房妾侍阿琳的拿手好菜。「噹——」客廳的大鐘敲了一點鐘，剛好是黃大紳在家裏打坐的時間。

黃天霸推開了門口掛着「爐峯道人」檀木橫匾的那間禪房。黃大紳剛剛做完打坐，雙腳酸麻，正在想坐沒法坐、想站沒法站的尷尬時刻。只見他愁眉苦臉，嘴裏抱怨着為張三峯燒了那麼多上等檀香，可是這位武功蓋世的祖師爺，對他誠心打坐沒回報絲毫的指點。

「爹哋！」

「嗯，」黃大紳一怔，他想：「這個傻小子是誰？」

「爹哋！」

「嗯，你今天——」黃大紳呲牙咧嘴，雙手托住自己一隻大腳，慢慢地放在蒲團上，苦笑着說：「你變了樣！不再非男非女了，這個好。」

「爹哋！」

「什麼事？瞧你的神氣！」

「車子丟了！」

「丟了？丟到山溝裏還是海水裏？」

「哪兒都不是，給人偷了。」

「報案了沒有？」

他搖搖頭。

「為什麼不報案？出了什麼亂子？」

黃天霸這回搖搖手。

　　「你這小子，」黃大紳出門在外習慣說一口七拼八湊的本地話夾英語，在家可最喜歡說他的家鄉話，只是南腔北調，他自己也弄不清楚他說的是什麼地方的話：「你一定出了問題，」他說：「這才打扮成老實人的樣子，我看問題還不單止是丟了部汽車。」又道：「丟了部車子沒什麼，但是現在賺錢不比以前那麼容易，所以還是要報案！」

　　「那我這就報案去。」

　　「不忙，」黃大紳道：「沒發生什麼吧？」

　　「沒有。」

　　「那你昨夜在什麼地方？」

　　「賞月。」

　　「賞你的頭，」黃大紳反而笑了：「中秋早已過去，還賞月？」

　　「我們四個同班同學──」

　　「又是我們四個，我們四個，好好，你報完案，到我這裏來一下。」

　　「爹咃，你替我報──」

　　「為什麼？」

　　「爹咃你面子大，一個電話，一張名片，多大的事情都辦了，何況是報失。我去就麻煩得多，查根問底，明明是失主反而好像變成了偷車賊。」

　　「那，」黃大紳問：「說是誰開的車？在什麼地方不見的？在什麼時候發覺的？」

　　「就說三姨送爹咃出街，你們下車準備探訪一個人，不料買完禮物回來一瞧，嘿，車子不見了，前後不過二十分鐘。」

「大話專家！」黃大紳面孔上似乎很不高興，心裏卻是得意極了。他知道，如果他兒子這樣發展下去，只有兩種可能，不是更糟，就是更好。「糟」的一面，是他兒子顯然不務正業，他當然不在乎他將來賺不賺錢，別說錢，就是子女他自己也有半打六個，所以不在乎黃天霸有沒有出頭之日。只是兩人終究是父子，他怕一旦兒子出了什麼事，老子的面子就不好看了。

至於「好」，正因為這個大兒子懂得時髦，比不少親戚朋友的孩子精得多，對比人家的孩子，不是土裏土氣，呆頭呆腦，死讀書，就是反應遲鈍欠缺活力，既不懂洋規矩，也不懂洋禮貌，一頓西餐吃得毫無章法。如今這個世界連披頭四都會被賜封爵士，令不少英國爵士憤然退還勳章……黃大紳對大兒子的前途從未懷疑：「別瞧湯美老愛玩，功課好着呢，年年考在前十五名裏。」黃大紳準備把他送到英國好好栽培，即使拿不到爵士，但學士、碩士、博士之類定必手到擒來。

他當然不知道兒子這些分數是用他的錢換來的——這裏並不是指他繳納昂貴的學費和七七八八的雜費，而是指購買考試題目。

黃大紳更不知道兒子的機智已經離了譜。就面前這宗事件，黃天霸設計失車是為了防範餐館夥計和彭壽報警；車子不見了，報紙上多的是「歹徒偷車行劫」，「阿飛偷車肇事」的新聞；彭壽醉酒，財物被偷，賊人準定是阿飛無疑。黃天霸斷定在彭壽和餐館夥計記憶中，那個長髮披肩姓黃的年輕人是個十足的嬉皮士。如今經過全面改裝，長髮沒有了，衣褲式樣換了個徹徹底底，還多了一副眼鏡，即使在街上迎面相逢，對方也絕對認不出這個老實人就是劫匪！

答應由三姨太代為報失汽車之後，黃大紳瞧一眼掛鐘，離開一連串的「屬下機構營業會議」和一連串的酬酢還有一小時，便邊抹汗邊要他兒子坐下來道：「我一直沒空，今天想和你談談。」

　　「爹哋，」黃天霸恭恭敬敬說：「我聽。」

　　樂不可支的黃大紳笑道：「也沒有什麼，不過，我看你馬上就要讀完中學，想把你送到英國去。」

　　「上次爹哋不是說要送我到美國去嗎？」

　　「這個——對對，隨便吧，不過，我忽然感到，英國比美國，——嗯嗯。」他也坐了下來，雙手捧在膝蓋上，聲音宏亮：「——還想對你說一件事。」

　　「是，爹哋。」

　　「你要學氣功——」

　　「氣功？」做兒子的笑了。

　　「就是我每天所做的那樣功課。」

　　「吃不消吃不消，」他使勁搖手：「我在和一個綽號水牛的劉姓同學學空手道——」

　　「邪門！」黃大紳道：「空手道哪裏比得上氣功？簡直胡鬧！氣功可強身健體，正氣養生！聽我說哪，佛教有佛教的氣功，道教有道教的氣功，可是我們練的氣功就是最正宗的！是張三峯祖師傳下來的，你知道張三峯祖師嗎？」

　　「知道，就是張天師。」

　　「嘩！」黃大紳笑了：「那不是同一個人，你簡直亂彈琴，有辱張三峯祖師爺的氣功。」於是他為兒子啟蒙關於師門的點滴，一直說到最近江西龍虎山的第幾十幾代張天師，刻下正在台灣受難，因此他們有十數位在香港的同道中人，準備邀請這位天師到

香港來走一趟登台作法。香港歷年來不時乾旱制水,又不時瘟疫霍亂,他們原本想借題「作法求雨」、或者「作法驅邪」撈它一把,無奈自從大陸把東江水接到香港水塘之後,乾旱制水的問題已經消失,瘟疫霍亂也在政府強力推行接種疫苗以後逐漸罕見。香港此刻最大問題在於市面經濟環境甚差,可是憑黃大紳的記憶,張天師的祖祖宗宗,似乎從沒有為市面不景而設壇,因此他有點失望。

做兒子的笑了:「爹咃,現在道教已沒什麼刺激啦,過幾天,尖沙咀一家酒店地庫裏,有一個『熱到爆炸之夜』,那才新奇有趣,絕對刺激!再說時代進步了,張天師吃不消氫彈,爹咃你千萬別請他來呀。哈哈,倒是好奇天師是否瘦得像道友,走起路來,兩條腿是否像燈草般輕飄飄的。哈哈哈。」

「你少胡說!」話題似觸及黃大紳永遠不願意洩露的發財秘密。戰後,他和浙江一個二等縣的縣長串通買壯丁,又串通請道士「求雨辟邪」,撈了不少錢。「壯丁幾乎月月要,求雨幾乎季季求,」這門不在七十二行之內的生意真的是興隆極了。黃大紳從當地「縣商會」的秘書一躍成為縣政府的交際科長,當地那個什麼「觀」中的道士,還教他有關男女之間的什麼「術」。道士看準了機會,諸如旱災、雨災、瘟疫、「兵災」、超渡亡魂等等驅邪作法,均由黃大紳從中接洽安排;至於為民父母的縣太爺,就一年到頭要老百姓捐錢捐物捐香油,乃至「捐人」買壯丁,只要有人出價錢,窮到活不下去兼身體並不壯的男丁,也只能掛着兩行眼淚遠離家門。誰敢違反這些安排的,不但見罪於衙門,更開罪神靈。那是不得了的滔天大禍,也是門肥得漏油的財路!如是者縣太爺、黃大紳和道士之間的美妙合作,足足維持了三年半

以上，直到一九四九年春天他和寡母跑到香港來時，體重已接近兩百磅，而他的「袁大頭銀元」和美鈔如果稱它一稱，必然超過了他身體的重量。

因此，黃大紳基於他這一點秘密，對道教那份熱心，是無可比擬的虔誠。來到香港之後，盡管他的母親唸佛，盡管他的妻子是個基督教徒，但是並不動搖他對道教報恩般的忠誠。他最依賴的、為他投機（不是投資）買賣的同鄉，是個天主教徒，與黃天紳關係密切，但當被他邀請加入天主教時，黃大紳卻寧可把出世不久的大兒子湯美送去受洗，也不肯離開道教，可見他對於道教的一片忠貞。

在黃大紳親友之中，沒有人對他「一門四教」表示訕笑。而黃天霸，便是在這麼一個家庭裏成長的混合物。

聊了這一陣子，黃天霸正想離開，女傭送來一份午報，而黃大紳也就關上話匣子，掏出老花眼鏡翻閱經濟行情表之類的消息，黃天霸望着牆上那幅「名家油畫：出浴圖」和「名家國畫：老子騎牛出函谷關」怔了半天，怎麼也沒辦法把兩幅畫聯想在一起。看到黃大紳忙着去接電話，做兒子的便逃獄似的，順手拿走報紙，回到自己房裏。

果然出現了使他擔心的消息：

「華僑遇劫報警，阿飛冒充世姪」，下面所說的不外是「幸有 ×× 酒家夥計目擊匪黨車輛，默記四名飛仔面貌，不難破案」等等。

黃天霸臉上掠過一絲笑容，可又不安地下床繞室徘徊，對這個世界又悲觀起來。他心想：「人生似夢，我們不過和那個傢伙開了個玩笑，拿了他的錢財寶石，但是我們四個已經把它輸光

玩光了，這有什麼了不起的？難道這些錢留着由他自己花？這麼老，他還能熬通宵？喝酒、賭錢、青春玉女、一直玩到第二天中午？」

他給水牛劉去了個電話。

老半天，他的媽媽才把他找來。

「×！你好大的架子！」

「喂喂，」水牛劉含含糊糊的聲音：「我正在睡覺。你精神好，我吃不消。」

「不能睡啦！」黃天霸道：「你看報了嗎？」

「我連莉娜都沒有精神看，還看報？」

「快來！」

「什麼？到你家裏來？」

「帶着書包來。」

「喂喂，你到底怎麼啦，神經錯亂？」

「錯你個 ×！」黃天霸叱道：「他們兩個也來！」

水牛劉的瞌睡給嚇跑了，他知道這不是開玩笑，一定昨天的事情有了變化，於是匆匆忙忙，帶着書包，直往黃家跑。

他住的最遠，進入黃天霸的臥室時，占士邦和蕭幫辦早就在那裏聽原子粒收音機，牆角裏堆着三個書包。

他本能地把自己的書包擱在那裏集中，心裏也就雪亮：如果黃大紳來查問，一眼瞥見四個書包，也就明白了：他們在溫習。

空氣沉重得可以。

他們連歐西流行時代曲也不想聽了。

四個人找遍了所有頻道也找不到他們想要聽的，於是一面等新聞時段，一面吱吱喳喳談起七個青春玉女的特點。

「……現在有個特別報告，」收音機果然播出了他們擔心的新聞：「警方通緝四名男子，他們在一家餐館裏冒充一位醉漢的世姪，灌醉並抬走了他，然後偷走事主大筆現款和鑽石。事主是一名姓彭的東京華僑，住在樂園大酒店一五一九號。」

「嚓」一聲響，黃天霸擰斷了女廣播員的聲音，煩躁地燃點了雪茄，也顧不得黃大紳還未外出，有可能上兒子房裏巡邏。

四個人都吸着雪茄。

嗆人的騰騰煙霧中，作為一哥的黃天霸說：

「看來，因為數目太大，這個姓彭的不會甘休。我們不如給他去個電話，嚇嚇他，要他銷案！」

「好好。」

「可是別在這裏打，」占士邦道：「會給他們找到的。」

「我會不知道？」黃天霸厭煩地起立開門，三個人一聲不響地學他揉熄雪茄，跟在後面，他們知道問題有點嚴重。

黃天霸在門口說：「出去打電話的事，四個人裏面，只有我一個改了裝，你們三個不行。現在，我一個人去打電話，你們三個回去改裝，今天誰也不許外出，明天一早等我的電話！」

四傑就這樣匆匆分手了。

「喂，」黃天霸在佐敦道碼頭公共電話亭的電話本查到彭壽酒店的電話：「你是彭壽嗎？」

「呵！」對方一怔，足足過了幾秒鐘，才說：「是是，你是哪一位？」

「我是『黑龍會』的大佬！」黃天霸盡量把聲音壓得粗獷：「你不見了的財物，是我們拿的，沒什麼了不起，花花世界嘛！錢讓誰花都無所謂！警告你馬上到差館銷案，就說你的錢和鑽石

已經收回，然後馬上滾回日本！要不——哼！告訴你，你的一條老命，就過不了明天！就這樣啦！」

「喂喂，」對方央求道：「我有話問你，請你慢慢收線。」

黃天霸「哈」了一聲道：「我沒有工夫陪你瞎扯。可是我警告你：如果你敢報警，那我們就殺了你！」

不等對方開口，就攔斷了電話。黃天霸耗子似的往面前一輛巴士跳了上去，也不管它開往何處，買了票，他要休息了。

直到聽見嘈雜的聲音，他醒過來，一看，是個徙置區；抬頭一望，指路牌上寫明是大坑東。

黃天霸撇撇嘴，聳聳肩，雙手往褲袋一插，忽然記起自己改了裝，於是警惕起來，截住一輛的士，扭頭就走。

「到哪兒去呢？」他問自己。

在這個失望的世界，特別是這種時候，他更覺失望，失望到了下一步都不知道該往哪走的地步。直到的士司機再三催促，他才隨隨便便說了個地方：

「青山道。」

到那邊去幹什麼？他自己也不知道。但何以想到青山道？那不過是蕭幫辦住在荔園附近的緣故。

可是到達荔枝角巴士總站之後，他又後悔選錯了地方，這使他更加失望了。作為一哥的首要工作，乃是確保他們四個各自分散，老老實實地不露絲毫馬腳，可是當他命令其餘三個各自回家之後，自己卻又找上蕭幫辦家門去——真太什麼了。於是他準備搭十二號巴士回佐頓道，看看那邊有沒有警探在尋找那個給彭壽打電話的人。

向海傍瞅了一眼，黃天霸準備跨上巴士。忽地瞥見對面巴士

下來的一大羣搭客之中，有一個正是狄娜——蕭幫辦的前任女友，綽號蒙娜莉莎。

他迎上去：「蒙娜莉莎！」

「你！」對方嚇了一跳，海風中使勁按住了短到不能再短的迷你裙道：「你是誰？」

「連我都不認識？」

「哈，」對方笑了，長髮往後一撩，朝他上下打量道：「你變了樣！」

「喂，你到哪裏去？」

「我有事。」

「是不是找老蕭？」黃天霸做了個鬼臉道：「他跟莉莉打得火熱，你找他幹什麼？」

「他欠我一樣東西！」

「是什麼？」

「不告訴你！」

「是不是——」他湊在她耳邊說，聲音低到只有他自己聽見。

她迅速撞他的胳膊。

黃天霸仰天大笑起來，挽着她道：「我悶死了，這個世界越來越不像樣。走，我們去痛痛快快玩玩！」

「我不信，你是個花心蘿蔔，你要找女伴恐怕輪不到我。」

「哎，我是在邀請你嘞，蒙娜莉莎！」

「那，」女的說：「找老蕭的事——」

「別理他！」

「你們翻臉了？」

「不，他病了，」手一牽：「走！」黃天霸一邊說邊咽了口唾

沫，她搽的香水，——那種味道使他心跳快起來。

狄娜邁向巴士站，黃天霸卻一把拉她走向的士：「坐的士好過坐巴士。」

她笑笑，跟他鑽進的士，聽司機在問：

「去什麼地方？」

「對，」他問狄娜：「去什麼地方？」

她「咭咭」地笑：「那我怎麼知道？」

「那我們去什麼地方？」

「喂喂，」司機扭過頭來道：「我要做生意，時間寶貴。」

「那隨便你開吧！」黃天霸雙腳往司機背後的椅背上一擱：「隨便你開，去哪都沒有關係，何必認真。」

司機哭笑不得道：「沒有見過像你這種客人。」邊說邊搖頭，按下「旗」，嘟嚷着：「那我開到對海去。」

「沒關係，」他摟住狄娜，噴了口煙道：「何必認真。」

「沒見過，」司機苦笑道：「你上哪兒連自己都不知道，我怎麼能知道。」他感到後頸上不對勁，扭頭一瞧，皺眉道：「把腳放下來！」

「何必認真，」黃天霸話雖這麼說，瞥見望後鏡中司機那一對憤怒的眼睛，也就乖乖地縮回雙腿。轉身對狄娜說：

「昨天，我在一本美國雜誌上看到你。」

「你還沒睡着，怎麼卻在做夢！」

「真的，我說的是你的照片。」

「都說你在做夢！」狄娜撫平自己的迷你裙。

「真的，是蒙娜莉莎的一幅大半身像。」

「那和我有什麼關係？普通得很，到處有得賣，那是——名

畫。」她邊說邊撩撩長髮，微笑着，感到非常舒坦。

「但是這張畫——嘻！」

「嘻什麼？」

「裸體的！」

「聽說過，」她說：「那是一種侮辱。」

「你何必認真？」黃天霸道：「這是透視，蒙娜莉莎再聖潔，×！女人究竟是女人，哈，好大的『本錢』！」

她在他腰間戳了一下。

他報復。

「喂喂，」司機道：「幫個忙，安定一些，當心撞車。」他問：「究竟到什麼地方？」

「你不是說過海？」黃天霸反問他。

「還在瞎扯！」女的說：「到青山道嘉頓。」

「不，佐頓道，過海。」

「你真的沒睡醒，過海幹什麼？」狄娜反問。

「喂喂！」司機不耐煩道：「究竟到哪裏？路一長，結賬的時候可要不少錢哩！」

「過海就過海，錢算什麼！」黃天霸冷冷地說：「好，你要錢，」他擲過一張「紅底」，陰沉地說：

「等錶跳出個一百元來，我們才下車，現在你給我過海，少嚕囌！」

司機並沒有收起那張鈔票，更沒有道謝，只是恨恨地咬了咬牙。的士箭似的射了出去，並且一下子越過大埔道，未到彌敦道時卻向海傍那邊拐了過去，停在一家士多門口，進去同一個熟人換開了那一百元，然後上車一鼓勁開向海邊。

狄娜低聲道：「開到這邊來幹什麼？」

「過海。」黃天霸打了個呵欠道：「在船上睡一覺也不錯。你不知道，我實在想睡覺。」

「那你還找我？」狄娜道：「你睡你的，我自己還有事。你這個人真無聊！」

黃天霸正想還，的士停了，停在殯儀館旁邊。司機按停「咪錶」迅速找續，然後轉身塞過一把鈔票來，說：

「我交車了，不能再走。」

「×！」黃天霸氣得直叫喊：「你把我開到殯儀館來，這是什麼意思。」

「我沒什麼意思，」司機冷冷地說：「我換班的時間到了，請下車！」

「就不下車！」

「那我找人來接班！」司機瞪着眼說。

「我自己把車子開過海！」

「那怎麼可以？」司機取出車匙，開門下車，隨手一指道：「我打電話找人接班。」

「不許走！」黃天霸有史以來都沒有受過這種奚落。

「老子有的是錢！」可是人家偏偏不吃這一套。

「走吧，」狄娜說：「多一事不如少一事，別和這種人計較。萬一打起架來，你往哪裏找人呢？說不定這司機現正已經『班馬』去了。」她越想越不妥，匆忙開門下車：「走吧，黃天霸！」

黃天霸恨得牙癢癢，要不是有案在身，他那把彈簧刀早就在司機身上劃個洞了。他盤算着，如果這就下車，實在也太沒面子。但是不下車呢？司機早跑了。不計後果自己開呢？他媽的連

車匙都給拿走了。

他氣得雙手緊緊捏住了坐墊上的漆皮，十根指甲快要深陷進去似的。

「你不走，」狄娜說：「我可要走了。你瞧，殯儀館裏吹吹打打，如果要出殯，這的士擋住路，難道我們就呆在車裏代替那個司機捱罵嗎？」

黃天霸想想也有道理，恨恨地掏出筆來，下車記下了的士車牌，然後恨恨地鑽進了附近另一輛的士。可是當他們正要離去時，剛才那輛的士的馬達聲響了，分明那司機已返回車裏，腳底加油一下子越過了他，絕塵而去。

「就是他！」黃天霸咬牙切齒，對狄娜說：「總有一天，我──」

「噓！」她一手掩住了他的嘴，低聲說：「少惹是非！你不是要人家『何必認真』嗎？你自己又何必這樣認真呢？」

黃天霸忽地感到，這個蒙娜莉莎比起他圈子裏其他幾個女的，長得並非最漂亮，可是她此刻的勸慰，卻比任何一個女的都使他感動。剛才他在荔枝角看見她時，只有這麼一個想法：「悶得無聊，找她玩玩」，可是發展到如今，他已把她擱在一個重要的位置上。

「她是個沉得住氣的人。」黃天霸滿腹心事，一路沉思。她還以為他已經睡着了，也就靜靜的隨他過海，可是的士一上船，他醒了，急道：

「怎麼已經上了船？」

她笑：「你不是過海嗎？」

黃天霸扭過頭去張望，給另一輛渡海貨車遮住了視線，什麼

也看不見，於是又罵了幾句。低聲問：

「在碼頭上，你可曾看見警察？」

「這個——這個我沒留心。」狄娜也看看窗外。

「喏，有警察在那個公用電話亭外面嗎？」

「我根本沒看見電話亭。」

黃天霸閉上了眼睛。

「喂，你究竟搞什麼鬼？」狄娜問。

「等一會再說。」

司機扭過頭問：「過海之後去什麼地方？」

黃天霸厭煩地說：「隨便吧！」再一想不妥，就說：「你的車是香港車還是九龍車？」

「當然是九龍。」

「那開回去，開到半島酒店去。」

「回去？」司機一怔，但他沒說什麼。他這一行，什麼怪事都見過。

「好了，現在，你可以說了。」狄娜在半島酒店咖啡廳坐定之後，指指高高的靠背椅道：「你跑到這裏來，莫非是為了這裏的外國人多，不會給人撞見？你改變裝束，心情這樣亂，看來你是發生了什麼！」

「哈，」黃天霸笑得很勉強：「你行，狄娜，我是真的有事，因此請你來談談，希望你幫一個忙。」

「你說吧，」女的笑道：「我才幫不上忙哩！幫得上你的，現在不在這裏，我只是在路上碰到了你，我自己的問題還沒解決，怎能幫你？」

「對，你找老蕭幹什麼？我一定幫你。」黃天霸想起來。

「他拿了我的身份證──」

「哈，這點小事，」黃天霸喝了口咖啡道：「明天我當面交還給你，行吧？」

「那，」她飛過一個媚眼：「你要我幫什麼忙？」又掀掀鼻子：「一定做到。」

「一定？」

「一定！」

「好，」黃天霸喝了口咖啡，一五一十，把四個人怎樣碰到那個姓彭的，怎樣偷走了他的財物，說了個清清楚楚，而且十分委屈地問：

「你說，這不是沒來由的事嗎？不會喝酒？誰教他自己灌了這麼多貓尿！找不到老朋友，憑什麼認我是他的世姪？我就開了他一個玩笑，誰知道他袋裏有這麼多錢，還有鑽石！可是天知道我們對他有多好，把他攔在人家的樓梯口，水牛劉還給他找到一塊磚當枕頭，臨走還用報紙幫他蓋好哩！再說我們沒有拿他的護照和機票，怎麼樣，我們算是對得起他了罷？」

狄娜聽得忍不住大笑，說：

「你們對他──簡直太好！去年聖誕節，灣仔到了幾艘美國軍艦，一班姐妹要我一起和他們玩，瘋到凌晨兩三點，在彌敦道碰到一個喝醉了的單身漢，也是個中年人，你猜他們怎麼對他？壞死啦！十二月的天氣，將他剝個精光！哈哈哈。」

「我們可沒這樣做。」黃天霸笑道。

「他們找到了他的一筆錢，連同證件什麼的，全部拿走了！」

「我們沒有這樣做！」

「他們最後把他放在行李箱裏，──」狄娜邊回憶邊笑。

「我們沒有這樣做！——哈，放在行李箱裏幹什麼？」

狄娜笑得直不起腰來，說：「送我回九龍塘時，他們發現了一條大坑渠！」

「把這個醉鬼扔下去了？」黃天霸笑着問。

「可不，就這樣扔下去了。這個傢伙醉得實在厲害，一直不知道自己遭遇了什麼。直到今天，莉莉還在罵他。」

「莉莉罵他？」黃天霸詫道：「罵他幹什麼？」

「車子是她的，這個傢伙在行李箱裏吐了個一塌糊塗。」狄娜邊說邊笑。

「哦，」黃天霸也跟着大笑，笑了一陣，想起自己的麻煩事，嘆氣道：「蒙娜莉莎，你想，那個姓彭的豈不是太過分了嗎？一把年紀，要這麼多錢幹什麼？我們花掉了，——花掉了就花掉了，能咬掉我們的××？他媽的居然還去報案！」

她一怔：「報案了？」

「就為這個傷腦筋！」黃天霸用手指輕輕敲着枱布。

「哦，難怪我一開始認不出你了，瞧你那老老實實的樣子，原來是刻意改裝！」

「噓！」黃天霸喝了口咖啡再吸了口煙，打了好大一個呵欠。忽然向狄娜伸手：「你那『寶貝』呢？讓我吸一口。振作振作精神。他媽的老彭實在太無聊，不見了一點錢，居然要報案，連帶要通緝，要廣播，要認人，要找車…………」

「喂，」女的說：「你無所謂，我可替你着急，原來事情鬧得

不小。別說我沒帶 LSD，[10] 就是身上有，現在也不能給你。」

「那，」黃天霸無可奈何地攤攤手道：「你答應幫忙的。」

「這個，」女的說：「我可以代你去買，很方便，或者你到我那邊去──」

「不不不不，」他使勁搖手：「你那邊陰盛陽衰，我單人匹馬，不行的不行的。」

狄娜笑了：「我早就又搬家了，現在一個人住，」她看看手錶：「還早，今晚十一點鐘才有人來。」

「是誰？」

「你不會認識。現在這一層不大的洋房，就是他買下來送給我的。這樣吧，你可以過來吸一口，但十點半之前一定要離開。」

「好極了！好極了！」黃天霸精神一振。

進入太子道火車橋附近那幢新廈，從十七層望下去，黃天霸越發肯定，這個世界就像眼前那樣五顏六色，花花綠綠：「有辦法的人就有權享受，沒辦法的人活該捱餓，」他是個有辦法的人，卻只因為花了姓彭的幾個臭錢，就變成了一個食不知味，夜不安枕的通緝犯，他認為這個世界太不公平，因此當他瞥見附近那個尖尖的教堂塔頂時，就使勁啐了一口。

「來，」狄娜已經換上「超世紀，未來派睡衣」，那是有等於無的衣服，黃天霸一瞧，立時什麼也忘了。一手接過藥丸，一

---

10 LSD，即麥角酸二乙醯胺，全稱「Lysergic Acid Diethylamide」，迷幻藥中藥力當屬最猛。服用後會出現幻象、神經失常等徵狀。六十年代流行一時的「嬉皮士」為逃避現實，常用作自我麻醉，當時香港也流行起來。參考泰明：〈迷幻藥〉，《學生叢書》，第 36 期，1969 年 10 月，頁 8。

手接過水杯，聽着存心巴結他的蒙娜莉莎在獻媚地說：「你要我幫這個忙，也用不着這樣煞有介事，七轉八彎，說了一大堆姓彭的事情，你真是城頭上出棺材——遠兜遠轉了。」

「棺材，」黃天霸笑容驟斂，咬牙切齒道：「那個的士司機，改天我非找他算賬不可！——對，我找你不是為了LSD，是為了請你幫我一個忙。」

「又是幫一個忙，是什麼忙哪？」

「你去替我找那個倒霉蛋彭壽！」

女的雙手搭在他的肩上，甜甜地說：「親愛的，我已經吞下藥丸，你也吞哦，其他事明天再談吧，差一天半天沒什麼了不起，何必認真？」

黃天霸失笑道：「真是何必認真！」他為LSD的誘惑微微打顫，為她的誘惑微微打顫：「蒙娜莉莎沒什麼了不起，」他在想：「但她比誰都懂事體貼，十一點鐘她還得侍候這間屋子的主人——管他媽的是誰，但她現在……」他為她等於裸露的胴體顫慄，事實上，也不容許再細想，因為藥丸和水杯已經到了嘴邊。

他吞了、喝了。

然後他摟着她，哼着嬉鄙士懶洋洋的歌，一如那個上帝剛剛創造宇宙，而他們便是伊甸園中的夏娃與亞當。

「你是個沒良心的。」狄娜喃喃地說：「我們來往這麼多年，你獨獨很少理我。」

「不不，那因為蕭幫辦的關係，幫辦嘛！嘻嘻嘻，我還敢和他爭風呷醋？」

她擰了他一下。

「記得我們第一次旅行，」狄娜說：「深夜、山腳、海邊、小屋、稻草、蠟燭、野餐、無遮大會——」

「呸！」黃天霸忽然醒悟過來：「我一想起就發茅，那天要不是占士邦灌了太多的啤酒起來撒尿，發覺了火頭，說不定我們早已全部燒焦……」

之後，他們面前出現了伊甸園裏的音樂——縱然他們並未到過這個地方；他們又見到了比荷李活影棚蓋搭出來的仙境更美的雲霞、甜美的仙女、神童，不知道用什麼材料製成的傢俱，特別是不知道用什麼材料釀成的醇酒和不知道來自什麼物體的火腿、羹湯，……黃天霸所擁抱着的正是那個公主，而在蒙娜莉莎雙臂之中的，自然也是來自天堂的英俊王子，而非地球上的凡人黃天霸了。

待他們還魂有知的時候，已經十點鐘，她預先準備好的鬧鐘精力充沛地叫嚷着，而他兩個有如兩堆爛泥。稍微舒展一下四肢，都辛苦得愁眉苦臉。

幻覺、幻想和幻象，都幻滅了。

黃天霸四肢百骸有如針刺，可是這回可不比幾小時前，再沒有半點舒適和興奮感，有的只是頹喪和惘然。

沒有衣着，卻能蠕動。

「快！」狄娜像給人踩了一腳似的蹦起來，「他快來啦！」

黃天霸可不能說不必認真了，本能地問：「他多大年紀？多少磅重？」

「別拖時間，」狄娜匆匆忙忙穿上衣服，說：「年紀比你大，可是他『食過夜粥』！」

這個人還懂武術？黃天霸果然慌了，他的空手道還在「空

手」階段，何況他為了彭壽的事情正在心灰意冷，並無鬥志，於是也匆匆起床。記得還要託她辦事，可是剛一開口她就匆匆忙忙在紙上寫了個電話號碼：

「拿着，快走，明天來電話，或者今天晚上一點半鐘以後來電話。」

縱然黃天霸以古今中外的英雄自擬，但他終於像耗子似的溜了出去，百無聊賴地回到家裏。躺在洗澡缸裏泡着，鬆弛到已經睡着時，他母親在敲門：

「喂喂，你成天在外面瘋，把車子也瘋掉啦。」

「哦，」他聽見，可是沒氣力回答。

「喂，我替你辦報失了，」這回是三姨太的聲音：「警察剛才來過。」

「什麼？」黃天霸在洗澡缸裏嚇醒了：「三姨，你說什麼？」

「聾子，」他母親說：「上帝保佑，警察來過，明天還要來。」

「還要來幹什麼？」他隔着浴室門問。

「問幾句話，」三姨太的聲音：「不是問你，是問我，可是我不能隨便說呀，因此要先問問你。」

「問什麼？」他又厭煩起來：「報失車子不是新鮮事，哪有警察為了這點屁事再三上門！」

「誰教你的爹哋是名流？」三姨太再說：「就是為了這個，人家特別仔細。」

「多事！」

「好啦，」他母親邊打呵欠邊說：「我睡去啦，你好好和三姨太交代一下，要不人家明天替你辦事，盡露馬腳。」

黃天霸並沒興趣聽這些，只要警察找不到他頭上，還管它什

麼交代不交代？於是浸回熱水裏，含糊地說：

「問爹哋去吧！」

「爹哋剛來電話，打通宵麻將去啦！」

「好好，」黃天霸心想：「真是多事，丟了一部車子，還有這麼多麻煩！」於是非常委屈地抹乾身子，強自振作，把想像中的失車過程說了一遍。正想上床，忽地想起——於是掏出蒙娜莉莎的給他的紙條，撥了個電話過去。

鈴聲響到約莫十幾下時，她來接了。

「好大的架子！」

「誰嘛？——呵，舅舅，發生了什麼事？」

「舅舅個 × ！」黃天霸嘴裏罵着，心裏明白，問：「走了沒有？」

「你說是二姊那條羅斯福號大郵船嗎？沒有走，還在香港。」

「我有要緊事！」

「我知道，舅舅，反正你也不在乎這一天半天的，你別着急，我會替你送來的。」

「那——那我——」

「不早了，我要睡了，明天——」電話忽地斷了。最後是她輕輕地一句上海話：「老甲魚還沒走。」

這使他又感到很不痛快，黃天霸自以為不斷受到刺激，更加感到這個世界真是太不成話，他的自由受到了嚴重的干涉和挑戰。

怎麼辦？

喝悶酒。

喝悶酒究竟不能排遣愁悶，於是他撥了個電話給水牛劉。

是水牛劉父親接的電話。足足幾分鐘之後才接聽，一個極其粗暴的聲音在黃天霸耳邊響起：「半夜三更幹什麼亂打電話，你找殯儀館去吧！」接着「砰」一聲響。

　　黃天霸一怔，氣惱極了，可又不敢惹水牛劉的父親。他不止一次見過這個牛高馬大的儒醫，如果他一九四九年來港以後掛的不是「祖傳第十三代儒醫」招牌，光憑形象，肯定被認錯是武術館大師傅一類的人物。水牛劉後來學醫、學空手道，顯然是他父親的主意。黃天霸無可奈何地放下電話。想起曾有幾個女的因為嫌水牛劉打完空手道之後又臭又髒而對他敬而遠之，把水牛劉氣得什麼似的。黃天霸忽地失笑：「老水牛一定也很髒很臭，因此也不招女人理睬，這才有那股子大脾氣。」他笑了，笑得很開心，很解氣很痛快。

　　但是，這份痛快很快消失，依然愁悶無聊。這次他給占士邦撥了個電話。

　　很快地，——黃天霸甚至可以目擊占士邦從床上驚醒，直撲床頭櫃電話機那個緊張鏡頭。這個人真夠機警，他很高興，問道：「睡夠了沒有？」

　　「唔唔唔，有什麼事嗎？」

　　「沒事，就是睡不着。」

　　「×！我正睡得好。」

　　「天快亮啦！」黃天霸道：「我聽到雞叫。」

　　「雞你的×！」占士邦在打呵欠，忽然問：「你的車子報失了？」

　　「報了。」

　　「他們問你什麼？」

「三姨代我報的。乾淨利落。」

「你他媽的到底有兩下子，」占士邦含含糊糊，又「哼」又「哈」說：「你倒是個做間諜的材料。」

「喂，我今天！不不，昨天見到蒙娜莉莎。」

「×！關我什麼事！你睡不着，我可是想睡。——對，我們三個學你的樣，都剪了頭髮改了裝。」

「應該！」黃天霸用一哥的口吻說：「占士邦，明天怎麼辦？——不，今天怎麼辦？」

「我？」對方一定是伏在床上說話，因此聲調有點古怪：「明天我想去報名。」

「報×的名！」

「唔，那家學院不是開講『間諜學』嗎？我想去上課，一星期兩個鐘，一個月五十元。」

「×！你怎麼一心一意光想當間諜？這個世界，飯桶才是頂呱呱的，我們空有一『空』熱血，」他把「腔」字唸成「空」字，同時又記起課本上讀過的李後主詞句，湊了上去：「占士邦哪，我們真是『不堪回首月明中』，也只能『獨上西樓』咯！」

「所以才要當間諜！瞧那個彭壽，」占士邦說：「他花了不少氣力，花了不少時間，賺了不少錢，是不是？可是只要半斤貓尿，完蛋了，他的金銀財寶，就到我們口袋裏來了，這種人，做人有什麼意思？豈不是人生似夢嗎？我不幹，我還是想當間諜，當了間諜，眉精目企，自然不會吃虧，還盡佔便宜，看，占士邦不就是個英雄嗎？再說如果我不當間諜，生活得像那個彭壽一樣，又有什麼意思？即使天天有彭壽送上門，即使爹哋媽咪天天送大把錢給我花，又有什麼意思？這種日子我已經過膩了，『生

活，像一泓死水』，你說這他媽的有什麼意思？」

黃天霸不勝同情地嘆了口氣，說：「是呵，也只有當間諜最夠刺激，不過我看你——」他忽然打住，想起在這個時候潑他的冷水，煞他的風景似乎很不適宜，便改口道：「等這件事情過去了，我們再研究研究。」

「喂，」占士邦問：「彭壽這件事，到底會不會有麻煩？」

「不會，」黃天霸道：「只要你們聽我的，不惹事生非，這幾天別到處亂竄，保險你沒事。」提起彭壽，黃天霸勿勿收線，打電話要蒙娜莉莎去找彭壽。可是足足撥了十幾分鐘，她的電話正在「通話」。

黃天霸吐了口唾沫：「一定是那隻老甲魚還沒走，她乾脆把電話擱起來了。」接着想到她的身份證。「唔，若把這玩意先幫她拿回來，她幫我們想必更盡力。」為此，蕭幫辦枕邊的電話響了起來。一般人睡房的電話，最近距離也就放在床邊的床頭櫃上，但是蕭幫辦一心想當幫辦，為了訓練自己夜晚也能隨時候命，好配合緊張而忙碌的幫辦生活，他乾脆把電話挨着枕頭邊放。夜闌人靜，熟睡中的人驟聞鈴聲，真的有如雷鳴，但蕭幫辦已經養成習慣。可憐當蒙娜莉莎和他親密往返的日子裏，好幾次被這支大喇叭嚇到魂飛魄散，雖然她一再發出警告，蕭幫辦卻無動於衷，終於她忍無可忍，直接不再來往了。

他此刻的女朋友莉莉所以能夠和他相安無事的原因，是因為她耳朵曾患嚴重的中耳炎，已經超過半聾，對於聲響一點兒也不敏感。

「聽說你剪光了頭髮，」黃天霸道：「醒啦？」

「原來是你，」對方含含糊糊地說：「我睡得正好，誰告訴你

我剪光了頭髮，我又不想當和尚！」

「你們的事情，逃不過我的眼睛，逃得過我的眼睛，也逃不過我的耳朵。」

「喂，你找我幹什麼？天還沒亮哩！」

「我問你要一樣東西。」

「什麼東西？」蕭幫辦問。

「你猜！」

「×！誰有這麼好精神，你再不說，我可要睡啦！」

「問你要身份證！」

「說夢話！」蕭幫辦把電話擱斷了。

緊接着電話又響，黃天霸劈頭劈腦罵了幾句，然後說：

「問你要的是蒙娜莉莎的身份證！」

「哦，」蕭幫辦真的醒過來了，他反問：「你要她的身份證幹什麼？」

黃天霸反感道：「你連這個也要問——就不該問！」

「喂喂，」蕭幫辦道：「你知不知道，這個 ×× 欠我多少錢？」

「哦，是她欠你，不是你欠她？」

「別開玩笑啦，我沒讓她養我，我才不吃她的軟飯！這個 ××！」他咬牙切齒道：「那次和她分手之後，有一天她跑到我那邊，打開抽屜，拿走了我的全部財產，我也不知道一共多少，反正超過一萬——」

「數目不大嘛！你何必？再說在她身上，你不是沒有拿到好處。我隨便舉個例，那個開金舖的少東……」

「算啦算啦，總而言之，她要拿回身份證，可以，但是要還

錢來！」

「哈，你分明知道是我在問你要！」黃天霸說：「昨天晚上，你一個人花掉的就不止這個數目，你何必因小失大？×！這樣認真！」

「這個，」蕭幫辦倒是一怔，他扣她的身份證，其實只是為了那口氣。

「好，看在你的面子上，」蕭幫辦說：「我給你。哼！就是不給她！」

「行行，就這麼辦，」黃天霸道：「那我告訴你：我此刻坐的士到你家門口，你把她的身份證從窗口丟下來！」

「為什麼這樣着急？」

「還不是為了那個老不死姓彭的報了案？」

「她的身份證和這件事有個屁關係？！」

「別問了，有空再對你們說。」他加了一句：「半小時後，我會到你那邊來拿！」

這麼着，黃天霸取到那身份證之後，就趕到太子道蒙娜莉莎家去了。一大早，路上極少行人，偶或有幾個學生打着呵欠去上學。的士司機把油門踩到高速，「呼呼」地疾駛着，黃天霸十分過癮，為了嘉許他的勇敢，他決定多給幾毫錢貼士；一轉念間可又變了主意，到了蒙娜莉莎家樓下，他讓車子等候，待見到蒙娜莉莎人出現，把她老鷹抓小雞似的抓到了的士裏，駛向樂園大酒店。

在車上黃天霸向蒙娜莉莎打聽老甲魚的事，由於他們說的是暗語，的士司機無從理解。例如那個老甲魚走了多久……老甲魚要女方必須約法三章，絕對不得洩露有關老甲魚的任何情

報……蒙娜莉莎絕對不能透露老甲魚的身份和行業……之類。黃天霸問不出老甲魚的來歷，但也不以為忤，他還是一心繫着彭某的事，低聲囑咐蒙娜莉莎怎樣對付那個彭某。

但應該怎樣對付彭某，其實連黃天霸自己也不清楚，他向蒙娜莉莎咕嚕了半天之後，在樂園大酒店門口把她推出車外，叮囑她依計行事，快去快回，自己則在附近一家做早市的咖啡店裏等候，除了焦急地不斷吸煙，別無他法。

蒙娜莉莎以一個少女的姿態，出現在樂園大酒店電梯裏，並且迅速升到十五樓。那是清晨，該上飛機的客人早已出發，繼續留港的客人仍在床上。酒店很靜，十九號房門關得很緊，隱約傳出咳嗽聲，她在想：彭壽沒睡好，看來已經起床了。

她準備敲他的房門。

她先仔細觀察了一遍周圍，的確沒發現有什麼偵探便衣之類的埋伏，心裏有點佩服起黃天霸來：「他的估計不錯，攻其無備，遲則生變了。」

但她沒有料到的是，房裏除了那位華僑，還有一個年輕的姑娘，她本能以為這是位像她一樣的「小姐」，但再留神看看，這位姑娘打扮得卻是非常樸素，眉目間也不像是個「小姐」，這些都瞞不過她的觀察。

彭壽大感意外：「你找錯人了罷？」

「沒有，」她異常鎮靜，隨機應變地說：「我是新聞記者，」邊說邊掏出了黃天霸為她準備的道具：一張記者名片。那名片是真的，名字是人家的，黃天霸取自他父親的辦公室，擺在自己抽屜裏備而不用，如今則是派用場的時候了。

「哦，」彭壽戴上眼鏡，讀着名片上的字，「梁」，然後向她

再三打量，他顯然感到香港的女記者穿得這樣暴露，有點⋯⋯

「這位」，她指指他的客人：「這位是彭先生的——」

「我是他的遠房姪女，」客人自己搶着說：「你要問些什麼盡管問，不礙事的。」

「對對，」彭壽道：「請坐請坐。」

「有沒有消息呀？」她不能不硬着頭皮充記者：「彭先生這回可是吃了大虧。」

「是嘛！」彭壽乾咳幾聲，強笑道：「倒霉透啦！唉！想不到這樣體面的年輕人，居然是一幫強盜，我說梁姑娘哪，人心不古，世風日下，你們新聞記者可要大聲疾呼，多負點社會責任才是哪！」

「是的，」她說：「因此今天我們就一早來訪問彭先生，為的就是這個道理。」

「唉！」彭壽道：「其實，我也沒有可以對你說的了，你一定知道，自從警方公佈了我的住址之後，已經有很多記者來過了，我真的沒什麼可以說的了。」

「這倒是，」她把原子筆在小本子隨便塗了幾筆，對他那個「遠房姪女」心有戒備，說：「彭先生那天有沒有捱打？」

「那倒沒有，我一直在大醉特醉的情況裏。梁姑娘可能不知道，我在日本能夠喝到的，一般都是清酒，那是相當溫和的，一口一杯，那天我喝茅台，也錯把它當清酒，一口一杯⋯⋯」

「那末，」她問：「那批強盜，看來是哪一類人？很兇？很破爛，還是很斯文？」

「強盜？」彭壽道：「強盜就是強盜，不管他長什麼樣子——我學過法律的。」彭壽嘆道：「誰能想到，一方面尊稱我當作長

輩，另方面卻拿走了我的棺材本呢？你如果一定要問他們是怎麼樣的，那我可以對你說，這幫強盜既像學生，又像阿飛，可是比阿飛斯文，所以我才毫無戒備，為他們所乘。如果他們很兇，我反而會遠而避之，」邊說邊擊膝長嘆：「哪會自己送羊入虎口呢？」

這個「女記者」一面點頭，一面在紙上亂塗。真希望他的「遠房姪女」能夠暫時離開。卻又不便明說，「訪問」艱難地進行着。不料就在下一秒，她竟然如願以償，因為那個姪女忽地站了起來，拿起手袋，微笑道：

「你們談一會，我去買點東西，就來。」

彭壽並沒有表示什麼，可是那個憤然的眼神忽地變為惘然，直勾勾地目送他的姪女打開房門，「女記者」雖然也很想轉頭看，但不便突然扭過身子，卻從彭壽的眼神中尋到一些端倪，感覺到問題並不簡單，因此當房門關上之後，她就結束了她的「訪問」。她道：

「彭先生，謝謝你的接見，現在我要趕回去寫稿了。」說完就走，不待主人相送，迅速拉開了房門，門外闃寂無人，讓她稍為安心，待主人家關上房門之後，她又躡手躡腳回到門邊，掏出一封信，迅速塞進門縫裏，然後直上十六樓——她瞥見電梯正在由頂樓直落。

蒙娜莉莎飛跑趕到酒店斜對面那間咖啡室時，卻不見黃天霸的影子，她知道事有蹊蹺，迅速退出，截住一輛的士離開。

又在中途換了一輛白牌。

她心狂跳着，在確定背後並無跟蹤之後，三步併作兩步，回到了太子道她那層樓去，可是鑰匙還沒插入門鎖，屋內的電話已

在響了。

「你，」正是黃天霸的聲音：「你最好別出街，知道嗎？」

「你在什麼地方？」

「我在街上，」黃天霸說：「我本來在咖啡室等你，忽然看見一輛警車開到樂園門口，因此我——」

「原來你是個膽小鬼」，她反而鬆過一口氣來：「一輛警車有何了不起？」

「你和他說了嗎？」黃天霸問。

「很麻煩，」她說：「我只好用了第二個辦法：塞了封信給他。」

「他房裏有人？因此你……」

「對，有一個什麼遠房姪女！」

「×！定是便衣！」

「你怎麼知道？」她一怔。

「姓彭的在這裏沒有任何親戚，這是他當面告訴我的。」黃天霸道：「如果有，那天晚上也不會發酒瘋了。」

她一身冷汗：「這樣說來，他們已經有準備了。」

「這在我預料之中。」

「那你還讓我去？」她到這個時候才醒覺自己經歷了一回貨真價實的冒險，越想越怕：「那不得了喎！」

「我馬上來！」黃天霸道：「當面說，好些。」

「不不，」她警覺起來：「我有一點怕——」

「怕個×！」

「剛才不怕，」她說：「現在越想越怕，反正我已經把那封信從門縫裏塞了進去，你要我辦的事情，已經全部做到。我求求

你，這幾天我們千萬別見面，萬一彼此拖累，那更糟糕！」

「你是不是可以肯定，」黃天霸道：「當你離開姓彭的房間之後，直到回家，沒有人盯住你？」

「我——我不敢說，」她說：「雖然我曾經有留意過。——」

「有沒有看見什麼人？」

「那倒是沒有。」

「瞧你，不錯嘛！」他鼓勵她道：「你到底老吃老做老內行，真行！過幾天，我專門為你舉行一個派對，很特別的派對，到大嶼山！」

「好是好，」她說：「不過我每天都要回太子道，不能在大嶼山過夜。」

「×！你那隻老甲魚還會這麼多花招，把你都迷住了啦？」

「你倒開心了，」她說：「我還在為剛才的事心跳，讓我好好地休息休息，掛斷了。」

「那我來找你！」

「不不，我實在有點心慌意亂。」

「好罷，那你休息吧，我今天不找你。」

可是一小時後，泡在熱水裏的蒙娜莉莎，不能不濕淋淋地出來為黃天霸開門，他捧着一束玫瑰，說是「求婚」來了。

「別開玩笑，」她有點不痛快：「告訴你我要休息，你偏偏——」

「我最怕洗澡，」黃天霸道：「不過，我現在倒想洗洗。」

「行啦行啦，」女的說：「別尋開心了，萬一人家找到我頭上，怎麼辦？」

「你把經過情形詳細說說。」

她就躺在浴缸裏，閉上眼睛，一五一十把經過說了。

「太好啦！」黃天霸伸出大姆指道：「你簡直不得了！你根本用不着躲避，即使他們找到你，也不能抓你！」

「為什麼？」她睜開眼睛。

「你想，你在他們兩人面前，是用女記者的身份出現。你把那封信塞進門縫時，姓彭的絕不可能看見，那個女便衣也沒看見，那不是和你沒有半點關係嗎？」

她苦笑笑，說：「不過，那張女記者名片，可落在他們那邊。」

「那名片不稀奇。記者嘛，名片到處飛。」

「不是這個意思，」女的皺眉說：「他們一定會給那家報館去電話的，馬上就會發覺這是冒充記者，並且聯想到和我的關係。」

「那可管不了這麼多！」他翹起二郎腿，搖晃着，吹起口哨，表示快樂：「冒充記者不是新聞，再說你又沒有騙他一個仙，即使懷疑是你放下了那封信，可是並沒有人證。這裏的官司，最重要的便是證人和證據，分明你殺了人，可是沒有目擊者，也不能判你死刑，何況我們並沒殺人。」

她有了一點笑容，卻依然擔心。

「這樣，」黃天霸道：「我去辦點事，再找人到樂園看一看。如果今天不來，明天一早——」

「別在今天來，」她在浴缸裏懶洋洋地伸出一條胳膊，「拜拜！」

「拜拜你條尾！」黃天霸再來個乘人之危，順手拿起一條大毛巾，沒頭沒腦往她臉上一蓋，吹着口哨，走了。

他心情多少輕鬆了些，因為按照他的想法，這一手無疑在彭壽那邊大顯顏色，自然會迫使他銷案回日本，那就什麼事也沒有了。他相信這位當事人一旦接到這封具名「黑龍會」措辭嚴厲，喊打喊殺，上面既繪骷髏，又畫刀槍的恐嚇信之後，一定會確信這個幫會超乎厲害，與其毫無把握地期待破案，不如乖乖地銷案回家，財去人安樂。

可是，彭壽究竟怎樣想？怎樣做？黃天霸只是憑想像而得之，他一廂情願覺得彭壽會銷案，因為他認為劫案偷竊案多到沒法統計，破案率卻寥寥可數，因此他們也不會撞板。不會撞板的最大理由，倒不是小看人家都是飯桶，而是自己和三個手足實在足智多謀，設想完美周到，令任何人都無法破案。例如他們事後迅速改變裝束，派「女記者」去探聽彭壽虛實，他甚至已盤算好，萬一蒙娜莉莎不再聽從，他就由蕭幫辦去用嚴厲手段對付，反正蕭和她之間本來就有裂痕，處理起來可以公私兩便。

經過了十幾小時的活動，第二日黃天霸從輾轉得來的消息判斷，彭壽既未為收到恐嚇信再報案，亦並未去銷案。報紙上繼續刊登「四匪在追緝中」並不新鮮的新聞，但偽冒女記者的新聞可是遍尋不獲。他翻遍了十幾份「華洋」報章，有點疲勞，卻是非常興奮，因為說明那封由「女記者」專送的信很有效用，對方再無新的動作。

大概七點半多些，黃天霸無論如何忍不住了，僱的士直奔太子道，他要和蒙娜莉莎好好地慶祝慶祝，假使認為慶祝為時尚早，那就預祝預祝，反正他是輕鬆極了。

到達她的樓層，出了電梯準備按門鈴，忽地聽見單位裏有咳嗽聲，而且是好像曾在哪裏聽到過的咳嗽聲。

「會不會是蕭幫辦這小子？」他想。可是事情不允許他有思索的機會，因為連拔暗鎖、去防盜鍊的聲音都清晰可聞了。

黃天霸忙不迭躡手躡腳直奔角落，隱入甬道，耗子似的探頭偷窺，瞥見一個他最最熟悉的肥大背影踏進電梯，門關閉前扭過頭來對着蒙娜莉莎擺手示意——

「是他——爹哋！」

對於這個發現，黃天霸有如吞下一隻蒼蠅，說不出是什麼滋味，他對這個世界頓時更加悲觀，更不滿意了。他在角落裏怔了一陣，忽然又想起了什麼，立刻有了精神，下電梯直奔街頭，瞥見黃大紳已經截住了一輛的士。

「爹哋！爹哋！」他大聲喊：「等等我！」

黃大紳實在大為奇怪，揮揮手打發的士離去。緊皺着眉頭，心想：「這小子也從那幢大廈裏出來……」

「爹、哋，」黃天霸喘息着，笑着，俯下腰，雙手撐在膝蓋上，問：「你，你在幹什麼？」

「我？」黃大紳感到清寒的勁風特別大，打了個寒噤，若無其事道：「打通宵！」

「哈！雙人打通宵嗎？」

「你說什麼？」

「一男一女打通宵，哈哈哈哈！」黃天霸笑着說。「你是什麼意思！」黃大紳厲聲喝道：「你自己一清早不讀書，跑到這裏來幹什麼？」

「哦！」他挺了挺腰：「我來接爹哋，」一手反指，向着新廈那邊挪動着大姆指道：「那個女的，我認識！爹哋落電梯，我剛從另外一層樓裏出來！」邊說邊做鬼臉。

「哦，」黃大紳冷笑道：「難道你要勒索？笑話！我是你爸爸，我不管幹什麼，你可管不着！」

「嘻嘻，我管不着，可是媽咪、二姨和三姨，她們總該管得着了罷！」

「喂，」黃大紳氣得罵人道：「你算什麼？老子什麼世面沒見過？還怕你敲詐？對你說了是去打通宵，你想到哪兒去啦？」

「我說那間屋裏面只有一個女的，嘻嘻，爹哋落電梯，也只得她一個人相送……」

「喂，」黃大紳知道隱瞞不住了，吆喝道：「你是什麼意思？」

「沒什麼，爹哋，聲音輕些，好在一清早，要不人家以為你——」

「快說：你究竟打的什麼主意！」

「我要爹哋給我一筆錢——」「放屁！你要錢，我幾時沒給你？你要造謠生事，形同勒索，我不給！」

「不給就不給，嘻嘻……只要三萬！」

「我對你說，別以為你可以趁機勒索，」黃大紳越想越有氣：「了不起，我收個四房，你還要喊她一聲四姨！」

黃天霸笑不出來了，對這個世界也就更加感到灰暗。真的，家裏的女人哪能管得了黃大紳，昨天三姨還要代他報案自認失了車子，再添一個四姨，家裏的女人完全沒有權力表示贊成或者反對。要知道到目前為止，香港的婚姻制度還停滯在大清律例時期。

目擊兒子像個洩了氣的皮球，黃大紳心頭掠過一絲快意，他嘟囔了幾句正想離去，忽然想起什麼，捏住兒子一條胳膊問道：

「你要這麼多錢幹什麼？」

沮喪與惘然的黃天霸脫口而出，疲乏地說：「我，我要殺人！」

　　黃大紳大吃一驚，這個沮喪的人也立刻後悔起來，一扭頭逃回蒙娜莉莎的新廈，逃得不計任何後果，即使他父親追到那裏，他也不在乎了——這個世界太可悲，分明有黃大紳金屋藏嬌的證據在握，黃天霸仍找不到半滴油水。如果他以前那個女友莉莉還在身邊，他肯定會說：「嘗盡人間白眼……」

　　黃大紳並沒有追到新廈中去，他倒不是為了任何顧慮，而是為了這個：他太疲憊。因此心頭雖然對兒子的話難以釋懷：「我要殺人，」也只能等兒子回家之後再查根究底。

　　但是，兒子沒回來，白天過去了，黑夜過去了，第二個白天又來臨了，兒子還沒回來。

　　做完早課，也即是氣功，黃大紳不能不把三姨太找來，問道：

　　「那輛車子，阿琳你辦好啦？」

　　三姨太道：「我正要找你的寶貝兒子，車子，警察在尖沙咀找到了，沒有損壞。可是查驗指模，無論窗子上和駕駛盤上，都沒有一個我的指模，他們感到奇怪，來回問過我好幾次。」

　　黃大紳一怔：「對，分明是他失掉的，要你報案，內中有鬼！你怎麼說？」

　　「我？我硬着頭皮說不知道，揘着鼻子說車是我開的，送你到那邊找個朋友，不到半小時，車子不見了。」

　　「搞什麼鬼！」黃大紳也忘記了疲憊，忽地想起這個寶貝兒子和狄娜之間會不會有什麼關係？要不，他怎會口口聲聲肯定他打通宵麻將是謊言？可是事情也真奇怪，如果這兩人有些什麼古

怪，那自己整夜在她那裏，何以沒發覺有關寶貝兒子的半點蛛絲馬跡。

「人家問我，」三姨太道：「家裏有幾個人？有幾輛車？誰開？我都一五一十說了。他們要你寶貝兒子去一趟，越快越好。本來我可以把車子開回來，可是因為這輛車曾經出過新聞，幾個阿飛綁走了一個金山伯——不，綁走了一個日本華僑，因此——」

「去去，」黃大紳膩煩地揮手道：「我要睡覺，你別說了。」可是越想越不對勁，越想越沒法合眼，勉強躺了兩小時上下，又趕到了狄娜那邊，他想向她問個究竟，連電話也不預先撥一個。這位黃大紳越來越感到這件事不同尋常：兒子忽然打扮成一個老實人、失車、乃至那個妖嬈的狄娜……

有些事情牽不到一起，有些事情越想越駭異，他趕了過去。

一點不假，駭異的事實陳列在他面前。

開門的，當真是他的寶貝兒子！

這個，已經夠他七竅生煙，而他用錢購置、完全屬於她的女人竟然正在赤條條地捱打！動手的小伙子十分面熟——寶貝兒子姓蕭的同學。

黃大紳不能相信自己的眼睛和耳朵，可是一切都如此真實，如此刺激，並且如此殘酷。

黃大紳拚命催動氣功運氣，以抵制心頭那股冤氣，免得血壓驟升，翹了辮子。橫躺在沙發上三分真傷、七分誇張的狄娜神情痛苦，口角流血，長髮垂地。黃大紳恨透了她身後的複雜關係，兩個外表老實的飛仔都在面前，內中一個還是他的寶貝兒子，對於這一類的場面，如果傻到認真追究，那簡直是青竹竿掏茅坑越

掏越臭，他才不會笨到開口追問。可是他又不能不開口，事實上他早就想開口，無奈那個姓蕭的鼓着一對三角眼，惡狠狠地朝他目不轉睛，黃大紳雖然「食過夜粥」，但他明白，他的氣功遠非面前兩個年輕人的對手。何況，姓蕭的手裏緊捏着一條皮鞭，他捏住了那個柄，不太長的鞭子捲在掌心裏，光着上身，有如馬戲班裏的馴獸師。

黃大紳不清楚他其實撞破了寶貝兒子編排的一個情節：黃天霸想逼狄娜對付黃大紳，狄娜捨不得這個飯碗，黃天霸找姓蕭的來對付狄娜，姓蕭的剛好因為身份證事件憋了一肚鳥氣，現在借題發揮，對着往日的情人不留手地恨恨抽打。

狄娜啜泣着。

黃天霸早已丟掉了在父親面前的偽裝，在角落裏叼了枝煙靜待事態發展。姓蕭的還在惡狠狠地瞪着黃大紳。

黃大紳的氣功終於告一段落，感到渾身發熱，聲音宏亮地吆喝道：「房子，是我的，人，也是我的！你們兩個什麼意思？」他厲聲說：「狄娜，穿衣服。」

「沒，沒氣力，」她哭泣着：「他，他們打，打我，……」邊說邊伸手亂指，似乎也並不計較此刻她是渾身赤裸。

「為什麼打人！」黃大紳擺出了一副「道德重整會會長」面孔，並且在地上發現了自己的晨褸，他尷尬地拾起順手往她身上一蓋，對兒子說：「瞧你這種模樣！還成什麼樣子！」他實在恨不得摑他幾個耳光，狠狠地踢他幾腳，痛罵他不懂得「禮義廉恥」，但是話到嘴邊幾次，卻找不到準確的詞句。

黃大紳的氣場突地衰弱起來。

「別以為你有什麼了不起，」冷言冷語出自那個姓蕭的青年：

「你侮辱了我的女人，害得我不見了好多錢！他媽的害得我家破人亡！」

「嘻！」黃大紳嚇了一跳：「別嚇唬人！他媽的老子走過的橋比你走過的路還長！老子吃過的鹽，比你吃過的飯還多！你嚇不到我！」

「誰嚇你？」姓蕭的點上一枝煙，冷冷地說：「你來得好，我在她身上的損失，由你賠！」又說：「你不在乎的數目，在我可是傾家蕩產咯！」

「笑話！」黃大紳心驚膽顫，後悔有此一行了，他知道，面前這兩個後生小子並不足畏，一個是他的兒子，一個是他兒子的同學。本來，縱然他們是黑人物也沒什麼了不起，可是現在，好漢不吃眼前虧，他該怎麼辦呢？

於是他起立，作悻悻狀道：「好罷，我還有要緊的事情，」他面向兒子，吆喝道：「等你回家，再和你算賬！」邊說邊走。

「喂喂！」姓蕭的卻奔向大門，緊挨着大門冷笑道：「你們父子的賬可要在這裏算！馬上算！」

「你瘋了！」黃大紳喝道：「沒禮貌，走開！」又道：「我對你不薄，記得起嗎？有一次你到我家裏來正趕上吃晚飯，我特地要三姨太給你做黑椒牛柳，你忘啦？這個女人是我的四姨太，你們欺負她，我還沒和你算賬，你倒撒賴！」邊說邊去開門，一手伸進了蕭幫辦的背後，摸索門鎖，卻大叫一聲縮了回來，痛得他使勁甩手，有如手指上咬住了一條毒蛇似的。「你！」他呲牙咧嘴：「你——」

「我怎麼啦？」壓痛了他的手的人卻淡淡地一笑：「我不過壓了你一下，你就這個樣子，你讓我人財兩失，我又該怎樣？老實

對你說罷！」他驀地把緊握着的皮鞭往天一揚，然後使勁弧形一擊，皮鞭劃破空際，發生清脆駭人的聲音：「啪啪……」

「你是什麼意思！」黃大紳退後一步，乞憐求助地朝黃天霸瞅一眼，但兒子的視線卻在半裸的狄娜身上。

「我損失五萬五！」蕭幫辦移動着他又矮又結實的身體。

「你別以為這是你他媽的四姨太！」蕭幫辦道：「這是我們大家的朋友。就在昨天你到這裏過夜之前，你的兒子和她一起吃LSD，哈哈哈哈哈……」

「你這個畜生！」黃大紳對兒子喝道：「怎麼你——」

「喂喂，」蕭幫辦把鞭子虛晃一下道：「你別以為你把她收房當四姨太，我的損失就沒着落了，沒這麼便宜！我會告訴幾家報紙，登出她的照片，說有這麼一件烏天黑地的醜事。哈，黃老伯，黃大紳！你是有地位的人，相信你的名譽不會只值五萬五吧！」

「你們簡直勒索！」黃大紳大聲喊：「氣死我了！氣死我了！」他衝向兒子，希望在他身上找到一些幫助，就問：

「你這個畜生！為什麼不開口？你以為氣死了我就可以拿遺產嗎？哼！可沒有那麼便宜！老實對你說，在我的遺囑上，你——」

「我不在乎，」黃天霸開了口：「爹哋，你現在碰到了難題，可是我碰到的是一個比你更加麻煩的難題！」

「你說什麼？你這畜生，你究竟做的是什麼夢，放的是什麼屁！」

「我在想，」黃天霸死魚似的眼珠轉向空空洞洞的窗外，迷惘地、喃喃地說：「爹哋，你見過嬉鄙士背上寫的兩行字麼？『上

帝終究會找到一條出路」，我想我們已經找到了，這條出路就
是──你！」

「你他媽的中了邪！」

「真的。」黃天霸悠悠地「醒」了過來，但還是迷惘地說：「我
們想殺人，──」

「對，」黃大紳這下子可着急起來，「對，你對我說過，要多
少多少萬，買兇殺人嗎？你究竟想殺誰？為什麼？」

「我們，」黃天霸像是不勝惋惜地嘆了口氣：「我們想殺
彭壽……」

「這個名字好熟！」

「哪有不熟的？」蕭幫辦接嘴道：「就是從日本來的那個老
華僑！」

黃大紳像給毒蛇咬了一口似的直蹦起來：「原來這椿案子是
你們做的！哦！原來你們打扮成老實人的樣子是為了逃避通緝！
原來那輛車子是你們故意丟失的，這才不敢自己去報失！」黃
大紳一下子完全明白過來，他癱軟在沙發裏，不知道說些什麼
好了。

兩個少年犯目擊黃大紳那種不勝駭異、無限惶恐的神情，忽
然感到這件案子的嚴重，大大地超過了蕭幫辦所勒索的五萬五，
不知怎的都走到了狄娜身邊，把她扶起來，要她穿回衣服。他們
不在乎狄娜會有些什麼花樣，因為黃大紳的緊張已使空氣大為扭
轉，他們也不計較黃大紳會乘機溜掉，因為他已在昏厥邊緣了。

狄娜把他們撞回客廳，恨道：「我恨你們，我恨你們！我
恨──」

「有你的好處哩！」

「我不稀罕！我想死！你們也去死！我不是人，你們是鬼！」

「去你媽的！」蕭幫辦吐了口唾沫，向黃天霸：「現在怎麼辦？」

「你不是在學抽象派油畫嗎？」黃天霸迷惘地苦笑答：「我要他幫忙，也是抽象派，沒有一個輪廓，糊裏糊塗地總覺得只有他才能幫忙，找旁人都靠不住，就是這麼回事了。」

於是兩人企圖搖醒黃大紳，但他恁地也沒有醒過來，事實上黃大紳卻是清醒着的，他只是感到處境危殆，問題嚴重，於是藉着幾乎昏厥的機會，焦躁而小心地考慮問題。他希望靈光一閃找到答案，可是當靈光一閃的一刻，他卻感悟到這兩個年輕人裏，沒有一個是他的兒子，也就是說，他在黃天霸身上，已經找不到兒子的影子了。

「我這隻老甲魚！」他聽見兒子在說：「不會是腦充血吧？」

「也許是也許不是，」蕭幫辦的聲音：「水手劉如果在這裏，他可以把把脈，聽聽心臟，翻翻眼皮，探探人中。」又說：「不過，你的老甲魚，如果死了，倒也乾脆，你可以不做『失匙夾萬』了。」

黃大紳聽在耳朵裏，氣得既想笑出聲來，又情願乾脆真的來一個腦充血。

「不行，」他兒子的聲音：「人命關天，會出亂子，他們還在通緝我們四個，警察正在查核車上的指模。」

「灌冷水！」蕭幫辦的聲音：「不會灌死你這隻老甲魚吧？。」

「由他去，」兒子的聲音：「他身體好得很，死不了。」

「沒錯，要不怎麼抱着蒙娜莉莎當作四姨太，真他媽的老而不！」

黃大紳雖然閉上了眼，可是上下眼皮止不住地閃動，他害怕兩人發現了自己原來是假裝暈倒。

　　他兒子的聲音在嘆息着說：

　　「我說蕭幫辦哪，看『施公案』、『彭公案』，舊是舊了點，可比占士邦好看，比什麼新派武俠小說好看，戲文裏那黃天霸多麼威風？多大本事？連皇帝老子也不怕，最後還是落得替皇帝老子打工，」又一聲嘆息：「我這個黃天霸可沒什麼辦法囉，給人通緝，真是嘗盡人間白眼，不如多吃點 LSD，瘋瘋癲癲死了，死了，一了百了……」

　　蕭幫辦對他的悲觀論調毫無興趣，追隨他這麼久，他聽得太多了，可是今天的情況不同，今天他受黃天霸電召而來，一來為了向狄娜追債，二來，因為正遭通緝，目前既然有這條財路，他要拿一筆錢逃到法國去學抽象派。

　　還是黃天霸悠悠的聲音：

　　「如果來得及，」他說：「還想幹掉兩個人，了卻心事再去死。」

　　「你真的想要幹掉兩個人？」

　　「是！一個是彭壽，一個——我連名字都不知道。」

　　「神經！」

　　「不不，」黃天霸掏出一大堆碎紙破條，抽出一張塗滿了電話的小紙片，說：「喏，他——」

　　「HG8391，」蕭幫辦說道：「這是什麼？」

　　「一輛的士車牌。」黃天霸咬牙說：「那個司機把我車到了殯儀館，此仇不報非君子，君子報仇十年不晚——但是我沒工夫找他晦氣了。」

「你真是，」蕭幫辦不屑地說：「吃飽飯等拉屎！」

黃天霸一怔，更加心灰意冷，他忽地發現死黨如蕭幫辦者，也會有對他不能效勞的時刻。正在長吁短嘆，瞥見狄娜打扮得像隻花蝴蝶似的，提了一隻小箱子，準備奪門而出。

「嗨！」蕭幫辦追上去，攔住她道：「你想逃掉？」

「笑話，」她說：「腳長在我身上，我又不欠你的債，——欠了債也不能不許我上街！」

「你先該賠償我的損失！」

「笑話，」她指指黃家父子：「你找他們兩個去罷！」

「一起走一起走！」黃大紳忽地從斜刺裏鑽了出來，說：「狄娜，我有話問你，走，到我家裏去！」

「喂！」黃天霸萬分着急，狠狠地捏住她的胳膊，說：「我們的事情還沒完，你不能走！」

「那我一個人走！」黃大紳試圖開門。

「拍！」鞭子落在他的背上，熱辣辣的。

黃大紳渾身血液翻滾，很想動手，可是他還沒有回頭，先聽見「咔嚓」一響，待回過頭來，看見他的寶貝兒子已經把亮晃晃的彈簧刀在他面前比劃。黃大紳血液似在倒流，他全身冰涼，可又不肯示弱，囁嚅着問：「你，你們想幹什麼！」

「你坐下，」黃天霸道：「情況嚴重，我們幾個沒辦法下台。你坐嘛，你是我爹呮，我不會讓你吃虧。」又對蕭幫辦道：「你看着他，可不許傷害他，我和狄娜說幾句話。」於是把她連推帶拉，進了房裏，親親熱熱把她按到床上，自己老老實實坐在她對面，嘆道：

「現在，是我們的最後時刻了，你想我們繼續好呢？還是想

一拍兩散？」

「你用刀子指着我，」狄娜撇撇嘴道：「還有什麼好不好！」

「對對，」黃天霸收起彈簧刀，苦笑着說：「我的神經太緊張，我給逼得毫無辦法。」

「我要到澳門避避風頭，走得越快越好，……」狄娜道。

「不走行不行？」

「你們打我，逼我，嚇我，利用我──」

她偶然看窗外，驚道：「你瞧，就在火車橋旁邊那棵樹下，有三個人在幹什麼？」

「嗯，」黃天霸凝視着三個正在擲骰子的人，喃喃地說：「都是二十來三十歲，」又說：「瞧，有一個在望着我們的窗子。」他不能不着急：「不會是警方的人吧？穿得這麼蹩腳──哦，那是化了裝的。」他像發現了什麼：

「瞧，右手那個，腰部好像高高的。」

「槍！」她退回房裏，搓着手說：「你要知道，他們一忽兒瞅一眼，一忽兒瞅一眼，看的不是窗戶，是下坡的那條路口！」又道：「路口一定給封鎖了。」

「後門！」

「這裏沒有後門，」她說：「即使有，相信也沒什麼用的了。」

「那──那怎麼辦？」

女的重新拾起她的箱子：「我不奉陪了，再遲一點走，外面的人或許就會衝了進來。」

「你究竟憑什麼一口咬定，那三個傢伙是在監視你的？」

「我去找過彭壽，」她轉身看着黃天霸說：「你很聰明，人家也不是笨蛋。」

「既然人家跟蹤你直到這裏，」黃天霸從心底打了個冷顫：「那為什麼不衝進來？」

話音未落，果然傳來一陣按門鈴聲，屋子裏的人除了黃大紳，個個都驚若寒蟬，血液都凝固了。隨着門鈴是三記不大不小的敲門聲：咯，咯，咯……

黃天霸匿伏在窗沿，探頭看窗外，樹下那三個人還在擲骰子。

黃天霸驚恐不明地向狄娜交換眼色：來人是誰？

又是一陣門鈴，隨着門鈴又是三記不大不小的敲門聲：咯，咯，咯……

黃大紳忍不住大聲喊救命：「救命！報警！報……」

蕭幫辦順手撿起剛才狄娜的內衣不由分說塞到黃大紳嘴裏，狠狠抽他耳光，手一翻白光一閃，彈簧刀橫在黃大紳脖子上。

門外有個熟悉的女人聲音問：「黃先生？黃先生在屋裏嗎？」

黃大紳認出來是三姨太的聲音，急得嗚嗚叫，被蕭幫辦又扇耳光，彈簧刀在黃大紳脖子上劃了一道血痕。

門鈴聲第三次響起，這次混合了敲門聲，顯得又急又亂。

女人喊：「開門！開門！」

狄娜咚咚咚跑出來看門孔，先是看見一個女人，再發現這個女人後面藏着一個軍裝警察。這個警察貓在這個女人背後又想站又想蹲，鬼鬼祟祟拿不定主意的片刻，被狄娜發現了。狄娜不禁大驚失色，掩着嘴跑回房間。

狄娜：「糟了，是警察！」

黃天霸好像聽見一個響雷在耳朵邊爆炸。他本能地看見有出路的地方就跑，他跑出房門、跑進廁所門、跑出廁所門、跑進

廚房門、跑出廚房門、最後看見夾在廚房和廁所中間有一個曬衣服的窗口，他想都不想，爬上一張橙子，伸腳跨過窗台，抱着排水管道往下又是爬、又是溜；這裏是大樓之間的天井，一個小玻璃瓶被黃天霸掃到了窗外，經過了數不清的樓層以後，小玻璃瓶「啪嗒」掉在底層水泥地上粉身碎骨！

黃天霸嚇得不敢繼續，一件衣服從上而下飄來正好蓋在他頭上，他無法空出手撩開衣服，頭上又傳來叫他的聲音，「等我，等我」，黃天霸抬頭使勁吹氣，把遮擋着他視線的衣服吹開一個角，赫然看見狄娜也從後窗爬了出來，而且學他一樣順着水管往下爬，現在正好滑到他頭上，但是有黃天霸擋在前面，狄娜也無法再繼續了。兩人就這樣吊在半空。

黃天霸驚得發抖，狄娜也驚得發抖。蓋着黃天霸頭臉的衣服終於滑到樓下去了，黃天霸正鬆一口氣，卻覺得一些液體從上面點點滴滴落在他頭上臉上，他抬頭看，發現液體順着狄娜的腳趾繼續滴下來。

客廳裏，蕭幫辦一面用刀指嚇黃大紳，一面開了門。

進來的果然是三姨太。

三姨太對眼前的不尋常情景竟然若無其事，她淡定地走向黃大紳，把他嘴裏的內衣拉出來一手甩掉。

黃大紳：「你怎麼會來這裏？」

三姨太：「你有一次喝得爛醉，叫我來接你，我怎麼不知道這個地方？」

這個變化是蕭幫辦始料不及的。他發愣了才兩秒鐘，迅速又被下一個變化徹底改變了人生：一個軍裝警察把他摺倒在地上，彈簧刀滑到沙發底，他的鼻子碰上了地板，眼角裏看見一雙又一

雙警察皮靴經過他的耳朵走進客廳，他甚至可以聞到其中一個警察的皮靴在樓下踩到了狗屎。

蕭幫辦聽見警察問黃大紳：「黃先生，您沒事吧？這裡發生了什麼事嗎？」

黃大紳說：「地上這個人，正是你們通緝的四個劫匪之一，他是匪首，另外兩個是從犯，還有第四個是被他們逼的，不幸正是小兒！」

警察：「他們就是劫匪？你兒子是其中一個？」

黃大紳睜大眼到處尋找黃天霸，唯獨避開看警察的方向。他喊：「天霸！天霸！我兒子呢？」

但是警察很不識趣，仍然不捨不饒。

警察：「你兒子是其中一個劫匪？」

黃大紳的心突突地跳，他本能地掏出一把鈔票給警察。

黃大紳：「辛苦了，喝茶，喝茶。」

警察不接。

警察：「這是什麼地方？」

黃大紳瞄了三姨太一眼，三姨太把頭別到一邊。兩人的貓膩被警察看見了。

黃大紳：「我未來媳婦的房子。」

警察：「未來媳婦是你什麼人？」

三姨太失笑：「未來媳婦就是他的人！」

警察：「我沒有問你！」

黃大紳：「對對！她就是我兒子的未，未婚妻！房子寫的是未來媳婦的名字。」

警察：「他這個年紀？不還在唸中學嗎？已經有老婆有

房子？」

黃大紳再掏出一把鈔票給警察。

黃大紳：「辛苦了，喝茶，喝茶。」

警察還是不接。

警察：「你的，未來媳婦，人呢？」

黃大紳：「對啊！他們人呢？人呢？」

這時候，剛才三個擲骰子的人其中一個、躲進來天井對着牆撒尿。看見掉在腳邊的衣服、粉碎的小玻璃瓶，突然又來一件衣服從頭頂飄下，正好蓋着他的頭，他撥開了衣服抬頭一看，看見兩個人掛在老高的樓房外牆水管上。

黃天霸和他的「未來媳婦」就這樣被救了。

這個真實的故事如果是電影，以下的情節大概會這樣交叉進行——

景：法庭

蕭幫辦、水牛劉、占士邦起立，齊齊站在犯人欄恭候法官判刑。旁聽席上有他們的父母，正在頻頻擦淚，除此以外，他們希望看到的那另外一個人無蹤無影。蕭幫辦既感慨，又痛苦，他終於深深感受到前好友黃天霸的心情：空虛，無奈。法官宣判的時候他根本沒有聽見，只聽見自己空洞的大腦中一陣又一陣的迴音：為什麼是我？為什麼是我？為什麼是我？終於他用盡力氣大喊：為什麼是我！

這時候，庭警已經把他們押解出去了。

景：警察俱樂部

眾警察們鼓掌歡迎黃大紳上台講話，主持人歡迎黃大紳一步一步走上台。

主持人說：「謝謝黃大紳士的慷慨，今天晚上的宴席和抽獎禮品全都是黃大紳士贊助，謝謝黃大紳士！」

大家鼓掌。

黃大紳演講：「今天我能夠站在警察俱樂部，慰勞各位警察先生女士平日的辛勞，是我畢生的榮幸！今天晚宴酒微菜薄，我過意不去，為了補償，我特意寫了一張支票，捐獻給警察福利基金，聊表我心意！」

黃大紳把支票交給主持人，主持人接過後一看，大聲宣講：「哇！是六位數字！」

大家更大力鼓掌。

黃大紳完全放心了。

景：機場

三姨太和大婆，就是黃天霸的媽媽，一齊來送飛機。黃天霸和狄娜馬上要進閘口了，兩人笑咪咪，沒有一點離愁，比起周圍其他的遊人和他們的親友，那是有出息多了。

景：監牢

蕭幫辦和水牛劉、占士邦同一個牢房，三人互相不說話，水牛劉在傻哭哭，占士邦在傻笑笑。

蕭幫辦還在苦苦思量：到底黃大紳的三姨太是怎麼突然摸來的呢？她這一來，還帶來了警察，就此改寫了命運，全盤皆落

索了。

他問占士邦，他還在傻笑笑。

蕭幫辦：「喂，我當時打電話給你，叫你和水牛劉立刻來，你答應了，後來為什麼不來？」

占士邦說：「來你老×！我從來沒有接到過你的電話！你是打給水牛劉吧？懵炳！」

牢獄生活改變了人的身份地位，大家忽然都平起平坐了，說話的語氣也隨之改變，何況這三個人本來都不過是讀書不成的小混混。蕭幫辦意識到變化又已經開始，嘆了口氣，好言好語問水牛劉：「水牛哥，你曾經接到過我的電話嗎？」

水牛劉還是只顧傻哭哭，根本不理不睬。

蕭幫辦嘆氣說：「水牛哥哥，你那麼高大威猛的一個人……」

蕭幫辦沒有把這句話說完，旁邊占士邦使勁傻笑笑，笑得蕭幫辦毛骨悚然，他心想，這個謎大概等到黃天霸和「阿嫂」從英國「唸書」回來都還無法找到謎底；一來，豬朋狗友們不會再見面，二來，到那個時候，他們三人大概還沒有刑滿出獄。

景：黃大紳家

熟悉的客廳環境中，傳來從臥室飄來的對話聲，細聽是三姨太的聲音。鏡頭逐漸推入臥室，看見三姨太和一個男人睡在床上，這是個以前沒有見過的男人，不是黃大紳。

三姨太：「你不用趕着走，老甲魚還在警察俱樂部灌屎水呢！」

男人沒有說話。

三姨太：「上次那個衰仔打錯了電話到我們家，你竟然順手接電話，把我嚇得心臟都停了。」

男人不說話，點一枝煙。三姨太白男人一眼。

三姨太：「順手就接電話？再蠢也不能在這種時間地點犯糊塗，我看你是不想活了。」

三姨太心有餘悸，恨恨地橫男人一眼。

男人深深吸煙。

三姨太：「幸虧你只唔了一聲，就即刻醒悟不再說話。那個衰仔開口就叫你占士邦，又說讓什麼水牛帶傢伙去，又說抓住了黃大紳老甲魚，又告訴你地址。算起來，老甲魚要感謝我救了他和那個不上進的龜兒子！」

男人噴了個煙圈，還是不言不語，任由三姨太自說自話。

三姨太：「我小時候最討厭公雞，那些公雞在一羣母雞中昂首挺胸，一副目中無人、高人一等的姿態。我偏要把公雞一把抓來，把他的翅膀剪了毛，被剪毛的公雞一下子就洩氣了，馬上就垂下了頭，變回自己，不過還是一隻雞！——我就是要給老甲魚戴綠帽，誰叫他當女人是二等人！」

欲傾東海洗乾坤

——紀念杜甫誕生一千二百五十週年

　　話說堂倌掌了燈，把三位客人迎上樓來，夜涼似水，月掛簾鉤，選個臨窗桌子坐了，暗忖那三人決非本地人氏。內中一個瘦削憂鬱，卻是瀟灑儒雅；另一個微胖而高，有如玉樹臨風；身材最矮的那位臉色蒼白，模樣頗為落魄。三人俱皆倜儻風流，可是愁眉深鎖。而且說也好笑，分明堂倌在旁，卻是視而未見，移步窗前，一齊眺望起兗州城東的石門夜色來，或喃喃自語，或似在吟哦。那堂倌怎識得當今大詩人李白與杜甫？怎曉得兩人即將賦別，今夜特邀范隱士一同來此，暢飲暢談？暗笑書生迂闊，當下一聲咳嗽，提醒客人，問過酒菜，按一按小帽，將白巾往背上一搭，「登登登」下樓調理去也。

　　范隱士一捋長鬚，嘆道：「二位請了，人生朝露、旨哉斯言；明哲保身，夫復何求？李隆基作了三十幾年皇帝，眼看海內昇平，一片富庶，以為再無一事值得憂慮，終日裏沉溺聲色，驕奢無度，把大權都交給了中書令李林甫。一個英明天子，變得如此糊塗；不再勵精圖治，乃使佞臣當道，可嘆可惱，莫此為甚！二位不如與我同隱，接來寶眷，日出而作，日入而息，帝力何有

於我哉，何等逍遙自在？」

杜甫道：「多謝隱士高見，世事確令人悲！想太白先生為人正直，才華蓋世，因賀知章言於皇上，有詔供奉翰林，正待大展抱負，詎料開罪貴妃，賜金放還。皇上如此胸襟，確非大唐之福；但他尚能禮賢下士，理應寄以期望，社稷為重君為輕，不為君王為國家。」

李白聞言微喟。范隱士對月嗟嘆道：「先生之言差矣！太白先生『劍非萬人敵，文竊四海聲』，詩名傳遍天下，是故即使開罪貴妃，皇上也不得不賜金放還。如果換了旁人，腦袋或已搬家！區區山林之人，偷生兗州北門，荒坡漫野，時蒙二位光降，蓬蓽生輝，難忘隆誼盛情！可是天下無不散筵席，明日二位就要各奔前程，黯然魂銷，惟別而已！分手前夕，不能無言。」

那當兒堂倌把酒菜端將上來，斟酒請飲，侍立一旁，杜甫道：「小哥兒，咱自會照料，你下樓歇息去吧。」目送堂倌離去，范隱士對月舉杯道：「今宵『舉杯邀明月』，真的是『對影成三人』了。」說得李白也笑出聲來。范隱士道：「皇上即能禮賢下士，也難挽江山頹運，他終日裏深宮縱情聲色，對外界實情已無所知，偶或想到芸芸眾生，豁免百姓租稅，這是好的，奈權臣橫征暴斂，大大超過了他的豁免無數倍，民怨沸騰，怨聲載道，朕即天下，顯然是君王為重，而社稷為輕，區區見狀，心為之寒，心為之寒呵！」當下一飲而盡。

杜甫正欲啟口，范隱士已說下去道：「區區痛感無力旋轉乾坤，復不甘助紂為虐，於是退隱，也請二位同隱。二位既有大志，不敢強留，但望重晤，請盡杯酒，聊表寸心。」言罷三人痛飲。李白斟酒，感慨言之道：

「也真是的，范兄確有見地。無奈今日之下，除了朝廷，焉能還有去處？絕望於皇上，難道造反不成？」

杜、范二人聞言失笑。李白也苦笑道：「在下讀儒學、誦六甲、觀百家、學劍術，希望解世紛、拯物情、濟蒼生、安黎元；仗劍去國，辭親遠遊，廿五歲時就希望能『奮其智能、願為輔弼』，在代壽山答孟山少府論文書中，已經說得很清楚了。這些年來漫遊各處，求仙訪道，隱居醉酒，行俠仗義，有人說我是瘋子，是狂人，我不以為意……」

范隱士以掌擊桌，嘆道：「太白先生幾時瘋狂來着？真正瘋狂的恰巧是權貴與君王。想太白先生入京之後，傳聞御手調羹、力士脫靴、貴妃捧硯、醉寫蠻書，民間傳為美談，對太白先生蔑視朝廷昏庸事跡，無不心嚮往之。可是佞臣專權，不容朝廷，先生也只能『徘徊庭闕下，嘆息光陰逝』，過着放蕩醉酒的生活。然而就這樣也難以相處。先生不是因為膽敢抨擊皇上、開罪貴妃、蔑視宦官、見惡國丈，而給送出了長安麼？」范隱士擊桌大呼：「這不是君王為重、社稷為輕麼？這種天下，除了隱居，還待怎說？」

李白給他說中心頭痛處，連盡三杯，仰天長嘆道：「范兄所言甚是。想我入京之初，曾對內人說過：『歸時儻佩黃金印，莫見蘇秦不下機』，也對孩子們說過：『仰天大笑出門去，我輩豈是蓬蒿人！』可是結果如此，大出意料。如果是我錯了，那碎屍萬段，決無怨言；分明佞臣專權，荒淫無度，民不聊生，卻喜挑戰，理該有所愧怍，怎的是我錯了？清夜捫心，我才明白了這回事：剛正耿直如區區者，處此境遇，縱使我披肝瀝膽，所得者卻是輕視與冷淡！這真是當頭棒喝，可使我這個酒囊痛極而醒

了。」李白悲痛地吟詠道：

> 羣沙穢明珠，眾草凌孤芳；
> 古來共嘆息，流淚空霑裳！

　　盪氣迴腸，齊告泣下，舉杯再三，相顧唏噓。杜甫的感慨更深，這位生長在洛陽文化氣氛中的詩人，漫遊江南近四年之久，只因參加開元二十三年的進士考試，才趕回河南鞏縣故鄉，請求縣府保送。那種考試並非易事，每次考生兩三千，錄取卻不及百分之一。當年杜甫廿四歲，甫從吳越歸來，飽賞江南美景，未能正視人生；且因勤苦好學，能寫詩文，連屈原、賈誼、曹植、劉楨等這些古人都不曾放在眼裏，當時杜甫自覺不可一世，放榜卻告落第，但對他算不了什麼打擊。接着開始二次漫遊，「放蕩齊趙間，裘馬頗清狂」，他有裘有馬，放蕩清狂，鄙視人間庸俗，卻未放眼人間，正視現實生活。當時他父親在兗州作司馬，做兒子的用不着為三餐而忙。杜甫春天高歌於邯鄲，冬日狩獵於青丘，也曾在深秋登泰山日觀峯，翹首八荒，偶或感到朝廷用兵於西北、北方，年復一年，勞師遠征；諸將領中，杜希望攻陷吐蕃新城，張守珪大破契丹，蓋嘉運深入碎葉城擊潰突厥，凡此種種，勞民傷財。雖說國運昌隆，但征役頻繁，不獨民間難以休養生息，抑且健者遠戍，影響耕桑，……這些一時感觸，如電光石火，瞬息掠過，未能使年輕的杜甫印象更深，因此也無深沉的感染。於是杜甫十年漫遊，雖有抱負而未能打開通途，所結識游獵唱歌友人之中，更無導之作一番事業的人物。杜甫這時成了家，與司農少卿楊怡之女結婚，情愛深篤。不幸他親娘一般的姑母與

世長辭，杜甫為之守制，寫墓誌，刻石，敘述姑母德行。並且告訴世人，當他兒時喪母，寄居姑母家中時，某年他與表弟同染時疫，她辛勞地照料這對小兄弟，在任何情況下，粥羹湯藥，換衣蓋被，總是先照顧無母的姪兒，然後輪到自己的兒子。最後姪兒恢復健康，兒子的病卻日益沉重，終告夭折。杜甫於天寶元年殯葬姑母後，第三年回到家中，生活更無從開展。洛陽人文薈萃，同時豪官巨賈勾心鬥角，使杜甫大感憎惡，幸而是年初夏欣會李白，贈詩與他，吐露了「二年客東都，所歷厭機巧」的心情，暢飲暢談，胸懷大暢！當年洛陽相遇時，李白大杜甫十一歲，李年四十四，杜年三十三。

如今，這位風采照人的大詩人，就坐在他的對面，退居山野的范隱士，也坐在他的旁邊，而且天明之後，三人又要天各一方，再見不知在何年了。

當下杜甫敬酒，嘆道：「想洛陽歡晤，兗州重逢，期中汴州懷古，梁園醉歌，孟諸游獵，泗水行吟，王屋訪道，單台遠眺，歷下縱談，咱倆議國事，論詩文，恍如昨日之事，想不到明天又要分手了。」言罷泫然，舉杯痛飲。

范隱士為了緩和氣氛，笑道：「你們在汴州還會到了高適，一齊謳歌游獵，我大唐大詩人有此佳話，實在教人羨煞！」

冷不防角落裏一聲驚呼：「原來李白、杜甫兩位在此！」堂倌喜孜孜斟酒致敬，范隱士笑問道：「小哥兒怎的在一旁偷聽？」堂倌道：「俺招呼客人哩！要不是俺兩次換壺，爺們早就沒得喝了！」舉座大笑。

李白道：「小哥兒真逗人喜歡，也罷，取紙筆來！」

堂倌喜道：「莫非有詩贈與下走？」

一片笑聲中李白嘆道：「承蒙見愛，請俟異日，今夜吾心不歡，獨有詩贈與子美。請剔亮燈芯，備好紙筆，俺就來也！」

接着起立，那堂倌忙不迭為他在鄰桌安排，見李白步履沉重，一撩長袖，感傷地說：「明日此時，你已在西去長安途中，我也在重遊江東的路上了。」

杜甫無語，范隱士卻拿過兩隻酒杯，與杜甫邊飲邊看，只見李白振筆疾書，酣暢淋漓，那紙上便出現一首詩道：

> 醉別復幾日，登臨徧池台，
> 何時石門路，重有金樽開？
> 秋波落泗水，海色明徂徠。
> 飛蓬各自遠，且盡手中杯。

題過上下款，那當兒不知店主人也悄悄地來了，在跟着范隱士叫好。

堂倌介紹店主人道：「這是咱掌櫃。」

掌櫃道：「聞道二位在此，特來拜候。」

范隱士道：「李先生問你：『何時石門路？重有金樽開？』」

笑聲中那掌櫃作揖連連道：「只要三位光臨，小店隨時歡迎。加酒添肉，不取分文。」又引得一片笑聲。但笑聲未能沖淡離情。

杜甫眺望夜色，夜色似墨；濃雲緩移，不見月色。暗忖自從識得李白，胸懷為之一暢。李白氣概豪邁，神采奕奕；他求俠求仙經過，以及朝氣蓬勃的詩篇，無一不令人傾倒折服！且能因此冷靜觀察世事，獲益不小。尤以與高適三人謳歌游獵，相處

更歡！而當兩人同行時，李、杜交誼猶似兄弟一般。「醉臥秋共被，攜手日同行」，人生快事，莫過於此，實在不忍話別，可又不能不分手。杜甫熱淚盈眶，面對李白贈詩，作聲不得。再想李白為他所尊敬，他是個大詩人，也是個大好人，只是十分高傲，這毛病或將無辜開罪於人，不如摯誠相勸，臨別贈言，由他笑我迂腐吧。當下蘸墨伸紙，朝李白望得一眼，迅即垂下頭去，筆走龍蛇，一揮而就：

秋來相顧尚飄蓬，未就丹砂愧葛洪；
痛飲狂歌空度日，飛揚跋扈為誰雄？

掌櫃這當兒與堂倌抬着酒罈，上得樓來，說是遠年佳釀，特地開窖敬客，以壯行色，而表仰慕。即時開罈，香送十里，三人大樂，邀與共飲，那掌櫃恁說也不打擾，長揖而去。杜甫敬過三杯，見月亮復出，便沉宏鏗鏘，曼婉低昂，吟誦着李白新作「關山月」道：

「明月出天山，蒼茫雲海間。長風幾萬里，吹度玉門關。漢下白登道，胡窺青海灣；由來征戰地，不見有人還。戍客望邊邑，思歸多苦顏。高樓當此夜，嘆息未應閒。──你寫得太好了，太好了！」

接着一齊舉杯，杜甫屢敬、屢乾、屢斟、屢敬，李白道：「行了，子美，此酒後勁厲害，不可多飲。」

杜甫止飲，驀地起立，問道：「局勢如此，隱居不足以扭轉頹勢，謀官也無法改善現狀，放蕩更難以有助大局，」杜甫大呼：「天生吾材必有用，究竟恁地才有用？」

李白笑道：「子美醉了，但心頭清楚；正因為人雖醉而神志明，也就更痛苦！」卻不答覆他的問題，以箸擊壺，激昂慷慨，高聲吟誦道：

風吹柳花滿店香，吳姬壓酒勸客嘗。

金陵子弟來相送，欲行不行各盡觴。

諸君試問東流水，別意與之誰短長？

三人舉杯，一飲而盡，李白嘆道：「這是我的『金陵酒肆留別』，想不到又要舊地重遊了。」他醉眼朦朧，對搖搖晃晃的杜甫道：「你說的好，天生我材必有用，可是隱居不能，謀官不行，放蕩不成，哈哈哈哈，真的是如何是好，那就喝酒吧！」

范隱士也大笑道：「好呵！莫使金樽空對月，你們都說得妙，用不着各自奔前程了，來來來，開懷暢飲，不醉無歸，與我同隱吧！」

杜甫大笑，搖晃起立，止於窗前，對二人說道：「請了！」接着把壺，又與各人斟酒，卻面對夜空，大聲說道：

「舉杯邀明月，明月聽我說：你下來與咱們痛飲，喝一個酩酊大醉如何？要知道，誰能把東海之水吸將上來，洗淨乾坤，拯斯民於倒懸，俺即使喝到一瞑不醒，可也甘願呵！」倏地問二人道：「行麼？怎麼？你們都不能麼？好，那就看俺的吧！」

小哥兒聞言失笑，掌櫃在暗中急道：「別吵別吵，他們都醉了，不如招呼客倌歇息。」

杜甫忙不迭雙手亂搖，問道：「誰說咱們醉了？誰說咱們醉了？哈！敢請是掌櫃捨不得第二罈美酒麼？來呵，再盡一罈，俺

杜某還能奉陪狩獵，百發百中。」

掌櫃道：「咦！俺只知道太白先生劍法了得！」

李白笑道：「豈敢豈敢，在下十五歲學劍術，二十歲充俠客。沙塵滾滾，有幾個人枉死在俺劍下；時光匆匆，俺自己又虛度了大好年華！提那個幹什麼？好漢不提當年勇哪，來，不如再盡一杯！」

那掌櫃道：「咳，真想不到子美先生如此勇健！」

杜甫正為李白的感慨而感慨，對掌櫃的仰慕之忱，聽而未聞。

李白道：「子美怎的沒聲息？人家在盛讚你的射術！」

杜甫「呵」了一聲道：「慚愧慚愧，真的是好漢不提當年勇，何況在下並非好漢？」

李白道：「提又何妨？」

笑聲中杜甫嘆道：「這就不能不想到武功蘇源明了。源明父母早喪，徒步徐州兗州一帶作客，俺識他最早，二人時常馳騁狩獵，那一日遠遠飛來一頭鵷鶵，」杜甫作伏鞍彎弓狀：「俺放開胡馬，向空一箭，霎時間那鳥兒滴溜溜落在馬前，正中脖子！」酒樓上頓時響起一片喝彩。

范隱士苦笑道：「看來咱三人之中，只有俺肩不能挑，手不能提，不識拳術，遑論弓箭了。」哄堂笑聲中，范隱士卻正色道：「老古話說得好，『酒醉三分醒』，人醉了，多少還是明白的，太白先生醉寫嚇蠻書，更為我人津津樂道，可見咱們幾個不但能飲，而且善飲、牛飲、豪飲，——」

李白道：「還有什麼『飲』的麼？」

大笑聲中范隱士向李、杜二人一揖到地，卻向掌櫃與堂倌

道：「反正俺並未喝醉便是，俺有肺腑之言，為的是留下李、杜二位。字字真誠，句句清醒，設若有錯，還請教正。」

杜甫「呵」了一聲，肅然道：「范兄請！」只見他略一沉吟，捋鬚長嘆道：「太白先生劍非萬人敵，子美先生弓矢無虛發，那還了得！抑且才華蓋世，四海聞名，更不得了！」

笑聲裏范隱士激昂而言道：「在下學文學武，俱皆不成，對於兩位的仰慕，更是難以形容。際此時日，竊以為唯退隱才是上策，二位且聽我道來，明日也不用各奔前程了。」

范隱士勸飲、擱杯道：「大唐數十年太平盛世，顯然已呈式微！試以詩歌為例，宮廷周圍的騷人墨客，他們同忌聲病，講求格律，所吟得者，盡皆空無一物，毫無生氣之作。另一面，若干詩人能用豪放襟懷下筆，但寫的卻是歌頌遊俠，渴盼求仙之作。吾大唐盛世權貴富賈的豪奢已蔚為風氣，遊俠盛行一時，長安洛陽以及遠近通都大邑，無一非俠客馳騁場所，遊俠生涯，也就使人競相謳歌，但這個有什麼好處？」

范隱士再向李、杜一躬到地，說：「如有說錯，尚請包涵則個。」

李白、杜甫齊道：「范兄至理名言，尚望不吝指教。」

范隱士道：「在下何德何能，膽敢膺此二字？只因心所謂危，不敢不說。區區山野之士，深感求仙遊俠之成為風氣，乃係兩種相反心理形成。」

李白道：「是哪兩種？」

范隱士道：「一為君王貴族，他們酒池肉林，猶不知足，還希望百尺竿頭，更進一步，尤其是連那花花世界都玩膩了，猶想喬遷虛無縹緲的仙境，使他們驕奢淫逸的日子永無止境，於是遊

俠求仙大為盛行！」

杜甫急道：「另一種又是什麼？」

范隱士道：「另一種人或胸懷大志，或看破紅塵，他們蔑視這個世界，希望能用煉丹、修道、求仙種種花樣，以求超世脫俗，求大解脫，二位請了，二位屬於後者，但二位求仙訪道，深信符籙，無非因為不滿這個人間。堯、舜、孔、孟，無一不是庸材，二位不能『摧眉折腰』事奉權貴，較之那些歌功頌德之作，好到何止萬倍？可是二位呵！」范隱士長嘆道：「這又與事無補，不如退隱算啦！」

杜甫道：「范兄請了，事實縱然如此，但『致君堯舜上，再使風俗淳』，竊以為非如此不足以挽狂瀾！」

范隱士道：「子美先生抱負可敬！名句使人欣佩無已！奈大廈將傾，獨木難支；上樑不正，下樑怎直？再說移風易俗應自君王始，乃君王如此，猶待怎說？」

杜甫道：「不到黃河心不死，不到長安難斷言。在下仰慕帝京，已非一日，此次得以成行，希望謀得一官半職，以盡綿力。家嚴適巧由兗州司馬改任奉天（陝西乾縣）縣令，距離長安甚近，乃使區區西去關中之心更切。」杜甫敬酒道：「多謝范兄盛情挽留，後會有期了！」

眾人齊皆乾杯。

李白長嘆道：「適聞范兄宏論，開我茅塞。范兄之言有理，想我大唐詩人，晚近謳歌，確乎以遊俠為重心，在下自不待說，子美也有佳作，但默察內容，權貴與俠客，倡家及豪門似已彼此難分，這又何益於芸芸眾生？」李白痛飲，杜甫斟酒，聽他說道：「再想在下狂放不羈，未去長安，天台司馬子微早說俺是

『仙風道骨』的了，到得長安，賀知章一見面更說俺乃『天上謫仙人』。這麼着俺日與酒徒為伍，如魚得水，放歌暢飲，皇上也深感新奇有趣，但俺一再醉後露狂態，並且開罪貴妃與高力士時，皇帝老子也視為討厭，遣俺離去。」

李白道：「俺未以為憾。不得開心顏，離去又何妨？只是堂堂七尺男兒，謀官不行，放蕩不成，隱居不能，如何是好？舍間距此不遠，」掌櫃道：「也在兗州麼？」李白道：「在任城（濟寧）。」又道：「家人見我歸來，盼俺多住些時日，范兒又盼同隱，但在下閒散慣了，驛馬星動，決再漫遊，范兒有請！」李白長揖敬酒道：「來日方長，容再歡聚，多蒙垂愛，銘感曷極！」眾皆唏噓。

范隱士嘆道：「說了半天，還是留不住呵！」

村雞啼明聲中，堂倌驚道：「天都亮了，客倌不如歇息。」

杜甫道：「小哥兒，掌櫃，咱多多打擾，於心不安，不如回房去吧。」

掌櫃道：「如此盛會，蓬蓽生輝，眾位請便。」

杜甫目擊月移星沉，耳聽金雞三唱，思潮起伏，熱淚盈眶，敬酒道：「乾吧！」又說：「『秋』宵苦短，相逢恨遲呵！」

范隱士道：「當真二位早聚幾年，佳話那就更佳喎！」

李白凝視杜甫，嘆道：「是呵！想子美漫遊吳越時，在下正過太原到達齊魯；而當子美去齊趙時，俺又身在江南了。之後子美返洛陽，俺在天寶元年才自剡中北上長安。」李白盛讚杜甫道：「俺讀你『岱宗夫如何？齊魯青未了』名句時，已經渴盼與你晤面了。」

杜甫淚承於睫，舉杯道：「賦別在即，有以教我，相逢何

遲，相別何速，蒼蒼者天，待我何薄？」言罷淚下，李白愴然道：「乾哪！子美！」

那兩人依依惜別，頻頻勸飲，小樓岑寂，但聞秋風嗚咽，秋蟲啜泣。

范隱士讚嘆道：「掌櫃的、小哥兒，你們瞧，自古文人相輕，各不相讓，攻訐卑視，如瘋如狂！可是咱兩位大詩人便不一樣，太白先生名聞天下，卻對子美先生一見如故；子美先生前程無限，但對太白先生推崇備至，兩人不獨未以所長相輕所短，且肝膽相照相見恨晚，你們說這有多好！」

掌櫃堂倌讚嘆不已，又見李、杜二人同向范隱士敬酒，直到天色大明，而三人卻伏案醉臥；迄午醒來，分手離去。

話說杜甫一腔熱誠，滿懷離愁，曉行夜宿，直趨長安。

那京城建自隋文帝開皇二年（公元五八二年），不斷發展，迄天寶而臻頂點。終南山巍峨矗立於其南、渭水河蜿蜒伸展於其北。東西長十九里餘、南北寬十六里多，周圍面積達七十餘里。街道直而寬，除城北的皇宮及東西兩市外，共有百餘個方形里坊，坊牆高大，水溝整齊，宮殿府邸，商店旅舍，公私園林，各式廟宇，千門萬戶，車水馬龍，端的是氣概不凡，眼花撩亂，登高眺望，有如圍棋、菜畦一般。

杜甫初到長安，投宿咸陽旅舍，沒多久便是天寶五年除夕。一年將盡夜，萬里未歸人，旅店住客不管識與不識，一齊在明亮的燭光下開懷暢飲，高呼賭博。杜甫新年中到處蹓躂，邂逅詩人元結，二人同氣相應，酒肆暢談。

杜甫道：「咱倆都為一官半職而來，可是默察情勢，不容易哩！」

元結道：「聽說開得年來，將有考試，皇上將詔徵飽學之士到京就選，你我機會到也！」

杜甫大喜道：「真是天無絕人之路！」卻又皺眉道：「連日漫遊，聽到好多奇談，據說皇上年逾六旬，深信道教，既親自聽見神仙在空中說話，又相信人家在紫雲裏看見玄元皇帝（即老君）。或者是某處出現符瑞，某處又有神跡，總之他深信將永生不死，這些傳說如是真的，俺實為大唐擔憂。」

元結道：「豈但如此而已，皇上如今深居宮中，沉溺聲色，而由中書令李林甫執掌大權。」

杜甫道：「這個俺早聽說。」

元結道：「此人好生陰險，口有蜜、腹有劍，他諂媚皇上左右，迎合皇上心意，以固寵信，這還不算，且杜絕諷諫，掩蔽聰明，忌妒賢才，無所不為。」

杜甫驚道：「當真如此？」

元結道：「這還能瞎說的？你甫到長安，住久便知道了。」

杜甫嘆道：「那比俺在來此之前所聽到的更糟。」卻又安慰他道：「或許皇上有清醒的一天，莫忘他本是個精明有為的天子。你說開年之後京都將有考試，選賢與能，這便是好轉開始，俺把一切期望，都寄託在這一試上了。」

元結苦笑道：「子美兄請了，對於這次考試，鄙意不必寄與過多期望，萬一不成，寧毋神傷？」

杜甫道：「那是真的。但俺來到長安，也惟有這條路可以走得，預料不致落第，你也一樣。」二人相視而笑。

元結道：「作客他鄉，子美兄佳節倍思親，可曾作了家報？」

杜甫道：「一切尚無頭緒，逆旅棲身，行蹤未定，且稍待。」

正說着元結喜出望外，奔向窗口，喊道：「巢父先生，巢父先生，新春百福，此刻何往，如此匆忙？」

孔巢父道：「聞道西市又有船到，故往見識見識。」

元結道：「俺與子美先生同往如何？」

當下二人下樓，介紹過了，互道仰慕，齊往西市。

原來長安商業十分繁榮，但集中東、西兩市。這兩市分別在皇城南面東西兩側，東市商業大都由官員貴族兼營，距宮廷頗近，各里坊泰半為宮眷貴族，人口較少，故不如西市繁華。西市商業接觸面廣，又有漕渠運河，交通便利，外來商人多聚居於此，因此便成為長安最繁榮所在。三人在熙來攘往、車水馬龍中行得一陣，凡大衣行、秤行、鞍轡行、果子舖、文玩舖、運河碼頭等等無不瀏覽一遍，在杜甫是甚為新鮮，而孔巢父則大呼上當，說並無新到船隻，不如喝杯酒去。

當下三人又扯到今年的考試，孔巢父低聲道：「子美先生可知道，凡由中書令李林甫主持之事，無一不糟，無一不孬，那人口蜜腹劍，好難相與。可是皇上獨獨信任於他，教人氣煞，兄弟想回江東，就是這個道理。此人排除異己，誣陷同僚，製造冤獄，忌妒賢才，那是尖兒頂兒的，你不妨參與一試，但千忌期望過重！」

元結道：「俺早說了。」

杜甫涼了半截，猶抱希望道：「恐怕未必，此乃皇上之事，中書令怎敢如此狂妄！」

孔巢父嘆道：「杜兄敦厚，諸望珍重，如長安易居，兄弟便不至於回江東去了。」

杜甫道：「巢父先生幸勿見怪，俺對這次考試志在必得，故

有此言。」

元結道：「但願你我齊皆取錄。」

孔巢父道：「杜兄請了，我不是潑你冷水，想這位中書令最恨文人藝人，因為咱們來自民間，不識『禮度』，苟由咱們隨便批評朝政，那就對他不利，因此皇上縱有選賢與能之心，此人決無虛懷若谷之意，不信到時便知。」

孔巢父這番話不幸而言中，那李林甫不敢違抗皇上詔徵，於是在考選期中擺佈陰謀，凡應徵舉人無一及第，揭曉後卻反而上表祝賀，說如此足以證明，當今民間已無贓餘賢能，而昏昏噩噩的皇上，也當真龍顏大悅，由他蒙混。杜甫乍見皇榜時，憤懣悲愴，緊執元結之手，半晌無法作聲。

元結驚道：「子美兄可要保重！留得青山在，不怕沒柴燒，這次咱都不中，由它去了，不必難過。」

杜甫淒然道：「不如飲酒去，待俺細說。」

當下兩人就在那西市酒肆之中，痛飲起來。

杜甫道：「你說得對，這次咱都不中，你同巢父先生也猜得對，這次考試好怪！只是你聽俺說，咱倆不中而榜上如有他人之名，這口氣縱使難咽，也只能抱怨自己。可是咱倆不中而榜上竟無一人錄取，這就有鬼！吾大唐讀書人雖非個個天才，人人中選；但也決非個個庸才，人人落第，你說可是？」說罷連盡三杯，磨拳擦掌，氣得發抖。

元結勸道：「反正是這麼回事了，子美兄才華橫溢，決無抱屈終生之理。」

杜甫嘆道：「在下虛度三十六載，放蕩清狂，到此為止，亟待謀職，養家活口。自從來得長安，寄居逆旅，終非久策；家人

遠離，渴盼團聚，因此對這考試雖非破釜沉舟之舉，卻也有志在必得之意，而所出試題，請恕狂妄，並不深奧難作，就這樣咱大唐與試者全軍盡墨，寧勿愧死——不不，豈不教人氣死！」當下以指蘸酒，慨然道：「待俺作詩一首。」

元結驚道：「子美兄請鎮靜，這詩作不得，這詩作不得！」

但杜甫憤懣哀愴，在桌上已經寫下四句詩句來，元結邊看邊塗，四句詩飛快寫完，桌上卻是一片酒。

杜甫長嘆道：「你也忒煞小心！骨鯁在喉，尚且不吐不快，如今滿腔怨憤，既不能講，又不能寫，難道要俺氣死不成！」

元結道：「待此人死後再寫不遲，今日之下，以卵擊石，又豈明哲保身之道哉！」

杜甫默然相與痛飲。

不數月孔巢父將自長安返江東，友儕別筵之上，杜甫一再託付與他道：「見得李白，請代問候」，未幾又說一遍。

孔巢父道：「子美兄與太白先生情誼深厚，非短短一言說得完的，請道其詳，當說與太白聽，半句不漏。」笑聲中杜甫藉三分酒意，感慨而言道：

「巢父先生江東之行，羨煞區區！如見太白，請告訴他如今天下已無贖餘賢能，這是李林甫說的，子美不才，落魄帝京，大概這輩子只能吃飯，不必為文了。」哄堂大笑中杜甫也苦笑道：「巢父先生請了，在下脾性，太白最熟，但請轉告，今日之子美，已非當年的子美了。」眾人聞言愴然，聽杜甫說道：「長安雖安，居之不易，寒齋苦讀，見吾唐詩人對帝京地勢之雄渾，城坊之整飭，豪華奢侈，興衰隆替，幾乎都寫盡了，可是在下心情，卻另有所感！」杜甫欲言又止，改口道：「請告太白，你說

俺對他羨慕之極，他猶如鳥兒般到處翱翔，俺卻在此動彈不得，狂歌狩獵，放蕩清狂已不可再，已不可再了呵，巢父先生！」

眾人聞言，莫不同情於他，一齊勸慰。

孔巢父見他欲言又止，說道：「子美兄請了，猥蒙諸公為在下餞行，愧不敢當！在座皆是知交，你且暢所欲言，待我轉告太白。」

杜甫嘆道：「也罷，就說俺心情矛盾，與日俱深！既欣羨江海人士遨遊四方，復渴盼能在長安得一枝棲。連日下筆，輒有如此對句：上句說是要遠離使人拘束的帝京，緊接着下句卻說俺不能不留在這裏，繞室徬徨，哭笑不得！你告訴他無論春臨渭北，或是風霜逼人，尤以書齋苦寂，俺終日裏思念着他，恨不能插翅而去，與他同遊山林。」

眾人聞言唏噓，巢父道：「子美兄弟來得帝京，初見時如此豪放，不一載竟這般沉鬱，幸望珍攝，善自保重！」

杜甫道謝，又說：「李林甫所說野無遺賢這回事，你可別忘記說與太白聽了。」

眾人道：「中書令也真的忒煞無情！」

元結嘆道：「子美兄還有一首詩，在等着他死去，以一洩心頭之憤哩！」

卻說杜甫這口氣足足憋了五年，那一日聞道李林甫業已逝世，元結匆匆趕到杜甫客寓，只見他「奉贈鮮于京兆」業已寫成，正在悲憤吟詠：

> 破膽遭前政，陰謀獨秉鈞；
> 微生霑忌刻，萬事益酸辛！

一見元結到來，杜甫執住他的手，聲色俱厲道：「『陰謀獨秉鈞』，指的是李林甫專權！」

元結道：「好！」

杜甫道：「豈僅是專權而已，這幾年來，你且想想，長安有什麼變化麼？」不待元結啟口，杜甫長嘆道：「曾記得俺初來長安之時，曾作『飲中八仙歌』。」

元結道：「呵，原來是這，那場面早就蕩然無存了！」

杜甫道：「你再想想，在這五六年中，還有什麼更使人悲痛的麼？開元時遺下的那些正直之人、耿介之士、放誕之徒、狷潔之輩，還賸下幾個未遭李林甫毒手的麼？張九齡、嚴挺之素為俺所推崇，都吃這廝排擠離去，鬱鬱而終！驚賞太白才華、相與金龜換酒的賀知章，也上疏請度為道士，歸還鄉里。李邕又在北海太守任上慘遭暗害，左丞相李適之貶為宜春太守，隨即自戕。與李適之私誼深厚，與在下萬分知己的房琯也貶為宜春太守，如此帝京、如此皇上、如此李林甫、如此蒼生、如此讀書人，……」杜甫激昂傷痛，咳嗽連連，竟說不出話來。

元結與他熱茶飲了，杜甫透過一口氣來，熱淚盈眶，說道：「除了李林甫，請看今日之執政者，如不像王鉷、楊國忠那樣貪污，就似陳希烈這般庸懦，難道大唐氣數已盡，李隆基甘願後人世世代代罵他是昏君麼？」

元結長嘆道：「他怕什麼？他有貴妃在抱，黎民云胡哉！」

那李隆基可以抱着個楊貴妃渾渾噩噩，芸芸眾生可不能無視於生活、特別是玩火自焚的戰爭，痛苦不堪。杜甫生活本已困窘，這時光他的父親杜閑，又在奉天縣令任內逝世了，這使他愈加潦倒。杜甫是晉代名將杜預的第十三代孫。杜預多才善戰，

人稱之為「杜武庫」，對東吳作戰時因精通戰略，民間且有「以計代戰一當萬」的歌謠，中原文化傳佈江、漢，也與有功焉，這使他的後代引以為榮，杜甫對他極為崇拜。迄其祖父杜審言，在杜氏家中除「奉儒守官」外，又多了詩的傳統，家學淵源，到杜甫手中，發展排律更大，元稹曾大讚杜甫道：「鋪陳終始，排比聲韻，大或千言，次猶數百。」但杜甫的偉大並非在於排律的卓越，排律在杜詩中卻屬於創造性貧乏的部分。杜甫當年曾以「吾祖詩冠古」自傲，如今遭此巨變，在長安也更加窮困潦倒。

那當兒有若干貴族承襲前人遺風，在府邸園林享受閒散歲月，並延攬文人、樂工、書家、畫師作為生活上的點綴，名之曰「賓客」。杜甫既貧且病，無枝可棲，乃在汝陽王李璡及駙馬鄭潛曜處為賓客，追隨左右，詩酒宴遊，以維生計，無所事事。酒酣耳熱之際，主客間也可泯除界限，算是朋友；這些貴族在政治上並無作用，只能對賓客作有限度的「施捨」。杜甫受歷代祖先「奉儒守官」影響而熱衷仕進，對他的不朽之作並無幫助，真能助其發展而決定其成就者，乃是開元時代繁榮社會所產生的高度文化、以及天寶之後唐代的重大變化，他看到了更多的，也接觸了更多的，仗義陳辭，擲地有聲；身為賓客，辛酸莫名。

當時尚書左丞韋濟因器重杜甫，常在同僚座上讚頌杜甫詩句，杜甫視為知己，乃將心事傾訴，不作保留。寫成「奉贈韋左丞丈二十二韻」，一開頭就說：「紈袴不餓死，儒冠多誤身。」敘述了他在這個帝京中身受之苦；他贈詩汝陽王，駙馬等人相當推崇，說他們待他「括要恩屢至，崇重力難勝」，可是在向韋濟傾訴時，杜甫痛苦悲憤，寫出了這幾句：「朝扣富兒門，暮隨肥馬塵；殘杯與冷炙，到處潛悲辛！」他的幾個窮朋友讀了，莫不為

之落淚，杜甫也淒然道：「儒冠多誤身，咱們到底該如何是好？俺把心事都對韋濟說了，想來也只是說說。你們瞧在這詩中，俺不諱言窮困潦倒，而且來日大難，還要糟糕！俺把昔日抱負與今日淪落都說了，這是俺第一首自白詩，俺心中矛盾，難以自主，或去或留，無法抉擇，望兄等有以教我！」

那時光杜甫在長安有三個朋友最為知己，一個是廣文館博士鄭虔，一個是多年前在宋州與杜甫李白分手、浪遊數載、最後到河西節度使哥舒翰幕府中作書記、並隨之入朝、到了長安的高適；還有一個乃是岑參，數年前在安西四鎮節度使高仙芝幕府中作書記，並隨之到達長安。那一日三人暢聚，正當李林甫死後不久，秋高氣爽，樓頭痛飲。

杜甫道：「如此好天氣，不如約同儲光羲、薛據共登慈恩寺，必可一暢胸懷！」兩人撫掌稱善。

高適道：「可是今日歡晤，請子美兄將年來情形見告，以慰渴念，必有佳作，也請見示。」

岑參道：「此言誠是，子美兄請！」

杜甫嘆道：「真是乏善足陳呵！」

三人乾了一杯，聽他憤懣敘述，把如何困居逆旅，如何上了李林甫的當，如何曾返洛陽一次，對君王過分推崇道教表示不滿；如何身心疲憊，去年曾病了一秋；如何作為賓客，到處悲辛！說得二人唏噓不已！

杜甫道：「幸自鄭虔來此後，兩年來俺精神稍為好些，他為人詼諧風趣，聰穎過人，俺無論怎麼苦，一見鄭虔，便可減輕，但他離去，痛苦更甚！」說得二人又嘆惜不已。

岑參道：「子美兄痛罵李林甫，大作咱們都拜讀了，真是至

情至性之作，只是客歲盛傳子美兄一日之內，聲名大噪，天下文人無不注目，究竟是怎麼回事？何以今日又一寒至此？」

杜甫嘆道：「這就說來話長。」三人再盡酒，杜甫道：「這就要從頭說起了，想武后執政時，曾設延恩匭，在這木箱上開發四個口，東曰延恩，西曰伸冤，南曰招諫，北曰通玄。凡懷才不遇者，可將著作或條陳投入延恩匭。」

兩人道：「確有此事。」

杜甫道：「皇上至今沿用，倒要俺碰了一鼻子灰。去年正月初八到初十，三天之中，皇上接連舉行三個盛典，祭祀玄元皇帝、太廟和天地，俺一直走投無路，以為機會來也，寫成了三篇『大禮賦』，將『進三大賦表』投延恩匭，皇上居然看到了，聽說十分讚賞，命俺待制集賢院，命宰相考俺文章，於是俺在一日之內，真的是聲名大噪起來。考試之日，集賢院學士圍着俺不肯走開，」杜甫舉杯、痛飲。苦笑道：「可是這又有何用呢？考試後俺等候分發，迄無下文，而且永無下文的了，一問，原來又是李林甫作怪。等到今春，俺又回洛陽寒舍小住，集賢院有兩位學士問俺怎的？俺說仕進前途已無希望，想俺長子宗武生日時，俺曾諄諄告誡於他，說是『詩是吾家事』，如今也不妨對俺自己說，今生今世，且繼承祖父名聲，好好作詩吧！」二人嘆息舉杯，各作勸慰。

杜甫苦笑道：「如今李林甫卻是死了，奈君王依然故我。他難得一次清醒，可害苦了旁人，你說俺冤是不冤？」

高適道：「子美兄返洛陽那次，說君王過分推崇道教，這是指何而言？」

岑參道：「對，道路傳聞，俺記得子美兄曾有佳作，敬請

賜示！」

　　杜甫謝過了，略一沉吟，嘆道：「那就獻醜了。拙作題為『冬日洛陽城北謁玄元皇帝廟廟有吳道子畫五聖圖』。[11] 這五聖指的是高祖、太宗、高宗、中宗、睿宗。吾大唐第一流畫師畫此五聖不奇，奇在『玄元皇帝廟』改名『太微宮』，」杜甫嘆息：「有些事情好難說，且聽俺獻醜吧。」當下吟詠道：

> 配極玄都閟，憑高禁禦長；
> 守祧嚴具禮，掌節鎮非常。
> 碧瓦初寒外，金莖一氣旁；
> 山河扶繡戶，日月近雕梁。
> 仙李盤根大，猗蘭奕葉光；
> 世家遺舊史，道德付今王。
> 畫手看前輩，吳生遠擅場；
> 森羅移地軸，妙絕動宮牆。
> 五聖聯龍袞，千官列雁行；
> 冕旒俱秀發，旌旆盡飛揚。
> 翠柏深留景，紅梨迥得霜；
> 風箏吹玉柱，露井凍銀床。
> 身退卑周室，經傳拱漢皇；
> 谷神如不死，養拙更何鄉。

　　杜甫吟畢，高適、岑參齊皆敬酒讚嘆欣羨不已。三人又談

11　杜甫此詩題為〈冬日洛城北謁玄元皇帝廟〉，「廟有吳道子畫五聖圖」是原注。

一陣，杜甫備言懷念李白之情，說道：「俺請巢父帶了一車子話去，也帶了首詩去。」二人皆曰：「願聞其詳！」

杜甫連盡三杯，愴然吟詠道：

> 巢父掉頭不肯住，東將入海隨煙霧；
> 詩卷長留天地間，釣竿欲拂珊瑚樹。
> 深山大澤龍蛇遠，春寒野陰風景暮；
> 蓬萊織女回雲車，指點虛無引歸路。
> 自是君身有仙骨，世人那得知其故？
> 惜君只欲苦死留，富貴何如草頭露。
> 蔡侯靜者意有餘，清夜置酒臨前除。
> 罷琴惆悵月照席，幾歲寄我空中書？
> 南尋禹穴見李白，道甫問信今何如。

不待二人啟口，杜甫嘆道：「意境甚差，二兄切莫見笑。」

二人也嘆道：「子美兄何必謙虛乃爾！只是比起『飲中八仙歌』來，子美兄豪放氣概已見收斂。」

岑參道：「環境如此，夫復何言！今日吾人暢聚，請子美兄『飲如長鯨吸百川，銜杯樂聖稱避賢』何如？」

杜甫聽兩人背誦他「飲中八仙歌」，撫今追昔，淚承於睫，瞻前顧後，無限酸楚，舉杯道：「都乾了吧！」

高適道：「客歲子美兄旅邸小病，忒煞辛苦，為今之計，不如將大嫂小姪接來，彼此有個照應。至於盤纏，找幾個朋友湊一湊，也將就了。」

杜甫謝過，嘆道：「盛情可感！只是老古話說得好，救急不

救窮，在下『急』的事兒多着，窮更無論矣！不如由它去。」

杜甫敬酒：「以後再說吧。」又答道：「客歲秋雨，連綿不絕，風大泥鬆，牆倒屋塌，可笑俺這一病病了一秋，門外積水，魚游其中，床前地上，竟生青苔。俺本有病，發燒多咳，此刻更患瘧疾，幾告不測。」二人聞言嘆息。杜甫苦笑道：「此中苦況，誠不足為外人道也！猶憶病後王倚邀飲，俺到他家中，走路還是搖搖晃晃的。」

高適道：「王倚何人？」

杜甫道：「王倚一非權貴，二非文人，乃是樸實無名之人，與俺相處，十分融洽。俺到得他家述說病情，曾作歌曰：『瘧癘之秋孰可忍，寒熱百日相交戰；頭白眼暗坐有胝，肉黃皮皺命如線。』」

二人聞歌長嘆息，杜甫續道：「是年冬天，又曾寄詩咸陽、華原二縣縣府，向數友人敘述目前光景，俺道：『飢臥動即向一旬，敝衣何啻聯百結？君不見空牆日色晚，此老無聲淚垂血！』」

二人齊聲嘆道：「子美兄處境使人不但同情，抑且悲憤！」

吟詠再三，岑參道：「子美兄大作令人敬佩！『窮而後工』之說未必盡然，但默察子美運用古典、一篇篇五言排律寫將出來，向顯要請求援引時，擲地有聲，使人精神一振；如今為王倚及咸陽、華原二縣諸子作詩歌，卻多的是方言口語，融化詩中，樸實無華，卻又新鮮有力，情誼深重，感人肺腑，古往今來，得未曾有！」

杜甫苦笑道：「二兄過獎，愧不敢當，療飢禦寒，詩歌無能為也！」

三人相顧唏噓，二人便說了些邊陲風光，中州近事，杜甫嘆道：「今後大局趨向，未知如何才好！李林甫專權橫行，把開元時代姚崇、宋璟等扶植的純良政風，破壞無遺！邊將們好大喜功，到處闖禍。開元末年及天寶初年，還聽到有人報奏，可是目前如何？去年一年之中，鮮于仲通爭南詔、高仙芝擊大食（阿拉伯），安祿山討契丹，試問何人得手過？個個都兵敗如山倒，敢問這般好戰，豈非引火焚身麼？」

　　高適嘆道：「好大喜功，自皇上始！因此邊將們也就不知利害，紛紛誇耀功績起來。在他們是志在博得皇上歡心，在軍中卻不成個樣子了！他們驅使百萬士兵，攻打一個毫不重要的城市，勝則報捷，敗則隱瞞，視士兵如泥土，佔領一尺之地，卻要一百條人命換取，天怒人怨，而皇上渾然不知！」

　　提到皇上，杜甫欲言又止，終於長嘆道：「高兄只知其一，未知其二，你在長安住上一載，便知道這是個什麼情景了。春天裏，皇上與貴妃以及楊氏姊妹，前呼後擁，自南內興慶宮穿越夾城，暢遊曲江芙蓉苑，那排場氣概，遠勝廟會；到冬天，驪山華清宮又是一番熱鬧，說是避寒。二兄有所不知，貴妃院及楊氏五宅日常享用之奢侈、出遊儀仗之隆盛，非目睹難以置信。『進食』時一盤之費，往往等於中等人家十家產業，其他還有什麼鬥雞、舞馬、拋毬，種種玩意兒，宮中樂事，外人難明。民間傳說紛紜，且有『生女勿悲酸，生男勿喜歡』歌謠，唱得你啼笑皆非，又曰：『男不封侯女作妃，看女卻為門上楣』，真正是嗚呼哀哉，不成體統也！」

　　二人聽出興趣來，問道：「究竟貴妃有何特別？乃使皇上雖有三夫人、九嬪、二十七世婦、八十一御妻、暨無數後宮才人，

樂府妓女，卻使皇上無顧盼意？」

　　杜甫苦笑道：「貧病之人，窮苦潦倒，對貴妃專寵之道，倒是沒心思去問。」二人皆笑。杜甫道：「曾聽太白說過，皇上在位歲久，以聲色自娛。先是元獻皇后與武淑妃皆有寵，但不久相次去世。宮中雖有良家女子千數，竟無可悅目者，上心忽忽不樂。時每歲十月，駕幸華清池，內外命婦熠熠景從。浴日餘波，賜以湯沐，春風靈液，澹盪其間。上心油然，若有所遇，顧前後左右，粉色如土。詔高力士潛搜外宮，得弘農楊玄琰女於壽邸，既笄矣，鬢髮膩理，纖穠中度，舉止嫻冶，如漢武帝李夫人，上甚悅。進見之日，奏霓裳羽衣曲以導之。定情之夕，授金釵鈿合以固之。又命戴頭搖、垂金璫。翌年冊為貴妃，半后服用，由是冶其容，敏其辭，婉孌萬態，以中上意，上益嬖焉。時省風九州，泥金五嶽，驪山雪夜，上陽春朝，與上行同輦、居同室、宴專席、寢專房，自是六宮無復進幸者。據說貴妃非從殊艷尤態致是，且才智明慧，善巧便佞，先意希旨，有不可形容者，有不可形容！」杜甫嘆息：「於是『生男勿喜歡，生女勿悲酸』的歌謠來了，這年頭壯丁塞外送命，也真是沒說的，二兄以為如何？」

　　高適又問：「俺聽道楊國忠進貢元寶，大逾磚塊，可曾見過？」

　　杜甫道：「俺連銀屑都未見到，遑論偌大元寶？」

　　三人苦笑一陣，杜甫道：「只是李林甫死後，楊國忠更是了得！二兄知而不詳，那貴妃叔父昆弟，齊皆列位清貴，爵為通侯。姊妹封國夫人，富埒王室，車服邸第，與大長公主侔矣，而恩澤勢力則又過之，出入禁門不問，京師長吏為之側目！」

　　這當兒只聽得人聲鼎沸，馬兒長嘶，三人一齊憑欄眺望，卻

見御史正在分道抓人，然後套上枷鎖，送入軍中，把鬧市鬧了個雞犬不寧，見者酸楚。

杜甫嘆道：「這就是楊國忠補充兵額之道了，窮兇極惡，蠻橫無理，夫復何言！芸芸眾生，征役所加痛苦，不勝負荷！二兄可見到了，皇上將大權交與這種宰相，邊陲又交與窮兵黷武的邊將，文武皆不堪，難道這是可喜現象？」

高適道：「儘說這些，令人氣惱！子美兄，咱不如換個題目。兄台如此辛勞，確非久計，聽說鄭虔與兄交誼深厚，他可有辦法？」

杜甫苦笑道：「也差不了多少。」

岑參道：「盛傳皇上賞識於他，究竟怎樣賞識法？為何也不得意？」

高適嘆道：「大概沒有個漂亮妹妹吧？」

笑聲中杜甫道：「說起鄭虔，真是話長了。他懂得天文地理，邊陲要塞，此外還精通藥理，在下年來雖云多病，『久病自成醫』，但在山野採擷藥材，階前培種藥物，卻受他的薰陶所致。俺也能將這些藥物換幾個錢，以示並非乞討之意。」杜甫苦笑道：「說鄭虔，卻扯到俺自己頭上來了，俺賣藥都市，寄食友朋，心情之壞，無以復加，幸遇鄭虔，得以透過一口氣來。二兄不知，他還著有『天寶軍防錄』、『薈萃』、『胡本草』等書。這還不算，且能寫字、繪畫、作詩，某年曾題詩於自己畫面，獻於皇上，皇上便題了『鄭虔三絕』四字。」杜甫讚嘆道：「還有，鄭虔理解音律，瀟灑詼諧，真是個好朋友，只是隨便點。天寶初年為協律郎，有人告發他私撰國史，乃遭貶謫。兩年前回到長安，皇上給他一個無所事事的閒散職位，就是那個廣文館博

士了。」

高適道：「今日何以未能見他？」

杜甫道：「不知，或有公事，這個冷廟裏或係有人燒香也難說。」

杜甫趨窗前，返身坐下，嘆道：「剛才熱熱鬧鬧一條街，給他們這麼一鬧，幾成死市了。」又說：「能與二兄暢晤，實慰平生。在下所以欣佩鄭虔，實因他確有過人之處，太白使俺胸襟得以豪放，鄭虔則以他的聰穎，使俺懂得詼諧。當俺貧困不堪、悲憤無已時，居然也能運用一兩句輕鬆話兒，以減輕心頭痛苦，固然這不足為訓，但苟不退避，又待怎的？」杜甫長嘆：「但當詩成之後，又感到這輕鬆話兒，變得沉重起來了。」

這當兒岑參命堂倌添酒，高適以為不可，說道：「子美兄不勝酒力，不如罷酒。」

杜甫忙不迭搖手道：「休提休提，今日之下，不醉何待，清醒之人，其苦難當呵，堂倌速來！」

三人當下喝了個酩酊大醉，相約翌日登塔，第二天卻是秋風秋雨，杜甫暗自着急，不料蹄聲得得，岑、高二人已來邀請於他，說既難登塔，不如登樓。

小樓對飲，杜甫道：「鄭虔這幾天正忙着移交，他這個廣文館博士當不成了，業已改充著作郎。他昨夜找俺來着，說本來無所事事，今後必更空閒，欣聞二位來此，改日當來拜候。」二人謙謝過了。杜甫戚然道：「昨日大醉而歸，與鄭虔對答，語焉不詳，他給了俺一首詩，說是劉灣所作，寫去年迄今我南詔全軍覆沒情形，俺今晨才讀了，深感字字血淚，摧人肺腑，只可惜劉先生大作見得少。」

二人道：「詩何在？」

杜甫展紙，三人一齊吟詠道：

> 百蠻亂南方，羣盜如蝟起；
> 騷然疲中原，征戰從此始。
> 白門太和城，來往一萬里。
> 去者無全生，十人九人死。
> 岱馬臥陽山，燕兵哭瀘水。
> 妻行求死夫，父行求死子。
> 蒼天滿愁雲，白骨積空壘。
> 哀哀雲南行，十萬同已矣！

三人都讚好詩，杜甫道：「詩言志，空無一物者難以動人，『雲南曲』好在對哀哀蒼生有深厚同情，好詩好詩。」

岑參道：「他的『出塞曲』更好，聽我道來。」又說：「記不全了。劉灣寫得真好！」復大聲唸道：

> 去年桑乾北，今年桑乾東。
> 死是征人死，功是將軍功。
> 汗馬牧秋月，疲卒臥霜風。
> 仍聞左賢王，更將圍雲中。

杜甫吟詠再三，嘆道：「好詩呵好詩！就這幾句，用字淺近，便寫出了征人備受苦辛之狀。」杜甫敬酒道：「二位見多識廣，尤以邊塞異域，風光奇特，或蒼涼荒漠，或奇麗雄偉，而

出現於二位筆下時，復大氣磅礡，熠熠生光！如有新作，請慰飢渴！」

二人見杜甫對自己如此評價，齊言：「怎生敢當！」相與歡飲。杜甫道：「二位邊塞之作確是不凡，岑參兄請了，你那『忽如一夜春風來，千樹萬樹梨花開』，當真是今後千古絕唱的了！」

岑參大喜悅，敬酒道：「子美兄不吝指教！」

高適道：「對，不如將『白雪歌』唸它一遍，與咱下酒！」

杜甫喜道：「好主意好主意。」當下岑參高歌道：

> 北風卷地百草折，胡天八月即飛雪。
> 忽如一夜春風來，千樹萬樹梨花開。
> 散入珠簾濕羅幕，狐裘不暖錦衾薄。
> 將軍角弓不得控，都護鐵衣冷猶着。
> 瀚海闌干百丈冰，愁雲慘淡萬里凝。
> 中軍置酒飲歸客，胡琴琵琶與羌笛。
> 紛紛暮雪下轅門，風掣紅旗凍不翻。
> 輪亦東門送君去，去時雪滿天山路。
> 山迴路轉不見君，雪上空留馬行處。

岑參熱淚盈眶，強笑道：「乾了！」

杜甫已有五分酒意，面對知己，心情歡暢，撫掌歡道：「也真是的，讀二位佳作，輒使吾欣羨不已！二兄或悲壯蒼涼，或深沉纏綿，詩中得見狂風怒吼，沙石飛舞，烽火瀰漫，戰旗飄蕩；大漠秋草，孤城落日，好一派邊塞風光也！『蕃軍遙見漢家營，滿谷連山遍哭聲，萬箭千刀一夜殺，平明流血浸空城』，岑兄你

寫得太好了！這般窮兵黷武，怎麼得了？人家並未傾巢來犯，只是邊將好大喜功，這怎麼得了呵！」杜甫以掌擊桌，聲色俱厲：「犯我疆土者，才值得如此作法，那時光俺雖老朽，也必執鞭隨蹬，雖死無怨！」

二人聞言敬酒，杜甫續說道：「如今恰恰相反！這種陣仗，將領勢必亂來，士兵則必悲慘，『邊兵如芻狗，戰骨成埃塵』，高兄請了，你寫得好呵，端的是摧人肺腑！『戰士軍前半死生，美人帳下猶歌舞』，高兄呵高兄，那更是千古絕唱！」

三人連盡數杯，有六分酒意了，杜甫長揖到地，說道：「請吟『燕歌行』以代醒酒湯吧！」

三人大笑，高適一聲咳嗽，嘆道：「此乃在下感征戍之事而作。俺多年邊塞生涯，痛感士兵出生入死廝殺，將領卻花天酒地縱樂，苦樂懸殊，憤慨曷極！」

當下慷慨激昂，擊壺而歌道：

「漢家煙塵在東北，漢將辭家破殘賊。男兒本自重橫行，天子非常賜顏色。摐金伐鼓下榆關，旌旆逶迤碣石間。校尉羽書飛瀚海，單于獵火照狼山！」

高適長嘆：「那狼山好不淒涼煞人也！」續吟道：「山川蕭條極邊土，胡騎憑陵雜風雨。戰士軍前半死生，美人帳下猶歌舞！」

杜甫叫道：「千古絕唱、千古絕唱呵，岑兄，咱倆對飲，高兄你吟你的。」

高適續吟道：

「大漠窮秋塞草腓，孤城落日鬥兵稀，身當恩遇常輕敵，力盡關山未解圍！」高適長嘆，舉杯痛飲，不勝憂戚。

杜甫道：「高兄怎的不唸了？」

高適道：「想起這幫兔崽子就有氣，將領無能，輕敵敗陣，直到筋疲力盡猶未解圍，你道豈不痛哉！同是父母所生，怎能如此驅人送命？杜、岑二兄請了，正因長久遠戍，骨肉分離，在下有道：『鐵衣遠戍辛勤久，玉筋應啼別離後。少婦城南欲斷腸，征人薊北空回首！邊庭飄飄那可度？絕域蒼茫何所有！殺氣之時作陣雲，寒聲一夜傳刁斗。相看白刃血紛紛，死節從來豈顧勳？君不見沙場征戰苦，至今猶憶李將軍。』」

二人一齊舉杯致敬，高適苦笑道：「除了邊塞，俺又有一宗氣苦事為二兄細說。」

當下杜甫命堂倌添酒，三人皆有七分醉了，高適嘆道：「子美兄如此落魄，寧勿令人氣惱！俺在『餞宋八充彭中丞判官之嶺南』詩中，為友儕不得志而憤慨：『睹君濟時略，使我氣填膺；長策竟不用，高才徒見稱！』」

岑參嘆道：「送子美兄一樣合適！」

杜甫聞言落淚，持杯在手，悲憤莫名，久久迸出一句話道：「二兄別管俺，有詩請吟詠與俺聽。」

高適睹狀心酸，舉杯一飲而盡，說：「俺可做了件痛快之事，他們讓俺做封丘縣尉，你道這勞什子所司何事？唉！原來是專門打人的，打的是貪官污吏也罷了，卻與升斗小民過不去，一鞭在手，你道打是不打？不打罪在己身，打了痛在俺心，俺把這差使辭了，寫了首『封丘作』：

我本漁樵孟諸野，一生自是悠悠者；
乍可狂歌草澤中，寧堪作吏風塵下？

只言小邑無所為，公門百事皆有期。

拜迎官長心欲碎，鞭撻黎庶令人悲。

歸來向家問妻子，舉家盡笑今如此。

生事應須南畝田，世情付與東流水。

夢想舊山安在哉？為銜君命日邅迴。

乃知梅福徒為爾，轉憶陶潛歸去來。」

杜甫起立，敬酒道：「請盡此杯！你這首『封丘作』太好了！使俺重睹不為五斗米折腰的陶淵明，你如此厚愛芸芸眾生，欣佩之至！俺願祈求上蒼，讓你做個大官，越大越好，你官兒越大，造福蒼生越多！」

高適謝過，三人再乾，都有八分醉了。高適道：「拙作『同顏六少府旅宦秋中』恰好有這麼兩句：『不是鬼神無正直，從來州縣有瑕疵。』」三人相顧大笑。

杜甫道：「如此說來，你同鬼神交情深厚，不愁做不了大官，只是一旦做了大官，你就忘了小民，那就連鬼神都瞎了眼喝！」

三人這當兒已有了九分醉了，卻都不肯罷休。

岑參擊桌道：「想當年你倆同李白孟諸游獵，琴台遠眺，呼鷹逐兔，暢飲高歌，何等逍遙自在！就是缺俺一個！」

杜甫道：「今宵不正是三人？」

高適道：「真是的，太白先生近況如何？」

杜甫嘆道：「此刻不知飄流何處去了。」

岑參高聲吟詠道：「『思君如流水，浩蕩寄南征』！太白『沙丘城下寄杜甫』一詩，羨煞多少友朋，子美兄與太白情逾手足，

一定為他寫了不少詩吧？」

杜甫這當兒十分醉了，聽人提到李白，不由得悲從中來，舉杯在手，對空吟詠道：「花間一壺酒，獨酌無相親。舉杯邀明月，對影成三人⋯⋯呵，那不是范隱士的聲音麼？那晚上就是他說的⋯⋯『月既不解飲，影徒隨我身。暫伴月將影，行樂須⋯⋯須及、及春⋯⋯』」二人見杜甫踉蹌仆跌，也踉蹌相扶，也告仆跌，杜甫慘笑道：「太白呵太白，瞧，憤世嫉俗，憂國傷時，長策不用，高才無能，咱們都仆跌啦！」

見客人醉得如此，掌櫃忙不迭着小廝僱車將三人送回寓處。翌日高適醒來，岑參業已到達，說是杜甫景況潦倒，心情沉鬱，體弱多病，卻又大醉，理該前往探視，故特相邀。高適一口應承，當下套車前往。蹄聲得得，憂心忡忡，直奔城南，卻不詳杜甫家居何處？

高適道：「他說自來長安，迄前年為止，浪跡帝京及附近咸陽等地，旅舍為家，居無定所，客歲始在城南定居，偌大一個城南，卻不知城南何處？」

岑參「哦」了一聲道：「前日相見，記得他說定居杜曲。」

高適喜道：「自當一試。」要趕車的快馬加鞭，奔將前去，嘆道：「俺初次進長安時，曾寫了一首詩，名曰『行路難』，且唸與兄台指正。」

岑參道：「豈敢豈敢，俺曾詳讀，子美兄更是激賞，說直似與他寫照。」於是二人高歌行進道：

　　　　長安少年不少錢，能騎駿馬鳴金鞭。
　　　　五侯相逢大道邊，美人弦管爭留連。

黃金如斗不敢惜，片言如山莫棄捐。

安知憔悴讀書者，暮宿靈台私自憐。

二人相顧唏噓，更念杜甫，卻納罕城南山林勝地，別墅園亭星羅棋布，俱屬貴族顯宦所有，杜甫焉來華廈？便與趕車的有一搭沒一搭聊起來，趕車的道：「再有一盞茶時光，便到杜曲了。這一帶山林勝地，自城東南角的曲江，越過城外少陵原、神禾原、直到終南山，好大的氣魄！客官有所不知，喏，那是樊川，北岸便是杜曲、韋曲。安樂公主在韋曲之北，鑿了一個定昆池。韋曲之西除了何將軍山林，還有皇子坡、第五橋、丈八溝、下杜城……」

高適道：「可有禁苑？」

趕車的道：「禁苑專供皇上狩獵，係從長安以北開始，直到渭水西岸為止。」

三人談談說說，不覺已到杜曲，那地方位於曲江之南、少陵之北、下杜城之東、杜陵之西。所居類村塢，僻近城南樓。小屋數間，甚為寒傖，院中花草卻繁盛得緊，階下一片決明子更是好看，綠葉滿枝，黃花無數。

二人到時，杜甫正荷鋤歸來，喜道：「俺剛到桑麻田看過，不知二位光臨，有失迎迓，恕罪恕罪。」

岑參道：「子美兄幾時醒來的？」

杜甫道：「俺怎生回家？已不甚清楚；如何醒來，也不大了了。」

三人皆笑。杜甫將所種藥材介紹，又嘆息幾畝桑麻田十分微薄，無以為生。

不待二人啟口，杜甫笑道：「秋高氣爽，昨日所談郊遊登塔，有無變卦？」

二人道：「並無變卦。」

杜甫道：「那咱們分頭邀人。」

當下留二人中飯，二人哪裏肯依，反把他邀到市區，齊勸他將家眷速速接來，彼此有個照顧。

杜甫苦笑道：「俺一個人尚且如此，接來妻兒，豈非使長安市上，多一批餓殍？每年寒冬臘月，風雪交加，掃雪之人，輒在雪堆中掃到死屍是誠耳不忍聞，慘不忍睹者也！」

高適嘆道：「船到橋頭自會直，家人分離非久計，子美兄不如接來了再說。」

杜甫謝過。

高適道：「倒有笑話一則，說與二兄解悶。」

二人道：「願聞其詳。」

高適道：「有人告訴俺，說某月某日，俺同王昌齡、王之渙二人，前往旗亭買醉。座中有歌伶十餘人，正在會宴。咱三人就暗中約定，瞧歌伶所唱之詩出自何人手筆？誰人之詩唱的最多，就證明誰人詩篇最受歡迎。」

岑參道：「那倒有趣。」

杜甫嘆道：「好呵！」

高適道：「那人說，王昌齡的『寒雨連江夜入吳』和『奉帚平明金殿開』兩首給唱了出來，昌齡大樂！緊接着『開篋淚霑臆』也唱出來了，那是俺的，說俺也樂不可支。」

岑參道：「怎的沒人唱之渙之詩？」

高適道：「有，不但唱了，而且輪到那個最美的美人唱的，

聲如黃鶯出谷，唱的是『涼州詞』。」

杜甫「呵」了一聲道：「那王之渙更高興了，唱他詩的歌伶最美。」

高適道：「可不！那人說俺同王昌齡都酸溜溜喝醋咧！」

三人皆笑，高適大笑道：「真活見鬼，幾時有這回事來着？俺與王之渙素昧平生，不獨未嘗喝過酒，抑且並未有唱酬，你道這不是笑話是啥？」二人微笑。

岑參吟詠道：「黃河遠上白雲間，一片孤城萬仞山，羌笛何須怨楊柳，春風不度玉門關。——王之渙的『涼州詞』寫得很好。」

高適道：「是好，只是那亂說八道的笑話不好，俺幾時和他們喝酒來着。」說得三人皆笑。

杜甫沉吟道：「這首詩寫得好，而且含意深遠，怕非一般人所能領會。」

二人「唔」了一聲道：「子美兄高見願聞。」

杜甫道：「前兩句氣象壯闊，河山似畫，他卻語氣一轉，羌笛怨楊柳之說，在下以為這是他的感慨。蓋皇上成天抱住了貴妃，邊將復好大喜功，玉門關外無數遠戍征人之苦，沒人管了。因此這兩句指的是今恩不及於邊塞，君門遠於萬里也，二兄以為如何？」

二人嘆服。杜甫嘆道：「之渙用心良苦，古曲之中，有曰『折楊柳』者，他在摹描關山景色之後語氣一轉，說道：『守邊軍士聽者：你們何必吹着淒怨的『楊柳曲』，抱怨塞外荒涼，連青青的楊柳都無一株，因此似要把春風引往邊塞似的，其實皇上的『春風』卻是不會度過玉門關呵！』」

二人一齊敬酒道：「子美兄說得有理，令人折服，請盡此杯，以示敬慕。」

杜甫強笑道：「且慢。」

岑參問：「子美兄豈是宿酒未醒，貴體違和？」

杜甫搖首。

高適道：「莫非咱二人力勸接來寶眷，因而有思家之念？」

杜甫長嘆道：「非也，俺想起了太白。皇上迎之於前，驅之於後，落得個江湖飄蕩，俺何人歟？帝京落魄，幾難餬口。『春風』不度玉門關，或許因為太遠了，『春風』且不及於長安！如此局面，令人心寒，俺非為一人痛，而實為天下痛。」

二人慰之，迄午始別。

杜甫夜半醒來，輾轉不寐，思鄉想家，披衣而起，繞室徬徨，卻又咳嗆不休。天明後信步所之，不覺到得驛道，但見車馬塞途，哭聲震野，大駭探詢，原來是征伐吐蕃，大軍出征，父母送其子，妻子送其夫，姊妹送兄弟，兒女送其父，煙塵滾滾，直往北去。杜甫淚承於睫，借得車上一席地，隨之前往。到得咸陽橋畔，更聞哭聲震天。原來那橋位於長安之北，渭水之上，距咸陽西南十里，又名橫橋，係通往西域大道。今兒個只因皇上垂涎他人領土，一聲令下，不知多少人家，又要骨肉分散了。杜甫血脈賁張，立於車頂，只見黑壓壓一片人羣，家人攔道牽衣，征人垂頭喪氣，但聞哭聲，語不成句。暗忖朝廷暴力征發，士兵形同牛羊，驅向吐蕃，生還無望，寧勿令人神傷！

當下杜甫摸索離車，見身邊有孩童抱住一個老漢，老少對泣，並無一言，便問：「老鄉這般年紀，難道也要遠戍？」

老漢嘆道：「這又從何說起？想俺寧老漢十五出征，防守黃

河，天可憐朝盼夜盼，回得家來，總以為這把老骨頭可以埋在鄉間。孰不知滿頭白髮，卻要開赴邊疆營田，準備與吐蕃一戰。先生不知，俺家中田地，反而無人耕種，縣官卻三番五次催租，請問這租稅俺如何交得？……」

杜甫極想安慰幾句，怎的也無法措辭。那當兒只見後面煙塵起處，炮聲一響，刁斗相聞，就要開拔。御史揮鞭馳騁人叢，驅散軍眷，那一片哭聲，簡直要哭破蒼穹，哭塌天宮似的。一眨眼間戰馬長嘶，戰車隆然，煙塵蔽日，昏然一片。一盞茶時光連影子都沒有了，卻有眾多婦孺昏厥在咸陽橋前。

杜甫目睹驚心動魄場面，也不知自己怎樣回家的？一路之上，哭號聲中，他想的卻是內疚！他想這些年來，寫了不少詩篇，或抒發鬱悶，或歌頌自然，或讚美河山，但面對這些遠戍之人，卻無一字一句。杜甫大慚，研墨展紙，執筆在手，抖個不休，耳際車聲馬嘶，大哭小叫，心痛神傷，久久難寫一字。

杜甫耳邊似有人聲，淒怨地在說：「子美先生請了，先生才高八斗，學富五車，一詩寫成，萬人傳誦。可是在那些詩中，幾時聽見先生為咱哀哀黎民訴苦來着？……」

杜甫大慚，略一定神，颼颼颼落筆似風，「兵車行」三字之後，他寫道：

「車轔轔，馬蕭蕭，行人弓箭各在腰。爺娘妻子走相送，塵埃不見咸陽橋！」

杜甫落淚，嘆道：「走遠了，走遠了，只不過是一盞茶時光，這些可憐兒都到吐蕃送命去了。」再寫：「牽衣頓足攔道哭，哭聲直上干雲霄！」杜甫抹淚，喃喃說道：「俺親眼目睹，你們家人是痛不欲生呵！」又寫：「道旁過者問行人，行人但云點行

頻，或從十五北防河，便至四十西營田。去時里正與裹頭，歸來頭白還戍邊……」

杜甫擲筆而起道：「皇上呵，皇上，你怎的永無知足？咱大唐地大物博，人畜繁衍，你再要侵人之土、奪人之地幹啥？」杜甫一把拿起筆來，再寫：

「邊庭流血成海水，武皇開邊意未已！」

杜甫道：「皇上呵皇上，殺人一千，自傷八百，勞師遠征，咱自己可是田園荒蕪，糧食歉收了呵！」又寫：「君不聞漢家山東二百州，千村萬落生荊杞？縱有健婦把鋤犁，禾生隴畝無東西。況復秦兵耐苦戰，被驅不異犬與雞。長者雖有問，役夫敢申恨？且如今年冬，未休關西卒。」

杜甫憂心似焚，繞室徬徨，仰天興嗟道：「皇上呵皇上，你可聽見寧老漢的訴苦麼？你可聽見咸陽橋上的哭聲麼？車轔轔，馬蕭蕭，可是壓不住那萬人哭號！皇上呵皇上，如果敵兵入侵，俺杜甫執鞭隨蹬，不惜拚了這條老命，可是今日之下，皇上哪，咱師出無名，打的是什麼仗哪！」

杜甫頓足，返回桌上，也來不及坐下，就振筆直書道：

「縣官急索租，租稅從何出？信知生男惡，反是生女好，生女猶得嫁比鄰，生男埋沒隨百草。君不見，青海頭——」

杜甫大呼：「皇上呵！你可見過？可曾想過嗎？」恨恨地寫完它道：

「古來白骨無人收，新鬼煩冤舊鬼哭，天陰雨濕聲啾啾！」

杜甫誦讀再三，辛酸悲憤，不知涕淚之何從。

翌日與岑參、高適、鄭虔等過目，友儕皆曰好詩，沽酒致敬，岑參長揖到地，不勝仰慕道：「子美兄在上，受小弟一拜！」

杜甫忙不迭挽住。

岑參道：「大作不獨有車聲馬聲兵器碰擊聲，抑且有芸芸眾生的哭聲，那哭聲出於先生筆下，是第一次，也是不朽的正義之聲，小弟五體投地，佩服之極！」

⋯⋯⋯⋯⋯⋯⋯⋯⋯

遠山啟黛，小溪橫秋，那一日長安道上，蹄聲得得，沙塵滾滾，幾輛馬車直往東南奔馳，入進昌坊，過廟宇，到得曲江，只見車上躍下幾位名士，杜甫、高適、岑參、儲光羲、薛據等來到秋郊，喜不自勝，面向高塔，一齊前行。

高適道：「那塔好高！」

薛據道：「那準是高家之塔了！」

引得一片哄笑。

岑參問：「慈恩寺究係何年所修？」

杜甫道：「此乃隋朝無漏寺故地，高宗在東宮時，為文德皇后而立，故名慈恩。那寶塔係永徽三年間沙門玄奘所立，後漸頹，長安中改建。那慈恩寺凡十餘院，總計一千八百九十七間，雄偉巨大，令人咋舌。」

當下眾人拾級而上，到得浮屠頂層，齊聲叫好。只見碧空似洗，秋高氣爽，渭水似帶，終南山就像個屏風似的。俯瞰名城，山川如畫，雄渾沉鬱，氣象萬千。

岑參道：「今日之遊，不可無詩！」

眾人笑道：「那還待說？岑兄先請！」

岑參略一沉吟，笑道：「那就獻醜了！」唸道：「塔勢如湧出，孤高聳天宮！」

儲光羲道：「好詩，先從下望，確乎如此。」

岑參續詠：「登臨出世界，蹬道盤虛空；突兀壓神州，崢嶸如鬼工。」

薛據道：「這四句寫登塔，十分傳神。」

岑參再吟：「四角礙白日，七層摩蒼穹！」

高適笑道：「好，到塔頂上了。」

岑參續詠：「下窺指高鳥，俯聽聞驚風。」

杜甫點頭道：「自上臨下，把這塔襯得好高，妙！」

岑參眺望四周，笑道：「有了，不免把東南西北、四方景物記將下來。」於是再詠：「連山若波濤，奔走似朝東。青槐夾馳道，宮觀何玲瓏。秋色從西來，蒼然滿關中。五陵北原上，萬古青濛濛。」

眾皆讚嘆，岑參也嘆道：「如此景物，如此浮屠，吾儕登上高處，就如升入太虛，與世隔絕似的。」

除杜甫外眾皆應聲：「是呵！」「是有同感。」「岑兄所言甚是！」

於是岑參嘆道：「淨理了可悟，勝因夙所宗，誓將掛冠去，覺道資無窮！」

接著高適、儲光羲、薛據等人唱和，說這番登上寶塔，皆有與世隔絕之感。

輪到杜甫，杜甫道：「眾位好詩，欣佩奚似，只是眾位出世之想，在下不敢苟同。際茲末世，萬方多難，欲傾東海洗乾坤，焉敢避世圖苟安也！諸兄有以教我，諸兄有以教我！」

眾皆肅然。

杜甫長嘆道：「夕陽將西下，炊煙已四起，飄飄裊裊，昏昏噩噩，請看秦山破碎，涇渭難分，好不令人悲辛！山川無語，歸

鴉嗚咽，好一幅淒涼圖畫，皇上若不改弦易轍，發奮振作，俺怕這大好河山，將陷萬劫不復之境矣！」

眾人聞言，肅然起敬道：「子美先生所見甚是！」

高適道：「那你怎生下筆？」

眾人喜道：「願聞其詳，以開茅塞！」

杜甫謝道：「貽笑大方，諸兄有以教我。在下一介寒士，朝扣富兒之門，暮隨肥馬之塵，殘杯冷炙，何其酸辛！但俺卻無曠士之懷，登上這七級浮屠，諸兄俱有出世之想，在下卻千愁百憂，萬念俱來，咳，好不愁煞人也！好不憂煞人也！」

岑參嘆道：「子美兄請了，萬事宜請達觀，兄台體質柔弱，多愁多病，諸請珍攝！」

眾人附和。杜甫迎風長嘆道：「同諸公登慈恩寺塔，人生大快事！本該歡欣高歌，無奈事與願違！俺似乎望見太宗墓上，愁雲慘霧，此非佳兆！而華清宮成日價歌舞遊宴，也非佳兆！俺懷念太宗，與日俱增，為今上惜，與時俱增也！」

見眾人相顧有慚色，杜甫大悔，長揖到地道：「諸兄恕我，諸兄恕我，今日暢遊，卻教俺大煞風景，罪甚罪甚！」於是杜甫再謝罪，暫停當場賦詩。

待日落西山，隨眾返回長安。進得豪華酒肆，高適道：「今日暢遊，不能無酒！」堂倌奉酒。又說：「今日暢遊，不能無歌，」堂倌乃請歌伶入座。衣香鬢影，笑語盈盈，一下子來了五六個。高適大笑道：「也不知道誰個多事，說俺與王昌漁、王昌齡旗亭買醉……」

岑參道：「今日裏卻是真的！」

眾皆大笑，高適道：「那就唱起來吧，不知道誰人有福，唱

他詩篇！」

眾歌伶調琴弄弦，輕咳一聲，只聽得她們唱道：「岱宗夫如何，齊魯青未了。造化鍾神秀，陰陽割昏曉。盪胸坐層雲，決眥入歸鳥。會當凌絕頂，一覽眾山小！」

餘音嫋嫋，杜甫神馳！

眾人舉杯道：「子美兄，今日不醉，更待何時！」

杜甫謝飲。

岑參問歌伶道：「此何人所作之詩？」

答道：「杜甫。」

問：「何以選唱這詩？」

一年長者道：「見諸公豪興不淺，諒必郊遊歸來，是則『望嶽』一詩可供佐酒，以其胸襟寬曠，使人清爽。」

眾讚嘆，命續唱，歌伶道：「『一舉累十觴，十觴亦不醉，』這又是杜甫先生的詩句，他為衛八處士而作，我儕為諸公佐酒而歌。」於是琴聲歌聲，飛泉瀉玉，歌曰：

「人生不相見，動如參與商；今夕復何夕，共此燈燭光？少壯能幾時，鬢髮各已蒼。訪舊半為鬼，驚呼熱中腸。焉知二十載，重上君子堂。昔別君未婚，兒女忽成行。怡然敬父執，問我來何方？問答未及已，驅兒羅酒漿。夜雨剪春韭，新炊間黃粱，主稱會面難，一舉累十觴。……」

高適驚曰：「且慢，子美怎的醉了！」

歌聲琴聲戛然而止，眾歌伶一齊湧上前去，說：「尚未敬諸公酒，子美先生怎的醉了？」

杜甫道：「俺未醉。」

眾大笑，歌伶續歌道：「……十觴亦不醉，感子故意長，明

日隔山嶽，世事兩茫茫。」

杜甫謝道：「在下有新作『麗人行』一篇……」語未竟而掌聲作。

名士名伶，咸請一唱，如此良夜，實為佳話。

杜甫道：「樂府廣題有曰：『劉向別錄云：昔有麗人，善雅歌，後因以名曲』，崔國輔麗人曲則曰：『紅顏稱絕代，欲並真無侶，獨有鏡中人，由來自相許。』此拙作名題由來。」

大夥兒應聲叫：「好！」

杜甫續道：「皇上每年十月幸華清宮，諸君知之矣！國忠姊妹五家扈從，每家為一隊，着一色衣，五家合隊照映，如百花之煥發，遺鈿墜舃，瑟瑟伴翠，燦爛芳馥於路，諸君也知之矣！」

歌伶道：「楊國忠私於虢國，不避雄狐之刺，每入朝，或聯鑣方駕，不施帷幔。每朝慶賀，五鼓待漏，艷妝盈巷，蠟炬如畫，我等不獨知之，抑且見之。」

那個年長者的說：「毋嘵舌，嘵舌或有殺身之禍。」

杜甫嘆道：「也罷，拙作『麗人行』，就是在這般心情中寫成的。」

歌伶乃抄錄譜工尺，為眾人淒怨而歌道：

三月三日天氣新，長安水邊多麗人；
態濃意遠淑且真，肌理細膩骨肉勻。
繡羅衣裳照暮春，蹙金孔雀銀麒麟；
頭上何所有？翠微匐葉垂鬢唇；
背後何所見？珠壓腰衱穩稱身。
就中雲幕椒房親，賜名大國虢與秦。

紫駝之峯出翠釜，水精之盤行素鱗。

犀筯壓飫久未下，鸞刀縷切空紛綸。

岑參嘆道：「好詩好詩，自『麗人』神韻、妝飾，泛詠一遍，才入秦虢，然後寫其奢侈，層次分明，下必為寫其寵眷矣！」

聽歌伶淒切唱道：

「黃門飛鞚不動塵，御廚絡繹送八珍；簫鼓哀吟感鬼神，賓從雜遝實要津。」

岑參道：「還有麼？」

聽歌聲憤激，辭曰：

後來鞍馬何逡巡？當軒下馬入錦茵；

楊花雪落覆白蘋，青鳥飛去銜紅巾。

炙手可熱勢絕倫，慎莫近前丞相嗔！

一曲既罷，眾皆激賞，敬酒無數，杜甫大醉，也不知怎樣回得家去。

卻又過了好長一段時光，朋輩皆未與晤面，原來杜甫正忙着搬家，將妻子自洛陽遷往長安，好歹住在一起，彼此有個照料。時長子宗文僅四歲，次子宗武只得八個月大。

初來時正值春天，杜甫負擔已經不輕，入秋大雨不斷，水旱相繼，關中大饑，杜家苦透。那大雨好生凶險，成日價落個沒完，一口氣落了兩個多月，淒淒慘慘，無止無休。舉目泥濘，茫茫大水，別說桑麻田收穫無望，連街上都無法過去。杜甫無奈，乾脆把大門反鎖，一任孩子在水中嬉戲。所植藥草俱皆爛死，只

是階下決明子綠葉繁盛，黃花朵朵。

杜甫苦笑道：「如若這些黃花是金花便好，省得一家捱餓。」

楊氏夫人十分賢慧，勸慰一番，杜甫長嘆道：「自從你來到吾家，咱倆離多會少，生活艱難，好生慚愧，如今每下愈況，大雨不斷，物價暴漲，左鄰右舍，都拿被褥抱去換米，我家也難例外了。」

夫人道：「寒冬將至，焉能無被？」

杜甫道：「目前飢餓，非如此不能使卿作有米之炊也。」

待雨稍停，杜甫乃攜被褥涉水上市，悲憤哀切，無以言喻。

夫人又慰之，說道：「別發愁，今年所進『封西嶽賦』與『鵰賦』或能再蒙援引。李林甫已死，無人從中作梗。」

杜甫苦笑，夫人道：「君體弱，幸珍攝，憂戚傷身，天無絕人之路者也。」

杜甫神傷，嘆道：「俺不斷贈詩左丞相韋見素等人，排律堆砌典故，也不能掩飾心情淒苦。為了求得一官半職，盡我所能效忠社稷，但找個差使難似登天一般。」

夫人又勸慰，兩人商量數日，決定將家眷送往奉先（陝西蒲城）親戚處寄居，以度難關，杜甫仍返長安。

時杜甫舅父崔頊任白水尉，白水與奉先比鄰，杜甫乃經常往返於奉先、白水、長安之間，距離接眷不及一年，到翌年初冬，杜甫自來長安已逾九載，仍然是衣食難全，無力養家，五內如焚，度日似年。

那一日朋輩為杜甫賀喜，說是苦盡甘來，他贈左丞相韋見素詩已有作用，被任為河西縣尉，杜甫聞言若有所失，迨官府證實，卻更痛苦難言。朋輩詫問之，杜甫嘆道：「俺摯友高適，曾

任封丘尉，有詩曰：『只言小邑無所為，公門百事皆有期；拜迎官長心欲碎，鞭撻黎庶令人悲！』你道俺會去鞭打他人麼？想當年俺與高適長安重逢，曾為他脫身縣尉慶幸，如今輪到俺自己，實在是難以勝任！」

友人道：「可是你賦閒多年，有此機會，焉能放過？」

杜甫嘆道：「寧窮寧苦，要俺鞭打他人，萬萬不可，萬萬不可。俺今年虛度四十有四，並無一官半職，如今有了，卻是這般差使，除卻婉謝，便是拒絕。」

友人勸道：「請兄三思而行。」

杜甫道：「歉難從命！」到底辭了河西縣尉，卻接受了右衛率府冑曹參軍，看守兵甲器仗，管理門禁鎖鑰，職位正八品下。

面對蕭條四壁，杜甫仰屋興嗟道：「這是俺有生以來第一個差使，該說與老妻知曉，讓她也高興高興才是。今日已是十一月初十，眼看新年就到。呵，天可憐這當兒好歹有了個差使，寒冬臘月，可免捱凍捱餓，新春到來，孩子們也許有件新棉襖。」

當下打點行李，往背上一搭，猶未出門，那凜冽寒風已將他逼回屋裏。杜甫定一定神，把袖口褲管緊緊縛住，一頂破氈帽蓋了個沒頭沒腦，只露出一對眼睛，一條舊圍巾在脖子裏繞了幾圈，鎖門就道。但見百草凋零，沙石飛舞，北風吼叫，鴉雀哀鳴。杜甫凍得渾身哆嗦，上下牙齒「突突突」響個不休，不出三里，那衣帶經不住北風吹擊，竟給長袍震動而斷。一縷涼風起自腳下，杜甫胸前陡地劇痛，忙不迭伸出手去，企圖結上，孰知十指凍僵，連拿都拿不住。杜甫長嘆道：「天乎天乎！想不到俺杜子美如此寒傖！忠心耿耿，竟有此報！衣食不全，遑論養家？想俺大唐開國以來，今天可真到了窮途末路。皇上如此奢華，民間

這般窮苦，水旱頻仍，權奸橫行，邊陲多事，怨聲載道。皇上呵皇上，如此景象，必有巨禍，此非俺杜某的窮途末路，乃是朝廷的末路窮途，苟不悔過，噬臍莫及囉！」

杜甫續行，感到北風雖猛，但體溫稍高，略微好受一些。又喃喃自語道：「九年之中，也不知贈了多少詩，獻了多少辭，才有了這麼一個小小的差使。想俺到得長安以來，倏忽九易寒暑，俺本可追隨太白，遨遊江湖，但俺把希望寄與皇上，希望勵精圖治，發奮振作，使俺百姓平安度歲月，就為這個心願，俺便在長安留下了。可是一晃九年，大好歲月等閒過，俺又為芸芸眾生做了些什麼？俺自比葵藿，傾向太陽，本性難易，此心耿耿。可是如今──」杜甫浩嘆：「如今四十有四，而髮蒼蒼，而視茫茫，齒落體弱，嗟乎！」杜甫流淚，喘息而前，苦笑道：「俺當年以稷契自命，如今所獲官職，只不過是在率府看管兵器。天呵，豈是俺這個葵藿看錯了太陽，抑或這個太陽變了樣──」

突聞村雞啼明，驪山隱約，杜甫一怔，暗忖皇上此刻正在華清宮中，擁着貴妃避寒，又好像聽到歌舞歡樂之聲，杜甫止步，嘆道：「皇上呵皇上，民間財物盡獻宮中，皇上卻隨意賞賜所寵，皇上與楊氏姊妹，飽饌豐美，可知道長安雪中埋藏餓殍！」杜甫大痛，高呼道：「朱門酒肉臭，路有凍死骨，皇上請聽子美陳辭，您這般腐朽萬萬使不得，萬萬使不得呵！」

於是杜甫為「赴奉先詠懷」詩篇擬腹稿，心頭所湧「朱門酒肉臭，路有凍死骨」兩句，似已充塞宇宙，如朔風怒號，使驪山震撼！

而一路之上，杜甫老是感到三個孩子在他身邊，特別是那個未滿週歲的嬰兒，在他面前伸拳踢腿，咿咿呀呀，教人疼愛。

「兒呵！」杜甫長嘆道：「朝廷一頭狗，入冬衣食不缺，你是一個人，無衣又無食，教為父的好不慚愧煞人也！」

可是北渡渭水，到得奉先之後，杜甫未進家門，便聽到一片號哭，撕心裂肺，慘不忍聞，原來就是他心上惦着的那個幼子，剛剛餓死咽氣，連左鄰右舍都在哭。杜甫如受重擊，從妻子懷裏搶過冰冷的孩子，緊緊抱住，眼淚落了他一臉。杜甫心似刀割，泣不成聲，顫抖着手，為孩子抹去臉上淚痕。心頭在說：「為父的來遲一步，既不能使你轉危為安，也不及見你最後一面。孩子呵，為父的屈辱求生，為的是還想多少做一番事業，縱不能傾覆東海之水，洗滌這個悲慘世界；但盡我之力，淋下一勺水也是好的，……」他見妻子痛不欲生，幾將昏厥，便扭過頭來，哽咽着勸道：「死者已矣！如果咱倆過分傷心，孩子也九泉難安……」

街坊正在苦勸，聽杜甫這樣說，都一齊點頭，但瞅一眼杜甫那強忍着的痛苦，俱皆失聲而泣。

杜甫邊哭邊說：「夫人，街坊，請勿悲傷，想寒舍雖苦，尚幸免納租稅，免服兵役。今日之下，有多少人家窮困無告，既苦租稅，復苦遠戍，這些人比俺要苦多少倍？夫人呵夫人，俺因為孩子哭，俺更為天下哭！俺滿腔憂慮，絕非這屋子可以放得下，卻如朔風、如冬雪、如朝霧、如雲海，漫過終南山，瀰漫滿天下。夫人請安靜，否則哭壞身子，如何了得……」眾鄰里齊聲說是，便對他一家幾口，分頭勸慰，有人為杜甫解下行囊，有人企圖取去孩子，但杜甫怎地也不肯放手，緊抱懷中，猶似孩子活着一般。

在那一片哭聲勸聲之中，只聽得寒風呼號，沙石敲窗，天慘地愁！這當兒突地鄰人來報，說安祿山史思明已起兵范陽，殺奔

中原。

　　杜甫大駭，問得幾句，勸慰街坊道：「安、史二人為鎮守東北邊疆節度使，但兩人都是外族，安父系乃中亞月氏種，史為突厥族，兩人部下泰半為胡人，定必為皇上荒淫無度，乘機造反，異族入侵，來日大難，俺新職看守兵甲器仗，已發現庫中兵器都生了鏽，這一仗如何打得？范陽距此雖遠，長安終將不守，鄉親呵鄉親，」

　　杜甫激昂而言道：「勿為我失一幼子而悲痛，請為異族入侵而奮起！俺雖衰弱，縱不能執干戈馬革裹屍，也寧願顛沛流離，誓不事敵！此心耿耿，願與鄉親共勉，願與鄉親共勉！……」

　　哭對懷中孩子道：「兒呵，待俺親手埋你，即回長安，衛我社稷……」

血染黄金

獅子山上的屍體

你攀登過獅子山沒有？無論如何，你是看見過獅子山的。從香港望過去，或在九龍城抬起頭來，便可以發現這隻「獅子」，牠不管風吹雨淋，炎陽如火，始終伏在那裏，動也不動。

前天假日，我們幾個人攀爬到上面去了。賣冷飲的小販給我們準備了清涼的果汁汽水，學校裏的事務員老陳直着脖子咕嘟咕嘟喝完一大瓶，然後抹抹嘴，坐下來，點一枝煙，笑道：「你們要聽故事嗎？平時在學校裏，你們講得真好；可是在獅子山上，讓你來講一個親身經歷的故事，你們便講不過我了。」

那是真的，我們幾個吃粉筆灰的朋友，誰都見過獅子山，爬過獅子山，但對獅子山，誰也沒什麼故事好說。大家便催他講，同時也可以借這個機會休息。

老陳抽了幾口煙，望着懸崖上的獅子頭，開始講述他的故事。

這是大戰結束之前的事情了，離開蘿蔔頭投降不到半個月，我同我的未婚妻，還有她的哥哥，一起從沙田攀山回九龍來。那時光，我是個失業漢。我本來在一家士多當夥計，同事之中鵬哥和我相處得不錯。鵬哥有個妹妹叫小英，和我的感情也很好。三年零八個月的苦日子裏，我們在一起熬，有一頓沒一頓，除了漢奸，什麼工作都做。苦力也幹，短工也幹，只要有飯吃，三個人便一齊出賣勞力。

那一天，那個已經結業的士多老闆，在沙田自己蓋小屋子，要我們去幫忙。弄完了，已經深夜十一點多，又沒有地方睡覺，我們三個便連夜趕回九龍，打算走捷徑，攀過獅子山回市區。到達獅子山上，已經快一點了，那期間香港秩序混亂得可怕，即使是夜裏，十字車淒厲的呼嘯聲，在山上還聽得很清楚；海裏那些日本軍艦，亮着一道道的探照燈光；還有隱隱約約的飛機聲，伴隨剪刀似的探照燈，一忽兒交叉，一忽兒分開。

我們一身汗上了山頂，眼看要下坡了，大家心頭便輕鬆了些。正要舉步，忽然前面突地發出槍聲：砰砰！砰砰砰！接着一聲慘叫，嚇得我們三個連忙臥倒。我們打量黑黝黝的前方，只見有一道道電筒光芒，劃破了駭人的黑夜；一連串的人影，增加了黑暗的可怕。這些黑影好像是日本兵，肩上有槍，似乎還抬着東西，在一步一步往山下走去。等他們沒有聲音了，我們三個人便繼續趕路。

剛走了不到一刻鐘，小英腳下踢着一樣東西，她踉踉蹌蹌向前仆跌，幸虧給她的哥哥一把抓住。我便往下一看，嘿！原來是個死屍，一個日本兵，全副武裝，太陽穴上中了槍，嚇得小英直打哆嗦。

一大箱金條

那個日本兵的死相，實在教人不敢多看一眼，我拉着小英的胳膊便走。鵬哥膽子大，可是也不敢多留片刻，但他發現屍體的口袋裏露出一截手電筒，還是有膽量一伸手取了出來，然後和我們一扭頭快步走了。

不料剛跨開三兩步，行在前面的鵬哥給什麼東西一絆，叭噠一聲跌倒地下，大概是又痛又怕，因此嘴裏嘮嘮叨叨地罵街，什麼難聽的話都罵到了。起先大家以為又是死屍，鵬哥手持電筒，心裏不相信這硬繃繃的東西是死屍，立刻用手電筒一照，這一照，卻使我們十分驚奇，原來是一口箱子。

這是隻木頭箱子，做得很精緻，裏面一定不是平凡物件，但也不知道有些什麼。我們三個人緊張起來，我說別管它吧，這一定是蘿蔔頭眼看快要垮台，大家你爭我奪搶來的東西。就如剛才那陣槍聲，有人被打死，或許箱子也在匆忙中遺落，我們勿要圖這個便宜，萬一給查出來，會被懷疑鬼子也是我們打死的，那事情便大了。

小英也贊成我的看法，但鵬哥不答應。他說兵荒馬亂，撈點橫財也沒什麼壞處。裏面如果是石頭，算我們倒霉白費氣力，如果裏面是衣服、古玩，甚至袁大頭，那豈不很好？老實說，我同小英還是心動了，可是天哪，誰也沒有料到，這竟是滿滿的一箱金條。那隻木箱顯然是屬於蘿蔔頭的，上面還貼着封條，交叉着，露在外面的寫着是「金條一千兩密封」；挨着箱子是「昭和——年」，中間的字給外面的紙條壓住了。鵬哥同我合力開箱，兩人忙得一身大汗；小英打着電筒，那隻手在發抖，我們興

奮、恐懼、不安，鵬哥樂得嘴也合不攏，他小心拿出一根，在手電筒光下仔細察看。

電筒光芒是白的，金條黃得刺眼，我們的眼珠都被照花了。到這個時候，我同小英也忘記了剛才不敢發橫財的顧慮，做起有錢人的夢來了。我們並不盼望豪富，只希望一天三頓有得吃，四季衣服有得穿，我同小英能有一間比較像樣的屋子，可以馬上結婚，老老實實過日子，其他就沒有什麼奢望了。鵬哥欣賞了半天，想把這一千兩黃金全部帶下山去，可是什麼工具也沒有，怎麼運得完呢？三個人正在商量，忽然聽見山上有人咳嗽的聲音，這可把人嚇壞啦！

二姑樂得拿出錢來

我是個沒用的老實人，聽見附近有人咳嗽，嚇得失了主意，小英更慌，手電筒直接跌到石叢草間，鵬哥手急眼快拾起電筒，低聲罵道：「你想死！還不滅燈！」接着「的」一聲，他把手電筒弄熄。

我們三個人像三隻兔子，豎起耳朵監聽，到底有沒有人發現我們？鵬哥匆匆忙忙把手上的金條全部塞回木箱，抓着箱上結實的木柄，握緊手電筒，注視前方，準備與來人拚命。我同小英也不由自主摸到了幾塊石頭，握在手裏，準備為黃金搏鬥。可是好久好久仍不見下文，既不再聞咳嗽聲，又不見有人來，鵬哥的「武器」也放下了，我們都鬆了口氣。

可是這一鬧，鵬哥也放棄了當夜運金回家的主意。這樣做確有危險，身上搜出幾根金條，追問來源便不得了；假如整箱給蘿

蔔頭發現，牽連到那個死鬼子，問題更嚴重了。於是我們決定把金條埋藏起來，明天再想辦法化整為零運回家去。

這麼一隻重甸甸的木箱，我們既無鐵鏟，又無其他工具，怎麼埋？想來想去，東看西看，爬上爬下，這才在獅子山那個獅頭下，喏！就是那邊懸崖，發現有一個空隙，我們便在下面填些石頭，鋪平了，再把這隻箱子攔上去；然後用泥土、碎石、敗草作掩護，把這隻箱子遮了個密不通風。這麼着，即使蘿蔔頭大隊人馬來找這隻失落的箱子，而且已經尋到獅頭這裏，他們也絕對不會發現任何可疑之處。

我們三個搞得滿身泥土，三分像人，七分像鬼，摸索下山，心裏很興奮，身上極疲乏。一路上果然碰到蘿蔔頭的檢查，這使我們捏了一把冷汗。他們問：「為什麼這麼晚還在街上走？為什麼一身泥巴？」鵬哥就說沙田有朋友蓋小屋，我們去幫忙，沒有地方睡，這才半夜三更趕回來的，也就混過了。

我們住在九龍城，一間又小又悶的尾房，是鵬哥租賃的，包租二姑為人還好，她見我們三個有一頓沒一頓，手停口停，也就常常替我們介紹工作。我們去沙田的前一天，她還答應介紹鵬哥同我去一家運輸公司當苦力，介紹小英到一家酒店去洗衣服，她沒料到我們三個眼看要變成大富翁了。三人一回家，便問二姑借錢去吃一頓，二姑十分奇怪。但看我們一個個精神煥發，的確像是有辦法之人，她也樂得拿出錢來，替我們要了一桌菜，幾瓶酒，與我們三個一起大吃大喝起來。

鵬哥要開賭場

二姑當然不知道，我們葫蘆裏賣的什麼藥，拚命問：「是不是拾到了黃金啊？」這使我們又喜又驚。鵬哥答得妙，他一口把杯子乾了，說：「二姑啊，沙田的雞糞牛糞豬糞多得很，隨便撿一大把，唯獨不見黃金。」說完又斟一大杯。

小英趁着二姑不注意，提醒鵬哥道：「別忘記明早要去辦事。」

鵬哥醉倒了。好不容易把二姑打發走，在狹小的屋子裏支起行軍床，我同小英坐在床上，又興奮，又難過。興奮的當然是為了我們兩人眼看可以結婚了，難過的呢？卻是為了鵬哥。原來鵬哥在喝酒時背着二姑說出了他的打算，他說這批金條分作三份，公公平平。但他的一份拿來幹什麼呢？說出來也難以相信，他竟要再發橫財：一部分拿來開賭場，一部分用來走私！走私！他說反正這個年頭荒荒亂亂，做好人越做越苦，做壞人卻越做越富，不如做壞人算啦！當時我們便勸他，可是他正在興頭上，說什麼也聽不進去。我們說窮人終有出頭日，惡人不能做千年，還是老老實實的好。但他只是嘲笑我們膽小怕事，沒出息。這可使我們感到人類真是奇怪的動物，當生活清苦的時候，尚能共同進退，一旦有錢，想法便有分歧了。如今這批金條，真不知道會否平安地落在我們手裏呢？

藏金洞裏藏死鬼

一個二十幾歲的人，該結婚了，可是沒有錢，沒有一間房

子，沒有一套像樣的衣服，甚至沒有一張床鋪，請問，該怎樣結婚呢？但這正是我同小英的處境。像我們這樣窮困的人，自從發現了黃金以後，我同小英一則以喜，一則以懼，心裏有那麼幾隻吊桶，七上八下，說什麼也無法平靜。那天晚上我同小英在帆布床上坐着商量、猜測、預算、計劃，一點兒越軌的行動都沒有，甚至連吻都沒吻她一下。真的，橫亙在我們中間的，現在不再是沒錢結婚的煩惱，而是為太多的錢結婚而苦惱了。

我們迷迷糊糊睡了一覺，第二天一早，三個人便帶了麻袋，以及一些工具向獅子山出發，表面上還是去沙田做短工的樣子。一路上，鵬哥問過我三次：「喂，亞清，昨天晚上我睡着了，你可到過什麼地方去嗎？」我說我疲乏得很，只想睡覺，還有什麼興趣出門？而且深更半夜，又到哪裏去呢？他說：「哈哈！亞清，我怕你偷偷地跑到獅子山上，把那箱子搬走啦！」我反感道：「即使我會飛，我同你還是老朋友，同小英又是……」他笑着說：「這有何關係！多少人見利忘義，只有金條第一，我怕你也會這樣呢！至於你同小英，小英是嫁出去的女兒潑出去的水，現在小英雖然還沒出嫁，可是她的那顆心已經跟着你啦！」接着他哈哈大笑，笑得我渾身發毛，心裏很不舒服。

想不到與鵬哥多年老友，現在為了這筆橫財，對我，甚至對他妹妹，竟會有這種莫名其妙的想法，我同小英一路上不想再和他搭話，只跟着他上山，上山，再上山。

攀高爬低終於回到昨天晚上的地方，可是蘿蔔頭的屍體竟然失蹤了！莫非給野獸吃光？我們不禁這樣想。連忙奔到那個懸崖跟前，三個人立刻臉如死灰：除了一雙人腳外露在那個藏金地點，金條連箱子的影子都沒有了！那雙人腳的主人就是那個日本

兵，全身光剩下底衫褲，軍服全給人剝走。

金條早已搬走

我永遠不會忘記，鵬哥當時那副難看的臉色。麻袋從他肩上滑下，扁擔在他手裏揮出，一傢伙往日本兵屍體上打去，嚇得小英驚叫一聲，扭過頭來，鵬哥連打幾扁擔，還沒有消氣，吼叫着，簡直瘋了似的。打過喊過，他接着跳腳罵我，說是我走漏風聲，或者是我昨天晚上偷偷地搬走。這實在是莫須有。昨天自從發現金條以後，我同他兄妹倆一秒鐘也沒分離過，一步也沒分開過，我怎麼可能有分身術，一個人上獅子山來掘金呢？至於什麼走漏風聲，那更是胡扯。總之鵬哥是滿腦子只知道金條，什麼朋友、兄妹、道義、道理，什麼都扔光了，所以我說這件事畢生難忘。就這樣，我們在日本兵屍體前上演了一幕鬧劇。

但這個問題卻在我們心頭無法撥去，那箱金條到哪裏去了呢？

後來我們才知道，原來在打開木箱時我們聽到的咳嗽聲，的確是有人在我們背後。不過當咳嗽的人發現我們時，他們便停止發出任何聲音了。他們一共有三個人：刀疤李、大隻孫、傻仔張。這三個人，在那個時候，幹的是跑單幫。那天晚上他們從沙田販了一批蔬菜和豬肉，翻山越嶺，偷偷摸摸到九龍去，沒料到就在獅子山上，碰上了這個大秘密。刀疤李是個玩刀的傢伙，他當時就想撲上來襲擊我們。

刀疤李的姘婦

　　假使當時刀疤李他們三人真的動手，那白刀子進，紅刀子出，我們早沒命了。當他們發現我們只是企圖掩埋箱子，三人便打消謀財害命的主意，只等我們離開後，立刻把箱子取了出來，半點氣力也沒費。他們也曉得，半夜三更抬隻箱子下山，一路難免不出事情，商量來，商量去，想到了一個好主意：把盛菜蔬的大竹筐騰清，整隻金箱裝了進去，上面遮蓋一些蔬菜和豬肉，外表一點看不出來。可是萬一蘿蔔頭檢查筐子，豈非仍會露馬腳？刀疤李這傢伙真是鬼才，竟想出了一個絕好的主意。刀疤李臉上除了一道刀疤，還留了一撮仁丹鬚，能說幾句半鹹不淡的日本話，他想起山上看到的日本兵屍體，乾脆自己扮起日本兵來了。他把那個死鬼子的制服全部穿着整齊，折了一根粗大的樹枝作武器，扮成押運員，傻仔張和大隻孫權充苦力，走在前頭，刀疤李威風十足地跟在背後，用蘿蔔頭的皮靴踢着他們的屁股，嘴裏吆喝着：「八格呀路！快快的！大大的走！」就這樣嘻嘻哈哈下山去了。同我們失卻金條下山而去的失望，形成了尖銳的對比。

　　他們把金條抬到哪裏去？抬到刀疤李的姘頭那裏了。刀疤李這個爛仔，是一個大廟不收，小廟不留的傢伙。規模較大的黑社會「乜乜堂」之類，怕他不守家規，難以駕馭，對他不大感興趣。而規模小，人馬少的黑社會組織，他又瞧不上眼，請他掌印也不幹，寧願獨闖江湖，自成一格。刀疤李這個人陰狠毒辣，是個不折不扣的邪惡壞蛋，凡是一個壞社會所能授與他的壞處，他都全數接收了；如果壞社會是培養惡人的娘，刀疤李便是她的寵兒，他喝她的乳汁長大，反過頭來再反哺了更多毒汁。這個壞

蛋有兩個特性，夠狠：他動輒以命相搏，因此任何人怕他三分。
夠穩：他知道自己雖狠，但究竟人少力弱，不足以同任何一個地
頭的黑社會團體抗衡，因此撈世界撈得非常小心，不會輕易得罪
人，人家也就懶得理他。於是刀疤李便自成天地，同大隻孫、傻
仔張八拜為禮，義結兄弟。他利用大隻孫高大壯碩，孔武有力；
利用傻仔張不諳世情，唯命是從；因此三個人合作還算不錯，一
日三餐，大致沒什麼問題。

可是刀疤李有一件事情被蒙在鼓裏，那是他的姘頭同大隻孫
之間，有着不乾不淨的關係。他的姘頭曾經幹過正派女人都認為
羞恥的事情，但她卻滿不在乎，有日給刀疤李看中，便同居起來
了。今晚他們三個人到達她那裏，這個姘婦聽見敲門，從門縫裏
一看，扭頭便跑，門也不開，倒把他們三個嚇壞了。

一去不回來

刀疤李不敢大聲嚷嚷，怕半夜三更驚醒旁人反而不妙，只得
低聲繼續叫喚，他的姘婦果然又出來察看究竟了，這才發現穿着
蘿蔔頭軍服的是刀疤李，剛才黑暗中沒有看清，嚇得沒魂。

大門開後，三個人一窩蜂湧進屋裏，刀疤李命她去燒開水，
自己同大隻孫、傻仔張把那隻箱子設法安置。大隻孫抽個機會
到廚房裏問那個女的：「現在我也有錢了，你到底跟我，還是跟
刀疤李？」那女人雖也看見抬進屋來個箱子，卻摸不清那箱子裏
有多少東西，見大隻孫悄悄進來，便問他到底是怎麼一回事？大
隻孫抱着她，兩人肉麻了一陣，告訴她說：「現在不是說話的時
候，總之，我們可以正式在一起，不必偷偷摸摸了。回頭金條一

到手，明天便同刀疤李拆夥，我們私逃，海闊天空，不怕刀疤李能找到。」於是兩人匆匆約好，明天傍晚七點多鐘，到附近那家茶樓見面。

刀疤李放好箱子，捧着那套死鬼軍服，也進了廚房，要女的設法把這些東西燒掉，以免給人發現，誤了大事。然後宣佈明天一早分金，要他們九、十點鐘去拿，現在夜已深，若每人身上帶着一大堆金條，恐怕會出事，不如小心為妙。兩人想想也有道理，便喝過茶水，食罷宵夜，一齊離去。

大隻孫和傻仔張的想法與我們三人當日一樣，滿以為只要過幾小時，就會搖身一變，成為面團團的富家翁了。途中大隻孫有一點不放心，說既然幾小時後便可分金，為何刀疤李不留他們在家裏隨便睡一覺，卻要明天再走一趟，內中莫非有毛病？傻仔張認為不要緊，只隔幾小時，刀疤李怎樣變戲法，也不可能變出什麼名堂。何況彼此是叩頭弟兄，有福同享，有難同當，他不至於一人獨吞；現在兩人如果折返，反倒顯得小家子氣，不如就按原定計劃行事。大隻孫想想也有道理，便在傻仔張的碌架床上擠了一夜。

第二天一早未到九點，兩人就喜孜孜地前往刀疤李家，每人還帶一隻藤喼，準備安放三百三十三兩金子。不料到達之後，才知道刀疤李同那個女的，早在天未亮前僱車他去了。

大隻孫又氣又急，傻仔張一句話也說不出。問包租婆：「他們搬到什麼地方去了？」包租婆說：「到澳門去了，而且這一去，再也不會回來。」臨行前刀疤李還把他破破爛爛的傢俱全部送給了包租婆。大隻孫瘋狂地在門前跳，入內察看，實在找不到任何線索，卻在床褥子下搜出了一大疊當票，中間還夾着一封

信，是留給他倆的。

擺滿了新傢俱

刀疤李那封信中，充滿了恫嚇的語氣。大致是說他窮得很，現在要拿這一千兩黃金，去外埠碰碰運氣，他深信有辦法變成巨富，到那時候，會再來尋這兩個叩頭兄弟。可是現在如果同他過不去，那可別怪這個大哥心狠手辣了！

大隻孫氣得發抖，把那信連同當票撕得粉碎；傻仔張自認倒霉，見財化水。大隻孫力斥刀疤李太不夠朋友，非找他算賬不可！

傻仔張是個沒有主見的人，這次失金一來事關重大，二來大隻孫非常堅持，便也贊成要把刀疤李找出來，兩人盤算一番便分頭進行。

之前我們以為只有我們三個人得金而復失走霉運，豈料同一批金條竟還令到另外兩個人也在四處尋覓。

二姑把我介紹到一家運輸行做苦力，粗茶淡飯勉強維持。我上工去的頭一天，小英同二姑送我到海邊的運輸行，就是現在干諾道中一帶。那家運輸行規模不小，工頭是二姑親戚，管理着大羣苦力。小英欣慰地看我脫下上衣，加入苦力的行列，我自己也感到很舒坦，憑勞力賺錢，沒有一點兒不好意思的感覺。

小英見我開始工作，便打算回去了，只是她也想請二姑幫忙，再去問問以前那家酒店是否還需要洗衣女工。那工頭見我們依依不捨，話老說不完，乾脆掏出一張運輸行名片，給阿英道：「拿去吧，名片上有電話號碼，你們有什麼事情，可以通電話。」

大家笑着點頭。

那工頭說：「可是你的電話別太長氣，太長氣，師爺們不歡喜，怕會妨礙亞清工作。」小英羞得臉都紅了，接過名片，謝過工頭，便同二姑回去。

碼頭附近的一間咖啡店可以借打電話，以前那家酒店洗衣女工已滿額，只好另找別處。二姑再搖幾個電話託人設法，總算替小英找到一份住家工。起初二姑怕她不肯在外留宿，小英卻說無所謂，只要少聽哥哥幾句難聽話，少看哥哥那個難看的面色，打住家工有什麼不可以的？於是問清姓名地址，小英高高興興去上工了。

二姑說，這家人是剛剛搬到銅鑼灣的，一夫一妻，沒有孩子，很有錢，一層樓都擺滿了新傢俬；他們要個能馬上上工的女工，小英答應當夜就去報到，沒想到天下有這麼巧的事情。

不是冤家不聚頭

小英上工的那個事頭，正是刀疤李，他那位姘婦，也就是小英的事頭婆。可是小英不認識這對寶貝，在她眼裏，這一對夫妻有如新婚，非常甜蜜，她當然不知道，他倆的愛情，是建立在一千兩黃金上的。

他們住了整層樓，置有電話、落地收音機和雪櫃。傢俬簇新，地板滑亮，即使小英住的工人房，也比鵬哥他們住的地方闊氣得多。

不過小英很奇怪，這一對闊夫妻不大出門，門上有鎖，鎖外再加防盜鍊，鍊外又加鎖，門外還有鐵閘，窗上鑲滿雪亮的鐵

絲網，猶如一個牢監。但她不便問，只是埋頭打掃、洗衣、買菜、做飯。可是這對夫妻又異常神經質，使小英感到懷疑與不安，譬如說有人按錯了門鈴，兩人會嚇得從沙發上直蹦起來，面色大變，好像大禍臨頭；譬如男主人同外面通電話，總是壓低聲音說話，一手按住話筒，生怕給人聽見；譬如兩人從沒有朋友探訪，又深更半夜不睡覺，連玩紙牌、聽收音機的興趣都沒有。這些情形小英都看在眼裏，記在心頭，她還留意到，凡是有人來按門鈴，總是由她去應門，而他倆便躲在角落裏，或者乾脆藏到房中。連倒垃圾也從來不自己出門。主人臥室更不願意阿英進去，即使打掃，他倆之間的一個也會在旁邊有意無意地監視。

遷居後第三天晚上，有個電話找刀疤李，掛斷後，兩口子面色很難看。女的最後抽抽咽咽地哭起來了。說後天是她的生日，她不但不能痛痛快快地玩，還要躲在家裏不知道會有什麼凶險，這種日子不是人過的。

人，真是很有趣，刀疤李在吞沒金條之前，喊打喊殺，什麼都不在乎，現在刮風下雨、一點小事，都會坐立不安，只會在意自己的處境，十分被動。最後兩人決定，與其這樣被動地躲下去，還不如另找出路，一勞永逸。當晚，他們想出一個狠毒無比的辦法，務必把大隻孫等人一網打盡，這事非同小可，必須慎密下手。刀疤李想好了整套辦法，要同他的弟兄開最後一次玩笑。

他們首先要做的，是準備一個盛大的慶祝生辰宴會。

杯上口紅印

即使是在盛大的生日宴會，怎樣才能向大隻孫和傻仔張下毒

手呢？刀疤李夫婦真是挖空了心思。他們計劃先備了毒藥，等到曲終人散，便留下大隻孫和傻仔張兩人，表面上是分金慶祝，同乾一杯，其實是如此這般，收拾兩人，然後一把火毀屍滅跡，他們另外重新搬遷再覓居所，反正在這人命如草芥的年頭，誰能找得着他們！

當然，大隻孫和傻仔張也不是小孩子，可以想像他們對刀疤李夫婦這次宴請，一定會非常警惕：為什麼避不見面於前，卻又歡宴分金於後呢？

於是刀疤李又預先備好一套說詞，承認自己當初妄想獨吞黃金的確不對，因此藉太太生日之便，大擺酒席，算是認錯認罰。同時為了表示歉意，最初一千兩黃金的分法是每人三百三十三兩，餘下一兩歸刀疤李所有；現在這一兩改為歸大隻孫和傻仔張，刀疤李自罰認錯，希望和氣收場。況且太太的生日也趕得巧，用慶祝生日作為藉口，可以沖淡兩人的疑神疑鬼；畢竟按常理來說，不可能在這些熱鬧喜慶的場合出現不愉快的事情，何況還是他夫婦倆主動邀請他們去飲宴的？

至於如何下毒，刀疤李也想得很絕。他偶然發現餐後的玻璃杯上留着他女人的口紅印，覺得可以加以利用。計劃便是要她在客人走後，三人分金的時候，端出一隻盤子來，上面放三杯酒，擺在前面的兩隻杯子當然款待客人，後面一隻杯子上，不大顯明地印上她自己的一個口紅印作為記號。這樣，刀疤李取杯子便不至於弄錯，如果對方心頭有懷疑，想同刀疤李掉換杯子，那末刀疤李可以用「太太用過的杯子，上面有口紅，不便奉客」為藉口，拒絕同他掉換，如此既自然又合情合理，對方斷不會起疑竇。斟酌再三，刀疤李認為佈置周到，立刻派發請帖，並且通過

他一個同族兄弟叫做鐵拐李的，請他輾轉託人把帖子送到大隻孫和傻仔張手裏。

鐵拐李也是同路人馬，前年械鬥傷了左腳，走起路來一顛一跛，因此人家便叫他做鐵拐李。

他在一條汽艇上做事，這個艇主是一個有來頭的人物，滿臉橫肉，六親不認，長個血盆似的大嘴，渾名大口陳；汽艇上還有一個夥計，眇一目，渾名單眼梁，這三個人專在水上討生活，同蘿蔔頭也有勾結，大口陳因為鐵拐李的關係，同刀疤李也認識，這回請客，也把他們請來了。

刀疤李為了點綴險惡的場面，還特地請了三班堂會助興：一班是大戲，一班是時代曲兼魔術，再一班是乜乜舞。就在他們那個大客廳窗邊，臨時墊高幾塊門板，權充舞台。

事情簡單而複雜

決定鴻門宴的那天晚上，刀疤李先出門，可是他怎會想到，就在他走後不到十分鐘，他太太便搖了個電話給大隻孫常去的茶樓，要那裏的人找到大隻孫，很快地兩人已通了話。她約他在一家酒店見面：「有重要事情跟他說。」這個女人有她的打算，她並不希望大隻孫同傻仔張把兩條命喪在刀疤李手上，道理只有一個：她愛大隻孫。她為什麼愛大隻孫？我想你們一定明白：一個瘦削的刀疤李，到底比不上高高大大的大隻孫容易使她滿足。刀疤李有了金條可以玩弄更多的女人，但作為他的姘頭，卻不能這樣做。她只得採取這麼一個策略：幫助大隻孫結果刀疤李，然後再使大隻孫感恩圖報，在她感到缺乏的地方，為她賣命。

事情是這樣簡單，但又這樣複雜，因此在她家裏打工的阿英，只感到目迷五色，莫名其妙，不知道他的男女主人在想些什麼、做些什麼？那女主人出門前再三囑咐，要阿英用心打掃，要把屋子裏弄得一塵不染，乾乾淨淨，顯出是個「有地位的上等家庭」。但她心裏想得太多，走得匆忙，渴望同大隻孫歡敘的誘惑，又使她有點慌亂，因此她並沒把房門鎖上，反而告訴阿英：「房子裏也要洗洗地板，當心弄壞東西。」之後便走了。

阿英她並沒有想發掘秘密的意思，因為一來她不知道什麼地方會有事頭婆的秘密，二來也不敢有這種想法，主人的秘密對她毫無用處，弄不好反而打爛飯碗，就更不合算。

於是她規規矩矩打掃，老老實實做事。可是當洗地板的地拖塞到主人床頭下面，便給一個什麼東西擋住，再也沒法拖了。她怕主人回來怪她偷懶，怪地板沒有全部拖乾淨，於是她半跪到地上，掀起床單，看看是什麼東西，她可以把它搬開。

那時已天色黯黑，天花的電燈照不見床下的情形，她便把床頭燈取掉燈罩，只拿個燈桿和燈泡在手裏，伸到床下看個究竟。這一照，她嚇得面色都變了：這不正是那日在獅子山他們得而復失的金箱嗎？這不就是令到鵬哥同亞清翻臉的箱子嗎？

一個大箱子

阿英正在一方面慌慌張張，一方面卻喜出望外，忽然一聲玻璃破碎聲響，是她的手碰翻了床頭燈，燈泡打得粉碎。她也顧不得了，連忙奔到大廳，給我來了個電話。

那時光我剛做完夜班，沖過涼，躺在運輸公司的苦力宿舍碌

架床上，同事們聽見有個女的給我來電話，搶過聽筒調笑，這可把小英急壞了。我好不容易抓到了電話筒，小英已經急得不知所云，我只聽出「你快來！快來！馬上來！」這幾句，她便把電話掛斷了。

我匆匆忙忙穿衣着鞋，盡快到達刀疤李家，可憐小英已經臉青唇白，待我看到那隻箱子，我也慌了。是打電話通知鵬哥嗎？二姑家中並沒有電話。非得等他一齊動手，好證明我們沒有什麼嗎？萬一鵬哥未到而屋主回來把箱子搬走了，我們又該怎麼辦？

小英催我動手，說一忽兒他們就要回來。一剎那，貪念又浮上我的心頭，我決定要冒冒險。我和她合力把箱子從床下往外拖，好傢伙，好像比在獅子山上更重了些。

我同小英說：「小英，等箱子拖出來，把它打開，拿走金條，我們便該躲起來，否則給刀疤李找到，那就不得了。」我們兩人用盡吃奶氣力，總算把箱子拖了出來；小英從廚房中拿出一把菜刀，幾下子撬開了箱上的木條，面上露出一隻麻包。

我抹抹汗道：「小英，他們把箱子改裝過了，金條也不知道用剩多少。」邊說邊用手揭開麻包，滿以為黃澄澄的金條就要出現在眼前，豈料事情十分出乎意料：金條一根都不見，箱子裏裝滿了石頭，一文不值的石頭！我倆駭得臉色都變了，這是任何人都可以想像到的！

我把心一橫道：「先把石頭裝好，木板釘好再說。」很快一切又恢復了原來的模樣，又把工人房的那隻燈泡取下，裝在他們房間被小英打破的床頭燈上，擺放妥當，打掃乾淨。

我決定把這件事情告訴鵬哥以洗刷誤會，希望兩人能繼續做朋友，在這個當兒刀疤李夫婦倆回來了！

這傢伙對女人有興趣

大門只有一扇，沒有後門可溜，門鈴響了一遍又一遍，我只好躲到小英工人房裏，往她的床下鑽進去。

刀疤李進門後問小英為什麼不馬上開門？小英答得妙，她說因為家裏剩下她一個人，一隊隊蘿蔔頭又在街上不斷地巡邏，沉重的皮靴聲使她膽顫心驚，不知不覺睡着了。那個女的說：「阿英，睡夠了吧？快燒水讓我沖涼。」接着刀疤李說：「阿英，明天太太過生日，家裏很熱鬧，我想請個短工，只要幫一天忙，是男是女都無所謂，你給我找一個吧，管兩頓飯，再給他十塊錢。」

我聽見阿英回答說：「我有一個親戚，是個男的，回頭你們沖過涼，我就出去替你找。」聽得我在床底想笑。

終於，他們睡了，小英替我把風，我正準備開門鬆人，不料電話響了起來。這個電話鈴在靜寂的夜間，響得特別刺耳，刀疤李在床上開口了：「亞英！亞英！接電話！亞英！」小英假裝如夢初醒，含含糊糊地應道：「來啦！」接着便出房門到客廳接電話，才說兩句便跑到他倆房門口問：「李先生，陳先生的電話。他問明天請客可不可以不來？」刀疤李一聽便從床上爬下來接電話，非常客氣地說：「大口陳嗎？什麼？晚上有事情，不，不，你一定要賞光，早點走倒無所謂，⋯⋯」說完又打着呵欠回房；不知想起什麼跑到工人房來，探進個腦袋，大聲問道：「嘿，亞英，你怎麼不開燈？」小英說：「燈泡壞了。」邊說邊從廁所回到工人房。

刀疤李還打算問她什麼。看樣子這傢伙對女人特別有興趣，

真使我又恨又急，可是我藏在床底下毫無辦法。正在那個時候，那個女的在房裏嗲聲嗲氣地喊：「老李啊，你怎麼不睡覺？」刀疤李這才搖搖晃晃回房了。

小英連忙鎖上房門，把我從床底下拉出來道：「清哥，我怕，你今夜別走了，反正他們要找人做短工，……」

我說：「這怎麼成？我等他們睡下，就該走了。」她問：「你怎麼走得出去？」我指指窗子，她怕我從樓上摔下去，抱着我不肯放手。

要我同小英成親

小英把床底下的粗麻繩拖了出來，我把麻繩一頭結在她的床腳上，一頭拋出窗外，拉一拉，試一試，還算結實。我爬上窗戶，耍猴戲似的溜了下去，一身臭汗，兩隻手心都磨破了。

小英在窗前向我擺手，我沒命地趕到鵬哥那裏。天快亮了，鵬哥想不到我還會找他，更不會想到有這麼一樁令他開心的大喜事，他拚命拍我的膊頭，解釋過去對我的誤會，主要是他的心情太壞了，現在柳暗花明，證明我很正派，很對得起朋友，過去的事讓它過去吧。當前要務是找到刀疤李，要回金條，成事後大家像以往一樣過得熱熱鬧鬧，並且建議我同小英成親，他再不反對了。可是我沒有告訴他金條已經變成石頭，時間還不到，不如等一等。

我說現在不行，天馬上就要亮了，刀疤李今天要大請客，賓客好幾桌，我同你兩個人去弄不出個什麼名堂；如果事情鬧大，那一點好處都沒有，不如過了今天再說，反正今天一天之中，他

俩不可能有什麼變動。鵬哥想了很久，幾乎抽掉了一整包香煙。天色已經大亮，決定先送我上工。我們到達刀疤李門口，幾個搭建臨時戲台的工人已在那裏動工，騎樓上堆滿木板。鵬哥東看西看，最後選擇一家小茶樓，作為監視刀疤李屋中動靜的據點，然後對我說：「你可以去開工了，晚上收工後再到這裏來，我等着你。」

傻仔張第一個到

我忐忑不安進入刀疤李豪華的客廳，客人一個都沒有到，打扮得作紳士狀的刀疤李把我往廚房一推，說：「你是亞英介紹來的，該做什麼，便做什麼，由她分配好了。」

我正要步入廚房，他又一把拉住我，倒嚇了我一跳。他叮囑道：「今天是我太太的生日，一切要仔細點，可不要打破茶杯撞崩頭，那是很不吉利的，最忌諱，懂嗎？」我說懂。他便到臨時戲台那邊去監工，我就上廚房找小英。

小英看見我來，擠擠眼，什麼也沒有說，原來刀疤李太太在整理她那一套杯子，橫擺豎擺，怎麼也不合適。我自作聰明，說：「太太，我是來做短工的，這種事情交給我做吧。」她朝我瞅一眼，搖搖頭說：「你幫亞英去吧。」我連忙說是，但一低頭卻發現一盤杯子裏，有一隻杯子的杯口，有大半個口紅印，我便說：「太太，我來洗一洗吧！」不料好像踏住了一條貓尾巴，她立刻喊出來道：「我說不要便不要，你問亞英要些事情做吧！」

我以為多找點事做總不會錯，而杯子上有口紅印也總該清洗乾淨，可是我不能問，只好走到小英面前，背着李太，朝她做了

個鬼臉。

小英道：「來，清哥，幫我盛一桶水。」

我轉身去取水，目送李太端着那個盤子，一扭一扭進房去。咦？杯子不往客廳放，這是什麼意思呢？小英說或者是嫌廳裏正在搭戲台，亂糟糟，所以先往房裏擺吧？

其實這個時候，她的心裏在想什麼，刀疤李也不會曉得。刀疤李若發現這盤杯子中，有這一隻染了口紅的杯子，一定會誇獎她。因為有她合作，今天晚上他就可以獨吞金條，永遠一了百了。不料這個女人已改變了主意；她要使那隻無毒的「口紅杯」變成有毒，而且是遞給刀疤李喝的。這件事情的轉變及其後果，自不待說：到頭來只剩大隻孫是活下來的。

忙忙碌碌到了中午，臨時戲台搭好了。大廳也由辦理筵席的酒家派人打掃裝飾，貼紅掛綠，七彩燈泡，佈置得俗不可耐，可是也真夠熱鬧。我也忙開了，開門關門，送茶遞煙，做這做那，馬不停蹄，累剩一口氣。

目標客人中的傻仔張第一個到達，拜過壽，送過禮之後，刀疤李把他拉到一邊道：「兄弟，過去的過了，今後我們還是兄弟，待客人走後，我們便可以三一三十一，把金條均分。」刀疤李重重地拍他一下肩膀：「明天你也可以討個老婆啦！你要我介紹嗎？哈哈哈哈！」

傻仔張身上也有秘密

傻仔張非常興奮的樣子，拍手頓腳，只是打哈哈。可是刀疤李感覺到，這傢伙的表情跟從前不一樣。從前是傻裏傻氣，現

在忽然變得眉精目企；他問：「喂！傻仔，聽我說，這幾天不見面，你好像脫胎換骨了似的，說話有分寸，眼睛學會像風車似的溜溜轉，難道你要打我的主意不成！」

傻仔張忙不迭打恭作揖，指天誓日，說：「你是我的老大，我這個人心眼一向從嘴巴一直通到屁股眼，是個沒有用的老實人，怎會得打什麼主意？今天大嫂生日，你又分金，我樂得骨頭都沒四兩重，還談得上什麼主意不主意的？我要是有主意，那就是拿到金條以後，馬上討一個老婆！」

他這番話把刀疤李說得直發笑，再拍拍他的肩膀道：「好，那你隨便樂樂，回頭幫我招呼招呼客人。」傻仔張當然滿口答應，隨手抓了一把瓜子，格蹦格蹦在一旁吃着。

刀疤李怎麼會想到，這個傻裏傻氣的拜把兄弟，至少在今天是不傻了。他已經接受大隻孫的委託，加上出於自己對刀疤李的報復，他要在今夜將刀疤李命送黃泉！昨晚刀疤李的女人把這個佈局，在酒店裏通知大隻孫以後，大隻孫立即又把傻仔張找來，說：「兄弟啊，明天晚上刀疤李請客，我看這裏面有蹊蹺。刀疤李這個人，還談得上什麼朋友？我看我們這口氣也該出一出，找個機會把他幹掉拉倒！」傻仔張說：「好啊！可是總得要尋個機會，他大請客，難道當着這麼多客人，我們能把他打死嗎？」

大隻孫說：「笑話！刀疤李殺人不見血，我們也來一個不見血殺人！我給你一包東西，你找個機會放到他的杯子裏，頂多幾分鐘，哈，他那裏的金條就全部變成我們兩人的了！」

傻仔張先是興奮，繼而害怕。問大隻孫：「那，那，這件事還是你去吧，我不行，我一想起，手就發抖，心就狂跳，不行不行。」大隻孫笑着說：「我不是不肯幹，我是不能去！」傻仔張

詫問：「明天你不去吃酒？」大隻孫道：「老實同你說吧，我同他的女人有一手，給他知道了，我怕還沒分到金子，他就拿這件事同我吵，反而不妙，所以我明天晚上不能去。不過當你得手之後，我一定會來同你會合，你放心好了，如果誰敢為難你，」他把胸脯拍得蓬蓬地響：「有我在，你還怕什麼？」傻仔張在他威嚇利誘之下想了又想，結果硬着頭皮答應了。臨時在大隻孫那裏惡補了一些應對之道，便懷着一副鬼胎，懷着一包毒藥參加壽宴。

大隻孫始終不見來

喝壽酒的親戚朋友們，陸陸續續來了。男男女女，老老少少，把這間大客廳擠得轉個彎都不容易。這樣，我的打雜工夫反而輕鬆起來，因為人多，沒辦法擠來擠去。直到筵開三席，廳中才顯得鬆動一些，我便幫忙遞菜斟酒，前後打點。

你們或許不知道，蘿蔔頭在這兒的三年零八個月裏，一般人的日子過得很苦，刀疤李夫婦能夠在這個時候大宴賓客，那些親友真是埋頭苦吃。這三桌客人裏，大口陳、單眼梁、鐵拐李、傻仔張等人同刀疤李坐一席。刀疤李在他身邊留了個空位，準備給大隻孫坐，可是大隻孫始終不見蹤影。

刀疤李為了擺闊，不但有得吃，還有得看，他請了幾班藝人，就在那個臨時舞台上唱起大戲來，鑼鼓敲得震天響，聽身旁的人說話都不容易。之後是變戲法，跳乜乜舞；客人們有的叫好，有的拍掌，簡直要把這一幢樓鬧翻似的。

客人們起勁熱鬧作樂，刀疤李表面裝做高興，心頭卻悶悶

不樂，因為大隻孫沒有來。他像一個安排陷阱捕捉野獸的獵人，一隻笨豬已經掉進了坑，另一隻狐狸卻沒有蹤影，他是這樣的不放心，眼睛老是盯住那扇大門。一忽兒電話響，他又緊張起來，以為是大隻孫，但那個電話卻是打給大口陳的，約定了有一批私貨要出海，需要用他的汽艇，大口陳便匆匆忙忙，率領單眼梁、鐵拐李兩人先走了。之後節目完畢，酒菜也吃光，客人漸散，我幫酒樓夥計收拾完畢，再幫木工拆掉那個臨時舞台，人已經很疲乏，連肚餓都忘記了。小英要我去吃飯，剛吃了一半，刀疤李卻來算賬，給我一張鈔票，要我馬上就走。我沒有辦法，三扒兩撥，匆匆吃完飯，謝了一聲，只好離開。出門時我朝廳裏望望，剛才熱熱鬧鬧的一大堆人，只剩下刀疤李夫婦和傻仔張三個。他們在低聲談話，六隻眼睛東張西望，那樣子使人萬分不快。我一口氣奔到對門茶樓，鵬哥仍在同一個座位等着。

我說鵬哥你真有耐心，乾巴巴等了一天，他說看在一千兩黃金份上，再等下去也願意。接着問了我一些刀疤李的情形，決定等到傻仔張告辭離去之後，他就同我上樓找刀疤李談判。鵬哥十分自信：「那時光，我們連小英有三對手，他們夫婦只有兩個人，三對兩，總不致吃虧吧？」他的嘴巴雖在同我說話，眼睛卻監視着刀疤李家的騎樓門口；我跟他說話，他的眼睛也不離那門口，只是死死盯住，眉毛也不動一動。只待發現傻仔張離去，我們便到對門算賬，我緊張得心臟狂跳。

她在鏡子裏看見

我們在茶樓上等了好久，一直不見傻仔張的蹤影。鵬哥着

急得團團打轉，說萬一他們已經開始分金，那我們再去算賬，就已經太遲了。他甚至主張衝進去，可是說什麼我都不敢。本來三對二，現在他們加上傻仔張幫忙，就變成三對三了。以雙方的體力、狠勁來比較，如果硬拚，我們這一方肯定會吃虧的，我不肯盲目衝進去。

我們只好苦等，恨不得頭頸變成長頸鹿，可以伸到對面騎樓察看動靜。事實上，此時在對面樓宇裏正發生的驚險情節，確是我們希望知道，卻無從看到的。

客廳裏的三個人，先是刀疤李夫婦同傻仔張敷衍，說是只要等到大隻孫到來，大家便開始分金；如果到十二點鐘他還不來，那末他們就不再等候，照樣把金分了，把大隻孫的一份留在刀疤李家裏，隨他什麼時候來領取。傻仔張當然同意，刀疤李便用眼色，示意他太太到廚房弄咖啡，準備先把傻仔張弄倒了再說。如果大隻孫忽然來到。他們只要把他往床上一抬，說是他已經酩酊大醉了。

刀疤李認定大隻孫會來的，因為散席之際，大隻孫曾經來過一通電話，說昨夜着了涼，不知怎的瀉起肚子來，瀉得很厲害，正在找醫生治療，晚一點便會到李家道賀，可是酒卻是喝不成了。電話掛了之後，幾個男人還滿嘴粗話，猜測大隻孫是否同女人胡鬧過度，以致生起病來。

李太奉命跑到房裏，端出那一盤玻璃杯，開始變戲法。她把三隻杯子裏都放了毒藥，這樣無論是誰喝下去，誰都沒辦法不見閻王。她自己可以不喝，因為杯子只有三隻，而另一隻是準備給大隻孫的。大隻孫如果到達，他也可以藉口瀉肚不喝，咖啡也罷，茶也罷，總之是滴水不沾唇，你拿他沒有辦法。

李太在忙着，支開了小英，要她把客廳再打掃一遍，徹底清潔乾淨。小英便開始再打掃，刀疤李的那雙眼睛，色迷迷地在她身上亂轉。沒料到坐在對面的傻仔張，認為時機已經來到，偷偷地把準備在掌心中的毒藥找個機會往刀疤李的杯裏迅速一倒，滿以為神不知鬼不覺，不料恰巧給小英在鏡子裏看見了。

小英發現刀疤李那雙眼睛老是注視她，還以為臉上有什麼灰塵，便一面打掃，一面偷偷地瞅一眼鏡子，不料卻看見傻仔張投毒那個舉動，把她嚇得連掃把都落在地上，也顧不得拾起來，匆匆忙忙奔到廚房。刀疤李見狀大笑，說這個女傭臉皮薄，多瞧她幾眼就這樣心慌意亂了，臉皮這樣薄，可知未見過世面，邊說邊笑，一伸手就拿起面前那隻茶杯，大口大口喝了半杯，忽地又皺起眉頭。

這個撈女馬上就走

傻仔張見刀疤李喝下這麼大量的毒茶，心裏十分高興，見他皺眉頭，怕他已發現秘密，不禁面上一怔。刀疤李見他一怔，卻笑道：「酒喝得多，嘴巴好乾。回頭我太太煮好咖啡，大家再一起飲杯吧，這紅茶大概存放太久，味道不大對勁，不喝也罷了。」於是他大聲喊亞英，要她請太太把咖啡端出來。

不料小英大驚失色回到廚房，告訴了李太她在鏡子裏所看到的事情。李太再也不會想到，這個傻仔張今天也會來這一手，心裏斷定肯定是大隻孫出的主意。她的目的是希望毒死刀疤李，現在傻仔張已經代她下了手，她的三杯咖啡就毋須送出去了。傻仔張這個人不成氣候，不必着急在這個時候對付他，倒是應該馬上

找到大隻孫，由他來料理刀疤李暴斃以後的局面。

李太再沒有心思照料咖啡，一心想到附近那家酒店找到大隻孫，來善後和處理金條。於是聽完小英的報告以後，她說：「你別出去！我到樓下找人！」說完便解下入廚的圍裙，匆匆忙忙走出客廳，對刀疤李強笑着說：「你們等一分鐘，我到樓下那家店舖走一趟，一早去買酒，忘記一串鑰匙落在他們櫃台上了。」於是這個撈女馬上就走了。

小英十分不安，躲在客廳那扇門背後偷看，果然看見刀疤李面色大變，汗潸潸而下。片刻，他支持不住了，瘋狂地撕裂着上衣，絕望地鼓着血紅的眼睛，兇狠地瞪着傻仔張，傻仔張嚇得往門邊躲，卻又不敢走出大門外，怕那金條給大隻孫一人獨吞。刀疤李越來越痛苦，已經連走路都站不穩，視覺也模糊了。他明知上了大當，可是不明白是誰下的毒手。他以為是他的女人，因為當他毒發之後，她便匆匆忙忙走了，而傻仔張卻規規矩矩坐在他旁邊並沒有下毒的可能。刀疤李對他女人又恨又氣憤，加上毒發時內臟痛如刀割，除了撕毀衣服，便是搗毀什物，他用可怖的聲音跟傻仔張說：「你去弄死這個壞女人，我把藏金條的地方告訴你！」傻仔張只得說好，但刀疤李一定要他把她弄死，然後他才肯告訴他。傻仔張一時倒也沒了主意，正在進退兩難的時候，刀疤李突地連連慘叫，「蓬」一聲倒在地上打滾，沒兩秒便斷了氣。

傻仔張又害怕又得意，立刻奔往屋裏找金條。已經煮好的咖啡香味是這樣誘人，傻仔張不由自主地端起了一杯，一面喝，一面東找西尋。只是左右找不到，心裏不禁懊悔：剛才應該騙騙刀疤李，把藏金條的地方打聽出來，然後獨捲金條而走。但此時想也無用，他沒想到門背後藏着小英，而這杯咖啡也能「催命」。

大隻孫衝進門去

　　傻仔張這時候忽然聰明起來：「對了，刀疤李的女人一定找大隻孫去了，否則怎麼到這個時候還不見她回來？到樓底下拿鑰匙，顯然是藉口；他同她的秘密，昨天大隻孫已經不打自招過的。」

　　事實上那個女的真的是到大隻孫那邊去，他們早已約好那間酒店做見面的地方。大隻孫從早等到晚，總算把她等到了，但事情的發展卻出乎他的意外：傻仔張並沒有死。

　　大隻孫也顧不得許多，拉着她便往外跑。這個時候，我和鵬哥還不敢冒險衝到刀疤李家去，因為不知道刀疤李已經倒下，小英躲在門背後，而傻仔張拿着杯咖啡在發愁。

　　我同鵬哥四隻眼睛盯住了那扇門，忽地看見大隻孫同那個女的跳下汽車飛奔上樓。大隻孫快步跑到門口，見到大門洞開，傻仔張已經喝完兩杯咖啡，藥性開始生效，他極端驚恐，一見大隻孫便跌跪在地，敲打着胸口，淒楚地央告道：「大隻孫，我，我喝下了毒藥，胸口痛得很，請你救命！」大隻孫問：「誰給你喝的？」傻仔張哭泣着說：「我自己在廚房裏拿的。」大隻孫陰險地笑出聲來道：「怎麼？你找死嗎！這幾杯咖啡，是她準備給想奪金條的人喝的！」

　　傻仔張知道絕望了，他叫喊着，疼痛撕裂着胸口，他掙扎着從地上爬起來，踉踉蹌蹌想出門報警。這個小心思當然逃不過大隻孫的眼睛，他輕輕鬆鬆把他一推，飛腳一踢，踢中了他盟弟的胸口。

　　傻仔張慘叫一聲，幾乎仆倒地上，順勢拚命撲向對方，死

死地抓住了大隻孫的衣襟。大隻孫沒料到，這個垂死者還有這一手，有點慌。他使勁晃動身體，想擺脫傻仔張的糾纏。那女人這時候已經奔到工人房裏，搬開牆角幾塊浮動的磚頭，掏出了一大堆金條，藏入兩隻手提皮箱，匆匆忙忙往客廳跑。

她沒有留意大隻孫在使勁擺脫傻仔張的時候，用力過猛，把口袋裏一本小本子跌落地上了。她只看見傻仔張已經仆倒，大隻孫再揣起一把椅子朝他的腦袋猛打，傻仔張於是再也不能動彈，就這樣完蛋了。這情形把小英看得一身冷汗，兩眼發直，周身癱軟，一點氣力也沒有了。

大隻孫結束這番打鬥，見女人已提着兩隻皮箱出來，便想離開。那隻手剛落在門柄上，女的卻大吃一驚道：「糟啦！家裏還有一個女傭人！快把她找出來，否則我們前面走，她在後面報警，這個……」大隻孫一聽便回屋裏尋找，可憐小英已經暈得昏昏沉沉，他把那扇門一拉，小英便直挺挺倒在地下，面色蒼白，一動不動，連胸脯也沒有一點動靜，猶如一個死人。

綑綁得像隻裹蒸糭

小英這模樣反而嚇了大隻孫他倆一跳，「怎麼辦？亞英已經暈倒啦！」那個女的問，「就這樣算了吧，反正她醒過來，我們已經走得好遠好遠啦！」她這樣說倒不是什麼慈悲為懷，不願意殺害小英；而是眼看客廳裏已經陳屍兩具，模樣猙獰，她實在不敢多逗留一陣，何況手裏還有大把金條？

大隻孫不贊成，說斬草要除根，否則傷腦筋。但他也急於離開這個地方，匆匆忙忙放下箱子，從腰間解下早已準備好了的一

根繩子，把小英兩手兩腳綁了個結實，像一隻裹蒸糭。這樣，小英即使醒來，她也無法動彈，只好陪着兩個死人乾瞪眼。

可憐小英經過大隻孫繩緪索綁拉扯震動，甦醒過來了，可是意味到身處險境，不敢睜開眼睛，只憑兩隻耳朵留心動靜。她聽到大隻孫低低地說了聲：「走！」接着是開門聲，關門聲，鎖上鐵閘聲，再加鎖上鐵閘外面的那把大鐵鎖的「唥嚓」聲，小英即使解開繩子，也出不去了。

像小英這種女孩子，安安分分，平時踏死一隻螞蟻都覺得不舒服，看見流血便打哆嗦，按理說，當時她真的該毫無主意，驚懼萬分了。可是，人有天生的動物本能，一旦身陷險境便作生死搏鬥。小英也是如此，她知道處境危險，又沒有辦法自由活動，不能奔到窗前向我們所處的地方伸手討救兵，而且也不敢叫喊。大聲叫喊一定會引起蘿蔔頭注意，會拉扯到金條的兇案；當時在獅子山上，已出現過一個死人，現在又加了兩個，這件事情一旦鬧開，我們三個都脫不了身；到時別說金條，連性命都難保了，因此小英只得咬緊牙根，自己想辦法。

可笑我和鵬哥眼巴巴瞪着那扇門，看見一男一女提着兩隻沉甸甸的箱子鑽進汽車走了，看得我們莫名其妙，連想也沒想過要去追。這邊廂小英滾到客廳，滾到碎玻璃杯前，萬分艱難地側過身子，用盡氣力活動十根指頭，在雙手被麻繩綑綁的情況下，非常費勁地一抓、再抓、三抓，總算抓到了一塊碎玻璃片。她汗下如雨，艱辛地用玻璃一下一下地割開綁住手腕的繩子。因為雙手使不出勁，割了好久才能如願。但是血脈阻塞，雙手酸麻，坐在地上喘息一陣，才繼續割斷了腿上的繩子。此時手和腳的皮膚都被割得一道一道傷痕，但總算可以站起來，準備跑到門外去求

救，可是雙腳麻木，渾身乏力，幾乎支持不住了。她搖搖晃晃立起身來，跌跌撞撞挪到門邊，平時插着的鑰匙卻不見了，門鎖沒法打得開。

你們插翅難飛

「要找到鑰匙才能開鎖！」小英這時想起，刀疤李因為家中大鎖小鎖太多，鑰匙不便攜帶，平時便把大門以及其他房門的鑰匙，集中放在門口轉角處一隻特製的小木箱裏；她邊走邊跌，找到小木箱，抓起一大串鑰匙，可是立刻感到失望，因為這家人大門外還裝有一道鎖，在門裏無法打開：那是鐵閘上的一把大鎖。

小英放棄下樓求救兵的企圖，先把能開的鎖全部開妥，再奔到窗前，按照預定計劃，向我們揮手示意。她背着燈光站立，我們在對面只看見她一頭蓬髮，雙手乏力，這使我同鵬哥非常着急，恨不得一縱身便落在她的面前。

我第一個衝到樓上，鵬哥緊緊跟隨；在鐵閘縫裏我接過她遞出來的鑰匙，三轉兩轉扭開，兩人沒命地奔了進去。地上那兩個死屍，再難看一點，我們也不覺得害怕，只是感到驚詫。

小英一見我便撲在我懷裏哭泣，邊哭邊訴說她的遭遇。鵬哥不耐煩，要大家分頭去找金條，分明知道金條已給他倆帶走，但還是不死心。結果在小英房裏發現那個窟窿，才知道刀疤李同那個女人，真是工於心計的人：他們把金條藏在小英房裏，移走三塊磚頭，在外面再加上批盪，不露出一點兒破綻。這時我才想起，昨天晚上，當我躲在小英床下的時候，刀疤李為什麼闖進房來，並且問小英為什麼不開燈的原因，原來他不放心。

可是一切都完了，金條已經不在房裏，以往我們為金條所花的心血，完全成為泡影。

我同小英倒無所謂，但鵬哥卻十分憤怒。他罵小英不機靈，金條藏在她房裏，竟會一點兒都不知道。這種埋怨當然毫無意義，可是他的脾氣如此，我們也懶得同他辯論。

三個人足足搜索了個把鐘，失望、疲乏，處境又危險，非走不可了，三個人便回到客廳，準備出門。大家不想直視地上兩個可怖的屍體，眼睛都移向別處，卻給鵬哥發現了大隻孫遺落的小本子。他拾起一看，嘿！裏面夾着大隻孫的良民證！上面有地址，有指模、照片，一點都不假，這下子金條的着落有下文了。鵬哥喜歡得直叫：「好好，馬上找這個王八蛋去！」說完就去開門，我們根本沒有說話的餘地，也不想留在這個地方，只好跟他出門。

不料三個人剛跨出門口，就見樓梯上有兩個黑影直往上衝，大隻孫低沉的聲音清晰地傳過來：「你們幹什麼的！殺了人啦！好，外面有二十幾個人在等着，你們插翅難飛啦！舉起手來！」

我和小英認得這是大隻孫的聲音，真的嚇壞了！趕快退回客廳，反手關上大門。可是大隻孫已經趕到，鵬哥大喊：「大隻孫，你的良民證在這裏，可是要拿金條來換！」

殘酷的毀屍滅跡

大隻孫一聽哈哈大笑，那笑聲有如梟鳥夜哭，他笑了一陣，道：「好！你這班傢伙原來就是獅子山上埋金的人，記得那天晚上，你們三個亮着一個手電筒，幫我埋好了黃金，我現在要

謝你！」

　　大隻孫開始踢門，原來很結實的木門，眼看馬上要被踢壞。我們三人馬上退進小英的房間，合力把床推到門前擋着房門。外面「轟──」一聲，大門已經被踢開，聽見大隻孫的腳步已經到了房門口，他再次舉腳踢門，可是房門被床頂得死死的，一個女人聲音說：「不要浪費時間了，索性一把火，把死人、活人、良民證通通燒掉！」當下聽見大隻孫的腳步走向廚房，又聽見火水罐「蓬蓬」地響，然後大隻孫在房門外厲聲喝道：「你們聽着，良民證，老子不要啦！你們三個，明年今天就是週年忌辰，可別怪老子心狠手辣！大家既然搶奪黃金，人為財死，總得有幾個喪命墊底，客廳那兩個同你們的下場一樣，哈哈哈哈！你們一起去吧！」接着聽見火水潑門的聲音，看見火水小河似的流向房裏，那氣味比血腥還刺鼻！

　　天哪！我們的處境真正危險萬分！要拚命嗎？剛才聽他們說有二十幾人，我們肯定佔不了便宜；要逃嗎？火水都潑進來了，逃到哪裏去？鵬哥又氣又怕，又恨又急，鼓着一雙眼睛，牙齒咬得格格作響，模樣可怕極了。小英更不用提，只會一頭伏在我懷裏哭泣。我呢？我當然也慌得可以，渾身顫慄。突然想起上次從窗戶揪繩而下的經歷，當下便從小英床底把那根繩子找了出來，按照老辦法，一頭綁在床腳上，一頭拋向窗外，要鵬哥先離開。

　　鵬哥已經沒有了主意，但大概為了面子問題，還不停地破口大罵，站在那裏嘔氣。可是當聽見火柴「嚓」地一響，接着「噗」的一聲，火舌迅速從門外衝過門檻，撲向房裏，鵬哥無法堅持了。大隻孫的腳步聲也轉向客廳，大概又在客廳裏潑火水，要把三個活的，兩個死的，一起謀財害命，毀屍滅跡。

我推着鵬哥攀上窗戶，要他先落到地面接應小英，我最後一個脫離險境。當我爬上窗戶的時候，火舌已經舐着小英的床，再不走實在不成。在火舌畢剝，烈焰騰空，濃煙嗆人的險境中，我聽到鐵閘重重的關閉聲，大概是大隻孫同那個女人，也開始撤退了。我們三個在地面會齊，匆匆忙忙離開這裏。

　　我們不打算回家，金條一根也沒拿到，這件事情沒有完；也不打算報警，報警後只會便宜了蘿蔔頭，其餘什麼都談不上。我們幾乎被燒死，如果就這樣了結，就太便宜大隻孫了！我們決定還是自己處理，自己解決這件事。我們的確憤怒了，要同這個大隻孫對幹一場！趁他們還來不及搬家，找他算賬！

一箱子重甸甸的金條

　　我們三個在街頭急急忙忙奔走，夜很深了，街車不易找到。只聽見救火車呼嘯而過，那聲音在寂靜的午夜特別恐怖，像要把人的心肺都撕裂似的。

　　我們回過頭去看，刀疤李住宅那邊一片紅光，濃煙密佈，火舌飛舞，隱隱約約還聽見大哭小叫，想來是鄰居們在呼喊逃命，這場面使人心驚膽顫。如果我們三個人現在還留在房裏，恐怕已經不成人形了。想一想，全身汗毛都豎了起來。

　　我們一邊走一邊低聲議論，鵬哥說這兩個傢伙一定是發現良民證遺失，才回過頭來找，順道毀屍滅跡。這估計離事實八九不離十，只不過後來大隻孫要毀的屍增加至五具而不是兩具！想起來真是冷汗直流。

　　大隻孫和那個女人也在火光衝天的時候回頭觀望，不過他們

的心情是快樂的，以為凡是同金條有關的人，毒死的、燒死的、一個不剩，唯一的線索是遺下了良民證；但據他們估計，良民證也燒成了紙灰，不可能被人發現，再也沒什麼需要顧慮的了。

　　兩人心安理得，舒舒服服沖過涼，便上床睡覺去。可是過度緊張又使他們難以入睡，大隻孫盤算道：「還是先搬家再說。萬一有人發現我們的蹤跡，想走就來不及了。想想看，深更半夜，路上只有我們兩個，上上下下的鄰居都知道我們在午夜回來，多惹眼，而且我還是新房客。說不定從窗戶裏，就有人看見我們是帶着箱子，偷偷摸摸回來的。讓人懷疑的地方多了，我們的處境會很危險，不如天一亮就搬走算啦！」

　　那個女人嗲聲嗲氣地回應：「你愛怎麼辦就怎麼辦，反正你是人財兩得嘛！……」

他謀財害命

　　大隻孫同那個女人還在做着好夢的時候，我們三個已經到達他們家門口。按照良民證上的地址，鵬哥看了又看，說：「沒有錯！這傢伙就住在這裏！」他朝四周察看一下，要我們在附近的一家豆腐店隱蔽起來。

　　「別給他們看見！」他說：「喝碗豆漿再商量吧。」這家豆腐店的老闆夫婦倆，不安地招呼我們三個不倫不類的顧客。鵬哥喝了口豆漿，抹抹嘴，抽口煙，低聲說：「咳！亞清，我們乾脆衝進去，別在這裏等了，行嗎？」我說：「不行，因為不清楚他住的房子裏面，到底有多少人。」鵬哥不說話，研究我的顧慮。小英更加反對，她說：「如果我們三個衝進去，那種做法同土匪有

何分別？弄不好，大家倒霉。」

鵬哥很仔細聽她說下去：「再說，我們三個人，其實只有兩個，我不會打架，也沒膽量上他家搏命。」鵬哥兩隻眼睛一忽兒打量我，一忽兒瞅着大隻孫家那個樓梯口，只是不作聲，不曉得在轉什麼念頭。

一忽兒，他突地緊張起來，說：「瞧！這個人是誰！」我們連忙扭過頭看，天已經大亮了，光看這個人的背影和側影，一時也摸不清到底是哪一個。但當那個人回過頭來，注視門牌的時候，我們三個都低聲驚呼起來：「大隻孫！」大隻孫真的出來找房子了。鵬哥立刻分配工作：讓小英留在豆腐店，要我跟他一起暗中跟蹤大隻孫。這件工作很無聊，可是事到臨頭，不這樣也沒辦法。我們同他保持遠遠的距離，只怕他一個轉彎便不見了，四隻眼睛緊緊盯住。

鵬哥說：「假如找一條冷僻的窄巷，把他結果掉，再回他家辦事，事情不就成了嗎？」我說：「沒有那麼簡單吧？現在擺在面前的是兩種情況：一種是告他謀財害命，毀屍滅跡。這個一鬧出去，大隻孫準會坐牢，說不定還會喪命，可是金條就免談了，準會全部落到蘿蔔頭手裏。另一種情況是：分金。如果要分金，其他的人命官司便不能提，一提，大家都沒好處，大家倒霉。」

鵬哥說：「你看該怎麼辦？」我說：「照我的意思把他送去坐監、槍斃最痛快！這個人實在太殘酷了。」

鵬哥說：「你別做傻瓜，蘿蔔頭會是包公再世嗎？捉住他，說不定會賞識和利用他的心狠手辣，賞他一個小官，到那時候，我們又該怎麼辦呢？」

我一想，也是。嘆了一口氣，也就不說下去。這時見大隻孫

已經走到一幢半新舊的樓裏，我們兩人悄悄地跟了過去。在門口一瞧，果然有張掉了色的紅色招租條，說這戶人家二樓招租；那末大隻孫一定是上樓看房子了。我們退遠一點又躲起來，看大隻孫到底耍什麼花招。

奇跡果然出現了

大隻孫固然是個厲害傢伙，鵬哥也不含糊。他一方面要我留心二樓，同時自己也在附近找尋合適監視的據點，準備萬一大隻孫「闔第光臨」，我們便可以牢牢地盯住他。可是這附近一無旅店，二無餐室，對面的住戶也沒有餘屋出租，這問題還真不好解決，我們只希望他別搬到這裏來，否則毫無辦法。

大隻孫倒也幫忙，只見他懶洋洋地下樓，出門，茫無頭緒地走上電車，往筲箕灣的方向去了。他一踏上電車往樓座的梯級，鵬哥便同我從隱蔽處直奔三等車廂，在電車裏探頭探腦，留心他是否下了電車。這短短的幾分鐘比一年還長，好不容易到達西大街，在一家小酒店門口，他下車了。

一望而知，他定是在找房子，東晃晃，西瞧瞧，我同鵬哥像兩隻耗子，遠遠地跟在他背後，走啊走的，終於發現他上了其中一棟樓宇。於是鵬哥跟着上去，察聽他是去了幾樓。一忽兒他下來說：「是三樓。這幢房子比較乾淨，大概會講得成，我們且到對面等他一等。」

這一等等了半個鐘頭，大隻孫才滿面春風地出門，截了一輛街車，往回頭去了。我們照樣坐電車，因為一來他還沒搬，不怕他來個平空消失；二來小英就坐在他家門口，有什麼舉動也跑不

掉；三來我們口袋裏沒幾個錢，電車比街車便宜得多。當我們到達豆腐店時，小英果然急不及待地說：「這個人已經上樓去了。」

鵬哥於是緊張起來，要我同小英弄點錢，到西大街那間房子斜對面茶樓裏，先去佔一個位子。他呢？他要在大隻孫目前的樓房附近監視大隻孫動靜。

去茶樓佔個位子，這件事情很容易，但想辦法弄到點錢，倒是一個難題。可是沒有錢不行，這怎麼辦呢？最後小英出主意，陪我到運輸公司那裏，問二姑的親戚，就是那個工頭借了二十塊錢，補辦了我的請假手續，才匆匆忙忙趕到筲箕灣去。沒想到這一等等到天黑，別說大隻孫，連鵬哥也不見影子。

我們很慌張，企堂的面色也很難看，最後還是由我回到豆腐店去問情況，讓小英留在茶樓等候。鵬哥果然還在那裏，萬分焦急。他一片媽媽聲，罵了個痛快，然後說：「阿清，要不是我親眼看見他們打開窗戶，大隻孫同那個女的還曾經探頭探腦，我真以為他已經跑了。他倆打了一天牌，剛剛才吃飯。看樣子這傢伙有意佈下疑陣，不希望他的朋友知道他要搬家，故意做得很從容。我敢斷定，這傢伙今天晚上一定會搬，你同我一起等着吧。」我說不，因為小英還在茶樓枯守，一個女孩子，我不能放心，一定要回去看看她方可，鵬哥只得放我先走。當我同小英見面不久，奇跡出現了。

死裏逃生的人

一輛貨車開過來，停在大隻孫準備搬過來的那幢樓宇前，下來的人卻不是大隻孫和那個女的。好傢伙，七、八個彪形大漢，

把車上那些簇新的傢俱、箱籠什物，瓶瓶罐罐，一件件，一椿椿，川流不息地往三樓抬。三樓馬上亮開了燈，有一個女人的側影在打掃，模樣是個傭人。

大隻孫有錢了，一忽兒就辦成了這麼多事情，看在我們眼裏，真是又羨又恨。

我說：「小英，瞧，人手不少呢，如果鵬哥又硬來，只會吃眼前虧，沒有好處。」小英問：「那末你看，我們有沒有希望從對門要回金條來呢？」我說：「這個問題不好說，老虎嘴裏掏肉吃，恐怕沒有這麼方便吧？」正說到這裏，另外一輛白牌汽車停了在貨車後面，憑暗淡的路燈光芒看去，下車的不是大隻孫還有誰？咦！那個女的接着也下車來。司機走到車後，用鑰匙打開車尾箱，兩隻曾經見過的、沉甸甸的箱子便在眼前，我們的心都在撲撲地跳，恨不得一伸手抓到一箱。那個司機正要去提，大隻孫迅速一擋，自己一手提一個，朝司機點點頭，便上樓去了。

這輛白牌車剛開走，立時又來了一輛出租汽車，但這輛車卻停在茶樓門口，低頭一望，原來是鵬哥。他「蹬蹬蹬」一口氣跑上樓來，伸手便要車錢，沒辦法，只好給他五塊錢。一忽兒他再上來，問道：「看見了？」我說：「看見了，剛上去半分鐘。」他便問企堂要了碗排骨飯吃；沉吟道：「亞清，你看該怎麼辦？人，到了；金條，也運到對面樓上去了，難道他們會乖乖兒送上門來嗎？」我說當然不會，該動動腦筋。但是怎麼動法？誰也想不出。

鵬哥把腦袋朝斜對面大隻孫屋裏瞅一眼，說：「你們瞧，這麼多人，論打架是毫無辦法！只好來軟的了。」於是三個人齊動腦筋：「怎樣軟法呢？」企堂的見我們不走，一臉不高興。鵬哥

道：「夥計，你幫個忙吧，今天晚上，我們三個要借你們這個地方寫封信。」接着鵬哥給夥計三塊錢：「你幫個忙吧，請你給我幾張信紙一隻信封，其餘的錢請你飲茶。」等到信紙信封一到，又向企堂的借了毛筆墨盒，鵬哥打腹稿，要我寫封信給大隻孫，準備悄悄地送到對門。

那封信雖然寫得很短，但是很有趣。記得是這樣寫的：「孫先生大鑒：金條得手矣！恭喜恭喜！惟一事引以為憾，閣下欲置余等於死地，而余等已死裏逃生也！」

從門縫裏塞進去

這封信還說：「今日之下，閣下欲求太平無事者，必須將黃金千兩悉數交回，否則巨禍即到，決無戲言！余等兄弟達三百餘人，日夕在閣下及府上周圍監視之中，不必設法轉移，此乃徒勞之舉。為求解決起見，明晨九時在富士咖啡館候駕，務請光臨。余等由秘書主任陳大川為代表，陳氏身穿米色西服，咖啡色領帶，左胸口袋中插絹，戴近視深黃色眼鏡。桌上置煙兩包，打火機一座直立。有此記號者，閣下可與之攀談，只須將金條交回，其他對閣下並無損害，請勿自誤，切切……」

鵬哥拿着這封信，再三研究過後，還要我謄寫一遍，算是定了，接着商量怎樣交去。今晚他帶着小英先回家，要我就在茶樓那張桌上守着。這下倒好，眼光光到天亮，企堂的還以為我沒地方睡覺，見我長相不像壞人，對我倒也同情，還答應我可以用幾把椅子並排作床，拿一疊報紙作枕；但只此一夜，第二天便不可再為之，因為老闆為人吝嗇，不會答應。

在茶樓過夜，我自己也覺好笑，累了整日，將就一晚也罷。也沒精神再去注意對門動靜，其實大隻孫剛剛搬來，怎麼可能在一夜之間再搬？但鵬哥這樣小心，我也不便作出反對。

第二天天亮不久，鵬哥便同小英來了。真令人好笑，鵬哥打扮得同信上所寫的一模一樣，小英也換了件比較像樣的旗袍。我們三個重新開枱擺上早茶，留心對面動靜。直到十點多，大隻孫起床了。他穿着睡衣，在窗前蹦蹦跳跳活動筋骨；沒多久那個女的也跟着到客廳，非常肉麻地抱着大隻孫，兩人胡纏一會，便在沙發上坐下，好像在討論什麼，女傭走到他倆前面，大隻孫揮揮手把她支開了。一忽兒，兩人又擠在一起看報，報上登載了這件古怪的大火案，兩人正在看這篇報導，指指點點還在笑！鵬哥下命令道：「小英，你去送信罷！」

小英還沒開口，他教她道：「你走到他們門口，把信從門縫裏塞進去，並且先按一按門鈴，引起他們的注意。之後，你就立即上天台，從另一道大門下樓，一直去到富士咖啡館找我。我在這裏看着你送信，若你一切順利，我馬上就走。」

小英便依計行事，把信拿在手裏，朝我皺皺眉頭，笑笑，下樓去了。我同鵬哥便注意對門，沒多久只見大隻孫同那女人同時把腦袋往門上一望，鵬哥說：「聽到門鈴了！」接着大隻孫兩人吃驚地從沙發上立起來，報紙扔在地下，滿臉緊張之色，他們看見一封信慢慢地從門縫裏塞進來，心裏又慌又急，像在草叢中發現了一條毒蛇似的，大隻孫馬上把門拉開。

調虎離山之計

　　大隻孫這一拉，幾乎把我的心拉出了胸膛，我想，小英一定給他發現啦！老鷹抓小雞似的，一把抓住頭髮，拖進客廳，然後再把她用繩綑綁，就像在刀疤李家一樣，變成了一隻裹蒸糉。

　　幸而這份操心立刻解除，大隻孫沒有這樣做。他不是不想這樣做，而是因為小英已經直奔天台，大隻孫卻衝往樓下追尋，他當然會失望。他立在梯口，欲向街上前後左右獵取那個可疑的送信人，結果他自己博得了行人的注目，因為他穿的是睡衣，而神色又如此緊張。

　　立刻，大隻孫自己也發覺了，只得快快地回到家裏。那個女的正站在門口等他，兩個人把門關上，模樣都很不高興。這封信已經給女的拆開，大隻孫驚魂甫定，便一把取在手裏，立在那裏仔細看，越看越緊張，兩條眉毛已經變成 V 字形，寬大的胸膛急劇起伏，臉色鐵青，看完信便看手錶，看完手錶再看信，兩個人又走到窗戶前，向對面到處探望，顯然在搜索可疑的人，我連忙轉過頭去，舉杯喝茶，還吃了一個蒸餃，做戲般做給他們看。

　　接着又聽見清晰的「嘩啦」聲，連忙扭過頭去，再也看不見大隻孫同那女人，他們已把窗簾拉下來，連縫隙都沒有一條。我倒緊張起來了，因為他們可以從窗簾縫裏察看動靜，而我對他們一點辦法也沒有，他們即使在搬金條，我也無可奈何，半點都看不到。

　　事實上大隻孫他倆的確在商量，該怎樣應付我們這批人。大隻孫很頹喪，認為我們耳目眾多，手段不凡。他偷偷摸摸連夜搬家，第二天便收到這封信，內中乾坤豈止古怪，簡直可怕！就算

馬上再搬，一定逃不出如來佛的手掌，仍舊在對方監視下。

大隻孫細想，這件交易說不定為了不肯攤牌，會隨時遭到麻煩。人家來者不善，善者不來，連信都送上門了，其他的事情難道做不出來？大隻孫同那女的從本來狂歡得意的心情，轉眼之間被憂愁和煩躁代替了。

大隻孫拚命搔頭皮，迅速決定：要立刻撤離。可是能跑到哪裏去呢？與其來硬的，不如運用調虎離山之計，他倆連洗臉刷牙都忘記得乾乾淨淨，商量來，商量去，終於想到了一個萬全之計，並且開始行事。

我當然不知道他們又在耍些什麼鬼主意，只顧得把眼睛鼓得像一條金魚，一隻鷲鷹，注視着對面窗口和門口的動靜。茶樓的大鐘快到九點，鵬哥在信上約定的時間快到，我的心砰砰跳，緊張得透不過氣來，怕有什麼不如意的事情發生。我正擔心大隻孫他倆會臨陣脫逃，大隻孫已經出現在富士咖啡館了，我的心跳得更甚。

可是我不知道，當我們把全副心思放在大隻孫身上的時候，他的女人已經悄悄溜走了。

在富士咖啡館裏

大隻孫根據那封信上所寫的特徵，到處在客人羣中找鵬哥。沒想到有一個熟悉的女人出現在他眼前，這個女人鎮定地喊他：「孫先生，我帶你去見老闆！」

大隻孫驚道：「是你！原來你們早就有準備！」

這個人竟然是刀疤李家中的女傭小英！原來對方不但人多，

還早就派來臥底！大隻孫的心理幾乎崩潰，當然這都是鵬哥預先計算好的。大隻孫冒着冷汗走到鵬哥位子旁邊，鵬哥不知道從哪裏找來一根雪茄，呲牙咧嘴地吸着，胸口掛了根又大又粗的金鍊條，當然是朱義盛出品，假的。他們一見面，鵬哥便哈哈哈笑，請他坐下，告訴大隻孫：「你可以放心，這裏並沒有弟兄在暗中監視你。」大隻孫也是個厲害傢伙，他說：「沒有什麼，反正金條不在手邊，你老兄即便打死我，也沒有好處。這是實話，無一點虛言。如果想大家都有好處的話，不如敞開來談談。」鵬哥開門見山道：「姓孫的，你們太狠了，快將金條全部歸還謝罪！」

你拿三分二

大隻孫摸不透鵬哥到底是什麼名堂，看他氣派不小，態度篤定，一時也想不出有什麼推搪之計。但他眉頭一皺，計上心來，語氣一變而為馴順，立刻陪笑道：「老兄話說得好，不打不相識，英雄惜英雄，我們都是出來撈的人，你老哥有辦法，小弟自愧不如！不過我們人馬亦不少，這批金條誰見誰得，見者有份！這道理天下都去得，全部奉還萬萬辦不到。」

鵬哥一聽大隻孫口氣，知道已跌入他佈的疑陣，忍不住要笑出聲來。慢條斯理喝了口茶，抽了口雪茄，說：「當然，要你們從獅子山上搬下來，這筆腳力錢也少不了的。不過賬該怎麼算法呢？凡事都要講理？對！你孫先生弄出了幾條人命，又幾乎將我們三個燒成木炭！這個理，你自己說吧！」

大隻孫賠不是道：「過去的過去了，我們打過這番交道，以後一定要請你關照。不過拿這件事來說，我們並無存心傷害你

們，當日如果順利拿到良民證，豈不是萬事俱佳了嗎？當然，話也得說回來了，如果老兄要把我送官，說我犯了幾條人命，我也沒辦法。可是老兄知道，這樣一來，」他把雙手一攤：「別說一千根金條，就有一萬根金條，十萬根金條，你我都無福消受，全都得送給蘿蔔頭了。」

鵬哥皺眉道：「我們先不談這些吧，請問你，你到底交還我們多少金條？」他指指角落裏的小英：「這個女人你大概認得，她在這裏等回訊。如果長針指到三刻鐘的點上她還不打個電話回去，我們的人就以為出了問題，到那時候對你就很不利。」大隻孫當然早已發現小英在頻頻回顧，但沒想到內中還有這些文章。當然更沒料到，這不過是鵬哥的空城計而已。大隻孫便說：「我們交回三分之一！」鵬哥說不行！兩人軟軟硬硬爭持了十分鐘，大隻孫改口了，答應五成，雙方各得一半。但鵬哥還不答應，他說：「姓孫的，如果把這件事情弄翻了，我拿不到金條不要緊，你他媽的卻要賠了夫人又折兵！金條吐出來，一根不能少；不然抓去吃官司，賠償兩條命，你逃得掉？」

大隻孫一聽涼了半截，說：「不必這樣絕，算我倒霉，你要多少吧！」鵬哥道：「我們人多，又是金條的發現人，應該多拿一份：要三分之二！一千根金條中拿六百六十六根，還有個零頭，算是送你老哥飲茶！」

大隻孫其實也有他的鬼主意，便不再爭，一拍桌面道：「好，一言為定！你拿三分之二！」鵬哥便笑笑：「什麼時候交？現在跟你到府上去拿嗎？你放心，我們人很多，現在府上前後左右都埋伏了人，有如鐵壁銅牆，萬無一失，不怕有人來搶。」

我們規矩很嚴

聽鵬哥說馬上去拿，大隻孫一口答應，但不到三秒鐘，又立刻改口道：「這樣吧，光天化日之下，一大堆人去拿金條，恐怕對老兄也不利。蘿蔔頭為了這箱金條失蹤，連帶死了一個士兵，這幾天風風雨雨要抓人；這事你一定也知道，我看還是晚上行事的好。」

鵬哥考慮一陣，心想這句話也有道理。但問題倒不在於白天或者晚上，乃是鵬哥手下並無幾百個弟兄，只得我同小英兩個，而且還都沒見過世面，萬一出事，的確難以應付。晚上呢，情形就不同，黑黝黝的，對方也弄不清虛實，他便同意晚上交接。

但大隻孫卻又出主意道：「今天晚上九點半，請你給我一個地址，我一定親自把金條送上門來，決不有誤。」鵬哥聽說他自己送來，暗吃一驚，怕空城計給他看破，一時不能決定，拚命抽雪茄，裝着正在動腦筋，而事實上是在傷腦筋。如果拒絕大隻孫這樣做，便顯得不夠膽量，如果答應這樣做，又怕顯出漏洞，反而使大隻孫臨陣逃脫，一根金條都拿不到。沉默半晌，鵬哥終於想出主意道：「既然你自己送來，表示賠罪，我們一定原諒你那天放火的過錯。現在你坐兩分鐘，我到樓上富士大酒店，看看我們弟兄訂的房間多不多。如果還能空出一個房，今晚九點半我便在這裏等你，你等等，我去看看。」說罷便上樓，向侍者開了二〇七號房，付過房錢，再笑嘻嘻下樓道：「很巧很巧，二〇七號房裏只有三個光桿兒住着，我叫他們搬到隔壁去了，你就到二〇七號房交貨吧。」邊說邊把小英招到面前，煞有介事地吩咐道：「你搖個電話到總部，告訴他們，事情進行得順利。今天晚上九

點半，這位先生便到這裏樓上二○七號房交貨，交三分之二！」

鵬哥回過頭來瞅一眼大隻孫，意思是說：「三分之二，沒有錯吧？」大隻孫點了點頭，鵬哥再說：「再搖個電話到東區，告訴他們，一切順利，不必傷和氣，見了孫先生他們的人，千萬不可失禮。今夜再在孫先生府上附近看着點，等我的電話再撤離。還有，今夜九點鐘，孫先生會提着箱子出門，這是我知道的，要他們不要發生誤會，由他出門好了。不過如果同太太一起出門，就應該注意點，其他沒什麼了。」小英聽完便裝神弄鬼去打電話，邊打邊幾乎笑出聲來：這分明是在做戲嘛。

鵬哥聽她打完電話，便對大隻孫說：「對不起，我們規矩很嚴，不得不如此。」大隻孫當然不知道他們暗地裏做了什麼鬼怪，以為這一切安排都是真的，不禁有點怕，只是強笑。

再送一封恐嚇信

鵬哥又海闊天空吹了一陣，大隻孫根本沒有心思聽，正想告辭，那個女的辦完大隻孫交代的事回來了。她一扭一扭踏進富士咖啡館，鵬哥一怔，小英因為做過她家的女傭，也有點不好意思。大隻孫看見各人表情尷尬，攤攤手，起立道：「你們都認識，不必我來介紹啦！」他再向女的道：「我們已經講妥，你也不必坐下來，走吧。」

那女的還是一臉笑道：「人家很辛苦，總該請我喝杯茶嘛，急什麼？」接着她朝小英點點頭道：「亞英姑娘啊，今天又碰到啦。過去的事別再提它，以後我還歡迎你到家裏來玩，做個朋友。你不用開口，我就知道你打工是假的，哈哈哈，你有辦法

啊，到我家裏來，簡直像真的女傭一樣。嗨啊，我的亞英姊，你早些說明，根本不會引起誤會嘛，幾乎大家都下不了台，這又何必呐？我決不是氣量小的人，哈哈哈哈，當時你如果開口，我會不還給你們嗎？」

這女人真會講，哇啦哇啦說過一大堆，看見小英不回話，便感到很無趣。鵬哥看在眼裏，心中暗笑，代小英說道：「李太——」他剛說完這兩個字，那女的抿着嘴笑道：「別叫我李太啦，我本來是孫太，」她指指大隻孫：「本來我們是夫妻，一打仗，沖散啦，我就同刀疤李這死鬼在一起，後來天見可憐他回來咯，我們又在一起啦。」邊說邊做着表情，那模樣教人心頭作嘔。大隻孫感到無聊，道：「好啦好啦，我們走吧，今晚九點半便把三分之二送來，請你放心。」鵬哥弦外有音道：「不送不送，孫兄此去，一路有我們弟兄暗中招呼，你府上前後左右，也有兄弟的人在照料，你不怕金條會給搶走，放心好了。」

大隻孫當然明白，鵬哥是在警告他：「你跑不掉！」便強笑着走了。這兩人一走，鵬哥樂得呲牙咧嘴，瞇着一雙眼睛，直奔二〇七號房間，倒在床上打滾。他吩咐小英到茶樓裏來找我，要我預先再寫好一封恐嚇信，待得下午五點鐘左右，要小英將恐嚇信塞到大隻孫門縫裏，信上告訴他：「只有四小時了，請妥為準備，以免引起誤會！」

我對小英搖頭道：「上次你去送信，大隻孫往樓下找人，撲了個空！這一次你再去，他一定知道該上天台，那就慘了。」小英說沒有關係，她可以再送一次，我就問企堂借了文房四寶，照寫一遍，套好信封。

我向對面望過去，只見大隻孫家中窗簾低垂，密不通風，這

一定是在把弄金條了。

鵬哥也要獨吞

其實我還是不情願小英去冒這個險，畢竟我們三個只能裝模作樣嚇唬人，一旦人家醒悟過來，我們連命都要賠進去。

我嘆道：「現在我們兩個也真的捲進漩渦了，如果拿到這筆錢，可以趁早結婚，然後找個好地方，省吃儉用做點小買賣，也就罷了。」小英笑道：「你只知道結婚。」我說：「如果我勉強能應付，我們不是早就結婚了嗎？」她歪着腦袋問：「如果沒有這批金條，那你一輩子打光棍嗎？」我看着她的眼睛說：「這個要問你了。」小英抬頭看一看鐘，道：「時間到了。」說完不等我叮囑，已經鳥兒似的飛到樓下，穿過馬路，直闖斜對面樓上，送信去了。

我心裏的焦慮真是難以形容，正在窗口着急地胡思亂想，肩膀上給人重重地打了一巴掌，把我嚇得直跳起來，一看是小英，什麼氣也平了。她見我這樣驚慌，忙不迭道歉，笑着說：「一切很順利，我直接按鈴，當面送到他手上，他還要鞠躬感謝我！」

想不到小英把對方的心裏反應算得那麼準，而且還那麼勇敢！

小英隨即便上富士大酒店鵬哥房裏，等候大隻孫送金條過去。好不容易盼到八點三刻，我看見大隻孫真的從對面大樓出來，他右手提了隻沉甸甸的籐篋，站在街頭，漫無目的地向四周掃視一遍，笑笑，然後朝富士大酒店走過去。這個表情我明白，大隻孫是在向他心目中的監視人打招呼：「我赴約去了，你們放

心。」他怎麼知道鵬哥口中所說的「前後左右都有人」，事實上只有我一個呢？同樣地，我為何竟會期待這個心狠手辣的傢伙真的肯乖乖地聽話呢？更加想不到，嘿，鵬哥也要獨吞金條，他從大隻孫手裏接過黃澄澄六百多兩金條，馬上翻臉不認人，他逼着小英同我一刀兩斷！小英氣得痛哭着跑出了富士大酒店。

小英哭着來找我

小英哭着找我來了，這使我萬分驚訝，以為鵬哥遭了毒手，但小英把事情講清楚以後，我反而鬆了一口氣。

事情的經過是這樣的：九點半，大隻孫果然到富士大酒店交貨，只他一個人，並無其他幫手。大隻孫把重甸甸的箱子一放，說，請點數！鵬哥便要小英去查點金條，他自己退後一步，半躺在沙發上，一隻手塞在褲袋裏，意思是警告對方，如果你要冒險，我這裏有手槍，可要小心，最好乖乖別亂動！大隻孫並無說一句譏諷話，或者對鵬哥有半點不禮貌舉動，表現得非常心悅誠服，鵬哥還以為是他的空城計擺得好，當然十分得意。小英數了數，六百六十六兩一根不多，一根不少，大隻孫便向鵬哥打個招呼，恭恭敬敬走了。

大隻孫一走，鵬哥立刻奔到門口，關緊房門，沉下面孔，向小英說道：「阿英，你是我的妹妹，應該聽哥哥的話，是嗎？」小英說：「是。」鵬哥道：「既然這樣，你應該按照我的意思去做！」鵬哥厲聲喝道：「同亞清一刀兩斷，別再來往了！」

小英一聽不知說什麼好，又氣又急又恨，罵他道：「你這個沒有良心的東西，又要傷天害理啦！獅子山上不見了金條，你冤

枉是亞清偷走的；現在拿到了金條，又要我同他一刀兩斷，你到底是什麼心眼！」鵬哥拍桌喝道：「你再敢大聲吵，小心把你宰了！」邊說邊從襪統裏拔出閃閃發亮的匕首，「拍」一聲往桌上一插道：「亞英，你別狗咬呂洞賓，不識好人心！我不許你嫁給亞清，為了什麼？還不是為了疼你？你想，亞清這個人有什麼出息？苦力一個！這種人只配餓死！你以為他是喜歡你嗎？別做夢啦！這幾天他忙來忙去，你以為是為了你嗎？醒醒罷！他只是為了這幾根金條！」他拍拍桌子：「金條！金條！現在金條到了老子手上，分給他才怪！小英你聽我說，六百六十六兩，本來三一三十一，現在二一添作五，這不更好嗎？肥水不落外人田，黃澄澄的金條落到我們手裏，憑什麼分給這個莫不相干的傢伙？」

小英氣得沒法說話，只是滿身發抖，癱軟在沙發上。鵬哥冷笑道：「怎麼？你不高興嗎？好！我反正不能在這裏等着大隻孫派人來搶，我要走了！我先把金條藏起來，然後馬上買一幢房子。你想跟我過好日子呢，馬上起來，跟我走！包你有好食好住，如果要找亞清呢？嘿！我可不能再等，要走了。我還趕着先去兌幾兩金，換點現款用，哈哈哈。」

你的金條是假的

小英越聽越傷心，對她的哥哥萬分憤恨。她見他就要出門，便一個箭步奔到他身邊，攔住他道：「你不能這樣就走！你這個狼心狗肺的傢伙！」鵬哥一聽先是一怔，馬上沉下臉來厲聲喝道：「怎麼？你瘋啦！他媽的你胳膊向外彎，只要外面人，不要

我這哥哥啦！」

　　小英正想說什麼，冷不防鵬哥放下手提箱，使勁把她一推，順勢飛起一腳，正踢在她的大腿上。小英沒料到她哥哥會這樣狠心，連哭都哭不出聲來，胸口一陣難過，竟然昏厥過去。

　　她一醒便跑來找我。我們都這樣想：鵬哥拿走了這一批金條，現在已經大發洋財，大吃大喝，荒唐胡鬧，別說記不起自己還有個妹妹在傷心落淚，恐怕連祖宗三代，生辰八字都忘得一乾二淨了。這種事情，我除了安慰她，更沒有其他辦法。兩個人惱得連走路都沒有氣力，呆坐在這家茶樓。我當然不再奉命等候什麼大隻孫，更不必聽令要跟蹤什麼人，我只是想靜待一個時機，再勸勸小英不要過分難過，說服她將來的生活還是靠我們自己兩隻手。

　　沒料到鵬哥在這個時候，卻因吞沒黃金，惹出事情來了。

　　鵬哥金條在手，以為袋袋平安，下半輩子再沒有問題了。他一早看透小英同我兩個都是忠厚人，對他無可奈何，大隻孫又已認輸，自然已沒有什麼可顧慮，除非不小心露白給人搶奪。因此他離開富士大酒店之後，立刻裝神弄鬼，鑽進出租車，在市區兜了一個圈子，小小心心找到一家上等旅店，用一個化名開了間房，取出兩根金條，立刻到金舖兌換。他的高興勁兒無法形容，一面走，一面思量：今天換到現款痛痛快快玩它一個晚上；然後明天去買一層樓房，找個女人，再穩穩當當發展事業，走私也罷，買賣也罷，反正到時候再決定吧。

　　金舖夥計見他掏出金條要求按照市價兌換，他們接過金條，只是翻來覆去，橫看豎看，還用頗具疑問的眼光打量這位闊客，說什麼也不馬上付款。鵬哥有點生氣，便問：「你們看什麼？難

道我的金條是假的嗎？」那夥計暗笑道：「不敢不敢，只是這兩根金條很古怪。」鵬哥惱怒道：「什麼古怪！快拿錢來！」那賬房一聽也奔出櫃台，架起副老花眼鏡，再三察看，把根金條秤了秤，舔了舔，照了照，磨了磨，然後縮着脖子還給他道：「對不起，你的金條是假的！」鵬哥一聽人都軟了，厲聲喝道：「胡說！」那賬房道：「不騙你，你看！份量不對，色澤不對，裏面更不對！這是黃銅，哪兒是金子？」

還有六百多兩

鵬哥聽金舖賬房這麼說，分明知道這不可能是胡扯，但他怎麼肯相信？他千方百計，背信棄義得來的金條，才剛剛歡喜了一場，哪能一下子失望得這麼重呢？他恨透了、氣瘋了，一巴掌摑下去，幾乎把面前的賬房打翻在地下。

鵬哥跳腳道：「你這個傢伙胡說！我要告你！你這家金舖存心騙人，你這個該死的東西！」鵬哥越罵越氣，竟還想走過去踢一腳。但他剛抬起腿，金舖的夥計已一擁上前，連打帶綁，鵬哥兩隻手動彈不得，便用嘴咬，用腳踢，夥計們見他這樣瘋狂，乾脆把他按倒在地上，同時吹起銀雞，召警抓人。

鵬哥恨不得天崩地裂，和人們同歸於盡，但他仍然希望這金條是真的，只是那賬房在騙人。沒多久，警察來了，這種事情倒不常見，有人拿假金條冒充真金，被揭發之後，居然還敢出口罵人，出手打人。於是警察便問：「你的金條從哪兒來的？」鵬哥心裏沒好氣跟他們周旋，但又怕吃眼前虧，還不敢說明這批金條的來龍去脈，就編造了一個故事，說他是個股商，從廣州來

港，剛剛買進一批金條，因為手頭週轉不過來，因此兌換兩根，沒料到會發生這種事情。那兩個警察不大相信，說：「你這傢伙一定是瘋子，怎麼會買進假金子？何況還是一批？」便問其餘的金條放在什麼地方？鵬哥不能不講，兼且又燃起一個希望：希望酒店裏那六百多兩是真的。他把實話一說，卻使聽的人都呆了，捱打的賬房，抓人的警察，忽然都同情他，為他的上當惋惜：「六百六十六兩金條值多少錢？看你這樣子，也不像底子很厚的人，怕要傾家蕩產了！」於是同他一起上酒店，取出金條，經過那一套查驗手續，金舖賬房同夥計們，手都酸了，卻真找不到有一條是真金。於是鵬哥哀愴地哭，痛苦地跳腳、撞牆，慌得人們忙不迭照料他。

最後那兩個警察說：「事情已經如此，你死也沒用，不如找到賣方，把他抓住，你還有希望收回一點損失。」鵬哥這時候，卻又怕大隻孫的出現會牽扯出更多的麻煩；大隻孫可以誣告是他，鵬哥，打死了日本兵，埋藏了金條準備第二天去拿，但碰巧他們從沙田回來，經過獅子山發現這件事，順手牽羊掘了出來。這樣一來，大隻孫頂多犯個什麼輕巧的罪，而鵬哥卻一變而為殺人犯，殺的還是蘿蔔頭，麻煩就大得多了。鵬哥沉吟良久，警察不耐煩了，說：「你到底要不要這筆錢啊？嗯！」

這件事情太古怪

警察拚命問他，那種口氣，變為老友們在央求似的，非要鵬哥供出這個賣家不可。須知在蘿蔔頭統治下，任何一件事情，只要有油水可撈，人們便明爭暗奪，反應異常劇烈。現在他們發現

了這麼大的一宗騙案，牽涉黃金鉅款，自是求之不得，非得要鵬哥如實道來。這兩警察甚至把鵬哥請到茶樓，找個僻靜角落，要他仔細供述，務必帶他倆去抓人不可。

這真叫鵬哥傷透腦筋，惟有假裝忘記了這個人的地址，要休息一會，慢慢地想，實際是在考慮他自己的問題。

話分兩頭，在鵬哥鬧出假金條騙案的同時，我和小英還在茶樓發呆，假金條的事我們一點都不知道。突然間，大隻孫家那個女的也提着一隻重甸甸的箱子出現在大樓門口！她顯然很慌張，不時把腦袋探向前後左右四處張望，並且因為箱子太重，她無法提着它，只是擱在路旁，拚命揮手找汽車。

我連忙說：「小英，這裏頭一定有文章！在這個關鍵時刻，為什麼大隻孫不和她在一起？她這樣慌張又為了什麼？」小英也緊張起來：「會不會這個女人想捲金潛逃？」

我那股子傻勁又起來了，立即匆匆忙忙下樓。那個女的正在使勁提起箱子，步向出租車；人先坐到車裏，然後使勁提起箱子，往車廂裏拖了進去。車子馬達一響，開走了，方向卻是向海傍的那端，並非往市區開去。

我明知道這事情不簡單，可是追不上有啥辦法，只好等截到空計程車再說。這時的三、兩分鐘真的比一天還長，既緊張、激動又無奈，是我一生中沒有遇見過的，只好叫自己鎮靜一些，希望別出什麼事。車子來了，不等停定便衝去開門，要司機加快向海邊駛去。

小英在樓上看得清楚，我前面剛走，大隻孫已經在後面坐着一輛車子回到他自己的家門口，匆匆上樓。

大隻孫幾乎瘋了

　　小英正發怔間，車子裏又跳出兩個人來，都是短衫褲，腰間隆起，一副打手的樣子，他們也跟着大隻孫上樓。斜對面大隻孫那個單位窗簾低垂，小英看不見屋裏出了什麼事，更想不到大隻孫幾乎氣瘋了。

　　本來大隻孫的狸貓換太子行動已經全盤成功。當鵬哥在富士咖啡館裏要求白天交貨，大隻孫改到夜晚，全因懼怕鵬哥「手下眾多」，決定虛晃一刀，乾脆安排幾百條假金條晚上交貨，務求爭取多大半天時間擺脫鵬哥的「天羅地網」，然後從容逃跑。況且入夜金舖打烊，鵬哥要洞悉金條的真偽，最快也得等到第二天上午，到時他們已經到達安全的地方了。大隻孫甚至預先佈置了退路，他在見鵬哥之前，安排那個女的去找大口陳，大口陳有汽艇，僱他的汽艇偷偷出海，蘿蔔頭查不出來。在鵬哥被大隻孫的生花妙舌騙得服服貼貼，流着口水等發財的時候，大隻孫已經找到一家翻砂廠，非常迅速地熔製了六百多條「金條」，按時送到鵬哥那邊交差。同鵬哥瓜葛完畢，大隻孫仍不放心，另外去找兩個朋友幫忙做他的保鑣，以防提着真金條出門時，若遭到鵬哥眾多手下襲擊，也不至於毫無抵抗能力。大隻孫可謂心思慎密，可惜千算萬算，大隻孫算不到的是，他的女人叛變了！

　　那女的原本在家候着，越等越心焦，她怕金條的秘密已給鵬哥揭穿，大隻孫再也回不來了，沒想到大隻孫正在找保鑣。這個女的，老實說，她自己長年滾紅滾綠，對這種社會的壞事知道得太多，自己做過的也不少。她固然喜歡大隻孫在某些地方使她滿足，但又怕正式跟他以後，一旦兩人翻臉，吃虧的肯定是她，到

時連一個斗零都拿不到,更別提什麼金條了。她多番思量,忽然想到一個主意:她也要來個不告而別,獨吞金條!看在刀疤李的份上,大口陳應該會幫她逃亡,至於到了彼岸後該怎麼辦?她倒不在乎,江湖打滾多年,她自有她的一套辦法和想法。於是經過再三思索之後,一個人帶着金條悄悄地逃了。

她出門不久大隻孫便趕到,大隻孫一見女的失蹤,立刻去找藏金。只見藏金之處已經空空如也,這一急急得他暴跳如雷。那兩個打手跟着進門,卻見大隻孫突然發神經般,像一隻摘掉了頭的烏蠅,在那裏亂蹦亂轉,亂跳亂叫。大隻孫的瘋狂嚇倒了那兩個打手,兩人只得悄悄地一溜了之。

只見他兩手鮮血

小英只看見兩個打手剛上樓又馬上離去,可沒法看見大隻孫在屋裏發瘋。

機關算盡,卻功虧一簣,明明到嘴的肥雞又飛了。大隻孫越想越氣,好比一架升至半空的轟炸機,忽地失事墜地,他的希望已經粉身碎骨,恨不得一把火把自己也葬在屋裏。他從臥室打到廚房,從壁上的鏡框打到地下的痰盂,一地破破爛爛,他的雙手也受傷流血,又嘩的一聲扯下窗簾,小英驚詫地看見對街窗戶中大隻孫在屋子裏揮舞着一雙血手,用窗簾胡亂擦抹,小英恐怕出了命案,但又不敢聲張。

大隻孫這時也發現了小英在對街茶樓監視自己,馬上清醒過來,他醒悟到這樣亂打亂砸無濟於事,急急忙忙跑回盥洗室清洗。冷水洗臉以後,對剛才浪費掉的時間後悔起來,恨不得馬上

找到那個女的。他一面換衣服，包傷口，一面又害怕鵬哥發現秘密追來，向他興師問罪，那就真是啞子吃黃蓮，有苦說不出；又像駝背跌觔斗，兩頭不着實，想翻身都沒有辦法。

大隻孫心中有鬼，匆匆收拾飛奔下樓，正在這當兒，一輛車子開到大樓門口，大隻孫連忙朝車廂瞅一眼，嚇得他屁滾尿流，原來是鵬哥領着密探抓人來了！對着這一個煞星，大隻孫不由得不驚慌，心想跨出去一定倒霉，不如回頭，便又飛奔上樓。

驚心動魄的一幕

鵬哥那雙眼睛好厲害！車子剛挨近門口，他早已盯緊了這一帶，恰巧大隻孫跨出梯口，四目相接，彼此心照！大隻孫扭頭向樓上跑，鵬哥也連忙下車領頭直追。他提防大隻孫從天台逃走，要那兩個密探分向左右兩邊大門上樓，直奔天台，有如兩翼，他中間突破，來一個三面包抄。

大隻孫聽見腳步聲已經追來，反而向自己屋中躲去，鵬哥剛奔到二樓，一眼看到大隻孫，正是仇人見面，分外眼紅，一俯身從襪統裏摸出匕首，直向對方撲去，但遲了一步，大隻孫已經把大門關上，鵬哥無可奈何，便在門口踢門。大隻孫怎敢開門糾纏？他繞室徬徨，生怕追兵從天台搋繩而下，從窗口跳進來，那豈不是照樣被抓住了？他逃又逃不掉，呼救又無門，在屋裏面前前後後連奔帶跳，有如鐵絲籠裏的一頭豺狼，總想找個機會，找個縫子，破圍而出。

那兩個密探在天台撲了一個空，忽聽到鵬哥叫喚，連忙又奔到二樓，三個人集中力氣撞門。小英在斜對面看到的，只是大

隻孫一個人在唱獨腳戲：一忽見走入廚房，一忽見回到房間，手裏拿着一條麻繩，顯然想找個合適地點，捎繩下地。果然，大隻孫思量反正無路可逃，不如冒一下險，他攜繩從臨街的二樓窗口跨出去，雙手抓緊隔壁房子的窗子，一個翻身便進入了人家的騎樓。那情景可以想像，戶主見他兇神惡煞，雙手鮮血，還以為來了土匪，嚇得面如土色。大隻孫卻央求道：「我是你們的鄰居，昨天才入伙；不料有幾個壞人找上門來，我同他們打了一架，弄得一身是傷。可是又不敢下樓報案，只希望借你廚房一用，讓我從廚房攀繩下地，逃去報警……」那個年代兵匪不分，那戶主嚇得毫無主意，只要他不動手傷人，已算萬幸，現在聽說他只希望借路逃走，於是拚命點頭。大隻孫一到廚房，順手抓了把菜刀插在腰間，把麻繩繫在水喉上，猴子似的從窗口緣繩下爬。

這時候鵬哥同兩個密探已經撞開大隻孫家大門進到房間，發現人去樓空，三個人拉開了所有的櫃門，找遍了屋中全部的縫隙，從床底下找到廁所，別說金條，連金子的氣味都聞不到。窗子是大開的，鵬哥探頭一看，大隻孫正掛在隔壁樓房外面一條麻繩上！

四個人打成一團

鵬哥同兩個密探連忙衝下樓，繞到小巷，抬頭看見大隻孫掛在半空根本沒有退路。大隻孫明明已經快垂滑到底，現在已經到了追兵的頭頂，密探跳起來幾乎可以抓住他的腳，大隻孫連忙想往上爬回去，但違反地心吸力何其困難，再說他的兩手已經再次受傷，被繩子摩擦得手皮肉都翻了過來。意識到大隻孫想爬回

去，兩個密探立即合力把鵬哥往上挺舉，鵬哥及時在空中伸手出力把大隻孫往下扯，大隻孫死不放手，水管無法承擔四個大漢的折騰，噼啪一下折斷，和大隻孫一起掉下來砸到三個追兵頭上，水從折斷的水管如噴泉爆出！

四個人打成一團，大隻孫敵眾我寡，沒有機會還手，被對方這個一巴掌，那個一拳頭，很快便滿嘴是血、滿臉是血、滿身是血，不久後已經無法站起。大隻孫口吐白沫，說：「打死我也沒有用，金條早已出了大門！」三個人一聽大吃一驚，把大隻孫拉起來靠着牆坐，要他交代金條下落。

大隻孫喘着氣，斷斷續續道出了事情因由。下一分鐘，小英從茶樓上望見鵬哥同兩個密探夾着大隻孫從小巷匆匆忙忙跑出來，擠進一輛車子，也向海邊方向馳去。小英心裏不由得更慌，她眼見先是那個女的坐上一輛出租車，一馬當先帶頭走了。然後我的出租車匆匆忙忙跟了上去；接下來，那輛車載着大隻孫同鵬哥等人也跟着追了上去。她無法不着急，第一輛車她可以不管，但第二輛車上有着她的情人，第三輛車上還有她的哥哥，雖然那個哥哥不成器，但終究是哥哥，她不能坐視，也匆匆下樓，截了一輛車子追上去。

老古話說得好：「無巧不成書」，事情真是湊巧得離奇。那女人帶着這麼多金條，不知道是車子太陳舊，還是為了什麼原因，她的車子剛開出不久，便在路邊拋錨。她的着急是難以想像的，而我的狼狽同樣是難以形容，因為我正好在她的後面，我的那輛車子已經追到他了。

四輛車子在追逐

　　我當然不能夠停在她的車後，只好聽任司機開過去。過了約莫有百多間門面光景，便要司機停車，假裝口渴，到附近一家小店，要了瓶汽水喝。

　　司機分明不大放心，這一停，得增加很多錢，他眉宇之間，擔心我付不出來。而最大的原因是，再往前走便是海邊，到荒荒涼涼的海邊幹什麼呢？而且，我的行動是這樣可疑，表面上在喝汽水，而一雙眼睛盯緊了後面那輛車子。

　　我知道應該怎麼說了。我同他打招呼道：「老友，你放心好了，我不會作弄你，只要事情順利，免不了請你飲茶，一切放心！」我這樣一說，他反而不好意思起來，忙說：「沒關係，沒關係。」正說着喇叭響，那輛拋錨車修好了，可是大概白金（喇叭部門的零件）仍有毛病，喇叭響入雲霄，不停地叫，這使那個女人非常焦躁。我可以看得很清楚，她在車廂裏指手劃腳，車子馬上停止，司機匆忙下車，掀起車頭蓋，只一拉，喇叭戛然而止，車子再開，我待她開過身邊，同司機使個眼色，也往海灘開去。

　　這時光路上有四輛車子在追逐，但誰也不知道背後有什麼。女人一馬領先，渴望盡快跳上大口陳的汽艇，只要幾分鐘大口陳便可以帶她脫離危險，換個碼頭重新開始。她是這樣的得意，兩幫人在找金條，鳥為食亡，好幾個且以身殉，但她是優勝者，最後更來了個獨吞。她要求於大隻孫的，在別的男人身上也可獲取，她不稀罕大隻孫的什麼愛情，事實上大隻孫也沒有給她什麼愛情，不，在這種人之間，也根本不可能有什麼愛情。「做人要

做得心狠手辣！才有辦法！」

　　那個女的什麼陣仗沒有見過？她靠着天時地利，解決了刀疤李，接着再甩脫大隻孫，終於獨攬黃金。如今海邊在望，她在最後一段路上飛馳，心裏好高興！我在她車子後面，當然看不到她臉上的表情，但我自己感覺到：我很緊張。

　　我緊張什麼呢？我怕一路跟下來，最終掉入她設下的陷阱裏，到時上天無路，入地無門，那真是不敢想像。我假定：如果她逃到海邊漁艇上，我難道能上船去搶？她有膽量走水路，一定有人接應，否則一個女人，再厲害也不敢單槍匹馬往荒野海邊去。這個道理非常淺顯，誰都會想得到，我居然疏忽了，現在越想越急，反而失卻了目的，有點害怕起來。

大口陳等得焦急

　　一輛車子在海邊飛馳，沒有什麼特殊之處；四輛車子在海邊飛馳，也沒有什麼可疑之處；但四輛車子為同一件事情而出動，那誰也可以料到，一定是發生什麼了。那女的一馬當先，歡快地朝大口陳的汽艇飛馳，我糊糊塗塗，慌慌張張地跟在後面。大隻孫又氣又怒，帶着鵬哥和兩個密探啣尾窮追，非要奪金殺人，不能解恨！小英卻完全為了我，也莫名其妙跟在後面，想看個究竟。

　　現在，海灘在望了，大口陳的汽艇升火待發，他在沙灘上不時察看，亦為大隻孫的詭秘行動納罕。三天前，大隻孫還是一條光棍，可是像變戲法那樣，刀疤李忽然家破人亡，他的姘頭也改姓了孫；而大隻孫也變得衣履整潔，這些事情瞞不過大口陳，認

為內中一定有蹊蹺，而且問題一定不小，否則不可能兩人要求坐汽艇偷偷出境。

不過話又說回來了，目前獸兵當道，死個把人根本不算什麼；而亡命他鄉，男女之間一團糟，更是家常便飯，管它幹嘛？大口陳吩咐鐵枴李、單眼梁借這個機會，把汽艇裏裏外外洗抹一遍，別教人看扁這條又髒又小的汽艇，以為艇主十分倒霉。

正當兩個夥計在擦洗船身，大口陳忽地看到岸上煙塵滾滾，一輛車子箭似的馳向海灘，以為是大隻孫同刀疤李的女人來了，連忙要夥計停止擦抹，準備開行。同時大口陳為了表示老友，還迎上幾步，想幫大隻孫拿東西上船，留點交情。不料車子停下來，卻只見那個刀疤李的女人。大口陳剛說了一聲「咦」！那女的便把他拉到一旁，低聲問道：「我問你，你想不想發財！」大口陳咧嘴一笑道：「那還用問？」女的再問：「你想不想跟我過一輩子？」大口陳呵呵地笑道：「你今天開什麼玩笑！」女的連忙截斷他的話道：「別嘻嘻哈哈的！我說的沒有一句假話！刀疤李因為金條遭殺身之禍，大隻孫因為金條也給人家軟禁。」她信誓旦旦：「現在黃金就在車上，已經屬於我所有，我再不逃，人財兩失！可是一個婦道人家，總想找個可靠的人一起走。你平時對我不錯，所以今天找你商量，你如同意，跪下來向天發誓：這一輩子決不欺侮我，決不拋棄我，否則天誅地滅，不得好死！」大口陳問她：「車上真的有金條？」女的說：「你不相信？」接着要他看車子裏面那隻沉甸甸的箱子：「喏！這就是，可別讓司機發覺，小心他也打我們的主意。」那女的邊說邊背着司機把箱子掀起一條縫，大口陳驟見天降黃金，高興得姓什麼都忘記了。聽她說了一大串，知道情形很緊急，便利用她的身子作掩蔽，咕咚下

跪道：「皇天在上，我大口陳如果對不起李太⋯⋯」說到這裏，那女的「吱」地笑道：「錯啦，應該說是陳太，以後我便姓陳啦！」大口陳一聽心花怒放，但偶一回頭，即時臉色慘白，連忙起立。

一下車就開槍

大口陳看見的是另一輛出租車飛奔前來，塵土迷漫，不知道裏面有多少人，當然想不到只有我一個。那女的則以為大隻孫找她算賬來了，連忙把大口陳推向車子，說：「快走！就坐這輛車子走！」大口陳當然不會就這樣捨棄他的汽艇，問：「為什麼不上汽艇？」女的說：「上汽艇，你根本沒有地方躲，難道沉到海底不成？上汽車，那我們愛上那裏便是那裏，隨時躲起來，方便得多了。」大口陳一聽也有道理，萬一有人追查，兩個人在市區藏匿，無論如何比一條汽艇在內海活動安全得多。可是後面的這一輛車子又該怎麼對付？大口陳也不能不着急。他連忙把鐵枴李和單眼梁召上岸，緊急吩咐道：「我同李太有點事進城，三天兩天回來還不一定，這艘汽艇我算是送給你們兩人了，不過在你們回到船上之前，先幫我一個忙，行不行？」兩個夥計平白得到一條汽艇，喜歡得不得了，連忙問有什麼事要幫忙？大口陳便指指我坐的那輛車道：「車上坐着的人，不管是誰，對李太都來意不善。鐵枴李你當然明白，你的堂兄刀疤李死得不明不白，都是大隻孫搞出來的。現在這輛車子馬上就到，趕快把手槍拿出來，不管是誰，只要對李太動手動腳，你們就同我幹掉他！」

那兩個夥計得人汽艇，與人消災，連忙回到艇上，三摸兩摸

取出兩枝手槍往腰間一塞，一個縱身從汽艇躍到岸上，便迎着我的車子奔來，掩護大口陳同那個女的撤退。

我那時已逼近海邊，見那女的倉皇鑽進汽車，大口陳也跟着鑽進去坐在她的旁邊，車子一扭頭便來個緊急轉彎，我明白內中一定有變。但這時下車也沒用處，身上也沒有武器，船上兩夥計兇神惡煞地執槍在手，喝令我停車；大口陳同那女人一陣風似的「呼」一聲掠過我的車旁，直向市區飛奔。單眼梁同鐵枴李一人一槍，逼近車旁吆喝道：「停車！」緊急之間我被逼出來一句話：「別開玩笑，我同你們根本不認識！」單眼梁道：「我們老闆說過，不管車上坐的是誰，你只要下車，便打死你！」我明知金條並未移落汽艇，當然無須下車，因此說：「好，我不下車就是了，請你們別用槍對着我！」他倆還是不放下槍。

大口陳想撞車

那個單眼梁道：「你要回去也可以，不過要等那車子走遠才行。」我回頭一看，大口陳同那女人已經離開沙灘，車子在堤邊急馳，眼看就要逸去，不知道要花多少氣力才能把他們倆追到，到時候金條也不一定找得回來。我本來已經夠冒險，夠無聊的了；現在又為這些沒來由的事情苦惱，還要身陷險境，回想起來實在可笑。

在單眼梁、鐵枴李兩人的槍口之前，我當然沒有話說，嘆了口氣道：「好吧，聽你們兩人號令，待你們說可以走，我才開車走。」但那兩人卻又互使個眼色，鐵枴李一手把着車窗，一手玩着手槍，伸進半個腦袋來說：「喂！你們到底玩什麼花樣？反正

你也弄不出名堂來，不如告訴我們，讓我們也知道知道，究竟老闆發了些什麼橫財，把他的飯碗都送給我們了。難道這個女人是座金山？」

我笑道：「金山當然不是，金條倒不假，她車上有一千兩金條！」那兩人一聽，呲牙咧嘴，人也呆了，倏地面色又變過來，一齊撒腿往岸上跑。我嘆氣，心想這批人好狠，只知道要金條不要命，什麼親戚朋友，翻下臉來便不認人。

我扭頭一望後面，立時使我心驚膽顫，後面不知何時又來了一輛車子，距離還遠，看不清車上是誰，但大口陳車子的速度顯然是緩下來了。我四顧無人，便要司機往來路開去，無論如何，離開這個危險地帶是刻不容緩的了。子彈不認人，而我只有一條命，萬一賠在裏面，未免太不值得。我再下決心，金條送到我手上都不能要，人為財死，這幾天我得到的教訓已經太多了。

大口陳的車子剛再開過不久，便被迎頭而來的車子頂着，兩車距離極近，大口陳清楚看見對面車子裏坐滿惡狠狠的一車人，正是拔槍在手的兩個密探，和指手劃腳的鵬哥和大隻孫。大口陳慌了，忙問那女的：「大隻孫帶人來了，怎麼辦！」那女的怎麼還會想得出主意來？只是指指那箱子道：「糟啦！這幾百兩金條眼看就要……」正說到這裏，前面的車子忽地停止，但並沒有人下車，只是在喊：「停車！舉手！停車！舉手！」那司機用央求的眼光向大口陳說：「先生，不能走了，對面已經瞄準槍口。」大口陳喝道：「不許胡說，不許停車！」那司機哭着聲調央求道：「先生，我家裏老老小小一大堆，可不能有三長兩短，求求你，放了我吧！」大口陳獰笑道：「老友，你只要衝過去，包你這一輩子不愁吃喝；如果不依，我的槍也不會饒了你！」那司機

一頭大汗，只得開車，大口陳忽然在他頭上重重地打了一拳。

一刀刺去

　　大口陳這一拳使司機猝不及防，未及煞車便已昏厥仆倒，無人駕駛的車子向迎面而來的車直撞過去！大口陳準備用這一手使對方翻車，然後自己拿着金條逃走，因為單眼梁和鐵枴李已經跑步到達背後，可以作為接應。

　　大隻孫那輛車子的司機，原先以為接到一筆生意，逐漸發現置身是非之地，處境異常危險，睜大雙眼隨時在戒備突變；見對面車子撞來，連忙來個緊急轉彎，力度太大，以致把車中幾個人滾成一堆。可是說也湊巧，那輛無人駕駛的車子，因為正在海灘岸邊上坡，衝勁很小，也就三晃兩晃停了下來。單眼梁同鐵枴李連忙趕到，幫大口陳拉開車門，抬了箱子，沒命飛跑。

　　那個女的知道：這下子又完了，只要他們一落艇出海，那她不但看不見金條的影子，而且馬上會被抓去變成犯人。她在沒有辦法之中，只得一把抓住了大口陳，要他帶她逃命。那當兒大隻孫、鵬哥和兩個密探已經下車，大口陳正嚇得魂飛魄散，想逃都來不及，哪來工夫打呼她？那個女的便死拉不放，兩個夥計正抬着金條往汽艇上奔，也沒辦法掩護他們的老闆撤退。大口陳既擔心兩個夥計拋棄他，又氣惱那個女的纏着他；在如此緊急情形下，再沒有多一秒鐘給他考慮，他只想撒腿就跑！他拚命摔掉那女人的糾纏，不惜連踢帶打，那個女的還不放手，乾脆倒在地上抱着大口陳的腿，被大口陳拖着走。可是還有更殘酷的一幕：大口陳知道這樣逃法，離開汽艇還有五六十碼，無論如何也逃不掉

了，他便把腰一俯，從襪統裏抽出一把尖刀，順勢一下子……只聽到那個女的一聲慘叫，她再也不需要逃命了。令人難以相信的是，那個女的仍然沒有鬆手，大口陳一臉穢氣，對這個屍體無可奈何，糾纏了好一會，才把屍體摔掉，可是已經無法逃走。一個密探攔住了他，另一個密探則奔到那兩個夥計面前，喝令放手。那密探顯然不知道，在單眼梁和鐵柺李身上，每人有一枝槍。他以為老闆身上只有一把尖刀，夥計身上也不外如是，便大膽上前。單眼梁正在窩火，如果不是鐵柺李那條腿不良於行，人和金條早已落艇逃走，已是現成的大富翁了。現在見那密探持槍吆喝，便不露聲色，胸中盤算着最後一着：等他走到面前，取他性命。

打得難解難分

那密探接近單眼梁身邊，望着那箱金條幾乎流出口水。可是他還沒開口，冷不防鐵柺李與單眼梁一齊動手，把那個沉甸甸的箱子往密探頭上一撞，密探就像喝醉了酒似的，踉踉蹌蹌倒退幾步，仆倒地下，那隻箱子也就順勢落在他腿上。這密探如果醒來，能不能走路都成問題。

另一個密探正在看管大口陳，見此突變，吃了一驚。眼看單眼梁和鐵柺李兩人俯下身子，又把箱子抬起，拚命向汽艇狂奔，心裏十分着急。忙叫大隻孫和鵬哥前來，監視大口陳，以便自己奔往快艇，奪回黃金。大隻孫一眼看出此乃調虎離山之計：密探一待金箱上船，就會解決那兩個夥計，然後開船溜之大吉，富翁由他去做了。大隻孫於是假裝去監視大口陳，行近密探身邊，一

抬腿踢飛他手裏的手槍，俯身撲向沙灘，伸手奪槍，不料大口陳也不含糊，連忙一縱身也加入搶奪手槍，兩個人便壓成一團。誰都不允許誰的手指碰到槍械，使勁掙扎，拚命翻覆，沙土飛揚。

鵬哥聽見密探要他去監視大口陳，正想打個什麼主意，卻見那密探已驚魂甫定，趁大隻孫同大口陳在沙灘上扭成一團，扭身向手槍撲去，居然撿了個大便宜，抓起手槍便向汽艇飛奔。單眼梁同鐵柺李距離汽艇只剩下一丈把遠，那密探向天鳴槍，喝令停步，兩人怎肯聽話？還是往艇直奔。眼看金箱落艇，單眼梁把箱子剛放到甲板上，立刻拔出手槍，打算向密探發射。鐵柺李也剛剛由放到甲板上的箱底下抽出手來，猛抬頭，見單眼梁已經拔槍在手，以為是對付自己的，把頭一低，順手拔槍，朝單眼梁肚子上就是一下，接着便一個打滾落進艙裏，準備開動馬達，亡命而去。

那密探沒料到有這個變故，一怔，馬上瞄準鐵柺李，一槍射去，正打進他的胸膛。於是這條汽艇便在海面急劇擺動，那密探也不再考慮，三腳兩步跨向汽艇，準備開動機器。不料他不曉得如何操作汽艇，又跳下來雙腳立在水中，打算先把汽艇推動再說。他把汽艇當汽車擺弄，當然徒勞無功。大口陳同大隻孫已經在打得難分難解之中醒悟過來，兩人像百米賽跑似的向汽艇飛奔。

鵬哥看在眼裏，卻不敢追上去，因為他手中沒有武器。大口陳同大隻孫已跑到汽艇邊，齊向密探猛撲，那密探正只顧推動汽艇，想不到背後會出現敵人，待發現時，連拔槍的機會都沒有，大口陳死勁扼住他喉嚨，大隻孫便去奪他的手槍，大口陳一見又向大隻孫猛踢一腳，企圖把他踢倒，自己奪到槍械。

鵬哥拔出手槍

就在這千鈞一髮的時候，就在大口陳和大隻孫奪槍的時候，那個被金箱撞頭呈昏厥狀態的密探甦醒過來，見身旁一團混戰，把心一橫，也無法顧到死活，隨隨便便朝身邊開了一槍，這一槍活該大隻孫倒霉，他正一拳擊中大口陳，扭過頭去奪槍，頭部恰巧緊挨在槍子上，一聲慘叫，蹦起尺把高，倒下去了，把海水染得腥紅。

大口陳吃他一拳，眼冒金星，上唇破裂，鮮血直流，痛得沒法支持，經歷連番生死搏鬥，氣力也已用盡，暈倒在海水裏，這一輩子大概也醒不過來了。

我當時已經下車，躲得遠遠地，滿身發抖，對誰也沒有好感，對誰也不願幫忙。這一場貪婪狠毒，人性滅絕的格鬥，從此使我一聽見「橫財」便心寒。我想離開這個是非之地，扭過頭一看車子已經不見了，不但我的車子不知所終，他們僱來的兩輛車子，也早已連影子都找不到。人都是厭惡廝殺和麻煩的，這三位司機為了安全和少惹是非，連車錢都不要，悄悄地走了。

我再舉目看去，海灘和汽艇旁伏屍纍纍，鵬哥正往汽艇奔去。我就喊他：「喂喂！別過去，警察快來啦，趕快走吧！」但他不理，只是朝我點點頭，繼續向汽艇跑去。

海邊除了屍體，還有一個活的，那是被鐵枴李、單眼梁用箱子撞暈的那個密探，他剛才已經醒了過來，開槍射死了大隻孫，我發現他在扭動，正想告訴鵬哥，忽然又一輛車子奔馳而來。我急叫：「鵬哥，快走，有人來了！」他聽見我大聲喊叫，驚慌地試圖辨別來人，然後反而大步向汽艇飛奔，他已找到獨吞金條的

機會，什麼也顧不上了！

車子已經停下來，是小英。她遠遠望見鵬哥伏在快艇上搬開屍體，心裏已經明白了一大半。她大概已經原諒了這個哥哥對她的涼薄，不願意看見他哥哥這個樣子漂流而去，除了消耗生命以外一無是處。她一跳下車便叫：「鵬哥，別走！鵬哥，回來啊！鵬哥！」我也加快腳步，迎向小英，怕她仆跌，執住了她的一條胳膊。小英一頭是汗，淚水直流，悽悽愴愴地奔到海邊，大哭道：「鵬哥，別這樣走，太危險啊！鵬哥！」鵬哥坐在甲板上喘息，他離開我們丈把路光景，聲音異常清楚，冷冷地說：「你們不怕死，問我要金條來啦？」邊說邊拔出手槍。

鵬哥哪來的手槍？我一時想不透。但立刻從這些屍體上得到答覆，手槍是從他們身上拿來的。他把手槍拿在手裏擺弄，疲乏地說：「你們快給我滾！別管我的事！」小英還是哭着說：「鵬哥，別這樣，還是回去吧，你坐汽艇出海，會給蘿蔔頭抓去的……」小英還沒說完，鵬哥已經在發脾氣了，他說：「別說倒霉話，我寧願給蘿蔔頭抓去，也不想分一根給你！你們成事不足，敗事有餘！」他厲聲喝道：「滾吧！我要走了！你們結婚去吧！我不承認你這個妹夫，我也不承認有你這個寶貝妹妹！」邊說邊持槍起立，要我們背過臉去，否則開槍。

人到了這個地步，簡直瘋了一樣，我們沒有什麼好說的了。小英一臉淚水，哭泣着扭過頭來，我按捺住憤怒，扶着她，兩人準備離開沙灘，身後聽見馬達響，夾雜着鵬哥乾澀的笑聲：「哈哈哈哈哈！我走啦！我發橫財啦！你們要是運氣好，跑遍天下來找我吧！」

正當鵬哥笑得高興，我和小英回過頭來的時候，那個被單眼

梁和鐵拐李用金箱撞昏了頭、壓壞了腿的密探悄悄地翻了個身，他想反正腿壞了動彈不得，不如打定主意準備漁人得利，現在情況已經明朗，鵬哥是最後拿到金條的人，於是他的槍聲響了，正在大笑的鵬哥立時「啊喲」連連，「撲」一聲仆倒在甲板上，第二槍又來了，鵬哥臉色慘白，一手按胸，顛巍巍舉起手槍，朝密探連珠發射，那密探躺在沙灘上根本沒有地方可躲，腿一伸，先完蛋了。

血，從鵬哥搗着胸腹傷口的手指縫中涔涔滲出，傷在胸腹不會立即死去，卻會引起大量出血。小英在岸上大喊：「鵬哥，回來，我們送你去找醫生，命都快沒有了，要金條有什麼用！」

鵬哥已經無法正常呼吸。他大口大口喘氣，回頭向小英慘笑：「在，死之前，我把，金條花光！」

血已經滲透了他上身的衣服，可是鵬哥還是拚命開動汽艇，盲目地向大海駛去。我和小英竭力呼喊：「鵬哥！鵬哥！不要金條了，回來我們重新開始！」

汽艇繼續「噗噗噗噗」地向茫茫大海開去。鵬哥放開了掌舵的手，打開箱子，拿出一根金條細細端詳，金條在夕陽下閃閃發光，鵬哥瞇起眼睛看了又看。在這一小會兒工夫，血已經順着手指流到金條上，又順着金條滴到下面那一箱金子裏。以下的情景是我和小英在岸上看到的：鵬哥把金燦燦的金條扔下海中！為了這些金子已經死了那麼多人，鵬哥是命運選擇的最後得利者，但他居然把金條扔下海！我們兩個還來不及說話，鵬哥又把第二條金條扔下海，然後是第三條，第四條……我的心提到了喉嚨，不知不覺放聲數被繼續扔下海底的金條：「第五條！第六條！第七條！……」

我聽見小英也在旁邊大聲跟着數：「第八條！第九條！第十條！……」就這樣，鵬哥扔一條，我們大聲數一條，當數到第一百條，我們都已經聲嘶力竭，然後不知道是為了什麼原因，我們的眼睛逐漸模糊，眼淚一串一串順着臉頰流下來。

鵬哥的汽艇越去越遠，我們的嗓子也越來越沙啞，鵬哥繼續不停地一條接一條扔金條，汽艇已經快看不見了，太陽把眼刺得無法張開，就在汽艇快成為一個黑點的時候，我們隱約看見汽艇翻側，鵬哥和剩下的金條悄無聲息地翻到海裏。汽艇是逐漸下沉的，好像慢動作一樣，在海面上一點一點消失，直至被大海完全吞噬，無影無蹤。

我和小英又呆了好一會，眼看太陽已經沉到海底，天上只剩下雲彩的餘暉，我們才搭拉着肩膀轉身往回走。

我攙扶着小英小心避開腳邊一個又一個的屍體，也小心迴避直視這些死人的臉，戰戰兢兢、磕磕碰碰、一步一步走過這片血染的沙灘。遠處傳來開槍的聲音，為了避開巡邏的蘿蔔頭，我們迅速躲進了樹林，準備在樹林裏躲到天亮，才想辦法回市區。

樹林中伸手不見五指。小英很害怕，問：「會不會有野獸？」

「野獸不可怕，人才可怕。」我說。

遠處的槍聲更密集了。

詩人郁達夫

第一章

（字幕）一九二八年，杭州西子湖畔大旅社。

一場轟動文化界的婚禮正在舉行，西子湖畔大旅社內擠滿了文人墨客，外圍亦站滿了旁觀的路人，記者一個接着一個提着大大小小照相機進出旅社，一對新人從樓梯上走下大禮堂，早就預備好的中式樂隊敲鑼打鼓，滿堂親友們鼓掌，閃光燈好像雪花一樣。

電台廣播聲音：大詩人郁達夫和杭州第一美人王映霞今天在杭州西子湖畔大旅社舉行轟動文化界的婚禮，著名大詩人柳亞子先生即場贈詩慶賀，其中一句「富春江上神仙侶」道盡這對才子佳人的瀟灑風流，來自全國各地的文化人和知名人士聚集一堂，共同為這對新人見證這個幸福的時刻。這是郁達夫的第二次婚姻，第一次婚姻有兩子兩女……

（字幕）一九三七年，日本入侵中國，一九四一年，太平洋戰爭爆發。

濃雲迅速移動，椰樹劇烈搖擺，風急浪大。
風聲中傳來大編隊轟炸機羣的「隆隆」聲。
海鷗驚叫，四散飛逃，日機羣急飛。
星洲街道，警報淒厲。
星洲鳥瞰，日機投彈，濃煙蔽天。

電台廣播聲音：曾經在杭州西子湖畔大旅社和王映霞舉行婚禮的大詩人郁達夫，兩人經過十二年的婚姻，誕下五個兒女之後，已經正式離婚。有人看見離婚後的郁達夫在星洲出現，身邊有一位女朋友，據說她叫李小英，是一位播音員，但因為郁達夫子女反對，兩人沒有結合的希望。

郁達夫和李小英在星洲街頭的照片，夾在飛機轟炸中。

火光濃煙中現出字幕：
星洲海上。

一艘破舊小電船在逃亡途中。
郁達夫，本來總是把臉剃得乾乾淨淨，這時卻蓄起了一大把鬍鬚，身穿一套藍布工人服裝。他仰視着穹，憤懣的女聲合唱突起：

又見名城作戰場，勢危纍卵漬南疆；

空梁王謝迷飛燕，海市樓台咒夕陽⋯⋯

郁達夫和男女老幼難友廿七人回顧星洲，悲憤無已。

星洲——但見煙柱三數條，直衝雲霄。

一架日機突然俯衝飛近。

電船疾駛，船邊浪花翻飛。

日機伸出機槍向海面掃射，船舷旁激起一連串小水柱。

濃濃的雲霧中可見到日機遠颺。

一個十五、六歲的女孩子尖叫，另一位中年人沉着地對她說：「我們的目標很小，不要緊的。小芳。我應該告訴你，上了岸，不管是什麼地方，你都不能把我們的真名字告訴人家。」

他身旁一位太太再次叮嚀小芳，說：「記住啦？」

郁達夫在甲板眺望雲天。

這位中年人指指郁達夫，對小芳說：「他今後改姓趙，單名一個廉字。我們也改姓金，我叫做金子仙，你叫金芳兒。」

無線收音機扭開了，女廣播員清脆激昂：「⋯⋯全世界的人們！請你們記住：日本侵略者，今天又轟炸了星洲，又欠下了一筆深重的血債！全世界的人們，請你們奮起！」

郁達夫在甲板聽到廣播，一躍而起奔入艙中，緊挨着收音機，聽廣播員在說：「今天，一九四二年二月四日，日本侵略者又封鎖了中國的滇緬路，侵略者想置中國人於死地，可是永遠辦不到！」她聲調激昂：「中國老百姓不怕封鎖，中國游擊隊正在日日夜夜和侵略者作你死我活的戰鬥，日本侵略者疲於奔命，傷亡慘重。別說他封鎖一條滇緬路，就是封鎖一千條一萬條滇緬

路，也封鎖不了中國老百姓奮起救亡的生路！」

郁達夫扭過頭喊：「這是小英的聲音，她在為聯軍電台廣播，聲音要大些，大些！」

郁達夫走回甲板，抱住纜繩，月色皎潔，一覽無阻。似泣似訴的女聲合唱起：

> 卻喜長空播玉音，靈犀一點傳此心；
> 鳳凰浪跡成凡鳥，精衛臨淵是怨禽。
> 滿地月明思故國，窮途裝敝感黃金；
> 茫茫大難愁來日，剩把微情付苦吟。

郁達夫面前顯現星洲的海濱，他送小英下碼頭，上一小船。

椰樹嗚咽，明月掩面。兩人欲分不得，欲合不成，臨別依依，熱淚滾滾。最後郁達夫把手中箱子往她手裏一塞，扶她下跳板，上船頭。自己一扭頭便走，越走越快，她則站在船頭揮巾，泣不可仰。郁達夫也淚流滿面，不敢回首，高一腳低一腳往前走。

船家：「大家準備下船，前面就是印尼海岸！」

突聞槍聲兩響，氣氛驀然一緊。

郁達夫及難友齊望岸上。

船家憋着氣說：「荷蘭兵，這裏是荷屬巴萊吉里汶。」[12]

岸上出現荷蘭守軍，伴隨子彈上膛聲，喝問聲：「幹什麼的！」

---

12 荷屬巴萊吉里汶，星洲以南，印尼蘇門答臘以北小島。

船家在窗口上大聲叫：「星洲的難民。」

「你們不是日本兵的登陸艇？」

船家大聲喊：「我開的是破電船！」

「是些什麼人？」

船家回答：「除了我是馬來人，其餘都是中國人，做買賣的。」

「不管！」荷兵指指山坡上的一間屋子：「都要扣留，上去！」

電船靠不了岸，船家和金子仙夫婦、張止觀、方玉泉、張德生、郁達夫等，手提行李、搭跳板、扶老弱……一雙雙的腳步出船艙、跳上甲板、涉水登陸。

一雙雙的腳集中在一間小屋子裏。

金子仙在地上打開地圖，說：「荷蘭人這時候還要我們辦『合法手續』，實在豈有此理！他們扣留我們已經兩天了，……」

郁達夫推門而入道：「有個好消息，剛才聽說他們自己要跑了，明天可以讓我們離開這個鬼地方！」

金子仙指着地圖說：「那大家商量商量。」

隨着金子仙在地圖上移動着手指：廿八人黑夜上孤舟、白日登小島，炮聲隆隆；又見廿八人化整為零，郁達夫與金子仙夫婦、汪國材、方玉泉、小芳等七個人到達一個荒村，又進入一個原始森林；又見七個人在亞答屋[13]中商量，只點着一盞棕油燈照明；又見白天海上的情景，日軍汽艇三三兩兩巡邏，天空偵察機

---

13 亞答屋，南洋傳統建築，陡斜的屋面用棕櫚葉、樹皮覆蓋，建在離地的支柱上。

盤旋。

郁達夫與眾人一起步出樹林，到達路口。

郁達夫指着同伴問到：「我叫什麼名字？」

眾人：「趙廉。」

達夫道：「大家記住了，也要記住自己的新名字。」

公共汽車在附近出現了，大家一起擠上車。

陳舊的公共汽車輪子在前進。

公車中，除了達夫一行人，從司機到搭客全部是印尼人。

車子不徐不疾地行進在印尼荒涼的大地上。

有些搭客睡着了，達夫警惕着，好幾位搭客不時也瞥這羣陌生外地客人一眼。

迎面來了一輛日本軍車，客車司機緊急剎車，全車搭客大吃一驚。

「停車！」日軍官做手勢、用日語喊：「卜干峇魯往哪裏走？」

車上的司機和全體搭客聽不明白，頓陷入驚恐，有人短促地說：「矮瓜要徵車！」「快跑！」「快！」於是除了達夫，所有的搭客和司機一齊遁入路邊樹叢和茅草中，不停向車子偷偷地望。

郁達夫不慌不忙地迎了上去，說了句日語：「卜干峇魯從那邊走！」日軍官一怔，對這個一口流暢日語的人望了一眼，說了聲：「多謝！」還舉手行了個軍禮，匆匆命司機向達夫所指方向急駛。

達夫立在路中大聲喊：「他們走啦！回來吧！」

除了達夫的朋友們，樹下和草叢中現出那一雙雙驚訝的眼睛，都對達夫投擲仇恨的眼神。人們一個個從隱蔽處出來，上車、開車上路，個個都緊繃着臉。達夫本來還笑容滿面，想同搭客做做手勢什麼的，但目擊如此情況，只得一聲不響。

車子進入巴爺公務。

那是蘇門答臘西部高原的一個小鎮，離巴東東北一百八十八公里；離武吉丁宜（「花之國」）三十三公里。以此處為起點，有鐵路可往武吉丁宜直抵巴東。鎮上人口萬餘，華僑佔十分之一。

司機把郁達夫等人送到一家「海天旅館」。達夫寫旅客登記簿時，寫下了：「趙廉，福建人，……」

司機則與賬房耳語：「他是個日本人，是個大間諜，連日本軍官都要向他敬禮，你可要小心。」說完便走。

其他人先後填寫登記本的時候，海天旅館門口已經圍了一大堆人，男女老幼，竊竊私語：「日本人！」「大間諜！」「冒充中國人！」「調查華人！」「他假裝苦力，姓趙，……」「打死他！」「噓，別吵……」

旅店賬房慌慌張張引領達夫上樓、開門，請入客房中。

達夫換上西服。西服有點皺，並不挺括。

「我出去找朋友。」達夫對賬房說過便下樓。

門口的人羣竊竊私議：「瞧！苦力是假的，他穿上西裝了！」

於是一哄而散。

達夫在旅店門口哭笑不得。

達夫到附近華人開設的小店舖問些什麼，一連三四家，沒有一個人答理他。

仇恨的眼睛在巴爺公務大街各處瞪着他。

達夫經過「中華小學校」，拐入橫巷抵達一座小洋房，見門口有一架日本軍用電單車。

門口木牌號碼寫着：「7」，名字：「蔡仁達」。

達夫掏出小本子，翻到蔡仁達的名字，上面有兩個字：「僑領」。

達夫推門進去。聽見蔡仁達正在無可奈何地對一個日本憲兵說：「我聽不懂你的話⋯⋯」見達夫到來，喜道：「郁⋯⋯」

達夫道：「我姓趙！」

蔡忙說：「唔，趙先生來得正好，」他指指沙發上那個氣鼓鼓的日本憲兵道：「他吵了半天。」

達夫便用日語問憲兵：「什麼事？」

憲兵道：「他答應皇軍的二十箱酒還沒送來！」

達夫便對蔡說了。

蔡說：「巴爺公務最後一間酒廠都倒閉了，我又變不出酒來，再給我三天時間罷。」憲兵快快而去，到得門前卻又回過來問達夫：「你是什麼人？姓什麼叫什麼？怎能說這麼好的日本話？」

達夫笑道：「我叫趙廉，原籍福建，在蘇門答臘出生，從小跟父親在東京做生意，不懂日本話怎成？」

在海天旅館那間達夫的客房裏，他笑着對金子仙夫婦、阿芳、汪國材、張止觀、方玉泉、張德生說：「找到朋友了，你們

可以放心了。」他透了口氣又說：「現在問題來了，從星洲帶來的錢都快用光，別說將來回國路費，連目前的生活都成問題。」達夫又問子仙道：「老金，你不是說收到實武牙[14]一筆救濟文化界難民的經費嗎？我們拿來開個酒廠吧！」

金子仙問：「為什麼是酒廠？」

達夫說：「這裏的僑領告訴我，有一家酒廠老闆一家人幾乎都被炸死了，老闆的後人希望把酒廠賣掉。」

這當兒旅館前一陣車聲人聲喧鬧聲，旅店賬房來敲開房門，還沒開口，一個日本憲兵隊長滿臉橫肉出現門前，背後一堆憲兵，內中也有達夫曾經為他翻譯的憲兵在內。

那憲兵眼光一掃，指指達夫道：「他、他就是趙廉！」

緊接着，這個日本憲兵小林指指那個滿臉橫肉的隊長說：「他是大日本皇軍武吉丁宜憲兵隊飯田隊長！」他大喊：「你們還不鞠躬！」

飯田卻一臉笑着擺手道：「不，不。」對達夫道：「趙先生，你的日本話說得太好，現在皇軍非常非常需要日語翻譯。」他伸出手去：「我特地來請你！」

達夫沒理他，金子仙等也都坐在那裏，沒人說話。飯田還是笑嘻嘻地問道：「趙先生，你不去沒有關係。」他指指眾人：「你的朋友如果也能講日本話，那末⋯⋯」

郁達夫忙說：「他們都不會！」

飯田獰笑道：「那只好請你去了！」

達夫道：「那我的生意怎麼辦？我剛打算開一個酒廠！」

14　實武牙，印尼蘇門答臘省西海岸主要海港。

飯田不耐煩道：「這有什麼關係？你是大老闆，自己不用當工人啦！一個星期回來一次，只有三十里路，火車一下子就到⋯⋯有太太嗎？」

「沒有！」

「那更簡單啦！走吧！」他把臉一沉：「趙先生，這是大日本皇軍的軍令！沒有人可以違抗！你懂嗎！」

達夫和子仙等交換着煩躁焦灼的眼色，飯田忽地掏出一大疊照片往桌上一摔，獰笑道：「大家不妨看看，這上面都是違抗皇軍軍令的人⋯⋯」他獰笑着指指照片：「你們會和照上的人一個樣！」

大夥兒不由自主瞧向這些照片：那是一大堆日軍暴行的照片，有些樹上掛腦袋，有些屍體如小山⋯⋯。

達夫道：「好罷，老金，酒廠趕快開起來。如果資金不夠，再找人湊一湊。」他對飯田道：「如果找到旁人，我可是要馬上回來的！」

飯田「哼」了一聲，厲聲下令：「走！」

火車汽笛淒厲呼喊，車輪滾滾，達夫凝視窗外椰林、原野、山巒、亞答屋等紛紛倒退。女聲合唱淒怨悲壯：

　　　一死何難仇未復，百身可贖我奚辭？

　　　會當立馬扶桑頂，掃穴犁庭再誓師！

第二章

大門前掛着「大日本皇軍武吉丁宜憲兵隊」[15] 的牌子，門外停有戰車，站有衛兵。

大廳上擠滿了男女老少一大堆人，有本地人，也有中國人。飯田坐在正中審案，右有文書記錄，左有達夫通譯。拿木棍、皮鞭和衝鋒槍的日本憲兵以各種鄙夷不屑的猙獰嘴臉瞪着受訊者，酒家女絲帶正在哭訴：

「他，他把我，把我按在酒吧沙發上，要剝我的，的衣服，我，我，咬了他一口，就⋯⋯」

達夫對飯田說：「她說她知道皇軍的紀律很好，她咬錯人了，她要咬的那個人不是皇軍⋯⋯。」

飯田：「她不是私通游擊隊？」

達夫強笑道：「她不想在這時候同男人私通！」

飯田厭煩地揮手：「叫她滾蛋！」

達夫：「你沒事，快走！」

絲帶莫名其妙，不相信自己的耳朵，「咳咳」連聲，達夫喝道：「叫你快走！難道你想⋯⋯」絲帶忙不迭道謝過，匆匆而去。

接着一個年輕人給推了上去。

飯田：「趙樣，這個傢伙是真正游擊隊，你告訴他是我們抓錯人了，把他放走，然後⋯⋯嘿！」

達夫：「你⋯⋯」他翻了翻記錄：「嗯，巴拉！他們抓錯人了，他們會放你的。」他若無其事地說：「當放你出大門之後，

15　武吉丁宜，位於印尼西蘇門答臘省城鎮。

背後會跟幾個便衣，看你到哪裏去！你到一個地方便抓一批人。」他大喝一聲：「滾！還不向隊長道謝！」

巴拉臉上表情瞬息萬變，終於朝飯田行了個禮，向達夫驚訝而感激地瞅了一眼。

有五個衣冠楚楚的中國人給推了出來。內中一個代表道：「通譯先生，我們是棉蘭的紳士，奉棉蘭日本憲兵部的命令，捉拿陳嘉庚和他的黨羽，請武吉丁宜憲兵部協助。」

達夫皺了皺眉頭，對飯田道：「他們是從棉蘭來的，說有一大批貨物給皇軍拿走了，沒給收條，因此……」

飯田一聽直蹦起來，大罵：「八格牙路，快滾蛋！否則我真的要開收條……收去你們五條狗命！」

達夫走下來，雙手把五個人往外推，推到門口，說：「你們忘記了自己是中國人了嗎？快滾回去！」

那五個人摸不着頭腦，連聲說道：「是是。」耗子似的溜了。

達夫剛要轉身回屋，來了一個中年瘦子，見到達夫，便鞠了個躬，邊抹汗邊說：「趙先生，我是廣東會館下面的一所學校校主，因為學校給福建學校佔了，特地來請你幫忙，要日本人出面把學校收回來。」

達夫毫不考慮地說：「你錯了，日本人哪裏管得了這些事？不管你是廣東人或者福建人，在日本人眼裏都是一樣的奴隸順民。你以為這學校是廣東會館的財產，但是日本人才不這樣想。日本人把中國人的任何東西都視為大日本的財產，連你這條命都是日本人的。你能跟他們說得清嗎？」

學校校主一頭大汗道：「呀呀，對對，糟糟，快快，我這就走了，再也不和他們爭了！」說完就跑。

憲兵小林在門口喊達夫回屋，原來飯田審案累了要休息，要達夫跟他一起到屋裏去。達夫走向飯田，正巧有個臉顯飢寒的本地人在日本兵刺刀下接受監視，止不住地咳嗽，飯田吃了一驚，要達夫問他是不是肺病？那人答道「不是」，達夫向飯田回覆說「是」，飯田嚇得退後幾步，把那人趕走了。

　　飯田關上房門，給他一疊軍用鈔票，說：「趙樣，你的工作大大的好，辛苦了一個星期，先拿點錢去用用。」

　　達夫：「多謝了，隊長。我是個商人，生意上頭已有錢賺，絕對不能再收你的錢，我不是受你僱用的。咳，我就一心一意想着我的酒廠。隊長，你不知道，我已經花費了多少心血哪！」

　　飯田拍拍郁的肩膀：「好罷，你跟我喝杯酒去！」

　　那是一家頗為簡陋，不倫不類的日式酒吧，飯田和達夫在一間類似雅座的小屋裏。飯田召來兩個吧女陪酒，正在忙不過來，達夫獨自剛端起酒杯，卻一怔。

　　出現在面前的乃是星洲酒家，對面坐着小英。小英愴然說：「分別之後，你，酒要少喝，同時，此後局勢有變，環境複雜，你可要多多警惕……」她起立：「我，我，我走了……」達夫雙手緊緊握住她的手。

　　歌聲起：

> 猶記高樓訣別詞，叮嚀別後少相思；
> 酒能損肺休多飲，事決臨機莫過遲。

　　達夫驀然起立，帶翻了杯子。見飯田還在忙不過來，便悄然離開小屋。小林發現了他，要與他同樂，達夫強笑道：「我急於

想回宿舍。」

小林道:「忘了告訴你,皇軍徵用了一所房子,你去住住看!」

小林吩咐一名衛兵帶路。

達夫道:「那我先走了。」

小林邊吸了一口煙邊說:「趙樣,飯田隊長對你很看重,要懂得知恩哦!」

達夫心知這是黃鼠狼給小雞拜年。

衛兵帶着達夫止步在一幢荷蘭式的洋房之前。他叩門,一個男僕應門,喊了一聲:「太君!」

達夫說:「我不是太君,我是中國人!」

達夫入屋,餐房、客廳、臥室、盥洗間一一看過,客廳牆上還掛着幾張相片,照片中的是一家荷蘭人。荷蘭人殖民印尼逾三百年,沒想到就這樣成為了歷史。

忽地短牆外有女人喊他,達夫認出來人是絲帶。

達夫:「怎麼知道我住這兒?我自己也才進來!」

絲帶:「這個小地方,有幾個講日本話的中國人?」

男僕打開大門,絲帶走進屋來,還提了幾樣水果,滿懷感激,含情脈脈地望着他。

達夫請她坐下,問她:「又有什麼事嗎?」

絲帶:「我想不出應該怎樣向你道謝。」

達夫:「不需要道謝。」

絲帶煩躁地起立,走了幾圈,忽然停止在他面前,哀痛地說:「趙先生,你一定以為我是個壞女人。」

達夫：「我從來沒有這種想法。」

絲帶突地獲得勇氣，挨着他坐了下來，說：「趙先生，別笑我，我有一肚子的苦，我從小沒有父母，最後只好到酒家去謀生。」

達夫嘆了口氣，寂寞地說：「苦事情太多了，你不能說些高興的事麼？」

絲帶一怔，說：「高興的事？呵，趙先生，我倒是剛想到一樁高興事，不知道你聽了高興不高興！」

正要說，有兩個本地商人求見，達夫延入客廳，對兩人說：「不礙事的，這位小姐是熟人，有話請說罷。」

一個年紀較大的雙手遞上一封信，達夫打開一看，內有一封短信和軍用票一大疊，匆匆看完，把錢還他說：「你要我對憲兵隊打個招呼，把你的貨物放行？」

對方說：「對，他們無緣無故，已經扣留了七天。」他不安地說：「是不是趙先生嫌錢太少了？」

達夫嘆道：「我不要這種錢，你收回去。事情一定替你辦到，好好，走吧。」

那商人不知怎樣才好，突地跪下，說：「我林老三一輩子忘不了你的大恩大德！」走了，一步一回頭。

另一個較年輕的說：「趙先生，我是從巴爺公務來看你的，我認識你，也認識金子仙先生。」

達夫接過他的一張名片，問道：「你有什麼事？」

那人道：「我也是買賣人，」他又掏出一件呈文，說：「怕憲兵隊不批准，那不但我一家七口要捱餓，而且我們這一行就都完了。」

達夫把呈文往桌上一攤，說：「你回去罷，明天中午，你到憲兵隊找我。」

那人抹了抹眼淚說：「趙先生，我們一輩子不會忘記你的幫忙。」

絲帶對這些都看在眼裏，嘆了口氣道：「趙先生，我也要走了。」

達夫道：「你不是有件高興事嗎？」

絲帶垂首道：「現在，我說不出口了。剛來時，我想你是個好人，一個人淒淒涼涼住這麼大的一幢房子；我自問也是個好人，也是淒淒涼涼沒有個家，我想，我想請你收容我，我們住在一起，大家再也不淒涼，再也不孤獨。」她雙手掩臉，踉蹌奔出，頭也不回。

達夫沒挽留她，只是望着她的背影出神。

這時男僕和什麼人吵嘴的聲音驚醒了他。

達夫出去看，見一個中年女僕正在阻止一個青年進門，竟然是巴拉。

「趙先生！」青年急道：「請你……」

達夫忙招手道：「是你，來罷。」

女僕為客人倒茶，巴拉等她回廚房之後，悄悄向達夫說：「趙先生，我特地來向你道謝！」他莊重地說：「代表千千萬萬的印尼人向你道謝！」

達夫握緊他的手，道：「這是我應該做的，值不得謝。」

巴拉告辭道：「我該走了，這裏很危險。」說完就跑出屋去，突地折了回來，剛說得一句：「飯田來了，」飯田車子已經停在門外。達夫命巴拉翻出後牆，自己在沙發上假寐，直到飯田和小

林把他搖醒。

飯田有七八分酒意了，笑問道：「哈哈，趙廉，瞧你有好大一堆鬍鬚，可是一不喝酒，二不找女人，就沒有一點男人味兒！」

小林打量達夫：「這位趙先生怎麼看都不像個生意人。」

達夫謹慎接話：「朋友抬舉我，說我是儒商，其實我只是身體單薄！最近嘛，心總是牽掛這個酒廠，茶飯不思，命不久矣！」

說完打哈哈。

飯田道：「好好，我請你吃晚飯，吃完飯你上車，去看你的酒廠，後天回來，放你一天假！」

達夫笑了，說：「好！那我請客！」

巴爺公務「趙豫記酒廠」的辦公室中，達夫面對幾位難友，金子仙掏出一張報紙對他說：「報上說，『郁達夫自星洲到達南京參加和運』，你看這消息說明了一個什麼問題？」

達夫接過報紙邊看邊說：「真是呀，郁達夫到了南京，怎麼連他自己也不知道呀？」

子仙：「說明他們不斷找你，不斷希望你可以出來為他們說話！」

傳來敲打大門的聲音，還有日兵吆喝聲，小芳倉皇奔進來喘息着說：「一卡車，一卡車的兵……」

一卡車日本憲兵在「趙豫記酒廠」門口下車，亂翻東西找酒喝。郁達夫與三數難友強作笑容，出來招呼，還命工友抬了一箱酒送到車上，一個下級軍官假意拿了一疊軍用鈔給達夫，見達夫

把手一擋，便忙不迭塞回袋裏，上車而去，高唱軍歌。

達夫緩步回到廠房，手撫釀酒器皿，半晌，召喚老工頭到身邊，指着酒池：「把酒精加多些！倒，再倒！」老工頭遵命照加，達夫以火柴點燃擲之池中，引起巨大火頭，嘻嘻笑道：「做生意嘛，也不能太老實，以後賣給日本兵的，就是這一種假酒，賣給老百姓的，才是糧食酒！」

子仙低聲說：「接連幾天，來了不少文化人，他們比我們更苦，應該給與幫助，盼你能夠想辦法早點回來。」又指指方玉泉道：「他在試驗用灰水代蘇打做肥皂的生意經，如果成功，可以開一個肥皂廠，多少賺一點錢。」

玉泉道：「天知道我怎麼會做肥皂的！」

金子仙道：「你真是天才，還在試驗做紙張，希望你也把造紙廠搞起來！」

當晚達夫已經趕回武吉丁宜。

第二天，達夫雞鳴即起，那幢荷蘭式小洋房在晨霧中逐漸顯現，天尚未完全光亮，達夫徑自跑到沖涼房，打一桶水，以手試探水溫，一試之下大吃一驚，水太涼了！甫放下水桶，咬着牙一扭頭，又回到桶邊，把水桶提入沖涼用的小房間，露出一個腦袋，把一桶涼水沒頭沒腦沖了下去。他邊打哆嗦，邊打噴嚏，一邊渾身濕淋淋地回房去。

女僕聽見達夫在房間不停咳嗽，驚呼道：「趙先生，你是洗涼水嗎？一早洗涼水，會生病的！」

達夫大聲喊：「病就病吧！」邊說邊咳嗽。

女僕聽到打門聲，原來是飯田來了。見他在床上咳嗽，皺眉

道：「前天還是好好的，到巴爺公務去了一天，回來就成了這個樣子。快起來，出發！」

達夫問道：「到哪裏去？」

飯田道：「接到情報，有兩批人在附近活動，一批是與聯軍有關的，一批是本地游擊隊，情報說，他們今天上午在一個地點集合。」他看錶：「快快，馬上出發！」

達夫匆匆更衣，指指牆角一箱酒道：「這是我自己酒廠出品，帶來送你的。」

飯田謝都不謝，指指酒箱對女僕道：「送上車去！」對達夫道：「快快，他們要跑啦！」

車隊在沃野急駛，天已大亮，可看清車上的太陽旗。達夫與飯田共坐一輛吉普，頻頻咳嗽，飯田怕傳染，不勝厭煩。這時聽見槍聲，吉普車停下來，十餘輛各式各樣的車子緊張萬狀，通訊兵忙碌的展開聯絡，機槍手在找掩蔽，飯田與達夫離車避樹下。前哨來報告：「並無敵蹤，槍聲是第一輛車上有個士兵走火。」飯田大怒，把那個士兵找來，拔長刀以刀背痛擊，這士兵當場無法自己站立，需要同袍架起來走。

車隊繼續前進，達夫依然咳嗽。見前面有訊號，車隊停了下來，百餘名日軍分三路上山，達夫與飯田走在最後。

印尼游擊隊以樹林為掩蔽，狙擊來者，日軍死傷七、八名，飯田大怒，拔刀親自監督作戰，並飭右翼撤退，繞道而行，追蹤游擊隊後方，試圖前後夾攻。

游擊隊沉着應戰，小隊長正是巴拉！他發現敵人企圖，請大隊先撤，自率五、六人作掩護，於是大隊人馬撤向叢林。

巴拉沉着應戰，以五、六人應付百餘日軍，日兵匍匐向前

行進，飯田在附近指揮，用望遠鏡瞭望，口授命令給身邊的通訊兵。巴拉在山頂發現飯田蹤影，立即舉槍瞄準飯田，即將開槍射擊之際，剛好飯田行開一步，他背後的通訊兵便中彈倒地，飯田大驚失色，率眾日兵躲避到樹叢間。

巴拉第二彈未打中飯田，而日軍將趕到面前，往後一望，見游擊隊伍中最後幾個人即將翻過山嶺，背影一晃立告消失，掩護任務完成。他也想撤退，可是已經來不及。他面前有五、六具犧牲了的戰友屍體，活着的連他也只剩四個人了。

漫山遍野，百餘日兵向巴拉位置密集。

左角，三個日兵已擒住了一名游擊戰士，只見這位勇士咬咬牙齒，把僅剩的一枚手榴彈拉開，一聲響，四個人同告炸飛。

右角，有一堆日兵遭手榴彈擊潰。

日兵稍緩暫不移動，各自尋找掩蔽。

達夫問飯田借來望遠鏡，稍往左移，發現一個寮仔。[16]

巴拉往寮仔方向爬過去，達夫見狀不禁一驚。

右端的戰士偶放一槍吸引日兵。

飯田奪過達夫手中的望遠鏡，見對方陣地上沒有人影，要下令掃蕩。

達夫阻止道：「不不，游擊隊就這樣打法的，看來沒有人，其實有人，不要上當。」

飯田同意：「對對！」

日軍仍臥地監視，縮小包圍圈。達夫又問飯田借望遠鏡，搜索巴拉，則見巴拉已爬向寮仔，或許可以逃生，達夫透了口氣。

16　寮仔，指簡陋的屋舍。

飯田指着寮仔問達夫道：「那草屋旁邊有東西麼？你看見什麼沒有？」伸手問他要回望遠鏡。

達夫雙目正在鏡片上看見巴拉爬入寮仔，他怕飯田發現巴拉，但又不能不將望遠鏡還他，忽然一個失手，那具望遠鏡跌落山下，跌散架了。飯田正要開口大罵，達夫歉然道：「回去我賠你十倍的價錢！」又說：「游擊隊走了，已經看不見蹤影，用不用望遠鏡都沒關係了。」

飯田還是在其他軍官那邊弄來了個望遠鏡，望了一陣，下令進佔，於是槍聲一時大作。日兵發現沒有一個活的遊擊隊員，甚為失望。飯田命令掃射寮仔，之後入內再細細觀看，但見寮屋內空空洞洞，卻有大水缸一個，細看之下，水缸中的水在晃動，顯然適才有人搬動過。

他問達夫：「水缸中的水在動，一定又是游擊隊的鬼把戲，在下面打了個地洞，逃了。」

達夫道：「這是山，山上打洞太吃力，我估計缸下面埋的是地雷。」飯田乃命眾人退後，拆掉寮仔牆壁，有所行動。

巴拉在地窖中側耳細聽，持手榴彈有所準備，聽達夫的聲音說：「大家站開些，不要靠近那隻水缸，下面一定有地雷，弄響它便沒事了，游擊隊早已死的死了，跑的也跑了。」

巴拉在地窖聞聲將手榴彈拉開，水缸很快給搥爛了。

巴拉將手榴彈置穴口，立即爆炸，但未有傷到任何人。飯田還想到洞口看一下，這時有兩名士兵自一個游擊隊屍體身上搜出文件財物，呈交與飯田，達夫一手搶過，大叫：「重要文件！」飯田在巴拉容身處才稍為瞅了一眼，聞聲立時扭過頭來：「說什麼？」達夫邊讀文件邊往山下走。

巴拉在穴中傾聽聲音漸遠，透了一口氣。

達夫坐在地上，對飯田說：「這是游擊隊給同盟軍要求支援的密信，希望聯手攻擊軍事要塞。」顯然他是在隨口編造：「信上說，游擊隊派代表兩人，約定二十五號深夜十二時正，在巴萊吉里汶島上廢置的荷蘭兵房見面。」

飯田跳起來道：「這是底稿？」

達夫道：「當然，你瞧，上面還有游擊隊司令的親筆簽字呢！」

飯田道：「你怎麼知道這個人是司令？」

達夫：「除了這個人，還有誰能在上面簽字？」

飯田「嗯」了一聲，起立命令小林道：「你去，你去告訴巴萊吉里汶憲兵隊，趕快走！」

小林敬禮，匆匆下山。

巴拉聞汽車馬達聲，在洞口探頭張望，正想爬出洞來。

飯田在山腰忽地對達夫道：「剛才那個水缸下面的地洞，一定有鬼，沒看清楚，」他把手一揮：「再去！」

飯田帶兵回到寮仔，圍住洞穴，高聲喊罵：「出來！」「不出來，槍斃，槍斃的！」久久無回音，飯田下令投彈，於是一枚手榴彈滾了進去，一聲巨響，眾人後退，仍無下文，乃趨前圍觀──洞是空的。

達夫透過一口氣來。

飯田帶領隊伍撤退。

巴拉從寮仔逃出來之後一直縮在一個水窪洞裏，待到日本兵離開，只見他和其他躲在附近的游擊隊員先後從隱密處悄悄出來，抬着犧牲戰友的遺體，逐漸消失在密林。

印尼歌聲響起：

Duduk dipantai tanah yang pěrmai,
Těmpat gělombang pěchah běrděrai,
Běrbuih putih dipasir těrděrai,
Tampaklah pulau dilautan hijau.
Gunung-gemunung bagus rupanya,
Dilimpahi ayer mulia tampaknya.
Tumpah darahku Indonesia namanya.

字幕：

坐在那美麗的海旁，
那兒波濤迸裂發響，
白色泡沫在沙灘散開，
碧綠的海上湧現島嶼。
山脈是那麼壯麗，
彷彿給浩瀚大水圍繞，
我的祖國，她的名字是印度尼西亞……

車隊回武吉丁宜。

達夫仍坐飯田之旁，依然咳嗽連連。

飯田：「真該死！給他跑了！我們死傷七個人，他們也一樣，一對一，太不化算！」

達夫：「隊長，我發燒了！」

飯田：「你又咳嗽，又發燒，搞什麼鬼？」忽地問：「天天發燒？」

達夫：「天天這個時候發燒！」

飯田：「糟啦，快進醫院檢查，如果是肺病那就不得了啦！」

達夫：「謝謝隊長，那我下車以後先回住處清洗一下，便到醫院去。」

男僕送達夫去醫院，扛着一箱東西。

日本醫生在病房裏為達夫檢查完畢，收起聽筒，笑道：「恭喜你，你不是肺病。哈哈，你傷風啦，等於沒有病。」說完要走。

達夫坐起身子來挽留道：「醫生，」他指指屋角一箱酒：「這是送給你的！」

醫生：「嘩！太名貴了，太名貴了，我不相信自己的耳朵。」

達夫低聲說：「只要請你證明我是肺病，以後還會送給你，我是酒廠老闆哩！」

醫生：「哈，我明白，我明白。」他蹲下來欣賞那箱酒，又回到達夫病床上端詳他一會，笑了笑，掏出筆來，在一張日本軍部醫院的處方箋上寫了句什麼，簽了個名。

飯田拿到這張證明，哇哇大叫，吩咐小林道：「告訴他，在我沒有找到旁人之前，不許他回去！」小林立正稱是，跑回病房找達夫去。

達夫在病床上聽小林轉達飯田的話，苦笑道：「那就回不去了。」

小林戴着口罩對他說：「不過你別失望，飯田隊長快要升調，他一走，你就回去算了。」

達夫感謝他道：「那我一定給你送一箱酒來。要知道我的酒廠，出品越來越好，喝到肚裏，哈，管教你騰雲駕霧！」

小林道：「對，忘記告訴你，我到巴萊吉里汶荷蘭兵營，真的捉到一個荷蘭人，他說謊，說是俘虜，誰信他的？槍斃了！」

達夫驚道：「那還有印尼游擊隊呢？」

小林道：「根本沒有到場，精得很！像耗子一樣！」

達夫高興得笑起來，又忙不迭咳嗽，嚇走了小林。

隔天達夫起床，見草地上來了個一拐一拐的日本傷兵，兩人相見一怔，達夫道：「呵，你不是那天給飯田隊長用刀柄打傷的……」

日本傷兵黯然道：「是，趙樣，我是星野。」

達夫同情地凝視他，挽着他：「星野，到我房裏坐坐。說真的，我們應該恨！恨你們的軍閥！」

星野一怔，朝他瞅了幾眼，幾乎仆跌，緊揑拐杖，囁嚅着，流淚道：「趙樣，我們都知道，你這個中國人人緣很好。」他一頓：「飯田隊長對你這樣優待，大家都說還是第一次見到。」

達夫撇撇嘴笑道：「還不是利用我懂得幾句日本話？」

星野央求道：「趙樣，請你替我對隊長說個情吧，我想回名古屋老家去。我不會恨日本軍部，也從來沒有在背後罵他們是軍閥，我不敢，你別試探我，我是願意打仗的，死也願意，只是現在腳壞了，不能替他們打了，聽說要調我做別的事情，你行個好，讓我回去。」他一字一頓，一字一淚：「我有父親，有母親，有結婚不到一年的妻子，有生下來不到三個月的小女兒，我是種田的，我……」

達夫對星野道：「我非常抱歉，現在我有肺病，不再去憲兵

部了，恐怕不能替你對隊長說情。」

星野抹抹眼淚往外走。

男僕人來接達夫出院，在回巴爺公務車途中，達夫望窗外，雲朵幻化成小英，她在星洲一個山坡上奔跑，穿着娘惹裝，跑得十分吃力，達夫在後面追得更吃力。姑娘先到達小山頂，迎風納涼。兩人並肩坐下來，夕陽餘輝中擁抱着的兩個人像一尊雕像。姑娘雙手擺弄着小草，半晌，嘆道：

「別難過了，達夫，我同你一樣。你同王映霞的事，我到此刻還在替你們難過。」她長長地舒了口氣：「我是決心抗戰去了！」

她指着遠方片片歸帆，點點島嶼，說：「每天晚上，我的靈魂會跨過這些島嶼，不管你在什麼地方，一個一個島嶼跳過去，我會找到你的。」

達夫道：「南洋是島嶼最多的地方，是地球上最破碎的地方。」他指指胸膛道：「和，心，一樣……」

女聲合唱起：

千里馳驅自覺癡，苦無靈藥慰相思；
歸來海角求鳳日，卻似隆中抱膝時。

第三章

酒廠辦公室中，朋友們圍坐着一席酒，歡迎達夫歸來，金子

仙拿起酒壺，為他斟酒道：「老趙，現在，你不用再到武吉丁宜去，你那頂『翻譯官』紗帽也不要了，你的肺病也好了。」笑聲中他斟酒：「我知道：你見到酒，早就吞口水啦！」

門口來了個瘦削的中年人，達夫認得他，卻忘了他來歷，這個人走過來，恭恭敬敬地鞠躬，說：「趙先生，記得我嗎？我是廣東會館下面一所學校的校主，曾經因為學校給福建學校佔了，請你幫忙，要日本人出面把學校收回來。」

達夫：「我記得。您是那位校主。」

校主：「正是。我不想打擾你們，只有幾句話，咳咳，福建學校後來把錢給我了，可是，價錢壓得有點低，我想，趙先生面子大，如果⋯⋯」

達夫皺眉道：「對不起，校主先生，我和他們素不相識！」

「可是他們都認識你趙先生的，只要趙先生一句話，他們一定會答應的。得到的錢，我們分。」

達夫道：「我沒有這個本事，而且我剛回來，也真的不認識他們，對不起！」

那校主快快而去。

金子仙嘆道：「這種破事從何而來，唉！」他指着庭園：「好啦，乘乘風涼，吃點水果去吧！」

在庭院裏坐定，大家繼續豪飲，達夫把煩惱通通甩在一邊，借酒興拍手唱誦：

> 萬水千山老貫休，滿堂花醉我何求。
>
> 烽煙曠劫三吳遍，滄海乘桴詠四愁。
>
> 野老江頭酒任賒，醉來試卜學張華。

金太太低聲對小芳道：「快拿手巾給趙伯。」

達夫接過小芳遞來的手巾，按在眼睛上。

忽地一聲咳嗽聲傳來，眾人扭頭一望，只見一個日本憲兵出現門口，眾人一怔，悄悄離開，只剩下小芳。

日兵：「趙樣，你不認識我啦？」

達夫臉部神情一剎間千變萬化，他終於強笑道：「哈！小林先生！你也來了？」

「我們改組了。」小林道：「人也四散，我們二十幾人調到了巴爺公務。」他一屁股坐了下來：「我們是老朋友啦！」他縱目四顧，見酒瓶如小山，讚道：「好酒！」又見肥皂箱如小山，讚道：「你的肥皂生意也不錯嘛！」再見土紙成堆，大聲讚嘆道：「趙樣，你真有辦法，紙廠的生意也不錯呢！」

達夫道：「還要靠天皇保佑，太君照顧，我們生意人才換到飯吃。」

小林指指小芳：「是你的女兒嗎？」

達夫對小芳道：「拿酒來！」又說：「是朋友的女兒。」

小林道：「對對，趙先生在印尼是一個光棍兒，你太太呢？」

達夫：「在鄉下，她早過世了。」

小林：「一個頭家，大老闆，居然一沒有老婆，二沒有女人，哈哈哈哈，我說趙樣，你這個生意人真是計算得很周全，沒有家累好啊，出了什麼事，捲起鋪蓋說走就走，皇軍都追不到！」

達夫聽出了小林的話中有話。

端酒菜來的換了男僕，達夫接過酒，見他放好菜，敬酒道：「小林先生，乾一杯！」

　　小林忙着喝酒，幾個回合就有了酒意，說道：「走，到外邊玩去吧，你也沒有太太，我也沒有太太，全世界都有我們皇軍的太太，哈哈哈哈，走！」

　　達夫掏出一疊鈔票，塞進他的口袋道：「我請客，我這裏稍後還有人來談買賣，不奉陪了。」又舉杯道：「乾！」

　　小林歪着頭打量達夫：「不像個生意人呢，倒像一個，一個什麼呢？」他跌跌撞撞出門，留下個話尾：「聖人！哈哈哈！」

　　達夫琢磨他話中的意思，送他到門口道：「最近市面好像安靜多了，大概皇軍把游擊隊都消滅了。」小林倚在門上點煙，低聲說道：「還是很麻煩，不過不要緊，我們在昭南島訓練了一批當地人，要他們分佈在民間打聽游擊隊，他們做事方便得多了。」

　　達夫大驚，道：「喔，應該是軍事秘密吧？太君千萬不要告訴我！」

　　小林滿不在乎，道：「到處都有皇軍的探子，有的是通過訓練的，有的是自己送上門的！」

　　達夫唯唯諾諾：「是的，是的。」

　　小林一出門，小芳就衝出來關上了門。

　　金子仙等一齊圍住了達夫。

　　子仙問：「這個日本兵要什麼？」

　　達夫躺在藤椅上抹汗，半晌，開口道：「不要緊，是認識的。」

　　子仙道：「不過這個傢伙有句話很值得注意，『你是大老闆，

怎麼連太太都沒一個呢？』」

眾人道：「這倒是個問題！」

小芳道：「不過，我和媽媽也聽見過好幾個人在說，你既然是這裏的老闆，怎能沒有個家？」

達夫斟酒，緩緩自飲，說：「話是對的。」又喝一口：「是不像個本地老闆。」又喝一口，道：「好！請大家給我介紹。」

金太太問：「要什麼條件的姑娘嗎？」

達夫嘻嘻一笑，緩緩道：「沒有，無條件！」

小芳笑了：「怎麼會無條件？要一個最漂亮的！」

她身邊的大人們都低頭不語，小芳覺得自己是否說錯話，闖禍了？

子仙嘆道：「老趙是，曾經滄海難為水，除卻巫山不是雲。」

達夫使勁強笑：「哦，還有一個條件，愈快愈好，也不要問我意見，人家同意就可以！」

達夫酒杯一扔，拍手又唱：

生同小草思酬國，志切狂夫敢憶家？
張祿有心逃魏辱，文姬無奈咽胡笳。
寧負宋里東鄰意，忍棄吳王舊苑花；
不欲金盆收覆水，為誰憔悴客天涯。

聽說有一位老闆要找妻子，當地華僑社會立即熱鬧起來，巴東一家華僑開設的印尼飯店老闆娘，自告奮勇為達夫介紹女子，沒有幾天，把達夫帶到她的飯店雅室之中。

達夫望着門簾，不安地吸煙，那位老闆娘誇口說：

「趙先生，她馬上來，你放心，五分鐘以內就會到。不瞞你說，她是我們這裏有名的『飯店西施』，哈，多少人打她的主意哪！可是她呢？給你一百個不理不睬！癩蛤蟆想吃天鵝肉嘛，這怎麼成？要不是你鼎鼎大名的趙大鬍子，大好人哪，打死我也不會把她嫁出去，她一走，老實說，多多少少會帶走一些生意……」

門簾一掀，進來了一個瘦削矮小的女孩子，達夫一驚，又見進來了一個又肥又大，羞不自勝的姑娘，老闆娘迎上去道：「我們的飯店西施來啦，趙大鬍子——不不，趙先生，你高興嗎？」達夫眼中流露着難以言喻的神色，他絕非厭惡，可也不是歡迎。他起立，禮貌地說：「請坐，賴小姐，請坐。」

老闆娘要瘦女孩端茶送水忙了一陣，見西施姑娘含情脈脈不開口，又見達夫一個勁兒吸煙，便拍手打掌地說：「趙先生，我說哪，女人長得胖，那就是福氣！女人屁股大，孩子生一打！你瞧我也不算太大，可是連頭帶尾，已經生了半打！」

兩人都忍不住笑出聲來，老闆娘又張羅着為他倆斟酒夾菜，一定要他表示態度，說：「怎麼樣？」達夫說：「賴小姐很好，身體也相當結實，只要她沒有問題，我這裏當然同意！」

老闆娘逗女方道：「你聽見啦，你說話哪！」

但她終於羞得往外跑了。

第一次相親就這樣草草結束。

達夫回家以後，耐不住被子仙夫婦和一眾朋友一再追問，在客廳裏對大家說道：「就這樣了，相親之後到現在好久沒消息，大概那位飯店西施嫌我老，因此沒有下文了。」

止觀安慰他道：「這從哪兒說起？你一點不老。」

達夫：「都快五十了！」

大夥兒七嘴八舌問：「還有那個呢？老王介紹的那個呢？」

金子仙道：「鹿小姐，那可是一位老姑娘喔！聽說已經三十多歲了。」

達夫道：「很好，年齡很相配。」

金子仙道：「她曾經受過荷蘭教育，身世清白，是個有知識的女子，這一點配得上你。」

止觀道：「配不配得上就難說了，達……趙大先生是日本東京帝國大學高材生，配得上他的只有王映霞！」

說完以後才發現自己失言，在座所有人都瞪着他，大家小心地看達夫一眼，不知道達夫是否會難堪。誰知道達夫哈哈一笑站起來，說：「只有我的知心朋友才懂我的心事！是的，有誰比得上王映霞，當年的王映霞是杭州第一美人，我們的結合，是社會上的頭條新聞，是全國文化人之間傳頌的風流韻事，直到永遠！」

在座各人無從搭話。

達夫重新坐下，放下酒杯，淡然說：「那我明天再到巴東試試。」說完自己又笑了起來：「再看這台戲怎樣唱罷。」

玉泉道：「在巴東什麼地方相親？」

達夫道：「在老王家裏。」

過了幾天，達夫應約到了巴東老王家。老王把鹿小姐請進客廳，自己藉口有事先退下了。

達夫立在小客廳窗前，神態安詳，那位鹿小姐坐在椅子上，

兩人四目相視，鹿小姐以手示意：「你也坐罷。」

達夫踱到她面前道：「我不累，站站也好。」

達夫在她對面坐下，笑容斂失，鹿小姐的面部瞬即化為王映霞，又化為正在聯軍電台對敵廣播的李小英，……

對方低聲說：「別這樣看我，我害怕。」

達夫拉過她的一隻手，把自己的戒指套在她的手指上，鹿小姐吃了一驚，低聲說：「你也未免太快了吧？」

達夫：「外面正在打仗，人命好比草木，應該決定的，不要猶豫。」

鹿小姐：「你看清楚我的樣子了嗎？」

達夫笑了，笑畢，他默默起來站在鹿小姐身前，伸出雙手撫摸她的秀髮、兩頰，想吻她，可是又半途而止。

鹿小姐：「這樣，這樣不合巴東風俗，我們還沒宣佈訂婚哩！」

達夫道：「要那老一套幹什麼？」

鹿小姐羞怯地說：「好，要是你喜歡，把我這隻戒指戴在你手上好了。」

達夫道：「是的，我們今天就交換信物！」

達夫戴上她的戒指後，指指桌上一個衣包道：「今天我在街上買了幾件衣料，請你帶回去。」

鹿小姐垂下頭說：「羞死人了，還沒舉行訂婚儀式，你可連衣料都……」

達夫道：「乾脆來一個更熱鬧的，我請你吃飯去，別讓老王他們知道，悄悄地從後門出去。」

鹿小姐道：「那不成，那多不好意思。」

達夫一手挾衣包，一手拉住她，躡手躡腳往後門走，邊走邊低聲說：「這樣好，這樣好。」他的手緊緊地捏住鹿小姐的胳膊，似乎怕她走掉似的。

酒樓離開老王家不遠，達夫一路上沒有放開鹿小姐的胳膊，好像警察逮到了小偷一樣緊緊抓住，兩人很快就在酒樓臨窗處找到了座位坐下。

鹿小姐伸伸舌頭說：「你的氣力真大。」邊說邊撫摸胳膊。

達夫苦笑道：「我的氣力太小，任何一個女人要離開我，我都拉不住的。」

鹿小姐沒聽懂：「你說什麼？」

達夫適時轉換話題，亂以他語：「哈哈，你喜歡吃什麼？」又揮手喊夥計道：「有什麼好吃的？」

鹿小姐說：「我不懂叫菜。你愛吃什麼，我就吃什麼。」

達夫喜對夥計道：「那你把最好的拿出來，雞鴨魚肉，清燉紅燒，什麼都要！」

夥計苦笑道：「那些都是戰前的美食，現在我們只能供應能搞到的。」

達夫一怔，道：「對對，那麼我們要四菜一湯。」

鹿小姐說：「兩菜一湯夠了。」

達夫道：「不不不不，要四菜一湯。」他揮手：「快點拿來，快點拿來。」

鹿小姐：「趙先生……」

達夫道：「又來了，叫我達……」

鹿小姐道：「達？」

達夫道：「達令！就是親愛的嘛！」

鹿小姐垂首道：「你，你又來了。」

達夫透了口氣，斟酒欲飲。

鹿小姐緩緩地問：「王先生告訴我，你本來有太太的，真的已經死了？」

達夫道：「對，她已經死了。」

鹿小姐：「生什麼病死的？死去幾年了？」

達夫痛苦地說：「我們說些高興的罷。」他以手掩目：「這些事情，就像發生在面前一樣……」

鹿小姐低着頭說：「對不起。」她用低到不能再低的聲音說：「將，將來，我，我會，補，補償你，你的……」

達夫不禁頻頻揉眼。他仰起脖子，將杯中酒一飲而盡。

想不到達夫很快又失望了。

子仙夫婦聞言，與幾位友人去訪達夫，在酒廠廳中和達夫便飯，見他豪飲，一齊笑勸道：「行了行了，你喝得太多，到了巴東，第三次相親就危險了！」

達夫放下杯子，指指手上的戒指道：「你們說這種事情怪不怪？鹿小姐明明談得好好的，居然也沒有下文，連我都不好意思問老王了。」

金太太道：「下一次一定行了，別洩氣，老趙，別喝了，回頭要上火車。」

達夫道：「這一次，我沒抱什麼希望，反正都不會有消息的，就像唱戲一樣，到台上說幾句，表演表演。算啦，要不是老吳熱心過分，我這次才懶得跑一趟哩！」

他推杯起立，向老朋友拱拱手，隨手拿起一隻小提包，聞遠

處有火車汽笛聲掠過，皺眉道：「要快點走了。」大夥兒歡笑着送他。

達夫上了火車，卻在位子上抱住腦袋，待到酒意上來，索性蒙頭大睡。

火車到達巴東，為他介紹女友的吳某找上了車子，搖醒他道：「我再等也沒見你下來，我不相信你會失約，上車來找，哈！你果然是睡着啦！」

兩人邊說邊下車，達夫道：「人呢？」

吳某道：「當然在巴東，你急什麼？先找個地方休息一下。」

達夫把小提包往車站地上一擱，邊抹汗邊說：「老吳，我不耐煩了，就在這裏說幾句吧，她姓什麼？讀過書沒有？」

吳某苦笑道：「你真是，咳！好吧，就告訴你吧。你不是對我說過麼？介紹一位太太，你沒有條件，美醜不成問題，身世更無所謂？」

達夫道：「說這個幹什麼？」

吳某欲言又止，吞吞吐吐，道：「因為這位小姐……對對，她姓何，人可何，後來因為家境不好，由姓陳的親戚收養，因此她又姓陳，耳東陳……」

達夫道：「到底姓何姓陳？」

吳某道：「隨便你罷，她現在是一家學校總理的姪女兒，祖籍廣東台山，今年二十歲，她在蘇門答臘土生土長，只會說馬來話，人很老實，好在你不會計較，她有時候老實得過分……」

達夫重重點頭，介紹人後面沒有說出來的暗示他全明白了，一笑道：「行！我向你道謝！」他提起小小的行李便走：「老吳，

帶我們去辦結婚手續吧，就這樣說定了！」

吳某急道：「你未免比張飛都性急了！人家小家碧玉，總得經過訂婚哪，擺酒哪，然後再談結婚……」

兩個人的背影匆匆往巴東車站外跑。

第三次相親非常順利，而且成親速度非常的快，幾乎是一轉眼，達夫已經身處在一個喜氣洋洋的家裏。經過「戰時一切從簡」的婚禮後，剩下來的朋友們有的在休息、有的在打牌。麻將聲中達夫進入洞房，紅燭搖曳，新娘獨坐，女傭見新郎來，笑着離去。

達夫面對新娘坐了下來，不說話，心頭歡樂與苦澀之感齊集。新娘的面部，一忽兒幻作鳳冠霞帔的王映霞，一忽兒幻作熱情健美的李小英。他的眼神使新娘感到不安，垂下頭去，終於達夫也一聲嘆息，起身離去。

達夫走到廳中麻將牌桌前，金子仙看見新郎沒有珍惜千金一刻的洞房花燭夜，卻跌跌撞撞地跑到麻將桌前看打牌，心知有異，未待達夫開口，便起身讓座，說：「我到後面去一會。新郎倌，你替我。」

達夫坐下，默默無言，大家繼續埋頭打牌。

張德生道：「老趙，恭喜你了，今天是大喜日子，高興嗎？即使戰時一切從簡，可是你也得說說經過啊。」

達夫道：「她，聽不懂我，我，也聽不懂她。」

張德生一面埋頭摸牌，一面隨口道：「誰聽懂？誰聽不懂？」

玉泉與止觀對他以目示意，但他話已出口，這時候子仙回來，把這層紙索性捅破，道：

「新娘不懂中國話。」

達夫哈哈笑，張德生知道闖禍了，可是說出去的話是潑出去的水，無法收回了。

子仙打圓場，道：「今天是喜日，時間又不早了，新郎倌該進洞房，我們也該散了。」

達夫道：「不，今天打通宵！」

子仙笑道：「哪有這種事？來，小芳，你在前面拉，我們在後面推，推推拉拉要新郎倌向新房走！」於是人們一齊動手，把他推到新房，並且扣上了門。

新房中，紅燭在掉淚，新娘也在落淚，達夫一怔，喝了幾口酒，想去安慰新娘，但又坐了下來，取筆寫詩。哀婉的女聲合唱起：

催妝何必題中饋，編集還應列外篇。
一自蘇卿羈海上，鶯膠原易續心弦。
彎弓有待山南虎，拔劍寧慚帶上鈎？
何日西施隨范蠡，五湖煙水洗恩仇。

「老去看花意尚勤，巴東景物似湖濆，」……寫到這兒，新娘驚訝地立起身子，羞怯地看他寫什麼。達夫發覺，愴然道：「可惜你看不懂我在寫什麼，不過這也好。你有中國名字嗎？」

純潔、樸素、拘謹，頗為不安的新娘羞怯地搖頭，她努力希望從達夫的語氣猜測丈夫的意思，可是徒勞無功。

達夫大笑道：「你真像個傻瓜！馬來話傻瓜叫做『葡萄』，我看你真是個『葡萄』哪！」

達夫要她並肩坐下，忽地笑道：「我替你改個名字吧，你姓

陳又姓何，陳蓮有……？不好，不好。」

他在紙上寫了「陳蓮有」三字，再在上面打了個「×」，續寫「何麗有」三字，擱筆道：「何麗有，何來美麗之有？這名字好，這名字好！」

垂着頭的新娘仰起臉來，駭然看見丈夫淚承於睫。

達夫嘆氣，又去斟酒，道：「新娘，可憐的新娘，你連丈夫的真姓名都不知道，原諒我吧。我替你起的名字，也是戲弄你，也請你原諒。你是我的第三次婚姻，這個你也不知道，也請你原諒。我怎麼介紹自己呢？你的丈夫叫郁達夫，不是什麼老趙，你如果告訴日本人，他們會給你一疊軍票，換你丈夫的人頭，你願意嗎？沒有關係的，因為我對不起你，我願意把人頭給你！」說畢頹然坐下，自斟痛飲。

新娘退回床上，垂着頭，但不時瞥他一眼，謹防他酒醉仆跌受傷。達夫走到床邊坐在她身旁。

達夫道：「你聽不懂不重要，我還是要告訴你，你的丈夫第一位妻子生了四個孩子，第二位妻子生了五個，除此以外，你丈夫還有很多很多情人。我不是懺悔，我是向你說明，郁達夫和天下的詩人沒有分別，沒有情愛，沒有詩篇。我因為戀人而留下了詩篇，我的戀人因為詩篇而留名傳世。何麗有，你將會是一樣，後人將會記得你的名字。」

達夫又去斟酒，新娘想制住他，但中途縮回，怯怯地凝視着他，見他痛飲。達夫熄燈，走回新娘身旁，柔柔月色灑進了新房，他問新娘：「麗有，你準備為我生幾個孩子？」

達夫婚後把新娘接回巴爺公務家中住。在熱帶地區生活感覺

不到四季的明顯變化，達夫有一天半夜被炮仗聲音吵醒，原來已經是年三十晚午夜了。達夫輕輕起床，看一眼身邊的妻子，肚子挺得老高，幸虧她沒有被吵醒。

他走進書房，一顆煙花在窗外爆開了滿天星。達夫斟酒入杯，一個人痛飲。

女聲合唱驟起：

> 自剔銀燈照酒卮，旗亭風月惹相思；
> 忍拋白首名山約，來譜黃衫小玉詞。

達夫雙手抱頭，腦中湧現王映霞在南天酒樓中離座而去的情景，憤慨痛恨，無可形容。又見王映霞和一個穿西裝的中年紳士在遊山，又見王映霞和一個穿制服的肥胖官兒在河中划船⋯⋯。合唱聲起：

> 縱無七子齊哀社，尚覺三春各戀暉；
> 愁聽燈前談笑語，阿娘真箇幾時歸？

在一處椰林內的暗室中，一燈如豆，金子仙夫婦和游擊隊戰友們十餘人在密談，金子仙道：「記住今天是一九四三年九月十五日，我們剛剛知道，意大利法西斯投降了！」

小屋子哄動起來，小芳樂得拍手，子仙道：「別忘記我們環境的險惡，我們一向把痛苦放在心裏，現在讓我們把快樂也放在心裏！意大利無條件投降是本月三號的事，盟軍在意大利本土勒佐附近登陸，開始進攻歐陸，九月三日，簽訂休戰協定；倫敦英

國首相官邸公佈這個消息則是本月八號，今天十五號，德國和日本發表聯合聲明，說意大利投降，並不影響他們的三國公約。」

止觀咬牙切齒道：「意大利無條件投降，德國、日本也快了！」

子仙道：「正因為大局開朗，我們的處境可能會更黑暗，更危險起來！」

金太太皺眉道：「我擔心老趙，老趙有的時候非常機警，有的時候十分隨意……」

玉泉道：「老金，明天你找他好好地說一說，請他格外小心。意大利是敗了，德國和日本也快了，但是也有可能拖一個相當長的時期，在這期間，我們不但要把事情做好，大家還必須平平安安。」

這當兒傳來敲門聲，一位本地老華僑、椰林主人走了進來，眾人起立，子仙和他握手道：「曾老，意大利投降了，想來德國和日本也快了！謝謝你的幫忙！」

曾老道：「這應該，這應該。不過我不清楚意大利是怎樣投降的。」

小芳道：「坐，曾伯伯坐！」

意大利投降的消息很快家喻戶曉，達夫一路走來，看見巴爺公務大街上一片歡笑聲，孩子們跳跳蹦蹦，圍住了達夫往前走，達夫心情歡快，捋捋他的大鬍子，摸摸孩子們的小腦袋，雙手插進外衣口袋，掏出兩把軍票，給孩子們一人一張，邊分邊說：「買糖吃，買糖吃……」

這快樂的行列一直到達「趙豫記酒廠」前，有五個日本憲兵

操兵似的操來，孩子們見狀大驚，一哄而散。這幾個日本兵經過達夫身邊時點頭致意，達夫目送他們遠去，返身入內。

子仙、止觀與曾老、蔡老等正在喝茶，見達夫來，大家笑着歡迎他，說：「新郎哥來了！」

達夫「哈」了一聲笑道：「你們在談什麼？」

子仙道：「是這樣的，日本人要把這裏的火車路軌延長，要把這裏的壯丁抽調出去造鐵路，這一去，誰知道這批小伙子還能不能回來啊！」

達夫道：「我明白了，這是死亡鐵路！和『兵補』、『慰安所』一樣恐怖！……把他們留下來！」

父老們喜道：「對，把他們留下來！」

達夫對子仙道：「這幾年我們想過搞的工廠都搞起來了，我們先後搞成了酒廠、肥皂廠、紙廠，這一次，我們還想搞農場！農場，那不是可以容納很多年輕人嗎？別說幾十個，幾百個也可以！」

子仙喜道：「這是好主意！」

父老們道：「請你們救命，快點搞起來吧！」

子仙道：「那也得計算一下，先要起個名字，弄一個計劃，算一下本錢，你們也應該入股，還得去找幾個僑領，湊點股子。因為只有這樣才像真是地方上的一件大事，否則變成空架子，日本人一查馬上拆穿，不但救不了人，反而會衍生禍害。」

父老們道：「對對，我們也入股，我們也想辦法入股。」

漫山遍野的印尼民歌聲中，巴爺公務農場正在開始建立。小芳看着人們在忙碌地分頭墾地、掘溝、播種、挖井……不勝

歡喜。

一輛小汽車自遠處駛來，一個工人道：「日本人來了！」

小芳笑道：「你頭也沒抬，怎麼知道是日本人來了？」

那工人道：「巴爺公務只有日本人才有汽車，一聽見汽車『嘟嘟』響，當然就是他們來了。」

從汽車上下來的三人之中，卻有達夫在內。

兩個日本便衣要司機把車調過頭去，然後就立在農場門口往裏張望，見一大堆人在工作，內中一個便衣聳聳肩，攤攤手，對達夫道：

「要不是看你的面子，我要他們統統的，快快的修鐵路！」又說：「可是，趙樣，你也該答應我們一件事：農場用不了這麼多工人的時候，得通知我們一聲！」說罷上車。

達夫笑道：「那當然，一定，一定……」

達夫在他漂亮的洋房客廳裏對子仙夫婦、止觀、玉泉等人說：「我們當然有辦法對付，那就是，永遠要用這麼多人。直到他們，」他放低聲音：「像意大利一樣！」

止觀道：「只是你需要花的錢太多了。」

達夫道：「瞧你說的，他們還嫌少哩！說就誤了他們的公事，幾千塊錢不過癮！」

子仙道：「話是這樣說，不過你已結了婚，開銷也大了；等待我們幫忙的朋友，一個一個，一批一批，人數何其多。大家都像我們一樣，不知道什麼時候才能熬完這種日子，對於日本便衣，你能少給一些就少給一些。」

達夫嘆息：「目前還是需要打腫臉充胖子，大頭家的帽子，

看來還不容易摘下來。」

這當兒何麗有抱着個快一歲的嬰兒，領着兩個女傭遞來酒菜，大夥兒向何麗有點頭微笑，那個男僕忽地進來，對女主人恭恭敬敬說了幾句話，何麗有也就匆匆忙忙抱着孩子走了出去。

原來絲帶找達夫來了。

對於這個時髦打扮的女客，何麗有先是一怔，有點緊張地問：「你，你……」

絲帶道：「請問，趙先生在家嗎？」

何麗有已經學會了幾個中文句子，譬如「先生」、「家」，她是聽懂了的。

何麗有十分緊張，可又不善措辭，一扭頭回到了大門裏，大力把門關上，結結巴巴地說：「先生，不！」

絲帶沮喪地離去。達夫當着朋友們面前對妻子說：「你何必呢？人家來看我們，就應該好好地招待，不能這樣子。」

妻子也不知道聽懂沒有，照樣抱着孩子為他們照料飲食，雖有女傭，還是十分忙碌，聽他的語氣知道是責怪的意思，氣憤地答道：「先生，在！老婆，在！女人？不！」

大夥兒大笑起來，何麗有也笑了，達夫道：「別這樣，人家會笑的。」

何麗有只管笑。大夥兒拉着她坐下來一起吃飯。

達夫舉杯，笑問道：「葡萄……」

何麗有急道：「葡萄，不！」

又引起一番哄笑。

達夫道：「我問你，你看我到底是幹什麼的？」

何麗有一怔，望了望四壁圖書，也笑對眾友人道：「都崗

八雜！」

眾人說道：「什麼？老趙是都崗八雜？」

達夫苦笑道：「她在罵我哩，都崗八雜是印尼話，意思是書獃子！」

大夥兒又笑，都說何麗有好，何麗有有道理。這當兒男僕又來，立在一隅趑趄不前，何麗有用巴東話問：「又是那個女人來了嗎？」

男僕道：「不，不，是個不認識的老婆婆。」

哄堂大笑聲中達夫問：「老婆婆來幹什麼？」

男僕道：「她買不到公價火柴，請你想辦法。」又說：「她只要一盒，請你介紹『組合』。」

達夫便到書房寫信，老婆婆立在門口等，千恩萬謝，拿着條子走了。

達夫剛起立，一個商人急急忙忙衝了進來，央求道：「趙先生，救救我們，我們幾千公斤的甘密、[17] 椰糖和胡椒到今天還不准出口，可把我們急壞了。」

達夫道：「我明白了，這就給你想辦法。」在商人千恩萬謝中達夫寫就信件，回到客廳。

廳中飯已吃好，兩名女傭正在收拾桌子。何麗有忙着遞茶遞巾，客人們勸她別忙了，她一個一個人指，說：「你，你，你，好人！」又指指門外：「女人，不好人！」於是又引起一片笑聲。

達夫邊喝茶邊沉思道：「日本的日子不會長了。這兩天我在讀德文本但丁的神曲和歷史，目前日本的情形，正和東羅馬帝國

17　甘密，又稱甘瀝，即檳榔膏。

的末期完全一樣！」

止觀道：「趙先生，我們都擔心你的安全，你還是注意安全，少見人比較好。」

達夫哈哈一笑，也不放在心裏。

黎明前的黑暗，可能會脇着刀子而來。

那邊廂，驚天動地的喧鬧聲起自一桌賭台，有個瘦削的中年人輸得傾家蕩產。那是一家酒吧，有六個賭徒每人腿上坐了一個酒女為他拿着酒杯，而他們則展開了劇烈的「廿一點」紙牌賭博，這六個人一半是華人，一半是本地人。贏家捧走的軍票似一座小山，輸慘了的那個便是曾經託達夫說情的校主。他臉色蒼白，推開了酒杯和女人，踉蹌出門。

另一個年輕的賭徒跟着他，那人是「昭南島興亞練成所」畢業的閩籍人洪根培，他現時正在日本憲兵部充當鷹犬，熟悉新加坡文化界的情形，也認識這個校主，這次他從武吉丁宜到巴爺公務奉命有所活動，見那校主大輸，特意伴他一起離開酒吧，還替他也點了香煙。

洪根培噴了口煙，邊走邊笑邊說：「輸這點錢算什麼？我有一條財路，不知道你敢不敢走？」他頓了一下，繼續說：「我打算告發一個有名的大作家，大詩人，憲兵一定會給我重賞，但必須有人證明。我想請你做個證明，兩人便可領到賞金，你說可好？」

那校主有點吃驚，問：「洪根培，你想告發那一個？」

洪根培淡淡地說：「郁、達、夫！」

校主驚道：「郁達夫在什麼地方？」

洪根培道：「郁達夫就是趙廉！」

那校主臉上的肌肉抽搐了一下，脫口而出道：「我早懷疑是他了，我早懷疑是他了。」

洪根培止步反問：「你怎麼知道！」

校主道：「他剛來時，已經有不少文化界的人圍着他，找他要路費，要飯吃，他是來者不拒，非常豪爽。你瞧他一年到頭就穿這套西裝，顏色也褪了，但是他不做新的，連討老婆都不做新衣裳⋯⋯」

洪根培道：「這算什麼，這裏一年到頭都那麼熱，他做新西裝幹什麼！我可要告訴你，」見有途人經過，一頓道：「憑這個可不能作為證據，你別開玩笑！」

校主道：「你聽我說完：像他那樣對人厚、待己薄的做法，就可以證明他就是郁達夫！」

洪根培掏出一本小簿子，翻出兩張照片道：「喂，你少廢話好不好，瞧！」

一張是郁達夫在星洲與友人的合攝照片，其特點為未留鬍子。

另一張是郁達夫在巴爺公務被他偷攝的照片，特點為有鬍鬚。

校主把兩張照片再三對比，說：「哦，真的是郁達夫，你瞧，除了鬍鬚，就沒有半點不同！」

「走罷！」

那校主雙手發抖，點了一枝煙，貪婪地吸着，問：「我們可以拿多少賞錢？」

第四章

　　有一隻粗糙的手重重地，迅速地痛打校主的耳光，校主嚇得往後退避。看清楚原來他們是在巴爺公務的憲兵秘密辦公室，而打人的憲兵正是那天突然出現在「趙豫記酒廠」的那個小林，他打完校主又打洪根培，大概有點累，要兩名憲兵繼續再打他倆的耳光，而他坐在桌子上欣賞着那兩張照片。這麼着鬧了一陣，那小林才擺手停止摑臉，打開抽屜，掏出幾疊軍用鈔，咬着香煙，眯着一對三角眼走向二人面前，把鈔票分往兩人口袋裏塞。

　　兩人的臉已腫了，瑟縮在角落裏，嚇得半死。

　　小林一臉笑道：「知道我剛才為什麼打你們？」看着校主的腫臉，笑道：「哈哈，你的臉皮這麼厚，還會給打腫啦！」又端詳了洪根培一眼，笑道：「到底你是受過皇軍訓練的，你的臉沒有腫。」

　　洪根培撫摸着臉頰道：「不敢！」

　　小林大笑道：「一忽兒就好啦！」倏地沉下臉來道：「為什麼我要打你們呢？」一頓：「為了警告你們別高興得太早！」他一字一字地叮囑：「如果你們膽敢在外張揚，說趙鬍子就是郁達夫，」他把桌上的一個泥塑日本美女狠狠往地下一摔：「瞧！這個就是你們的榜樣！」

　　兩人打了個哆嗦。

　　「出去！」小林把手一揮：「當作沒事一樣，給我滾！」

　　洪根培邊退邊問：「那末以後……」

　　「以後專門有人去辦！」小林道：「從此以後，不許你們和郁達夫見面！」他命令一個憲兵道：「接南洋總部！」

兩個小時以後，校主也在酒家借用電話。

金子仙這時候正在酒廠，他桌面的電話接通了，鈴聲大作。

金子仙抓起那個古老的耳機：「誰啊？」

校主一手掩臉，一手執電話，用背擋住旁人的視線，他低聲問：「趙廉先生在嗎？」

「你是什麼地方？」

「我是他的朋友。」

「趙先生不在廠裏。」

「那他在什麼地方？在家嗎？」

「不清楚。」

金子仙擱上電話，對身旁的張止觀道：「沒頭沒腦！」

止觀把算盤一推，打了個呵欠道：「老金哪，應該提醒他，局勢有變化，該動腦筋囉！」

達夫正在自己家裏。

何麗有聽見門鈴聲，便腰圍布裙，匆匆自廚房趕到花園裏，用巴東話問男僕和女僕：「誰在按鈴？是那個怪模怪樣的女人嗎？」

男僕：「不是。」

達夫聞聲自室內出來，問：「誰在按鈴？」他發現短牆上校主移動着的腦袋，「哦」了一聲道：「是他！」邊說邊走，自己去開門，校主愁眉苦臉出現在達夫屋門外。

達夫道：「哦，校主……哦，你怎麼啦？你的臉好像不是發胖，是腫起來啦！」

校主說：「有件事情想跟趙先生說一說。」

達夫見他背後無人，也就延入客室，雙方坐下，聽他苦着臉說：

「趙先生，你認識我，知道我做過校主，可是，今天我做了一件對不起你的事情……」

「什麼？」

「對不起你，趙先生，有人到憲兵部把你告發，說你是郁達夫！」

達夫手中本來拿了隻茶杯，聞言自椅中直跳起來，杯子碎了一地。

何麗有等人一齊圍了上來。

達夫煩躁地揮手：「沒事沒事，你們走開！」

見眾人走開，校主說：「是洪根培告的密，他在昭南島——就是星洲那個興亞練成所受過特務訓練的，他說他對星洲的情形最熟悉，去年他一到這裏，便知道你，郁達夫先生，並未離開南洋，但他一直沒有告密。今天，他……」

達夫：「你也去了！」

校主：「他要我作證。」

達夫：「憲兵隊？」

校主點頭道：「嗯。我剛才和他從憲兵部出來，又到酒吧喝了一杯酒，越想越不好受，因此到你這裏來……」

達夫厲聲喝道：「我問你：你既然把我出賣了，還到我這裏來幹什麼！是日本人要你來的麼？」

那校主雙手頻搖，說：「不不，不是他們要我來的，我實在因為於心不安，所以特地來告訴你，洪根培去年就知道你在這

裏，可是他一直不敢說，……」

「今年怎麼又敢說啦？」

「他因為沒錢用了，輸慘了！」

郁達夫的行蹤浮出水面的事情，驚動了日軍駐南洋的最高特務頭子。

這個矮胖子前後踏步，猛吸香煙，雙手按在會議桌上，對兩邊七、八個部下說：

「郁達夫這個人，我們希望他在日支親善，共同防共，經濟提攜，文化合作等等各方面做點事，可是他一直躲起來，想不到他竟然換了一個名字，做了我們的翻譯，他可能已經做了聯軍的間諜！」他目露兇光：「不好，大大的不好，他從星洲逃到荷印，一定看到了不少東西，」他壓低嗓子，坐下來，握着拳頭說：

「皇軍的飛機轟炸，郁達夫一定看見了，皇軍在各地燒殺，郁達夫一定看見了，皇軍對待各地女人，郁達夫一定看見了，現在又做了皇軍翻譯，他知道了更多的秘密！」他的聲音又低沉下去，但速度頗快：「這些還不要緊，要命的是他一定看見了我們怎樣對待俘虜！那些英國俘虜，馬來俘虜、印度俘虜、印尼俘虜、支那俘虜……」他重重一拳擊在桌子上。

花瓶與杯子都「跳」了起來。

「大大的不好！」特務頭子說：「假如戰爭結束，郁達夫把什麼都講了出來，他的那枝筆，他在文化界的地位，呀啊啊，他如果出席國際法庭，證明皇軍這個那個，那我們……」

一個光頭高級軍官直挺挺起立道：「報告中將，——殺、了、他！」說完又直挺挺坐下。

頭子道：「還不可以隨便殺！郁達夫是不是聯軍的間諜？如果是，他聽誰的指揮？他又指揮誰？如果不是，和他在一起的那些人又是誰？不管是不是間諜，你們聽着！——」

眾手下肅然。

「把郁達夫監視起來！」一頓：「把他在各地來往密切的朋友全監視起來，可是不許碰他本人一根頭髮！以後怎麼樣，再聽我的命令！」

達夫在街上走了半天，好像沒有發現隨尾的人，便一低頭進了「趙豫記酒廠」大門。進屋以後，他繼續走到內屋，轉轉折折進去了一間連窗戶都沒有的狹小密室。金子仙夫妻已經在等，一盞煤氣燈光芒刺目，小小房間僅容一桌，達夫為兩人斟酒，大家心情沉重。

金太太給他們和自己一人一把芭蕉扇。

子仙道：「今天你不來，我也要找你去了。」

「為什麼？」

「那告密的事。」

「你看該怎麼辦！」

「我看很危險，」子仙道：「老趙，我們是無話不談的，我今天要告訴你兩件事。第一件，是關於我們幾個人的，現在你暴露了，暴露之後應該怎麼辦，回頭再說，先說我們的，」他倏地起立：「我們應該馬上就走！」

「你們走？」

「我們走，我走，我太太走，止觀走，玉泉走，孩子也走，所有在我椰子園那邊的朋友都走，總之非走不可了！我們不能夠

坐等他們來捉人！」

「好！」達夫道。

「當然不能一起走，也不能去同一個地方。」子仙道：「我們夫婦到棉蘭，止觀、玉泉他們到巨港，我們以後再想辦法聯繫吧。」

達夫沉重地說：「你們今後的日子並不好過，我在這裏也一樣，我們大家要各自保重。」

子仙坐下來低聲說：「你也該走！」

達夫道：「我是躲避不了的，最近憲兵時常到我那邊去喝酒聊天，雖然沒有說穿，可是我明白，我已經給監視了。好吧，索性不動聲色，再等等看。你們走了我就放心。」

子仙道：「過了一陣，你也該走。酒廠，不要了，只要帶着太太孩子就成。別忘記你太太快生老二，再不走，到那時軃擱的日子更長。」

金太太道：「老趙，我們相處很久，應該無話不談。」

達夫道：「對呵！你快說！」

金太太道：「詩人的氣質，使你傾向於用感情支配行動，對朋友，對同胞，甚至對日本人，你有時候也是用感情來支配一切的。」

達夫道：「說得是。我從來沒有想過他們會成了敵人。」

子仙道：「老趙，你要警惕，我們看到的你是個反法西斯敵人戰士，但是當地老鄉看見你是個和敵人一起抱肩喝酒的漢奸。現在，你又成了日本人隨時會逮捕殺害的反日分子，你已經兩邊不是人，兩邊都有殺你的動機！」

達夫道：「我明白。」他傷感地說：「老金，這頓飯之後，不

知道我們什麼時候再見了。」他向兩人敬酒，說：「一路平安！」

子仙推開酒杯，雙手執住達夫的手，流淚道：「我們走了，千言萬語，希望你早點離開⋯⋯」

達夫道：「我會的。」

三人默默乾杯。

子仙：「明天你千萬不要來送行，對你、對我們都有危險。」

達夫點頭：「是的。」

想不出再多的話了。離愁別緒，三個人低頭默默喝酒，三個人都心裏明白，出了這間小小的密室之後，此生不知道是否可以再見，這刻就是生離死別了。

火車汽笛凄厲呼喊，金子仙夫婦和小芳在車中窗口悵望。

長途汽車捲起一條塵土在公路行進，張止觀、方玉泉、張德生等人也在窗口悵望。

達夫如約沒有來送行，他立在一個小山坡上，仰望蒼穹，俯瞰大地，蜿蜒而行的火車消失在地平線。

在美麗的印尼原野上空，女聲合唱起：

> 牽情兒女風前燭，草檄書生夢裏功；
> 便欲揚帆從此去，長天渺渺一征鴻。

巴爺公務岑寂的長街，一個黑影悄悄地沿着「趙豫記酒廠」轉了一圈，又從大門孔隙中望進去，櫃台、傢俱、乃至工場，一片寂靜⋯⋯

達夫在書房裏看書，喝酒，何麗有披着紗籠到他背後，伏在他肩上，大肚子頂着他的背。達夫大為感動，可又不知道說什麼好，他只能憐惜地對妻子說：「你睡罷，老二快來了，保重身體！」

何麗有結結巴巴用有限的詞彙想說什麼，一面做動作比劃，她說：「看見，很多次，人，不認識，門口，看，看⋯⋯」她做從門外窺看的動作。

達夫點點頭，明白了。

達夫：「不要放他們進來。」

何麗有點頭。

鞭炮劈劈拍拍地響。大街上的華人商店都熱熱鬧鬧地在過春節。

達夫出現在巴爺公務鄉紳蔡老廳中，一派過年氣氛，幾個人正在飲酒。

蔡老道：「金先生他們既然走了，你天天到我這裏來罷！」他指指廳中達夫的十寸大照片道：「瞧，這是照相館老闆自己給你放大的，送給我一張，便掛了起來，」他讚嘆：「老趙哪，你做了很多好事，幫我們的忙，又幫印尼人的忙，你對大家好，大家對你，也不知道有多感謝哪！」

達夫：「大概也有很多人不是這樣想的吧。」他仰視自己的照片，一杯接一杯喝酒，苦笑道：「蔡公，你瞧，這像不像我的遺像？」

大夥兒搖頭道：「亂說！」

達夫起立，走了幾步，說：「這不是亂說，想當年炮火連天

離開星洲，和老金他們二十八個人逃難，之後剩下七個人到望加麗，之後又剩下六個人到保東，現在剩下我了。」他長嘆：「蔡公哪，天有不測風雲，我此刻的情形就是這樣，生生死死，不必過分重視，只要無愧於心便成。」

門前出現達夫家的男僕，他跑得上氣不接下氣，興奮地大喊：「趙先生，家裏來客人了！」

達夫：「誰？」

男僕：「太君，來拜年！」

聞言，所有人都安靜下來。達夫嘿嘿笑，道：「太君來拜年？正在說風雲，已起三尺浪！」

達夫起身出門。

達夫還沒有進門，隔着牆已經聽見花園連連響起炮仗，何麗有和僕人們的歡笑，孩子興奮的尖叫，其中夾雜着一個帶着濃重日本口音的男人聲音，達夫深深嘆一口氣，慢下了腳步。

達夫走進花園，看見來者果然是小林，小林興高采烈也一起燒炮仗，何麗有挺着大肚子，為大兒子搗着耳朵。

達夫招呼小林，道：「今天怎麼來得特別早？」

小林以異樣的眼光瞅着他。

小林：「哈哈，本來要向你拜年，現在要加上恭喜你又快再添丁了！」

小林指着何麗有的大肚子。

達夫強忍着內心的厭惡，打起笑臉說：「謝謝，小林先生，您有心了，也祝您新春快樂！」他轉頭向何麗有說：「你和孩子先進去，我和太君要說話。」

何麗有想帶走大兒子，大兒子不依，撲向達夫：「要爸爸！爸！」

達夫為難地看小林一眼，哄孩子說：「乖乖，爸爸要和叔叔說話。」

小林誇張地朝內室一揮手，說：「沒有關係，你先陪孩子，我這裏常來，你不用招呼我！」

達夫道：「那就失禮了，我馬上出來！」又吩咐男僕：「好好招呼太君。」

達夫抱着大兒子準備進去了。小林眼隨達夫，突然喊他：「郁、先、生⋯⋯」

達夫雙腳好像被釘子釘在了地上，他駭然反問：「你說什麼？」

小林哈哈笑，一再揮手說：「沒什麼！沒什麼！只是高興，你先去陪夫人和孩子！」

達夫微微顫抖，兒子好像變成千斤重，他迅速衡量一下處境，判斷沒有即時的危險，便當沒有聽清楚小林的話，繼續往內室走去。

小林在客廳裏東瞧一眼，西看一下，仍然在面對着掛鐘那個位置坐了下來，向男僕人說：「拿酒來，弄點下酒菜！」

這個日本人當自己是主人一樣使喚着男僕，男僕鞠個躬下去準備酒食。

達夫抱着兒子進入臥室。在丈夫和兒子的旁邊，何麗有幸福得滿臉紅光，笑得像一朵燦爛盛開的花。臥室的花瓶插滿了年花，這裡的床鋪被褥、衣櫃鏡子，都是何麗有親手挑選佈置，雖

然土氣，但處處是她的心血，床單被套上都是她和丈夫、孩子的味道。她沒有留意丈夫臉上神色有異，達夫也強裝笑臉，他知道現在不是說話的時候。大兒子從達夫懷中跳下來抱着媽媽，何麗有在丈夫和兒子前有停不了的話，她說的話夾雜着巴東話和不流利的中國話，達夫有時候聽不懂，待聽懂了又聽不下去，終於找個藉口出去了。

達夫回到客廳，小林在自斟自飲自得其樂，看見達夫出來，大聲招呼：「郁先生！郁、達、夫先生。哈哈哈哈哈，郁、達、夫先生，……」小林一飲而盡。

達夫相當鎮定，他也取酒一飲而盡，不開口，聽他說。

女傭進來，放下兩碟下酒菜，小林揮手命她速去。

小林為達夫斟酒，說：

「郁先生，你真有本事，把我們瞞住了！」

達夫佯笑不語。

「郁先生，你害的我們好苦！」

達夫飲酒，並不開腔。只聽小林繼續說：

「為了你的案子，我們忙了大半年，上海、東京都有人在調查。我，也忙得團團轉！」

達夫臉上看不見一點變化，反問：「還有呢？」

小林舉杯道：「沒有了。總之，頭痛！」

這回輪到達夫大笑，他笑了一陣，說：

「唉呀！為什麼不問我？如果早點問我，我老早告訴你了！要你們花這麼多的時間去調查幹麼？哈哈哈哈，來來來，現在我請你乾一杯罷！」

小林立刻舉杯。

達夫鄭重地說：「在下正是郁達夫，三個字，郁，達，夫！」

小林隔着酒杯斜射達夫一眼，把杯一舉，兩人乾杯後，達夫又說：「其實我的事你們都知道，是嗎？」

「你平時那些朋友呢？」

「朋友？」

「男男女女一大羣的朋友，譬如幫你開酒廠、開紙廠、開肥皂廠的那些人。」

達夫道：「唔，他們其實都不是我的朋友。你知道，打仗嘛，亂哄哄的，大家東逃西躲，碰巧在一起了，就算是朋友，不在一起呢？」他雙手一攤：「誰認識我？又有誰認識你呢？」

「哦，他們好像很機靈……又聽說：郁先生消息也很靈通！」

「消息？」

「郁先生你自己明白。」

「我沒有什麼消息，我的事你們都知道。」達夫問：「我要消息幹什麼用？做酒做肥皂造紙頭開農場，難道沒有什麼消息就開不成了嗎？」

「不是這個意思，」小林道：「郁先生對戰爭的消息好像很靈通。」

「哦，——你說的是這個，那倒要謝謝你才是。」

「謝我？」

「如果不是你告訴我，我怎麼會知道？」

「我告訴你？」

「可不？前幾天你喝得差不多了，還對我講電台收到的前方消息呢！」

「我？」小林一頓，又着急地說：「我告訴你什麼？」

「你說！」達夫笑着想了想道：「你說，姓蔣的這個人最難捉摸，分明同皇軍暗底下談和平條件談了好幾年，可是沒有一次可以作數，原來他還想依賴美國。可是同美國將軍史迪威又鬧翻了！姓蔣的送給羅斯福的代表赫爾利一個備忘錄，說史迪威在中國兩年毫無貢獻，要他滾蛋，要美國另外派一個⋯⋯」

小林微窘，舉杯道：「好像說過，好像說過。來來來，這些事，再提它幹什麼？」

達夫：「是嘛，過去的事，提它幹什麼？中日兩國關係不平常，只要不打仗了，也就好了。」

小林道：「可不是麼？」他欲言又止，岔開話題道：「郁先生，你真行！你可知道為了你的事，我花了多少冤枉錢哪？」又說：「有些錢，軍部裏不便報銷；有些錢，憲兵司令部裏也有限制。可是出差嘛，哪一個人出差不賠錢的？」

達夫皺眉問道：「你花了多少？」

達夫不等對方開口，先起立道：「你等一等，你等一等。」

小林望着他的背影笑得更舒坦，伸手拿起酒瓶自己滿上，一飲而盡。

達夫笑吟吟拿了一疊軍用票出來，給他道：「這是一千塊錢軍票，你先用着。」

小林左手接過錢，右手連連搖：「這怎麼可以？這怎麼可以？」卻把錢塞進口袋，然後打了個哈哈道：「郁先生，你真夠朋友。唉！漂亮！我跟你說了罷，我們憲兵部辦事就是這樣，一件案子，發生在熟人身上的話，或者可以大事變成小事，小事變成沒事；如果發生在一個不認識的人身上，一件小事或許會嚴重

起來，……」

達夫接口：「變成大事！」

兩人大笑，舉起酒杯酙滿，互相碰杯痛飲。

小林跌跌撞撞起立道：「今天我還有事，該走了。」又鄭重其事地對達夫說：「這件事，除了憲兵司令部幾個人之外，連日本人也不知道，印尼人、支那人更不會知道了——你懂麼？」

「我懂，我懂。」

小林告辭道：「以後我還是叫你趙先生。」

達夫忽然道：「等等！」

小林奇怪地轉過身，問：「還有事嗎？」

達夫想了一會兒，低頭道：「我想起屠格涅夫的一段小說，我像是一條落在網裏的魚，偏偏那個漁夫不拉網，我就浸在水底在魚網裏活動。」

小林：「我不懂，我不是文人，我很粗，不過我聽懂你說漁夫不拉網，為什麼？」他拍一拍口袋，道：「那個漁夫可能很貪心，在等更多的魚。」

內屋傳來孩子的哭聲，小林走了回來，盯着達夫眼睛道：「漁夫不拉網，不過漁夫沒有睡着，不要自作聰明，你是聰明人。」

一列火車轟隆轟隆在印尼的大地上蛇一樣爬行。

達夫帶着一家人在車廂中，何麗有匍匐在丈夫的肩膀上睡着了，達夫抱着一本童話書為兒子講故事。兒子聽膩了，把書合上，達夫吻他的小手。

兒子全神貫注的看着車外唰唰飛過的樹木，達夫不管兒子

聽懂聽不懂，湊在他小耳朵上，低聲道：「兒子，將來爸爸不在了，不用擔心孤獨，你還有媽媽，馬上就會有一個弟弟或者妹妹，在遠處你的祖國，還有你很多哥哥和姊姊，你長大以後，會見到他們的，知道嗎？你將來如果想爸爸，你就看爸爸的書，好嗎？爸爸寫了很多書，你把書做一張床都可以！」

孩子好奇地看達夫一眼，他早已經不耐煩，在扭來扭去。

達夫：「你明白嗎？總有一天，你會明白的。」

兒子大聲說：「我要噓噓！我要噓噓！」

達夫笑了，他親自帶兒子走到車後。

達夫帶着一家人回到何麗有在巴東的娘家，這裏遠離戰火，鄰居都是純樸的居民，住在背山面海的小鎮。達夫有片刻竟然忘掉了自己身在異鄉，也忘掉可能明天就結束了生命，他忽然感悟，生命的真義不在長短，更不在昨天金碧輝煌的旭日，眼下這一刻才是生命所能夠注視的，伴着自己的不是昨天的光環，不是明天的祈望，而是現在這一刻。

達夫觀望着無邊的大海，心裏堵了很久的垃圾無影無蹤。

到了晚上，在達夫一家和妻子娘家的溫馨團圓後，大門外響起了敲門聲。何麗有帶着孩子正準備洗漱睡覺，達夫奇怪地問：「有什麼人現在會來？」

小鎮沒有電，到了晚上家家早點睡覺。達夫的丈人去開了門，推門進來的赫然是一個穿制服的日本軍曹！丈人嚇得倒退兩步，軍曹用流利的中文問：「趙先生在嗎？」

丈人回頭喊：「趙先生！」

達夫三步併兩步跑到門口，首先把丈人擋在身後，待丈人

回房後，達夫才問來人：「找我有什麼事嗎？以前我們好像沒見過。」

軍曹向達夫行了一個軍禮，達夫滿腹疑團請他進門。

客廳中的照明來自一把沒有熄滅的松明，照明度很低，但在完全漆黑的夜間，也能勉強看見人臉。日本軍隊基本上把民間的資源都掠奪一清，從前勉強還可以點油燈，戰爭拖的越長，大家的日子就越難過。

軍曹脫帽，搔搔頭皮，嘆道：「郁達夫先生！」

「哦，你也來找郁達夫！」達夫一下子明白了對方的來意，這是小林向他示威。

軍曹道：「郁先生，你放心，我對你不會怎麼樣的，我也是中國人，是東北人，給拉來當兵的。」

達夫聽他說下去。

軍曹道：「日本人在找你，郁先生，他們從東北找到華南，又從華南找到南洋。到今天才知道你改名趙廉，隱居巴爺公務。」

達夫大笑道：「你為了這件事，花了不少路費罷？」他掏出一疊軍用票：「給你罷！」

軍曹搖手道：「我不是為錢來的，你不用怕，郁先生，我同情你，我只想知道你到底是不是真的郁達夫？」他一頓：「你知道，兵荒馬亂，正是騙子活動的好時光。」

達夫坦然地說：「如果我說是，皇軍會放我走嗎？還是我說不是，你會放我走嗎？」

軍曹手一攤：「我只是來執行任務，長官來叫我和你說兩句話，看你是不是真的中國人。」

達夫笑，說：「現在你知道了。」

軍曹：「我只知道你是中國人，其他的，我就沒有辦法了。」

達夫：「你來的目的我已經明白了。你是帶來一個口信，皇軍為我撒的是一個天羅地網！」

軍曹：「郁達夫先生，幸會！」

軍曹又向達夫行一個軍禮，走了。

達夫徹夜未眠，他悄悄打開大門，走向大海。

這個晚上起風了，達夫的頭髮和鬍子狂舞，他向着大海放聲誦讀：「余已近知命之年，即今死去，亦享中壽。自改學經商以來，時將八載。所有盈餘，盡施之友人親屬之貧困者，故積貯無多。統計目前現金，約存二萬餘盾。家中財產，約值三萬餘盾。『丹戎寶』有住宅草舍一及地一方，長百二十五米達，寬二十五米達，共一萬四千餘盾。凡此等產業，及現額金銀器具等，當統由妻子何麗有及子大雅與其弟或者妹（尚未出生）分掌。紙廠及『齊家坡』股款等，因未定，故不算。」

達夫一頓，面前化成了風光如畫的西湖，正逢春雨，煙霧迷離，有一輛人力車自白堤緩緩蹬入市區，出現了古老的街道與房屋。

達夫繼續誦讀，然而聲音已經充滿了鄉愁。

達夫誦讀：「……國內財產，有杭州官場巷住宅一所，藏書五百萬卷，經此大亂，殊不知其存否。國內尚有子三：飛、雲、均，雖無遺產，料已長大成人。地隔數千里，欲問訊亦未猶及也。」

郁達夫的作品一本本顯現在銀幕：

《沉淪》、《蔦蘿集》、《日記九種》、《寒灰集》、《雞肋集》、《過去集》、《奇零集》、《敝帚集》、《薇蕨集》、《斷殘集》、《懺餘集》、《迷羊》、《她是一個弱女子》、《達夫日記集》、《達夫短篇小說集》、《達夫散文集》、《達夫遊記》、《銀灰色的死》、《毀家詩紀》、《一個人在途上》、《南遷》……

達夫誦讀:「余以筆名錄之著作,凡十餘種,迄今十餘年來,版稅一文未取,若有人代為向出版該書之上海北新書局交涉,則三書之在國內者,猶可得數萬元。然此乃未知之數,非確定財產,故不必書。」

巴爺公務大街上,鞭炮齊鳴。當地人和華僑共同歡呼,互相擁抱。

報紙特寫:

「小磯內閣總辭,鈴木貫太郎繼起組閣。」

「天皇宣佈向盟國投降。」

突然之間,槍聲響了起來,很快就蓋過了鞭炮聲,一小隊日本兵喝醉了酒,淚流滿面,舉起槍向街上的民眾亂開槍,有人中槍倒在地上,圍聚的羣眾大亂,紛紛逃命。

一個日本兵揮動着槍大喊:「天皇投降,日本沒有投降,我沒有投降,八格呀路!」

這幾個敗兵又洩憤亂開槍。

達夫已經從巴東回到自己家,一家三口正在吃晚飯,兒子不肯坐在餐桌旁,何麗有肚子已經很大,達夫只好端着碗在大兒子後面追着他餵飯。

男僕從門外帶了個少年訪客進來，達夫放下飯碗，迎於階前，詫道：「我們不認識呵！」

　　那少年衝着他只管笑。

　　達夫猛然醒悟，把少年的手一把拉着，不由分說帶到書房。

　　少年到了書房，草帽一摘，一把秀髮撒到了帽子外，少年喊了聲：「伯伯！」

　　達夫笑道：「小芳，我真的認不出來了！」

　　小芳道：「爸爸說，信，不寫了，不安全。他要我告訴你，日本已經投降了，你知道嗎？」

　　達夫不安地說：「我當然知道，可是這裏的日本兵仍沒有撤，而且還是很兇，你自己千萬要小心，一會兒離開的時候也不可以疏忽。」

　　小芳道：「這個我知道，我爸媽要我告訴您，也是提醒您在這個關鍵時刻不要放鬆戒備，可以走就趕緊走，走不了就躲，躲不了就沉着行事，你還有家人，怕日本人會報復。」

　　達夫道：「你們都好嗎？」

　　小芳道：「我們都很好，我們躲在山上……」

　　男僕跑進來，看着小芳向達夫說：「日本人！」

　　達夫趕緊跑到大門口，一望，吃了一驚：來者是小林。

　　小林已經一步跨進大門，笑着說：「趙樣，剛才有一個帶草帽的人進到你家了，是什麼人？我怎麼以前沒有見過？」

　　達夫道：「那是進來討飯的，僕人已經從後門打發他走了。」

　　小林說：「是嗎？」

　　小林說話間已經進屋一個一個房間看，走進書房，沒有看見任何人。

大門外聽見酒瓶碰擊的匡噹匡噹聲，男僕在泥地上拖着一個竹篾編造的竹筐，竹筐中裝滿了酒瓶子，從後門轉到前門，繼續拉到一個轉角處，小芳從酒瓶下面鑽出來，飛快地消失在遠處。

　　天色已經晚了，小林賴在客廳裏就是不走，何麗有和孩子仍然圍着飯桌笑鬧，小林向達夫笑問：「孩子還不睡嗎？我們兩兄弟還有很多話要說。」

　　何麗有在旁邊一直留意着丈夫和這個日本人，她的中國話已經有一定水平，能聽得懂一些對話了，於是把孩子適時地帶回內屋。

　　僕人重新上了酒菜，兩人又喝了起來。

　　小林先為達夫舉杯，說：「我是個臉皮很厚的人，自己請自己到你家喝酒，一而再，再而三，很對你不起。」

　　達夫搖頭苦笑，也不作聲，把酒一口乾了。

　　小林又舉起第二杯酒：「我也要為我們在巴東的皇軍道歉，天皇已經宣佈投降，我們還在這裏不走。」

　　達夫道：「為什麼還不趕緊回家呢？」

　　小林道：「全亞洲幾十萬、上百萬的兵都等着撤走，哪來那麼多的交通工具？而且，也有一些手尾要打掃乾淨。」

　　達夫道：「有一些手尾要打掃乾淨嗎？」

　　小林點頭。

　　達夫道：「譬如呢？」

　　小林道：「這是機密，和日本戰後的安定有關。」

　　達夫道：「我屬於這些手尾嗎？」

　　小林嘆氣，沒有說是還是不是，但答案已經很清晰。

　　小林道：「你在中國，在日本都太有名了，連我在日本的時

候都看過你的書，叫什麼？《沉淪》？你寫的是你自己在日本唸書時候的事吧？好一些情節看一次到現在都忘不了。」

小林喝口酒，偏着頭回憶，道：「故事中講一個二十一歲的支那留學生，還沒有碰過女人，又因為是支那人，國家比不起日本富強，所以自卑，連日本女孩子對他笑，都以為是嘲笑他。」

達夫搖頭笑，背誦其中的情節：「呆人呆人！她們雖有意思，與你有什麼相干？她們所送的秋波，不是單送給那三個日本人的麼？唉！唉！她們已經知道了，已經知道我是支那人了，否則她們何以不來看我一眼呢！若有一個美人，能理解我的苦楚，她要我死，我也肯的。若有一個婦人，無論她是美是醜，能真心真意的愛我，我也願意為她死的。我所要求的就是異性的愛情！蒼天呀蒼天，我並不要知識，我並不要名譽，我也不要那些無用的金錢，你若能賜我一個伊甸園內的『伊扶』，使她的肉體與心靈，全歸我有，我就心滿意足了。」

小林頻頻點頭：「就是！就是這個故事。還有第一次看見女人身體的情節？」

達夫哈哈笑，背誦：「靜寂的空氣裏，忽然傳了幾聲沙沙的潑水聲音過來。他靜靜兒的聽了一聽，呼吸又一霎時的急了起來，面色也漲紅了。遲疑了一會，他就輕輕的開了房門，拖鞋也不拖，幽腳幽手的走下扶梯去。輕輕的開了便所的門，他盡兀自的站在便所的玻璃窗口偷看。原來他旅館裏的浴室，就在便所的間壁，從便所的玻琉窗看去，浴室裏的動靜了了可看。他起初以為看一看就可以走的，然而到了一看之後，他竟同被釘子釘住的一樣，動也不能動了。那一雙雪樣的乳峰！那一雙肥白的大腿！這全身的曲線！呼氣也不呼，仔仔細細的看了一會，他面上的筋

肉，都發起痙攣來了。愈看愈顫得厲害，他那發顫的前額部竟同玻璃窗衝擊了一下。被蒸氣包住的那赤裸裸的『伊扶』便發了嬌聲問說，是誰呀？他一聲也不響，急忙跳出了便所，就三腳兩步的跑上樓上去了。」

小林鼓掌，道：「還有一次，在草堆裏？」

達夫慢慢喝了口酒，背誦：「他手裏拿着了那一本詩集，眼裏浮着了兩泓清淚，正對了那平原的秋色，呆呆的立在那裏想這些事情的時候，他忽聽見他的近邊，有兩人在那裏低聲的說，今晚上你一定要來的哩！這分明是男子的聲音。我是非常想來的，但是恐怕……。他聽了這嬌滴滴的女子的聲音之後，好像是被電氣貫穿了的樣子，覺得自家的血液循環都停止了。原來他的身邊有一叢長大的葦草生在那裏，他立在葦草的右面，那一對男女，大約是在葦草的左面，所以他們兩個還不曉得隔着葦草，有人站在那裏。那男人又說，你心真好，請你今晚上來罷，我們到如今還沒在被窩裏睡過覺。他忽然聽見兩人的嘴唇，灼灼的好像在那裏吮吸的樣子。他同偷了食的野狗一樣，就驚心吊膽的把身子屈倒去聽了。你去死罷，你去死罷，你怎麼會下流到這樣的地步！他心裏雖然如此的在那裏痛罵自己，然而他那一雙尖着的耳朵，卻一言半語也不願意遺漏，用了全副精神在那裏聽着。地上的落葉索息索息的響了一下。解衣帶的聲音。男人嘶嘶的吐了幾口氣。舌尖吮吸的聲音。女人半輕半重，斷斷續續的說，你！……你！……你快……快點罷。……別……別……別被人……被人看見了。他的面色，一霎時的變了灰色了。他的眼睛同火也似的紅了起來。他的上顎骨同下顎骨呷呷的發起顫來。他再也站不住了。他想跑開去，但是他的兩隻腳，總不聽他

的話。」

兩個人大笑，笑得停不住。

達夫搖頭笑道：「痛苦又美麗的青春吶！」

小林點頭，道：「是的。」

兩人各自呷了口酒。達夫在這個短暫的片刻，感覺到氣氛變了，他等着對方翻牌。終於，小林把酒杯往桌上一砸，說：「然後，你就全日本出名了，然後，日本皇軍打進了支那，到處找你，想請你為我們日本人說幾句好話，可是你跑到了星洲，而且在短短幾年間，發表了四百篇反日文章！」小林瞪視達夫：「日本很沒有面子！」

達夫把兩手抱在胸前，道：「I won't apologize!」（我不道歉。）

小林道：「我不懂英語，你懂幾國語言，希望這些知識在你生死關頭的時候，可以幫你做理智的選擇。」

小林為達夫和自己又斟酒，臉靠近達夫的臉：「告訴你實話，我們日本的老百姓雖然捱了兩個原子彈，但是到現在都不知道皇軍在佔領區的暴行，每一張來自佔領區的照片都先經過審查，皇軍在日本人心目中是世界上最文明最有良心的救世主。只要你答應在以後不再發表反日文章，在適當的時候接受我們邀請到日本演講，安撫一下戰敗國人民的心靈，你現在就可以帶着家人回中國。」

達夫道：「如果我以後反悔，怎麼辦？」

小林道：「這就是巧妙之處，你如果反悔，我們毫無辦法，但只要你答應，你就活下去。同意嗎？」

達夫道：「如果蘇格拉底肯道歉，他能活到現在嗎？可是他

沒有答應，他被殺了，結果天上多了一顆恆星！」

小林道：「你肯定嗎？你情願你的妻子懷一個遺腹子？」

達夫道：「今天是一九四五年九月十七日，離開日本投降已經一個月又兩天，你如果殺我，你就是兇手！你如果殺我，我會不斷轉世，向每一個發動戰爭的狗屎人說不！」

小林把桌子一推，說：「這樣就決定了，你請吧！」

他直指門外。

達夫起身說：「我要看看妻子和孩子。」

小林道：「如果超過五分鐘，我會把你一家殺了，別忘了我們都是一群狗屎人！」

小林悻悻地說。

達夫走進臥室，妻子挺着大肚子，摟着兒子睡得很香。達夫輕輕拉開抽屜，抽屜中拿出一封早就準備好的遺書，悄悄塞在妻子枕頭下。他看看妻子，看看兒子，把手輕輕放在妻子的大肚子上，眼淚潸然而下。

達夫輕輕說道：「我一生愛哭，這是最後一次。」

何麗有微微打鼾，達夫不忍把她驚醒。

達夫才出大門口，看見兩個日本兵和一輛車子早就在等候。

達夫和小林上了後座，一個日本兵是司機，一個日本兵坐在乘客位置監視達夫。

小汽車在路上跑，黎明已經降臨大地，小林從眼角裏看達夫，達夫很坦然，竟然在哼一個小調。

小林說：「郁達夫，你不害怕嗎？你好像很輕鬆。」

達夫輕鬆地說道：「那一年，我參觀了『戚繼光祠』……」

小林搖頭，嘿嘿地笑。

達夫也笑了，問：「笑什麼？呵呵，好，我不說這個，我唱一個歌給你聽，那是我參觀戚繼光祠堂之後，寫的『滿江紅』。」

小林怔怔地望着他。

達夫拍着手唱：「三百年來，我華夏威風久歇。

有幾個，如公成就，豐功偉烈。

拔劍光寒倭寇膽，撥雲手指天心月！

到於今，遺餅紀征東，民懷切。

會稽恥，終當雪。

楚三戶，教秦滅！

願英靈，永保金甌無缺。

台畔班師酣醉石，亭邊思子悲啼血，

向長空，灑淚酹千杯，蓬萊闕。」

車子開到了一個山坡旁邊，泥濘的公路旁邊有路牌「丹戎革岱——距離武吉丁宜七公里」。

車子停了，四個人先後下車，兩個兵把槍掏出來。

小林說：「請，這裏離峇素車站不過三兩公里，先在這兒稍停，還得請你換一輛車。」

達夫點頭，說：「我明白了，我想上這個小山坡頂，你介意嗎？」

小林：「這樣更好！」

兩個日本兵帶着武器押後，小林跟在達夫後面，緩緩步上了

小山坡頂。

　　達夫往土地上一坐，環顧四周，說道：「我醉了，也累了，要小睡一會兒。」他看着小林笑說：「我醒來之後，不想再看到你，你可以自便！」達夫說完，往地上一躺。

　　夢裏，他笑了。

　　女聲合唱起：

　　　天意似將頒大任，微軀何厭忍飢寒？
　　　長歌正氣重來讀，我比前賢路已寬。

　　　　　　　劇終

附 錄

對胞兄的懷念

● 嚴慶治（儀）

　　我們的家鄉在距蘇州城四十公里的太湖之濱——美麗的洞庭東山鎮上。三面懷抱在煙波浩淼、水天一色的太湖之中的東山，她的低處是阡陌相連的良田和魚塘，她的高處，秀麗的山坡上長滿着鬱鬱蔥蔥的果樹，桃、梅、李、杏、楊梅、枇杷、柑桔、石榴、栗子、銀杏……還有碧螺春名茶，真是一個花香四季、景色如畫的魚米之鄉花果山。

　　胞兄嚴慶澍和我都誕生在鎮西馬家堤村一個叫南樓的小樓屋裏，南樓是我們祖父留下的唯一家產。祖父嚴善齋是遺腹獨子，幼小到上海謀生，從學徒、店員到賬房先生，共當職員五十多年。父親又是獨子，當過教員和職員，因世代單傳，毀於溺愛，後來染上鴉片惡習。胞兄和我兄弟二人，蘇州風氣注重教育，胞兄跟隨祖父到上海讀中學，我在家鄉上小學，大家再窮都送子女受教育。

　　日本侵華戰爭開始，全國經濟崩潰，大小企業、工廠紛紛倒閉解散，年邁的祖父被「解散」回家，父親失業，胞兄也失學，從上海返回東山，家庭失去生機，陷於貧困。不久，東山相繼淪

陷，他和葉緒華等七名年輕人不肯向日本兵鞠躬，遭扣押，東山父老尊稱他們「小七君子」。[18]

胞兄十八歲，愛好運動，是湖山籃球隊主力。[19] 他是個血氣方剛，滿懷激情的青年學生，在山河破碎、民不聊生的顫慄寒風裏，他坐臥不寧。一九三七年「八一三」淞滬會戰開始，他從上海回鄉，即同一批青年學生，包括葉緒華、席玉年等，到東山、西山、移山等太湖一帶鄉村裏積極救亡宣傳。他們早出晚歸，回家時，他有時帶着傳單、標語小旗和戲裝，有時從衣袋裏掏給我一把栗子和鮮果，告訴我救亡宣傳時受到鄉親們熱情接待的景況。他善歌能講，記得有一次在東山大街轎子灣頭「玉樹堂」（當時鎮上最大的廳堂）演出《放下你的鞭子》時，他扮演一個流亡老漢。演出十分感動。當淒涼的「高粱葉子青又青，九月十八來了東洋兵……」的歌聲裏在整個大廳迴蕩時，全場寂靜肅然，連我這個不到十歲的孩子，也流下辛酸的眼淚。

堂上祖父已年至古稀，「解散」後心情越來越壞，終日長吁短嘆，高血壓病日趨嚴重。我不足十歲。老人把養家活口的期望寄託在胞兄身上。是的，胞兄他自幼勤奮好學，胸懷志氣，是一塊足以負起重託、以至「重振家業」的好材料。同時，他也是愛家鄉，愛祖父、母親和我的，他是願意挑起這副擔子，和這個處於困境的家一起生活下去的。

抗日戰局日益惡化，到家裏來找胞兄的朋友們更頻繁了，

---

18 江蘇省文學藝術界聯合會、江蘇省文聯編著：《20 世紀江蘇文化名人》（南京：江蘇文藝出版社，1999 年），頁 296。

19 同上註。

年青人在一起，不是慷慨激昂的爭辯，便是一陣陣熱血沸騰的救亡歌聲。在這個家裏，一邊是老人在小房裏的長吁短嘆，一邊是「同學們！大家起來……」的高亢吼聲，這是一個尖銳而又無法調和的矛盾。

有一天，胞兄將我拉到他身邊，興奮地說：「祖父終於答應了，我要到內地去，去打東洋兵！」他又撫摸我的頭，慢慢地說：「弟弟，乖點，你要聽祖父和母親的話……」，他的聲調哽咽了，眼裏閃動着淚花。

一九三八年九月，記得是一個秋天的傍晚，胞兄同幾個朋友在東山鎮施巷橋邊下了航（木）船，他們要穿過太湖，轉道去大後方。船快要開動，他突然跳落岸來，脫下頭上一頂深藍色絨線帽，扣到我頭上，緊緊抱了抱我，轉身又上了船。船開動了，他站在後艄向我們招手，終於，船逐漸遠去，在湖水和暮色中慢慢消失了。……

抗戰勝利。

一九四六年，胞兄於成都燕京大學新聞系（工讀）畢業，返回上海進了《大公報》社工作。那時，我們的祖父和父親都已病逝，母親外出幫傭，我在上海楊樹浦一家布店當學徒，小樓屋也變賣了。相隔艱難的八年之後，破碎的家又重圓了。

暴風雨後剛露出一線陽光，陰雲又重新籠罩在中國上空，內戰開始。一九四六年，胞兄受報社派遣，到蘇北內戰前線採訪。記得在那時的上海《大公報》上，多次發表了他的採訪專稿，這些專稿以很大篇幅，反映了內戰給人民帶來的災難，也暴露了不少官吏的醜行。記得一九四四年一個春寒的晚上，胞兄應邀到上

海「洞庭東山同鄉會」的一個集會上作蘇北見聞講話，他深沉訴述人民生靈塗炭的事實。

一九四七年夏，《大公報》台灣辦事處原負責人受民事訴訟牽連，胞兄被派去台北，接任《大公報》辦事處主任兼駐台灣記者。母、嫂、三個幼姪偕去，我也結束了學徒生涯，跟家庭去台北讀書。一九四七年二月至五月中，台灣剛剛發生了血腥的二·二八事件，隨後的四八年、四九年，天災人禍也連綿不斷，先後有新店溪橋列車失火事故、「太平輪」沉沒、飛機在吉隆山撞毀、及魯迅摯友許壽裳教授在台大宿舍被暗殺身亡等慘案。每當這類事情發生，胞兄總是飛速趕赴現場，廢寢忘食地詳盡調查案件發生的社會原因，好幾次深夜採訪回來，報社譯員已經下班，他一邊寫稿，一邊要嫂和我幫助把文字翻譯成電碼（明碼），待電稿發出給上海《大公報》社，已是天將黎明。這時，母親為大家燒煮夜宵，胞兄習慣地半躺在沙發上，顯得十分疲憊。不久，辦事處除了原來的發行業務還加上了印刷，讀者群越來越大，辦事處升格為《大公報》分館，[20] 引起了國民黨的注意，發出的郵件和文稿都被「郵檢處」拆檢，胞兄利用去機場取白紙原型的機會，將密件投入直接上飛機的郵筒內。他常說，作為一個新聞記者，就有責任要把事實的真相、特別是民眾的生活真相和他們的意願及呼聲公諸於世。不然，就是沒有良心的！

一九四九年四月初，我參加了台灣學生聲援南京「四·一」請願、要求國民黨南京政府接受和平談判的學潮，遭到軍警追捕，被迫離開胞兄和家庭，準備前往大陸浙東游擊區。胞兄送我

---

20 資料顯示，《大公報》台灣辦事處至一九四八年才升格為分館。江蘇省文學藝術界聯合會、江蘇省文聯編著：《20世紀江蘇文化名人》，頁297。

到基隆上「中興輪」，在陰霾的基隆港口，從大陸逃到台灣的國民黨殘兵敗將到處可見，戰車、軍火、箱籠、物資狼藉滿地，國運處在轉折點，我擔心家兄、幼姪和母親的安危，嫂子又即將分娩，我走以後，留給胞兄的困難恐怕越來越重，他似乎看透了我的心情，緊緊握着我的手叮囑：「你走吧！要當心身體。」

一九四九年六月上海解放，《大公報》台灣分館遭查封關閉，胞兄偕全家撤退到香港，先後在香港《大公報》、《新晚報》長期從事新聞工作。以後近三十年中，胞兄公務以倍數增加，我們見面統共還不到十次，即使見面，也往往是早上才小聚寒暄，晚上就要分手，而這種寶貴時刻，也都是在他密密的行程中「擠」出來的。

一九七八年九月，胞兄不幸患腦溢血而致半身不遂。一九七九年，他到廣東從化療養，在療養期間，我曾三次南下探望，相聚了共約三十天，病中的胞兄雖年已花甲，左邊偏癱，但神志清楚，思維敏捷，記憶甚佳。除採用理療及運動以爭取癱肢功能恢復外，每日用一定的時間安排閱讀、思考、並用健康的右肢堅持書寫。他說：「過去的三十年，我大約寫了八十個題目、約共三千萬字的文學作品，其中一個大類是利用長期的新聞採訪所得，反映香港社會的現實生活；另一個大類便是《金陵春夢》、《草山殘夢》和《蔣後主秘錄》系列，希望對青年朋友了解接近五十年的中國歷史有微薄的幫助。」

胞兄一生感情豐富，在南國的從化溫泉，我們一起追憶太湖像母親般的溫情哺育，思念蘇州家鄉清澈的泉水和甘甜的美果。我們更難忘在台灣的日日夜夜：台北的中山紀念堂、原《大

公報》分館所在地——繁忙的衡陽路大街、風光明媚的草山公園、煙霧迷濛的北投溫泉、阿里山的「神木」、日月潭的晨昏景色……。還有，我們的同事、同學和故友，他們之中有台灣本省人，也有外省人。我們懷念原《大公報》分館一位名叫「紀碧」（愛稱，日語，意為小孩）的台灣青年工人，還有幾位台灣籍的男女職員，他們同我家有着難忘的誠摯友情。記得其中有位同事林小姐生第一個孩子，在「百日」那天晚上，胞兄同報館七、八個同事一起到郊外林家登門祝賀，家人熱情地以滿桌雞、魚、肉、蝦……相待。台灣鄉村的住房、用具、飯菜、風俗、習慣同大陸幾乎全都一樣，就像我們蘇州家鄉的桂花糖年糕，香甜又軟糯，而台灣的桂花炒年糕還加了香蕉油，真是別有風味。

由於新聞採訪業務，胞兄同台灣的一些知名人士也有交往，像謝東閔先生、李萬居先生、彭孟緝先生，還有我們的蘇州同鄉、同族長輩嚴家淦先生……。病中的胞兄思念他們，並感慨地說：「我們雖然政見不同，但我們還是有一個共同願望——和平。但願菩薩保佑，人間不再有戰爭。」

後註：一九八三年，父親去世後第二年，我叔叔寫了這篇悼念文章後存放了起來。再過後三十多年，叔叔已經去世，因為這本書的契機，我向遠在杭州的嬸嬸（王雪慧）請問一些有關父親的資料，她找到了這篇文章和一些附帶的資料，也附上了以下的一條短信：「叔叔走了二年多我還沒整理過這些東西，只知道在他發病的那晚，他交代我的第一件事就是告訴我哥哥的東西在第二個抽屜裏，當時我就哭了，可見他們的兄弟情義有多深。」

——嚴浩

尋根

我高祖父是農民，沒有自己產業。一日，家中突然失火，高祖母時有身孕，高祖父救人救火，心慌意亂，不慎受傷。尚未待我曾祖父出生，高祖父已不幸去世。

曾祖父成了遺腹子，高祖母在叔祖——即高祖父弟弟照顧下，養大了曾祖父。曾祖父成年後去上海謀生，做店員、賬房、兢兢業業，最後做了一間味精廠的經理。味精廠叫「和合」，已經不存在。

曾祖父辛勤一輩子，賺了一筆錢，回洞庭東山老家蓋了間二層平房，又為他自己的父母及叔父蓋了座很不錯的墳。曾祖父只有一個兒子，就是我祖父。我祖父可能生活的環境比較優越，以至不善生產。我父親幼年靠他的祖母陳氏撫養，靠她典當首飾，去莫厘峯下的葉族私立務本小學唸書。[21] 他做過店員，最後一份工作，是他四十歲左右時，被人介紹去上海一間學校做教員。介紹人是他的大兒子，他的大兒子當時才十幾歲，後來便是我父親。

21　江蘇省文學藝術界聯合會、江蘇省文聯編著：《20 世紀江蘇文化名人》，頁 295。

曾祖父去世後，祖父染上鴉片煙癮，以致淪落到變賣祖業。時當抗日戰爭初期，我父親奔赴國難，祖父嚴令阻止，我父親救國心切，不惜與祖父斷絕關係。我叔叔比他小十歲，在上海唸書，生活靠我祖母在上海幫傭。

　　遠在宋代，我祖先已經從天水遷移到蘇州洞庭東山（後來叫吳縣），叫「洞庭東山安仁里嚴氏」。始祖大名嚴伯成，老祖宗生三個兒子，分別叫蕭、茂、讓，我家是二子「茂」的後代。這一支嚴姓男丁單薄，到了第二十代就是我父親，叫嚴慶澍，他有個弟弟，叫嚴慶治。到了第二十一代，就是我這一輩，父親一口氣生了五個男生，三個女生，我父親的朋輩叫我父親「生仔公」。我叔叔有一女（華），一子（峻）。如果按照輩分，我的名字應該是嚴衍浩，「慶衍」之後，是「斯增」，然後是「崇文振武　尊賢重能　本培而厚　枝發乃興」，我父親上面是「宇昌宗茂　信有明徵　國良家雋」。其中「家」，有台灣總統嚴家淦。蘇州與上海都有「嚴家花園」，蘇州的「嚴家花園」在一九九八年左右重新恢復。

　　我父親在洞庭東山的一條小村出生，這棟祖屋已經在三十年代被我祖父變賣，幾十年後，部分已改建，但我父親出生的主樓還在，一九九八年春天的時候我去看過。我叔叔指住一棟二層平房二樓一個窗戶，很激動，說：「那便是你爸爸和我出生的地方！」旁邊副樓住了另一戶人，戶主說：「聽說《金陵春夢》的作者便是在這棟樓裏出生。」那位作者便是我父親。

　　父親兒時嗜甜，有時病痛吵鬧或難以入睡，大人均以糖食安撫，以至身體雖壯卻牙齒欠佳。我看見那戶主跑到屋前一個水井打水。看來這個水井的水當年也一樣滋養了我父親。天上下着

春天的細雨，我瞇上眼睛想像父親當年和一班村童在屋前屋後玩耍的景象。這是我第一次回祖居，兒子也正好在身邊，叔叔嬸嬸把我倆帶回來，一切都發生得那麼順利自然。我心裏很平靜，但同時又覺得很不可思議。帶子回鄉訪祖居、祭祖墳全不是我計劃的。一九九八年，我接拍了一部電影叫《庭園裏的女人》，[22] 請兒子來幫忙，戲中外景恰好在蘇州，其中的一個外景地恰巧在老家洞庭東山，這個外景地叫「雕花樓」。[23] 如果你覺得這也沒什麼出奇的話：「雕花樓」與我家父出生的地方只有五百步遠！我父我叔在小時候每天不知道要經過「雕花樓」多少次。

《庭園裏的女人》劇本中，說有個蘇州大戶人家請來一位外國傳教士做家庭教師，月薪十塊大洋，直至後來日本人來了。一九三八年的十塊大洋，能換來什麼物質？當年我母親（楊紫）還健在，老人家這樣說：

「你爸爸那時候是湖南資江歌劇團團長，月薪一塊大洋，可以洗一次澡，理一次髮。」母親本來是開封城裏一位清末官宦人家的小姐，一九三五年阮玲玉自殺哭倒了全國影迷，很多女孩子跑到街上痛哭，我母親當年十五歲，也是其中一位。三年後，是我舅舅先認識我父親，父親那一年十九歲，是革命青年，慷慨激昂，為驅趕日寇不惜拋頭顱灑熱血，指點江山之間感召了我母親，一日拂曉，母親瞞着家人從開封家裏溜出來，坐上一列從此改變命運的火車。小小年紀首次離家，只帶着最心愛的兩隻小貓

22　電影《庭園裏的女人》（*Pavilion of Women*），二〇〇一年放映，原著賽珍珠，導演嚴浩，主角是美國演員威廉‧達佛（Willem Dafoe）、羅燕。

23　雕花樓，又名春在樓，歷時三年建成，集磚、木、石、金雕刻之大成，被譽為「江南第一樓」。

陪伴，在火車上凡遇列車員查票、巡邏，母親便使勁按撳手中會發出喵喵叫的明信片，以遮掩座椅下藤籃子裏小貓的叫聲，直至順利到達湖南會見我父親。母親此後用一雙腿走遍半個中國，卻再也未曾回過家鄉，晚年思念父母，常常大聲自問自責：「我是壞人嗎？我是壞人嗎？」大敵當前，忠孝不能兩存，旁邊的小輩明白戰爭帶來的悲傷與無奈，皆潸然淚下。

母親在湖南民眾教育館教婦女班及小學，在一個課堂裏同時教小一、小二、小三、小四，全是街童，我媽才十八歲，常被學生弄哭，要找訓導主任擺平。我媽的工資好多了，一個月有十五塊大洋，七塊錢付了伙食費，假期與我爸拍拖，請我爸吃水餃，我爸一次可以吃一百個，肯定平日餓得胃冒酸水。由於能寫會唱，我媽在當地頗有名聲，有一天，館長把她找進辦公室，辦公室裏已坐了四個軍人，館長說：「這四位是軍官，有中將，有教官，來找我做媒，想跟你做朋友！」我媽嚇得回身便逃。學校後面小山上還有一位電台台長，每天必給我媽寫一封情信，我媽每到週末便把一疊信原封不動交給我爸。

「我發誓一封也沒有拆過！」我媽舉起手說。母親自我要求甚高，當年每日天不亮便獨自上山坡做運動，天剛亮躲在班房裏唸《資本論》，中午去圖書館做館員，下午教婦女唱歌，晚飯後又做圖書館館員，七點至九點教成人班，學生中有小販，有掌櫃，假期還教唱歌。

我的兒子叫「羚」，又叫「藝之」，當年（一九九八年）唸大一，十九歲。我在想像一九三八年我那才十九歲的爸爸，在艱苦的生活條件下為自己準備婚禮，他的臉總變成我兒子的臉。我好像在拍一套講我父母的電影，爸爸年輕時候的角色就由他孫子

來演。我記得所有的人都不信我的兒子已經十九歲，我自己也不信，一想起來自己嚇一跳。看來天上地下實至名歸的作者應該是時間吧，她每天都為我們每個人寫出新的一頁。

我那「兒爸爸」在救亡室裏，在他的同志們協助下，把長工作枱、乒乓球枱搬去一邊，上面放些糖、花生，「居然還有花紙」，我母親回憶說，結婚進行曲是當時流行的救亡歌，「同志們團結起來，奔向那抗日的前方」，戰時的火藥味代替了鞭炮，槍炮聲代替了鑼鼓，就這樣，同志們團結起來，把一對新人送入新房———一間廢置的爛屋。當時是一九三八年五月十九日。婚後十天，部隊便上前線。

湯恩伯[24]在邵陽辦了個游擊隊幹部訓練班、無線電幹部訓練班，請我父親做無線電班的教官。[25]我想其實是管人的孩子頭吧，父親什麼時候學過無線電？看上我父親的原因，是賞識他在資江歌劇團當團長當得好。當教官的薪水高多了，每個月有四十大洋。父親把薪水全交給「組織」，領着我那十八歲的「兒媽媽」，與一班幹部上前線了。那可不是一趟輕鬆的旅程，首先要學會打綁腿，憑着兩隻腳穿州過省，步行幾個月，腳上起了水泡又起血泡，途中教軍人認字唱歌，遇到村民便宣傳抗日，既唱又跳。一晚走到一個村子，是個沒有月亮的晚上，伸手不見五指，父母走進了一家大門打開的村屋，在床上睡了一夜，是行軍中最舒服的一個居停處，待到黎明，發現身旁躺了一個死人。行

---

24 湯恩伯（1899-1954），為國民黨的一位將軍。

25 書中有張照片是父親與一羣年輕人穿着軍裝的合照，可能拍完這張紀念照以後便上前線，只有我父親的軍服是大衣，應該是「教官」身份的象徵。在快門按下的一剎那，這羣年輕人在想什麼？流芳百世？還是古來征戰幾人回？我父親年輕時的照片，沒有一張是笑的。

軍期間凡經窮鄉瘟疫之地，人人兜裏皆揣一把生蒜，邊行邊啃以避疫症。父親曾患「打擺子」（瘧疾），病況凶險，病後母親將鄉親送贈的、當時視為最珍貴的雞蛋為父親調養身體，在體弱初癒情況下，父親連盡十二隻煎荷包蛋，重新整裝出發。

刺激的行軍生活仍然未達到興奮點，同志們一路上還被日本飛機追趕轟炸。當時簡陋的無線電通訊比現在的 5G 電子通訊意義更重大，是軍事級別的最高通訊技術，因為被漢奸告密，日本人矢言要扼殺這一支未來的高科技通訊小組於搖籃之中，我父母在其中一次轟炸中被炸飛了聯繫，我父親失蹤，我母親在火海與死人堆中發現了一個被炸塌了出口的山洞，母親徒手把洞口的泥土生生挖開，果然在洞中發現已經昏迷了的父親。

我父親在一九三八年參加三十一集團軍湯恩伯部隊，時逢國共合作抗日，兩黨暫停敵對。一九四二年，由於湯恩伯部隊駐河南期間劣跡斑斑，被中國共產黨以及地方勢力以「地方自治」為由，對湯恩伯等部隊繳械。我父親早在一九四〇年已經離開這個逐漸變質的隊伍，先在河南鄧縣創辦「三一出版社」，而後在一九四一年帶着我母親到了當時的抗日大後方陝西寶雞，為寶雞中國銀行擔任運輸大隊長，從後方押送物資去前線。同年八月生下第一個孩子，我的大姐姐小明，時年二十一歲。一九四四年在寶雞生下我大哥小毛頭。一九四六年，他在成都燕京大學新聞系（工讀）畢業，以優異生成績結業。由於父親的經濟能力只能負擔學費九百大洋的三分之一，大學也只批給他一個「工讀生」的證書。一九四六年初夏，又拖兒帶女從重慶下船，沿長江回老家蘇州，這時母親又懷上了第三個孩子，在船上使勁地嘔。蘇州的屋子已經被我祖父賣掉，他人也已經病歿，祖母（徐鳳鈞）無

以為生不知所蹤，最後在一座廟裏找到了老人。同鄉把一間透風漏雨的老閣樓租給我父親。從秋天開始，我祖母就不斷撿破紙堵寒風，一九四七年一月，黎明前最冷的時候，我二姐小三毛出生了，祖母挪動一雙只有糉子大小的裹腳，打着燈籠去找接生婆，待接生婆到家，二姐已經出生。這一段時間，父親受聘為上海《大公報》業務課課員，母親帶着三個年幼的孩子，和我祖母來上海團聚，住在租金比較低的漕河涇。一家人生活拮据，他卻還去幫助更貧窮的朋友，知道的人都專稱他「嚴閣下」。[26] 往來蘇州與上海之間。他也曾經為《前線戰報》寫稿，筆名弓滿雪、冬雪。抗戰勝利前後，蘇北地區多災多難，糧食嚴重短缺，餓殍遍地，他在採訪途中察覺「連貓都沒有了」。

二姐出生七個月以後，他被報社派去台灣管理《大公報》辦事處，他帶上一家人，也帶上我祖母，與我的叔叔嚴慶治，飄洋過海去台灣，這時期用的筆名是嚴方。一九四九年五月在高雄生下第四個孩子，就是我二哥小牛。待小牛不到半歲又舉家到了香港，從此安頓下來，三年後生下小不點，以後每三年生一個弟妹，一直到八個為止，所以最小的妹妹叫嚴芷。在定居香港之前，母親每次臨盆，父親都因公在外未能陪伴，平日家中作息、縫製衣履等均由母親一手包辦。某年冬天，母親邊趕製冬衣，邊留神看管年幼的大哥在園子玩耍，忽地園子裏一片靜寂，趕緊出門察看，大哥已頭下腳上跌進了北方醃製鹹菜用的大缸，新穿上的小棉襖成了泡鹹菜，拉上來的小人兒臉呈紫醬色。

---

26 江蘇省文學藝術界聯合會、江蘇省文聯編著：《20世紀江蘇文化名人》，頁297。

終極解密——

　　根據李文健大哥所知，曾經在國民黨湯恩伯部隊工作的這一段經歷令我父親掉進了一個歷史夾縫，被動地陷入國共之間的灰色地帶，最終影響了以後他在紅色報社的升遷，這就是所謂「李廣難封」的內幕。然後過了整整四十年，真正的蓋棺定論了，他的立場才被確認，他的骨灰也被存放在北京八寶山。父親與他這一代人經歷了現代最為血腥的一段歷史，他們的勇氣、堅持、不屈不撓與犧牲，換來了人類最基本的生存條件：和平。他們翩然而去，不帶走一片雲，卻在地表上鐫刻了兩個大字——風骨。

阮朗創作年表及電影劇本創作（或原著）列表

凡例

1. 本年表由著作出版資料、相關的文字記錄、報刊雜誌，和作者家屬書藏等材料整合而成。全表經編者審閱，並感謝小思老師為製作本表提供寶貴意見。由於作者資料未經專人整理，故有錯漏之處仍待修正，敬請見諒。

2. 本年表分為甲部「創作年表」及乙部「電影劇本創作（或原著）列表」兩部分，均按先後為時序，若未能確定日期者則附於該年之後端，而未確定年分者則放於該年代之後端。

3. 甲部創作年表分為「作品名稱」、「刊登情況」、「出版」、「備註」四項，以下分述各項交代的資料內容：

3.1 「作品名稱」欄：

    3.1.1 包括出版著作和報章雜誌發表作品，而部分報章雜誌發表的作品會出版成書，故部分名稱會重複出現。

    3.1.2 收錄於合集的作品，只標示作品名稱，而阮朗的小說集、文集，不會將收錄其中的作品全數列出。

    3.1.3 若為專欄文章，列表只交代專欄名稱，不另獨立展示箇中文章。

3.2 「刊登情況」欄：

    3.2.1 出版著作：交代其文類、署名；若其發表同年出版，會將發表資料補充在出版著作的內容；若為收錄合集的作品，亦會交代合集名稱。

    3.2.2 報章雜誌發表作品：交代其原初發表的報章（如有副刊名稱，以《[報刊]·[副刊]》表示），文藝雜誌亦提供其卷數／期數，及發表／連載日期。

3.3 「出版」欄：

    3.3.1 出版著作：交代其出版城市、出版者、出版時間。若有其他地方出版，將顯示其所有版本的出版資料；著作無法提供出版日期，將表示「時間不詳」，若能推算出版年分，只以「（？）」標示。著作版本依各出版社初版為準。

    3.3.2 報章雜誌發表作品：交代其文類、筆名和發表情況。

3.4 「備註」欄：

    3.4.1 出版著作：如有，交代其作品背景資料，和出版年分（以

香港出版為主）。

　　3.4.2 報章雜誌發表作品：若作品往後出版，會表示出版年分，並交代其背景資料。

4. 乙部電影劇本創作（或原著）列表，列出作者（主要以「顏開」為筆名）曾參與編劇、劇本寫作的電影，內容主要分為片名、首映日期、出品公司、導演、編劇，和原著（如有）。

5. 本書出版前，所有作品或資料條目存有缺漏、待查者，均以「［欠……］」標明。

甲、創作年表

1939　作品名稱　**火種**

　　　　出　版　已失

　　　　備　註　長篇小説，1939 年「全國文協」徵文，筆名不詳。

1951　作品名稱　**在海的那邊**

　　　　刊登情況　《大公報‧大公園》連載，1951 年 2 月 1 至 25 日。

　　　　出　版　連載小説，筆名「洛風」。

　　　　作品名稱　**伏牛山恩仇記**

　　　　刊登情況　《大公報‧小説天地》連載，1951 年 5 月 5 日至 1952 年
　　　　　　　　　9 月 30 日。

　　　　出　版　歷史演義，筆名「史豪」。

　　　　作品名稱　**人渣**

　　　　刊登情況　長篇小説，於《新晚報‧下午茶座》連載時稱《某公館
　　　　　　　　　散記》，筆名「本宅管事」，[欠日期]。

　　　　出　版　香港：求實出版社，1951 年 6 月初版。
　　　　　　　　　東京：ハト書房，1953 年 2 月 15 日。
　　　　　　　　　北京：通俗文藝出版社，1955 年 7 月。

　　　　備　註　署名「洛風」，日譯本書名為《香港斜陽物語》，譯者為
　　　　　　　　　牧浩平。

1952　作品名稱　**孟姜女**

　　　　刊登情況　長篇小説，於《新晚報‧下午茶座》連載，[欠筆名、日
　　　　　　　　　期]。

出　版	香港：童年書店，1952 年 5 月初版。	
	北京：通俗文藝出版社，1955 年 8 月初版。	
備　註	署名「洛風」，內地版書名為《香港尋夫記》。	

作品名稱	**金陵春夢**
刊登情況	《新晚報》連載，1952 年 11 月 3 日至 1958 年 10 月 4 日。
出　版	歷史演義，筆名「唐人」。
備　註	刊載初期置於副刊「下午茶座」，其後移至副刊「天方夜談」連載；分別於 1955 年、1979 年開始陸續出版。

1955

作品名稱	**空降**
刊登情況	中篇小說，署名「陶奔」。
出　版	香港：週末報社，1955 年 7 月。
	北京：通俗文藝出版社，1955 年 11 月初版。
備　註	內地版書名為《自投羅網》

作品名稱	**真假愛情**
刊登情況	長篇小說，署名「阮朗」。
出　版	香港：晨風出版社，1955 年 9 月初版。
備　註	1986 年收入《唐人中長篇小說選》

作品名稱	**孫立人事件真相**
刊登情況	散文，以筆名「高山客」編著。
出　版	香港：高彬出版，1955 年 9 月。

作品名稱	**金陵春夢** 第一集：鄭三發子

刊登情況	歷史演義，以筆名「唐人」於《新晚報》連載，共四集。
出　版	香港：楊鏞出版，1955 年 10 月初版。
備　註	他集出版時間 二集：1957 年 三集：1958 年 四集：1963 年

1956

作品名稱	**海角春回**
刊登情況	《文匯報·彩色版》連載，1956 年 1 月 1 日至 2 月 29 日。
出　版	連載小説，筆名「阮朗」。
備　註	1978 年出版

作品名稱	**菊子姑孃**
刊登情況	電影改編小説，由顏開（阮朗）撰寫劇本。
出　版	香港：影藝出版社，1956 年 3 月。
備　註	小説由「丁戈」撰寫，非阮朗本人。

作品名稱	**銀珠**
刊登情況	《文匯報·文藝》，1956 年 4 月 11 日。
出　版	短篇小説，筆名「阮朗」。
備　註	1962 年收入小説集《重逢》

作品名稱	**平陽士多的變遷**
刊登情況	《文匯報·文藝》，1956 年 9 月 9 日。
出　版	短篇小説，筆名「陶奔」。

作品名稱	**格羅珊**
刊登情況	長篇小說，署名「阮朗」，於 1956 年 3 月 1 日至 6 月 17 日連載於《文匯報・彩色版》。
出　版	香港：上海書局，1956 年 10 月初版。
備　註	1982 年收入《阮朗中篇小說選》上冊

作品名稱	**毒手**
刊登情況	《新晚報・天方夜談》連載，1956 年 10 月 5 日至 1957 年 2 月 14 日。
出　版	連載小說，筆名「阮朗」，克瑩負責插畫。
備　註	1987 年收入《浮生八記》，名為〈毒手記〉。

作品名稱	**血染黃金**
刊登情況	電影小說，署名「阮朗」，原名「吞金記」，自 1956 年 4 月 19 日至 6 月 10 日，於《香港商報》連載。
出　版	香港：三育圖書文具公司，1956 年 11 月初版。
備　註	1956 年 5 月 24 至 26 日，小說刊登時標為「惺忪撰」，並非以「阮朗」身份發表；1987 年收入小說集《浮生八記》，筆名「唐人」，名為〈吞金記〉。

作品名稱	**序曲**
刊登情況	《文匯報・文藝》，1956 年 12 月 8 日。
出　版	短篇小說，筆名「陶奔」。

作品名稱	**爸爸忙得很**
刊登情況	《文匯報・文藝》，1956 年 12 月 15 日。
出　版	短篇小說，筆名「阮朗」。

備　　註	1962 年收入小説集《重逢》

1957

作品名稱	**金陵春夢** **第二集：十年內戰**
刊登情況	歷史演義，以筆名「唐人」於《新晚報》連載。
出　　版	香港：楊鏞出版，1957 年 1 月初版。

作品名稱	**華燈初上**
刊登情況	長篇小説，署名「阮朗」。
出　　版	香港：上海書局，1957 年 3 月初版。
備　　註	1982 年收入《阮朗中篇小説選》上冊

作品名稱	**看門狗**
刊登情況	《文藝世紀》第 2 期，1957 年 7 月。
出　　版	短篇小説，筆名「阮朗」。
備　　註	1962 年收入小説集《重逢》

作品名稱	**賊小姐**
刊登情況	《新晚報・天方夜譚》連載，1957 年 7 月 5 日至 10 月 4 日。
出　　版	連載小説，筆名「阮朗」，章蓉舫負責插畫。
備　　註	1958 年出版

作品名稱	**馬伯樂往何處去？**
刊登情況	《文匯報・文藝》，1957 年 8 月 3 日。
出　　版	散文，筆名「阮朗」。
備　　註	「蕭紅女士紀念特刊」文章

作品名稱	八口之家
刊登情況	中篇小說，署名「阮朗」。
出　　版	香港：上海書局，1957 年初版（？）。

1958

作品名稱	金陵春夢 第三集：八年抗戰
刊登情況	歷史演義，以筆名「唐人」於《新晚報》連載。
出　　版	香港：楊鏞出版，1958 年 3 月初版。

作品名稱	香港屋檐下
刊登情況	中篇小說，署名「陶奔」。
出　　版	廣州：廣東人民出版社，1958 年 5 月初版。

作品名稱	小鹿
刊登情況	長篇小說，署名「阮朗」，鄭家鎮負責插畫，1958 年 1 至 12 月於《鄉土》連載，出版時分兩集。
出　　版	香港：新地出版社，1958 年 7 月初版。
備　　註	《鄉土》首篇連載小說

作品名稱	少小離家老大回
刊登情況	《大公報‧小說林》連載，1958 年 8 月 1 日至 11 月 1 日。
出　　版	連載小說，筆名「弓滿雪」。

作品名稱	草山殘夢
刊登情況	《新晚報‧天方夜譚》連載，1958 年 10 月 5 日至 1961 年 10 月 4 日。

出　　版	歷史演義，筆名「唐人」。
備　　註	1992 年出版

作品名稱	**女人的陷阱**
刊登情況	戲劇化電影原著小說，署名「阮朗」，原名〈賊小姐〉，1957 年於《新晚報》連載。
出　　版	香港：新聯出版公司，1958 年（？）。
備　　註	1986 年收入《混血女郎：唐人中篇小說集》，名為〈賊小姐〉；1987 年收入《浮生八記》，名為〈女人陷阱記〉。

1959

作品名稱	**台灣史話**
刊登情況	《鄉土》第 3 卷第 1 至 21 期，1959 年 1 月 1 日至 11 月 16 日。
出　　版	專欄散文，筆名「高山客」。

作品名稱	**展翅高飛**
刊登情況	《文匯報・彩色》連載，1959 年 2 月 8 日至 5 月 22 日。
出　　版	連載小說，筆名「阮朗」。
備　　註	1986 年收入《混血女郎：唐人中篇小說集》

作品名稱	**靚女**
刊登情況	《大公報・小說林》連載，1959 年 5 月 3 日至 7 月 31 日。
出　　版	連載小說，筆名「阮朗」，鳳簫負責插畫。
備　　註	1961 年首次出版

作品名稱	**分期夫妻**

刊登情況	《文匯報‧彩色》連載，1959 年 5 月 23 日至 9 月 8 日。
出 版	連載小說，筆名「阮朗」。

作品名稱	**巢**
刊登情況	《文匯報‧彩色》連載，1959 年 9 月 9 日至 12 月 8 日。
出 版	連載小說，筆名「阮朗」，汀芷負責插圖。

1950 年代

作品名稱	**總司令備忘錄**
刊登情況	《新晚報》連載，［欠日期］。
出 版	連載小說，［欠筆名］。

1960

作品名稱	**長相憶**
刊登情況	《文藝世紀》第 37 至 63 期，1960 年 6 月至 1962 年 7 月。
出 版	連載小說，筆名「阮朗」。
備 註	1963 年出版

作品名稱	**三代**
刊登情況	《鄉土》第 3 卷第 14 期，1960 年 7 月 16 日。
出 版	短篇小說，筆名「張璧」。
備 註	發表於欄目「燃犀新錄」，1961 年收入合集《新雨集》，名為〈壓〉。

作品名稱	**沙田尋寶**
刊登情況	《文匯報》連載，1960 年 8 月 23 日至 9 月 8 日。
出 版	連載小說，筆名「阮朗」。

作品名稱	**自尋煩惱**
刊登情況	《文匯報・文藝》，1960 年 10 月 17 日。
出　版	短篇小說，筆名「阮朗」。

作品名稱	**但德爾斯的一家**
刊登情況	《文匯報・文藝》，1960 年 10 月 24 日。
出　版	短篇小說，筆名「阮朗」。
備　註	1962 年收入小說集《瑪麗亞最後一次旅行》

1961

作品名稱	**明日歲華新**
刊登情況	《文藝世紀》第 44 期，1961 年 1 月。
出　版	散文，筆名「阮朗」。

作品名稱	**贖罪**
刊登情況	長篇小說，署名「阮朗」。
出　版	香港：宏業書局，1961 年 1 月初版。 香港：大光出版社，時間不詳。
備　註	大光出版社出版時名為《難忘：真實的人間悲劇》；1982 年收入《阮朗中篇小說選》上冊。

作品名稱	**收音機前的喜劇**
刊登情況	《文匯報・文藝與青年》，1961 年 4 月 19 日。
出　版	短篇小說，筆名「阮朗」。

作品名稱	**壓、失、擾、憾**
刊登情況	短篇小說（四篇），筆名「阮朗」，收入合集《新雨集》。
出　版	香港：上海書局，1961 年 4 月初版。

備　　註	1980 年收入小説集《十年一覺香港夢》，合稱為「四碟小點心」，其中〈壓〉誤為〈厭〉。

作品名稱	**靚女**
刊登情況	長篇小説，署名「阮朗」。
出　　版	香港：宏業書局，1961 年 5 月初版。
備　　註	1972 年出版時名為《春回來了》；1981 年收入小説集《十年一覺香港夢》。

作品名稱	**學校劇團**
刊登情況	《新語》連載，1961 年 6 月至 1962 年 3 月。
出　　版	欄目「課餘活動」文章，筆名「顏開」。

作品名稱	**小扒手對我說**
刊登情況	短篇小説，筆名「阮朗」，收入合集《五十人集》。
出　　版	香港：三育圖書文具公司，1961 年 7 月。
備　　註	1962 年收入小説集《重逢》，名為〈手〉；1985 年 12 月刊登於雜誌《小説與故事》，標為「遺作」。

作品名稱	**寫小說和寫筆記**
刊登情況	《文匯報・文藝與青年》，1961 年 7 月 5 日。
出　　版	散文，筆名「阮朗」。
備　　註	發表於欄目「給青年寫作者」

作品名稱	**月兒彎彎**
刊登情況	《新晚報・天方夜譚》連載，1961 年 10 月 5 日至 1962 年 12 月 31 日。

出　　版	連載小說，筆名「阮朗」。
備　　註	1989 年內地出版時名為《貝貝的初戀》，署名「唐人」。

作品名稱	來自尼羅河畔的留學生——記阿聯木刻家黑白、圖瑪德夫婦學成歸國
刊登情況	《文匯報・文藝與青年》，1961 年 12 月 27 日。
出　　版	散文，筆名「阮朗」。

1962

作品名稱	黃黑妮的一家
刊登情況	散文，筆名「阮朗」，收入合集《五十又集》。
出　　版	香港：三育圖書文具公司，1962 年 1 月。

作品名稱	話劇，它要突破舞台！
刊登情況	《文匯報・文藝與青年》，1962 年 1 月 3 日。
出　　版	評介，筆名「顏開」。

作品名稱	假如您學寫話劇
刊登情況	《文匯報・文藝與青年》，1962 年 1 月 10 日。
出　　版	散文，筆名「顏開」。

作品名稱	瑪利亞最後一次旅行
刊登情況	《文匯報》連載，1962 年 2 月 16 日至 3 月 7 日。
出　　版	連載小說，筆名「阮朗」。
備　　註	同年 10 月收錄於小說集《瑪麗亞最後一次旅行》

作品名稱	重逢
刊登情況	小說集，署名「阮朗」。

| 出　版 | 香港：上海書局，1962 年 3 月。 |

作品名稱	**海南島之旅**
刊登情況	遊記散文，筆名「阮朗」，收入合集《紅豆集》。
出　版	香港：新綠出版社，1962 年 3 月。
備　註	共 7 篇，寫於 1960 年 7 月，正值阮朗參加港澳記者採訪團，途經海南島。

作品名稱	**女大女世界**
刊登情況	《大公報‧小說林》連載，1962 年 4 月 1 日至 8 月 14 日。
出　版	連載小說，筆名「阮朗」，刊登第四集以前為「精悍短篇」小說。
備　註	1964 年出版

作品名稱	**評彈與寫作**
刊登情況	《文匯報‧文藝》，1962 年 7 月 11 日。
出　版	評介，筆名「阮朗」。

作品名稱	**涼風起天末**
刊登情況	《文匯報》連載，1962 年 9 月 9 日至 12 月 31 日。
出　版	連載小說，筆名「阮朗」。

作品名稱	**瑪麗亞最後一次旅行**
刊登情況	小說集，署名「阮朗」。
出　版	香港：益羣出版社，1962 年 10 月初版。

備　註	作品分別收入小説集《香港風情》、《十年一覺香港夢》，其中〈大地咆哮〉易名為〈誤會〉。

作品名稱	**欲傾東海洗乾坤——紀念杜甫誕生一千二百五十週年**
刊登情況	中篇小説，筆名「阮朗」，自 1962 年 6 月 1 日至 7 月 12 日連載於《文匯報》，同年收入合集《南星集》。
出　版	香港：上海書局，1962 年 12 月。

1963

作品名稱	**愛情在十字路口**
刊登情況	《南燕》第 1 期［欠完結期數］，1963 年 1 月至［欠完結月分］。
出　版	連載小説，筆名「張璧」。

作品名稱	**草山驚夢**
刊登情況	《新晚報・天方夜譚》連載，1963 年 1 月 1 日至 1969 年 12 月 31 日。
出　版	歷史演義，筆名「唐人」。
備　註	因文化大革命而遭腰斬，繼而以《宋美齡的大半生》為故事續筆；1992 年出版。

作品名稱	**金陵春夢** **第四集：血肉長城**
刊登情況	歷史演義，以筆名「唐人」於《新晚報》連載。
出　版	香港：楊鑣出版，1963 年 2 月初版。
備　註	1979 年起再次出版

作品名稱	**長相憶**
刊登情況	長篇小説，署名「阮朗」。

出　版	香港：上海書局，1963 年 2 月初版。
備　註	1982 年收入《阮朗中篇小説選》下冊

作品名稱	「柔道」之外
刊登情況	《文藝世紀》第 71 期，1963 年 4 月。
出　版	評介，筆名「阮朗」。

作品名稱	詩人郁達夫
刊登情況	《文藝世紀》第 71 至 83 期，1963 年 4 月至 1964 年 4 月。
出　版	連載劇本，筆名「顏開」。
備　註	1965 年出版

作品名稱	北洋軍閥演義
刊登情況	《文匯報‧文藝》連載，1963 年 7 月 21 日至 1967 年 5 月 14 日。
出　版	歷史演義，筆名「唐人」。
備　註	連載至 1967 年隨副刊停刊而暫停；1985 年出版。

作品名稱	川西基地
刊登情況	《大公報‧小説林》連載，1963 年 12 月 1 日至 1964 年 6 月 24 日。
出　版	連載小説，筆名「阮朗」。

1964

作品名稱	芸芸的心事
刊登情況	《文藝世紀》第 84 期，1964 年 5 月。
出　版	短篇小説，筆名「阮朗」。

作品名稱	**棄嬰**
刊登情況	《大公報・小説林》連載，1964 年 6 月 25 日至 12 月 21 日。
出　　版	連載小説，筆名「江杏雨」。

作品名稱	**小夫妻**
刊登情況	《文藝世紀》第 86 期，1964 年 7 月。
出　　版	短篇小説，筆名「阮朗」。

作品名稱	**刺激**
刊登情況	《文匯報・文藝》，1964 年 7 月 15 日。
出　　版	短篇小説，筆名「阮朗」。

作品名稱	**我是一棵搖錢樹**
刊登情況	《文藝世紀》第 88 至 127 期，1964 年 9 月至 1967 年 12 月。
出　　版	連載小説，筆名「阮朗」。
備　　註	1969 年出版

作品名稱	**賓至如歸**
刊登情況	《大公報・小説林》連載，1964 年 12 月 22 日至 1965 年 2 月 1 日。
出　　版	連載小説，筆名「江杏雨」。

作品名稱	**女大女世界**
刊登情況	長篇小説，署名「阮朗」。

出　　版	香港：宏業書局，1964 年初版（？）。	

1965

作品名稱	詩人郁達夫
刊登情況	電影劇本，署名「顏開」。
出　　版	香港：南苑書屋，1965 年 1 月。 台北：蘭亭書店，1983 年 10 月。
備　　註	1980 年刊登於文學雙月刊《收穫》第 2 期。

作品名稱	金色年代
刊登情況	《大公報‧小說林》連載，1965 年 2 月 5 日至 1966 年 1 月 20 日。
出　　版	連載小說，筆名「江杏雨」，首次刊登時名為「金色時代」，翌日開始改名為「金色年代」。

1966

作品名稱	彈簧刀下
刊登情況	《大公報‧小說林》連載，1966 年 1 月 24 日至 7 月 31 日。
出　　版	連載小說，筆名「江杏雨」。
備　　註	1977 年出版

作品名稱	壯士
刊登情況	《大公報‧小說林》連載，1966 年 8 月 1 日至 12 月 31 日。
出　　版	連載小說，筆名「江杏雨」。

作品名稱	風車似的……
刊登情況	《文匯報‧文藝》，1966 年 8 月 24 日。
出　　版	短篇小說，筆名「阮朗」。

作品名稱	第三十三條魚
刊登情況	《文匯報・文藝》，1966 年 10 月 19 日。
出　　版	短篇小説，筆名「阮朗」。

作品名稱	失魂大師
刊登情況	《香港商報》，1966 年［欠開始時間］至 12 月 31 日。
出　　版	連載小説，筆名「江杏雨」。

1967

作品名稱	狗街喜劇
刊登情況	《大公報・小説林》連載，1967 年 1 月 1 日至 5 月 21 日。
出　　版	連載小説，筆名「江杏雨」。
備　　註	因副刊變動關係而被腰斬

作品名稱	堤邊新曲
刊登情況	《香港商報》，1967 年 1 月 2 日至［欠完結時間］。
出　　版	連載小説，筆名「江杏雨」。

作品名稱	這個地方的「五行」
刊登情況	《文藝世紀》第 118 期，1967 年 3 月。
出　　版	散文，筆名「江杏雨」。

作品名稱	爆竹島浮雕
刊登情況	《文藝世紀》第 119 期，1967 年 4 月。
出　　版	散文，筆名「江杏雨」。

作品名稱	雙城記
刊登情況	《澳門日報》連載，1967 年 7 月至 1971 年 6 月。
出　版	連載小說，筆名「阮朗」。
備　註	由於時局發展逐漸背離情節，故毅然腰斬。

1968

作品名稱	泰利父子的眼淚
刊登情況	《文藝世紀》第 128 至 130 期，1968 年 1 至 3 月。
出　版	連載小說，筆名「阮朗」。
備　註	1969 年收入小說集《她還活着》

作品名稱	黑裙
刊登情況	《文藝世紀》第 131 至 133 期，1968 年 4 至 6 月。
出　版	連載小說，筆名「阮朗」。
備　註	1969 年收入小說集《黑裙》

作品名稱	她還活着
刊登情況	《文藝世紀》第 134 至 136 期，1968 年 7 至 9 月。
出　版	連載小說，筆名「阮朗」。
備　註	1969 年收入小說集《她還活着》

作品名稱	黃天霸
刊登情況	《文藝世紀》第 137 至 139 期，1968 年 10 至 12 月。
出　版	連載小說，筆名「阮朗」。
備　註	1969 年收入小說集《黑裙》，名為〈未來博士行狀〉。

1969

作品名稱	第一個夾萬

刊登情況	《文藝世紀》第 141 至 150 期，1969 年 2 至 12 月。
出　版	連載小説，筆名「阮朗」。
備　註	1970 年出版

作品名稱	**我是一棵搖錢樹**
刊登情況	長篇小説，署名「阮朗」。
出　版	香港：中流出版社，1969 年 3 月初版。
備　註	1982 年內地版名為《天涯淪落人》

作品名稱	**她還活着**
刊登情況	小説集，署名「阮朗」。
出　版	香港：上海書局，1969 年 9 月初版。
備　註	上海書局「現代文叢」系列，收錄〈她還活着〉、〈泰利父子的眼淚〉，1980 年皆收入小説集《香港風情》。

作品名稱	**「長短火」**
刊登情況	《文藝世紀》第 150 期，1969 年 11 月。
出　版	評介，筆名「阮朗」。

作品名稱	**黑裙**
刊登情況	小説集，署名「阮朗」。
出　版	香港：上海書局，1969 年 12 月初版。 廣州：花城出版社，1980 年 2 月初版。
備　註	上海書局「現代文叢」系列，內地版新增小説〈愛情的俯衝〉、〈上尉回來了〉、〈發嫂〉。

	作品名稱	**關閘**
1960 **年代**	刊登情況	《澳門日報》連載，[欠日期]。
	出　版	連載小説，筆名「陶奔」。
	備　註	《澳門日報》首篇連載小説，1985 年內地出版時名為《一個萬能情報員的經歷》，署名「唐人」。

	作品名稱	**大地浮沉**
	刊登情況	《香港商報》連載，[欠日期]。
	出　版	連載小説，筆名「阮朗」，期間遭到腰斬。

	作品名稱	**宋美齡的大半生**
	刊登情況	《晶報》連載，[欠日期]。
	出　版	歷史演義，筆名「草山上人」。
	備　註	故事為《草山殘夢》之延續

	作品名稱	**台灣之窗**
	刊登情況	《新晚報》連載，[欠日期]。
	出　版	專欄文章，筆名「高山客」，因文化大革命而遭到腰斬。

	作品名稱	**第一個夾萬**
1970	刊登情況	長篇小説，署名「阮朗」。
	出　版	香港：上海書局，1970 年初版（？）。
	備　註	1982 年收入《阮朗中篇小説選》下冊

	作品名稱	**春回來了**
1972	刊登情況	長篇小説，署名「阮朗」。

出　版	香港：宏業書局，1972 年 6 月。	
備　註	標題註明「原名［靚女］」	

1973

作品名稱	**窄路**
刊登情況	長篇小說，署名「江杏雨」。
出　版	香港：上海書局，1973 年 8 月初版。

作品名稱	**不怎麼羅曼蒂克**
刊登情況	《海洋文藝》第 3 輯，1973 年 8 月。
出　版	短篇小說，筆名「阮朗」。
備　註	1978 年收入小說集《愛情的俯衝》；1980 年收入小說集《香港風情》，名為〈邂逅〉。

作品名稱	**泥海泛濫**
刊登情況	長篇小說，署名「阮朗」。
出　版	香港：萬葉出版社，1974 年（？）。
備　註	《南斗叢書》系列，以 1972 年旭龢道山泥傾瀉事故為背景。

1974

作品名稱	**春風・玉門・動力**
刊登情況	《新晚報・下午茶座》，1974 年 3 月 13 日。
出　版	散文，筆名「弓滿雪」。

作品名稱	**高山族、褲子、「仁政」**
刊登情況	《新晚報・下午茶座》，1974 年 3 月 14 日。
出　版	散文，筆名「弓滿雪」。

作品名稱	他們取媚於鬼神
刊登情況	《新晚報 · 下午茶座》，1974 年 3 月 15 日。
出　版	散文，筆名「弓滿雪」。

作品名稱	香港會傳染「裸跑」嗎？
刊登情況	《新晚報 · 下午茶座》，1974 年 3 月 16 日。
出　版	散文，筆名「弓滿雪」。

作品名稱	風水、孔廟、愚民
刊登情況	《新晚報 · 下午茶座》，1974 年 3 月 17 日。
出　版	散文，筆名「弓滿雪」。

作品名稱	迷信濃霧籠罩下
刊登情況	《新晚報 · 下午茶座》，1974 年 3 月 18 日。
出　版	散文，筆名「弓滿雪」。

作品名稱	倒車上的「冠禮」醜劇
刊登情況	《新晚報 · 下午茶座》，1974 年 3 月 20 日。
出　版	散文，筆名「弓滿雪」。

作品名稱	瘋子眼中所見
刊登情況	《新晚報 · 下午茶座》，1974 年 3 月 21 日。
出　版	散文，筆名「弓滿雪」。

作品名稱	魯迅 · 狂人 · 其它
刊登情況	《新晚報 · 下午茶座》，1974 年 3 月 23 日。

出　版	散文，筆名「弓滿雪」。

作品名稱	**當年的川滇交通**
刊登情況	《新晚報‧下午茶座》，1974 年 3 月 24 至 26 日。
出　版	散文，筆名「弓滿雪」。

作品名稱	**玄之又玄‧其它**
刊登情況	《新晚報‧下午茶座》，1974 年 3 月 27 日。
出　版	散文，筆名「弓滿雪」。

作品名稱	**吳稚暉、孔廟、其他**
刊登情況	《新晚報‧下午茶座》，1974 年 3 月 28 日。
出　版	散文，筆名「弓滿雪」。

作品名稱	**案底**
刊登情況	《海洋文藝》第 1 卷第 1 期，1974 年 4 月。
出　版	短篇小説，筆名「阮朗」。
備　註	1978 年收入小説集《愛情的俯衝》，1981 年收入小説集《十年一覺香港夢》。

作品名稱	**蛇牙**
刊登情況	《海洋文藝》第 1 卷第 2 期，1974 年 6 月。
出　版	短篇小説，筆名「阮朗」。
備　註	1981 年收入小説集《十年一覺香港夢》

作品名稱	**安格紐寫什麼小說？**
刊登情況	《海洋文藝》第 1 卷第 2 期，1974 年 6 月。

| 出　　版 | 欄目「雙月茶座」散文，筆名「弓滿雪」。 |

作品名稱	**包龍圖和公案戲**
刊登情況	《海洋文藝》第 1 卷第 3 期，1974 年 8 月。
出　　版	欄目「雙月茶座」散文，筆名「弓滿雪」。

作品名稱	**客滿之夜**
刊登情況	《海洋文藝》第 1 卷第 4 期，1974 年 10 月。
出　　版	戲劇劇本，筆名「顏開」。

作品名稱	**「哀其不幸　怒其不爭」**
刊登情況	《海洋文藝》第 1 卷第 4 期，1974 年 10 月。
出　　版	欄目「雙月茶座」散文，筆名「弓滿雪」。

作品名稱	**蒼天**
刊登情況	長篇小說，署名「阮朗」。
出　　版	香港：上海書局，1974 年 11 月初版。 瀋陽：春風文藝出版社，1981 年 10 月初版。
備　　註	1981 年內地版名為《台商香港蒙騙記》

作品名稱	**後台**
刊登情況	《海洋文藝》第 1 卷第 5 期，1974 年 12 月。
出　　版	短篇小說，筆名「阮朗」。
備　　註	1978 年收入小說集《愛情的俯衝》，1981 年收入小說集《十年一覺香港夢》。

| 作品名稱 | **從聶耳說開去** |

刊登情況	《海洋文藝》第 1 卷第 5 期，1974 年 12 月。
出　版	欄目「雙月茶座」散文，筆名「弓滿雪」。

1975

作品名稱	**襲**
刊登情況	長篇小說，署名「江杏雨」。
出　版	香港：上海書局，1975 年 1 月初版。

作品名稱	**迎春花開**
刊登情況	《海洋文藝》第 2 卷第 1 期，1975 年 1 月。
出　版	短篇小說，筆名「阮朗」。
備　註	1978 年收入小說集《愛情的俯衝》；1981 年收入小說集《十年一覺香港夢》，1983 年收入《香港作家小說選》（曾敏之編，花城出版社出版）。

作品名稱	**古老的新年願望**
刊登情況	《海洋文藝》第 2 卷第 1 期，1975 年 1 月。
出　版	欄目「每月茶座」散文，筆名「弓滿雪」。

作品名稱	**鐵將軍**
刊登情況	《海洋文藝》第 2 卷第 1 期，1975 年 2 月。
出　版	短篇小說，筆名「阮朗」。
備　註	1978 年收入小說集《愛情的俯衝》；1981 年收入小說集《十年一覺香港夢》。

作品名稱	**「天才、神童」等等**
刊登情況	《海洋文藝》第 2 卷第 1 期，1975 年 2 月。
出　版	欄目「每月茶座」散文，筆名「弓滿雪」。

作品名稱	**一對寶貝**
刊登情況	《海洋文藝》第 2 卷第 4 期，1975 年 4 月。
出　版	短篇小説，筆名「阮朗」。
備　註	1978 年收入小説集《愛情的俯衝》；1981 年收入小説集《十年一覺香港夢》。

作品名稱	**高鶚之尾　不能續「紅樓」**
刊登情況	《海洋文藝》第 2 卷第 8 期，1975 年 8 月。
出　版	欄目「每月茶座」散文，筆名「弓滿雪」。

作品名稱	**葉靈鳳先生二三事**
刊登情況	《海洋文藝》第 2 卷第 12 期，1975 年 12 月。
出　版	散文，筆名「阮朗」。
備　註	紀念葉靈鳳之文章

1976

作品名稱	**染**
刊登情況	《海洋文藝》第 3 卷第 1 期，1976 年 1 月。
出　版	短篇小説，筆名「阮朗」。
備　註	1978 年收入小説集《愛情的俯衝》；1981 年收入小説集《香港風情》，2006 年收入《香港短篇小説百年精華》上冊（劉以鬯編，三聯書店〔香港〕有限公司出版）。

作品名稱	**發嫂**
刊登情況	《海洋文藝》第 3 卷第 2 期，1976 年 2 月。
出　版	短篇小説，筆名「阮朗」。
備　註	1978 年收入小説集《愛情的俯衝》

作品名稱	**寵物**
刊登情況	長篇小說，署名「江杏雨」。
出　　版	香港：上海書局，1976 年 3 月初版。

作品名稱	**殺手初出擊**
刊登情況	《海洋文藝》第 3 卷第 4 期，1976 年 4 月。
出　　版	短篇小說，筆名「阮朗」。
備　　註	1978 年收入小說集《愛情的俯衝》

作品名稱	**蔣後主秘錄（一集）**
刊登情況	歷史演義（共三集），署名「今屋奎一」。
出　　版	香港：廣宇出版社，1976 年 4 月初版。
備　　註	回應古屋奎二之作《蔣總統秘錄》，1983 年內地版以筆名「唐人」出版。

作品名稱	**芭芭拉的故事**
刊登情況	長篇小說，署名「阮朗」。
出　　版	香港：上海書局，1976 年 10 月初版。
備　　註	1981 年 6 月刊登於文學叢刊《芙蓉》第 2 期，1986 年收入《唐人中長篇小說選》。

1977

作品名稱	**蔣後主秘錄（二集）**
刊登情況	歷史演義，署名「今屋奎一」。
出　　版	香港：廣宇出版社，1977 年 1 月初版。

作品名稱	**香港大亨**

刊登情況	長篇小説，署名「江杏雨」。
出　版	香港：宏業書局，1977 年 4 月初版。
	廣州：廣東人民出版社、花城出版社，1981 年 7 月初版。
備　註	內地版以「阮朗」名義出版

作品名稱	**天涯共此時**
刊登情況	長篇小説，署名「阮朗」。
出　版	香港：上海書局，1977 年 8 月初版。

作品名稱	**彈簧刀下**
刊登情況	長篇小説，署名「江杏雨」。
出　版	香港：宏業書局，1977 年 12 月初版。

1978

作品名稱	**海角春回**
刊登情況	長篇小説，署名「阮朗」。
出　版	香港：上海書局，1978 年 3 月初版。

作品名稱	**十三女性**
刊登情況	長篇小説，署名「張璧」。
出　版	香港：宏業書局，1978 年 6 月初版。
	天津：百花文藝出版社，1984 年 8 月。
備　註	內地版以「唐人」名義出版

作品名稱	**蔣後主秘錄（三集）**
刊登情況	歷史演義，署名「今屋奎一」。
出　版	香港：廣宇出版社，1978 年 6 月初版。

		作品名稱	**飛來艷禍**
		刊登情況	《鏡報》總第 13 期，1978 年 8 月。
		出　版	短篇小説，筆名「江杏雨」。

		作品名稱	**夜歸人**
		刊登情況	《鏡報》總第 14 期，1978 年 9 月。
		出　版	短篇小説，筆名「江杏雨」。

		作品名稱	**愛情的俯衝**
		刊登情況	小説集，署名「阮朗」，收錄《海洋文藝》刊登的小説（〈蛇牙〉除外）。
		出　版	香港：海洋文藝社，1978 年 12 月初版。
		備　註	〈愛情的俯衝〉於 1980 年收入《香港小説選》（福建人民出版社出版）。

1979		作品名稱	**金陵春夢之五：和談前後**
		刊登情況	歷史演義，署名「唐人」。將新增四集，共有八集。
		出　版	香港：致誠出版社，1979 年 9 月初版。

1980		作品名稱	**香港風情**
		刊登情況	小説集，署名「阮朗」。
		出　版	北京：北京出版社，1980 年 9 月初版。

1981		作品名稱	**金陵春夢（一至四及六集）**
		刊登情況	歷史演義，署名「唐人」；各集名為「金陵春夢」、「十年內戰」、「八年抗戰」、「血肉長城」和「台灣風雲」。

出　　版	香港：致誠出版社，1981 年 2 月。

作品名稱	**十年一覺香港夢**
刊登情況	小說集，署名「阮朗」。
出　　版	南寧：廣西人民出版社，1981 年 8 月初版。

1982

作品名稱	**金陵春夢之七：三大戰役**
刊登情況	歷史演義，署名「唐人」。
出　　版	香港：致誠出版社，1982 年 1 月初版。

作品名稱	**阮朗中篇小說選**
刊登情況	小說集，署名「阮朗」，分上下冊。
出　　版	成都：四川人民出版社，1982 年 7 月初版。

1983

作品名稱	**蔣後主秘錄**
刊登情況	歷史演義，署名「唐人」，分上下冊。
出　　版	天津：百花文藝出版社，（上冊）1983 年 5 月初版；（下冊）1983 年 8 月初版。

1984

作品名稱	**金陵春夢之八：大江東去**
刊登情況	歷史演義，署名「唐人」。
出　　版	香港：致誠出版社，1984 年 2 月初版。

1985

作品名稱	**一個萬能情報員的經歷**
刊登情況	長篇小說，署名「唐人」。
出　　版	天津：百花文藝出版社，1985 年 7 月初版。
備　　註	原名《關閘》

作品名稱	**勸君更盡一杯酒**
刊登情況	長篇小説，署名「唐人」。
出　版	南京：江蘇文藝出版社，1985 年 8 月初版。

作品名稱	**北洋軍閥演義**
刊登情況	歷史演義，署名「唐人」，分上下卷。
出　版	長沙：湖南人民出版社，1985 年 8 月。 長沙：湖南文藝出版社，1995 年 10 月。
備　註	1995 年版分為三冊

1986

作品名稱	**混血女郎：唐人中篇小說集**
刊登情況	小説集，署名「唐人」。
出　版	長沙：湖南文藝出版社，1986 年 6 月初版。
備　註	收錄〈混血女郎〉、〈展翅高飛〉、〈賊小姐〉。

作品名稱	**唐人中長篇小說選**
刊登情況	小説集，署名「唐人」。
出　版	天津：百花文藝出版社，1986 年 9 月初版。
備　註	收錄〈芭芭拉的故事〉、〈真假愛情〉、〈鼠穴〉。

作品名稱	**荔枝角女牢**
刊登情況	長篇小説，署名「唐人」。
出　版	桂林：漓江出版社，1986 年 10 月初版。

1987

作品名稱	**浮生八記**
刊登情況	小説集，署名「唐人」。

	出　版	天津：百花文藝出版社，1987 年 4 月初版。

1989

作品名稱	貝貝的初戀
刊登情況	長篇小說，分上下集，署名「唐人」。
出　版	桂林：漓江出版社，1989 年 8 月初版。
備　註	原名《月兒彎彎》，1961 年始連載於《新晚報》。

1992

作品名稱	草山殘夢
刊登情況	歷史演義，共十二集，署名「唐人」。
出　版	北京：華文出版社，1992 年 7 月初版。
備　註	曾刊於《新晚報》、《晶報》連載，分別以〈草山殘夢〉、〈草山驚夢〉和〈宋美齡的大半生〉之名發表。

1994

作品名稱	二夢全書
刊登情況	歷史演義，署名「唐人」，共八本。
出　版	北京：華文出版社，1994 年 8 月初版。 北京：中國檔案出版社，1998 年 8 月初版。
備　註	由《金陵春夢》和《草山殘夢》合併而成

乙、電影劇本創作（或原著）列表

片名	首映	出品公司	導演	編劇	原著
姊妹曲	1954-07-29	長城	朱石麟	顏開	
閃電戀愛	1955-05-28	鳳凰	朱石麟	顏開	
闔第光臨	1955-12-02	鳳凰	朱石麟	顏開	
菊子姑孃	1956-02-16	國泰	嚴俊	嚴俊（顏開寫對白本）	
血染黃金	1957-09-05	中聯	珠璣	顏開	《吞金記》
香噴噴小姐	1958-04-17	長城	李萍倩	顏開	
女人的陷阱	1958-08-14	新聯	羅志雄	顏開	《賊小姐》
毒手	1960-04-14	中聯	王鏗	馮鳳謌	《毒手》
華燈初上	1961-01-19	長城	李萍倩	顏開	《華燈初上》
大少奶	1964-01-01	飛龍	莫康時	高望 張文 莫康時	《八口之家》

香港文蹤

責任編輯——許正旺
封面設計——陳德峰 (tomsonchan.com)
版式設計——任媛媛

書　　名——海水的腥味：阮朗文集
著　　者——阮朗
選　　編——杜漸
出　　版——三聯書店 (香港) 有限公司
　　　　　　香港北角英皇道 499 號北角工業大廈 20 樓
　　　　　　Joint Publishing (H.K.) Co., Ltd.
　　　　　　20/F., North Point Industrial Building,
　　　　　　499 King's Road, North Point, Hong Kong
香港發行——香港聯合書刊物流有限公司
　　　　　　香港新界大埔汀麗路 36 號 3 字樓
印　　刷——美雅印刷製本有限公司
　　　　　　香港九龍觀塘榮業街 6 號 4 樓 A 室
版　　次——2019 年 8 月香港第一版第一次印刷
規　　格——大 32 開 (140mm×200mm) 432 面
國際書號——ISBN 978-962-04-4411-1

三聯書店網址：
www.jointpublishing.com

Facebook 搜尋：
三聯書店 Joint Publishing

WeChat 帳號：
jointpublishinghk